Un héros pour elles

Insolent patron

SARAH M. ANDERSON

Un héros pour elles

Traduction française de
MORGANE FROGERE

PASSIONS

HARLEQUIN

Collection : PASSIONS

Ce roman a déjà été publié en 2020

Titre original :
SEDUCTION ON HIS TERMS

HARPERCOLLINS FRANCE
83-85, boulevard Vincent-Auriol, 75646 PARIS CEDEX 13
Service Clients — www.harlequin.fr
ISBN 978-2-2805-0906-0 — ISSN 1950-2761

Édité par HarperCollins France.
Composition et mise en pages Nord Compo.
Imprimé en juillet 2024 par CPI Black Print (Barcelone)
en utilisant 100% d'électricité renouvelable.
Dépôt légal : août 2024.

FSC
www.fsc.org
MIXTE
Papier issu de sources responsables
FSC® C159065

Pour limiter l'empreinte environnementale de ses livres, HarperCollins France s'engage à n'utiliser que du papier fabriqué à partir de bois provenant de forêts gérées durablement et de manière responsable.

1

— Bonsoir, docteur Wyatt, lança Jeannie Kaufman à l'homme qui s'asseyait à sa place habituelle, au bout du bar.

On était vendredi soir et, l'endroit étant bondé, il s'installa aussi loin que possible de la clientèle du Trenton.

— Jeannie, répondit-il de son habituel ton brusque où elle perçut une certaine tension.

Le Dr Robert Wyatt était, à tout le moins, un homme peu ordinaire. Sa famille possédait les Industries médicales Wyatt et lui-même avait été classé, l'année précédente, dans le « Top 5 des milliardaires célibataires de Chicago », ce qui avait probablement autant à voir avec sa fortune familiale que son mètre quatre-vingts, son large torse et son abondante crinière aussi noire que l'ébène qui rendait ses yeux froids et bleus encore plus saisissants.

Et comme si être plus riche que Crésus et aussi beau que le diable n'était déjà pas suffisant en soi, il fallait que l'homme soit chirurgien pédiatrique. Il pratiquait de délicates opérations du cœur sur des bébés et des enfants, et sauvait ainsi des vies. Elle avait même lu qu'il couvrait discrètement les factures de familles n'ayant pas les moyens de payer les frais astronomiques des interventions.

Cet homme était vraiment trop parfait pour être vrai.

Elle guettait un signe démontrant que sous cette perfection se cachait une crapule. Elle avait beaucoup de clients fortunés, séduisants et talentueux qui, au fond, étaient détestables. Mais le Dr Wyatt, non.

Oui, il était distant, précis et, pour autant qu'elle pouvait en juger, totalement intrépide. Toutes les qualités qui faisaient de lui un grand chirurgien. S'il avait de l'orgueil, elle n'en avait encore vu aucune trace. Il entrait dans le bar cinq soirs par semaine à 20 heures précises, s'asseyait au même endroit, commandait la même boisson et lui laissait le même pourboire : cent dollars en billets de vingt. Il ne faisait jamais d'avances à personne, membre du personnel ou cliente, et repoussait sans ambages tout flirt venant de femmes ou d'hommes.

C'était son client préféré.

Sans même lui laisser le temps d'ajuster ses boutons de manchettes – geste qu'il faisait de manière presque obsessionnelle –, Jeannie posa un manhattan devant lui.

Cela faisait presque trois ans qu'elle lui préparait sa boisson. Son manhattan contenait le deuxième bourbon le plus cher du marché, car le Dr Wyatt le préférait au premier, un vermouth qu'elle lui commandait spécialement d'Italie et une liqueur aromatique amère qui coûtait plus de cent dollars la bouteille. Le cocktail était soigneusement mélangé et vieilli dans un fût de chêne blanc d'Amérique durant soixante jours, puis servi saupoudré de zeste de citron dans un verre à martini préalablement refroidi. Il lui avait fallu près de huit mois d'essai avec différentes marques, mélanges et procédés de vieillissement pour obtenir le cocktail idéal.

Mais cela en avait valu la peine.

Chaque fois que le Dr Wyatt portait le verre à ses lèvres, comme en ce moment, elle retenait son souffle, observant avec fascination les muscles de sa gorge. Il ne montrait jamais aucune émotion et ne feignait pas d'être gentil, mais quand il reposait le verre sur le bar... il souriait.

On pouvait à peine qualifier cela de sourire et un simple observateur ne l'aurait même pas remarqué. Sa bouche remuait à peine, mais Jeannie le connaissait assez pour savoir que la légère courbure de ses lèvres et le réchauffement de son regard glacé équivalaient à un cri de joie.

— Parfait, murmurait-il alors en soutenant son regard.

C'était le seul compliment qu'elle entendait de sa part.

Jeannie avait pour principe de servir uniquement des boissons et jamais de sexe. Mais si un jour elle devait enfreindre cette règle, ce serait avec lui.

Malheureusement, il n'était là que pour boire un verre. Adorant lire de la romance, cela faisait trois ans qu'elle imaginait Robert en duc, quand il ne se souciait que d'exercer la médecine.

Elle repoussa donc ses fantasmes et termina de servir le scotch du commercial assis à l'autre bout du bar et le vin de la table 11, mais son attention restait concentrée sur Wyatt. Elle allait devoir lui annoncer la mauvaise nouvelle : son absence la semaine prochaine afin d'aider sa sœur, Nicole, qui attendait une petite fille dont l'arrivée était imminente.

Ce bébé était la clé d'un nouveau départ pour que sa sœur et elle reforment la famille que Jeannie avait perdue. Elle n'avait jamais connu son père qui était parti avant sa naissance, et sa mère était morte quand elle avait dix ans. Quant à Nicole...

Peu importait ce qui avait pu mal tourner entre les deux sœurs. Ce qui comptait, c'était qu'elles allaient saisir cette chance. Melissa – c'était ainsi qu'elles allaient appeler le bébé – serait le lien qui les unirait. Jeannie ferait sa part en étant là pour sa sœur, tout comme Nicole l'avait soutenue lorsque leur mère était morte et qu'elles s'étaient retrouvées seules au monde.

Afin de prouver son engagement, Jeannie avait même offert d'emménager avec Nicole dans leur maison d'enfance. Ça aurait été un désastre, mais elle avait maintenu sa proposition. C'était seulement maintenant, à vingt-six ans, que Jeannie se rendait compte de tout ce que Nicole avait sacrifié pour elle. Le moins qu'elle pouvait faire, c'était de lui rendre la pareille.

Dieu merci, Nicole avait décliné ! Vivre ensemble aurait probablement mis un terme à leur réconciliation encore fragile. À la place, Jeannie continuerait à travailler de nuit au Trenton – et à prendre soin du Dr Wyatt – et se rendrait tous les matins vers 10 heures chez Nicole, pour l'aider à faire la cuisine, le ménage ou pour jouer avec le bébé.

Jeannie n'était peut-être pas la meilleure sœur au monde, elle était déterminée à devenir la meilleure tante.

Le seul obstacle se trouvait assis en face d'elle.

Wyatt ne gérait pas bien les changements, ainsi qu'elle l'avait appris environ six mois après le début de leur « partenariat », comme elle l'appelait. Ce soir-là, enrhumée, elle était restée chez elle. Robert s'était montré on ne peut plus contrarié que quelqu'un d'autre lui prépare son manhattan. Peu après, Julian, le propriétaire du Trenton, avait déclaré que Tony, le barman qui l'avait remplacée cette nuit-là, avait trouvé un travail ailleurs. Elle savait que ce n'était pas une coïncidence.

Le Dr Wyatt ne prononçait pas un mot durant la majeure partie du temps qu'il passait au Trenton, mais dès qu'il ouvrait la bouche...

— Donc..., commença-t-il.

Elle attendit patiemment en réarrangeant les verres à pied qui pendaient sous le bar en face de lui. Il parlerait quand il l'aurait décidé et pas avant.

Avait-il perdu un patient ? À sa connaissance, il n'avait perdu que deux ou trois enfants, mais chaque fois ça avait été... horrible. La façon dont il avait siroté son verre...

La dernière fois, elle avait sangloté dans les toilettes après son départ. Sous l'apparence glaciale de Wyatt, une mer d'émotions bouillonnait et, quand il perdait un patient, la mer faisait rage.

Après trois années passées à l'écouter épancher son cœur sur un ton froid et sec, elle ne savait que trop bien comment les choses pouvaient mal tourner avec les bébés. C'était ce qui la rendait nerveuse en pensant à Nicole et Melissa.

— J'ai appris quelque chose aujourd'hui, poursuivit-il après un long silence qui la mit sur des charbons ardents.

Elle l'étudia tout en terminant de couper les citrons jaunes avant de passer aux verts. Il ajusta ses boutons de manchettes et prit une gorgée.

Elle lutta contre l'envie de revérifier son téléphone. Nicole lui enverrait un texto s'il y avait du nouveau et elle n'avait ressenti aucune vibration contre sa hanche. Mais c'était pour ce soir, elle le sentait.

Wyatt s'éclaircit la voix.

— On m'a informé que mon père briguait le poste de gouverneur.

Elle se figea, le couteau à moitié enfoncé dans un citron vert. Avait-elle déjà entendu le Dr Wyatt parler de ses parents ? Elle avait supposé qu'ils étaient décédés en laissant l'essentiel de la fortune des Industries Wyatt à leur fils.

Et qui diable l'avait « informé » ? Quelle étrange façon de s'exprimer.

— Vraiment ?

— Oui, répondit-il d'une voix amère.

Donc c'était une très mauvaise nouvelle.

Elle travaillait dans les bars depuis ses dix-huit ans. À l'époque elle cherchait désespérément à s'éloigner de Nicole, qui s'opposait à ce qu'elle travaille et a fortiori en tant que barmaid. Elle voulait que sa petite sœur aille à l'université et devienne enseignante, comme elle. Devenir propriétaire d'un bar était hors de question. Nicole ne l'aurait pas permis.

Après cette dispute, Jeannie avait déménagé, menti sur son âge et appris le métier. Or pendant qu'elle leur servait du vin, un nombre incalculable d'hommes et de femmes lui avaient ouvert leur cœur, mais elle n'avait encore jamais eu de client comme Robert Wyatt.

Il termina sa boisson en deux longues gorgées.

— Le problème, reprit-il en reposant son verre, c'est que si mon père se présente, il voudra que nous nous tenions à ses côtés, comme une grande et heureuse famille.

Elle s'essuya les mains et arrêta de faire semblant de travailler, pour s'appuyer contre le bar.

— On dirait que cela vous pose un problème.

— Vous n'avez pas idée, répliqua-t-il dans un murmure encore plus inquiétant.

Son costume trois-pièces gris anthracite lui allait à merveille, de même que sa chemise à boutons de manchettes qui, ce soir, semblaient être des saphirs – il privilégiait le bleu au niveau vestimentaire. Sa cravate à rayures bleu et orange était assortie à sa pochette de costume. On était en septembre et Chicago s'accrochait aux dernières chaleurs de l'été, mais la façon dont le Dr Robert Wyatt s'habillait annonçait qu'il ne s'abaisserait jamais à *transpirer*.

Elle remarqua qu'il avait légèrement desserré sa cravate, comme s'il avait tiré dessus avec frustration. Au lieu d'être soigneusement coiffés en arrière, ses cheveux étaient ébouriffés. Et quand il leva les yeux pour la regarder, elle vit des rides profondément creusées sur son front. On aurait dit que le poids du monde était sur le point de l'écraser.

Le voir ainsi était douloureux.

Si ça avait été un autre homme, un autre client, elle l'aurait serré dans ses bras, mais elle avait déjà vu la façon dont Wyatt tressaillait lorsque quelqu'un le touchait.

— Alors ne le faites pas, souffla-t-elle.

— Je le dois, répliqua-t-il en ajustant ses manchettes. Je n'ai pas le choix.

— Pourquoi cela ? demanda-t-elle, surprise. Pour l'amour du ciel, s'il y a bien une chose que vous avez, c'est le choix. S'il vous prenait l'envie d'acheter la moitié de Chicago pour y élever des gnous, vous le pourriez. Vous pouvez aller où vous voulez, faire ce que vous voulez, être qui vous voulez, simplement parce que vous êtes l'incroyable Dr Robert Wyatt.

La bouche de Robert s'ouvrit et, de manière inattendue, se referma sèchement. Puis il s'écarta du bar, y jeta quelques billets en la foudroyant du regard et se retourna pour partir.

— Docteur Wyatt ? Attendez ! s'exclama-t-elle avant de crier son nom en le voyant continuer à s'éloigner : Robert !

Cela par contre attira son attention.

Elle tressaillit quand il se retourna, car il était furieux. Cette fois, le sentiment n'était pas enfoui sous des couches de calme glacial, mais juste là, à la surface, clair comme le jour.

Était-il furieux qu'elle l'ait appelé par son prénom ? Ou qu'elle ait remis en question son jugement ? Peu importait. Elle ne céderait pas face à sa colère.

— J'ai une réunion de famille prévue la semaine prochaine et je prends des vacances, lança-t-elle en redressant les épaules.

La colère fit place à la confusion et il revint vers elle en quelques secondes, le regard assombri par quelque chose qui ressemblait à de l'inquiétude.

— Combien de temps ?

Elle déglutit. Même si elle était plus grande que la moyenne, elle dut lever les yeux vers lui, avec l'impression d'être à la fois toute petite et la seule personne de l'univers.

C'était vraiment une habitude chez lui de la déstabiliser.

— Une petite semaine. Je serai de retour le lundi suivant. Promis.

L'expression qu'il afficha alors – comme s'il serait incapable de fonctionner si elle n'était pas là pour lui servir le parfait manhattan – risquait de la faire tomber un peu plus amoureuse de lui.

— Est-ce que ça va aller ? demanda-t-elle.

Quelque chose de chaud effleura sa main, lui envoyant une décharge électrique le long du bras. L'avait-il touchée ? Le temps qu'elle baisse les yeux, il ajustait déjà ses manchettes.

— Évidemment, répondit-il avec dédain, comme s'il était impossible qu'il en aille autrement. Je suis un Wyatt.

L'instant d'après, il était parti.

Elle le fixa en songeant que c'était mauvais signe. Mais avant qu'elle puisse décider jusqu'à quel point elle devait s'inquiéter pour lui, son téléphone se mit à vibrer. Un message de Nicole.

Ça commence !

— Ça commence ! s'écria-t-elle, déclenchant aussitôt les applaudissements des serveurs.

Le Dr Wyatt allait devoir attendre. Sa future nièce passait en premier.

2

Jeannie revenait ce soir.

La sachant absente, Robert n'était pas retourné au Trenton, et il ressentait profondément la perte de leur routine. À la place, il avait passé bien plus de temps au bureau à rattraper son retard avec la paperasse, en évitant de penser à Landon Wyatt et à la campagne électorale.

Mais lundi était enfin arrivé et Jeannie l'attendrait. D'un côté, il trouva son désir de la revoir inquiétant. Elle n'était qu'une barmaid ayant perfectionné un manhattan. Tout le monde était capable de mélanger les ingrédients d'une boisson.

C'était un mensonge et il le savait.

Il n'aurait jamais dû la toucher. Mais elle était restée à le regarder avec ses grands yeux marron, comme si elle se souciait de lui. Pas parce qu'il était le milliardaire Robert Wyatt, mais parce qu'il était Robert.

C'était ce qui lui avait manqué cette semaine. Être simplement… Robert.

Perdu dans ses pensées, il décrocha son téléphone sans même regarder l'écran.

— Wyatt à l'appareil.

— Bobby ?

Robert se figea, la main sur les boutons de l'ascenseur. Il n'y avait qu'une seule personne pour l'appeler Bobby.

— Maman ?

— Bonjour, mon chéri. Comment vas-tu depuis le temps ?

La voix de Cybil Wyatt lui parut faible et cela le frappa en plein cœur. La dernière fois qu'il lui avait parlé, c'était il y avait près de trois ans.

Il se retira rapidement dans son bureau.

— Est-ce que tu peux parler ? Es-tu sur haut-parleur ?

— Chéri, continua-t-elle d'une voix tremblante. Est-ce qu'Alexander t'a appris la nouvelle ?

C'était donc un « non », elle ne pouvait pas parler librement.

Alexander était l'assistant de Landon, toujours heureux d'exécuter les ordres de ce dernier.

— Oui. Il m'a dit que Landon voulait se présenter au poste de gouverneur.

Ce qui était une très mauvaise idée, tant sur le plan politique que personnel.

Robert savait que la seule raison qui poussait son père à devenir gouverneur, c'était qu'il avait trouvé là un moyen de s'enrichir. Cela ne lui suffisait plus d'avoir des politiciens et des lobbyistes dans sa poche, il en voulait encore.

— Ton père veut que tu sois à ses côtés, ajouta-t-elle avant de s'éclaircir la voix. Nous voulons que tu sois à nos côtés, corrigea-t-elle.

La fiction selon laquelle ils formaient une grande famille unie était un mensonge qu'il fallait maintenir à tout prix.

— Est-ce que tu es sur haut-parleur ?

Elle émit un petit rire qui sonna faux.

— Bien sûr que non. Tout est pardonné, chéri. Nous savons tous les deux que tu n'avais pas de mauvaises intentions.

Hum. Si elle n'était pas sur haut-parleur, elle devait probablement être assise dans le somptueux bureau de Landon, où il l'observait de ses yeux plissés, s'assurant qu'elle ne dévie pas du script.

— Laisse-moi t'aider, maman. Je peux t'emmener loin de lui.

— Nous organisons un gala dans deux semaines afin de lancer sa campagne, poursuivit-elle, la voix tremblante. C'est à la galerie d'art Winston, juste à côté du Magnificent Mile.

— Je sais.

— Il est très important pour ton père et moi que tu sois là.

Il n'avait aucun doute sur le fait que sa mère veuille le revoir. Pour Landon, en revanche, ce n'était qu'un moyen d'exercer son contrôle sur lui, or il s'était juré de ne plus jamais donner autant de pouvoir à son père, même si cela devait lui coûter sa relation avec sa mère.

— Dis-moi ce que je peux faire pour t'aider, maman.

Il y eut une brève pause.

— Toi aussi, tu nous as manqué.

Bon sang. Il ne voulait pas jouer la comédie d'une famille heureuse, ni en privé, ni – encore moins – en public. Mais il connaissait suffisamment son père pour savoir que s'il ne venait pas, sa mère en subirait les conséquences.

Comme toujours.

Robert ne pouvait pas laisser faire. De toutes les manigances passées, présentes et futures de son père, l'utilisation de Cybil comme d'un appât pour s'assurer de la coopération de son fils était l'une des plus abjectes.

Il fallait en finir.

— Pense à ce que je t'ai dit, d'accord ? Nous parlerons à la galerie.

Cybil poussa un soupir.

— C'est merveilleux, mon chéri. La soirée débutera à 19 heures, mais nous aimerions que tu viennes plus tôt. Ton père veut s'assurer que nous sommes sur la même longueur d'onde.

Il faillit grogner. « Être sur la même longueur d'onde » équivalait à des menaces. Beaucoup de menaces.

— J'essaierai. Je dois d'abord terminer mes visites. Mais si je réussis à t'éloigner, est-ce que tu viendras avec moi ?

Parce que, après ce qui s'était passé la dernière fois...

— Merci, Bobby, répondit-elle. Je... Nous sommes impatients de te revoir.

Pourvu qu'il s'agisse d'un « oui ».

— Moi aussi, maman. Je t'aime.

Elle raccrocha sans lui retourner sa phrase.

Il resta un long moment à contempler le vide.

C'était exactement ce qu'il avait craint. Son père allait l'obliger à se tenir à ses côtés devant la foule et les caméras. Il lui ferait prononcer des discours qu'il aurait préparés, truffés de mensonges éhontés sur sa personnalité et la compassion dont il faisait preuve. Et si Robert refusait...

Reverrait-t-il un jour sa mère ?

Si Robert ne l'en empêchait pas, son père ne s'arrêterait jamais. Il devait bien exister un moyen.

Il eut l'impression d'entendre la voix de Jeannie : *« Vous pouvez faire tout ce que vous voulez parce que vous êtes l'incroyable Dr Robert Wyatt. »*

Peut-être qu'elle avait raison.

Il avait plus que jamais besoin d'un verre à présent.

— Alors ? s'enquit-il de sa voix veloutée.

Il avait été une époque où Cybil pensait que la voix de son époux était la plus suave qu'elle ait jamais entendue.

C'était il y avait bien longtemps. Si longtemps qu'elle ne se souvenait plus que de la douleur quand elle avait réalisé s'être laissé séduire. Elle se rappelait à peine l'époque où elle était une étudiante naïve tout juste sortie de l'université, subjuguée par le charmant milliardaire de quinze ans son aîné.

Depuis, elle n'avait cessé de payer cette erreur.

— Il viendra.

Landon haussa un sourcil – un avertissement.

— Il essayera d'arriver tôt, mais il a ses visites, continua Cybil en souriant avec l'espoir que Landon la congédie.

La voix de Bobby, sa colère quand il lui avait dit pouvoir l'éloigner de son mari, épousé trente-cinq ans plus tôt... Seigneur, comme son fils lui manquait. Peut-être que cette fois serait différente. Bobby était devenu un homme bien, un brillant chirurgien, et Landon enrageait. À la fois parce que Bobby travaillait pour gagner sa vie, mais aussi, soupçonnait-t-elle, parce que Landon savait Bobby beaucoup plus intelligent lui. S'il existait une personne capable de mettre des bâtons dans les roues de Landon Wyatt, c'était bien son propre fils.

Une douce chaleur s'épanouit dans son cœur et elle sursauta en comprenant que c'était de l'espoir. Et s'il existait réellement un moyen ? Non, Landon ne la laisserait jamais partir.

Un constat qu'il entérina en se levant et en lui passant une main dans les cheveux. Des années de maîtrise de soi empêchèrent Cybil de tressaillir à son contact.

— Je sais qu'il te manque, murmura-t-il comme s'il n'était pas l'unique responsable de cette séparation. Alors je sais que tu veilleras à ce qu'il fasse ce que j'attends de lui. Sinon…

— Bien sûr, acquiesça-t-elle en essayant de se soustraire aux doigts qui continuaient de la serrer.

Comme à son habitude, elle remercia le ciel que Bobby ait pu partir loin d'ici. Aurait-elle pu supporter qu'il soit pris au piège de cet enfer avec elle ? Elle l'ignorait, mais tant que son fils était en sécurité, elle pouvait tout supporter.

Elle leva les yeux vers son mari et lui sourit, car c'était ce qu'il attendait d'elle : qu'elle agisse comme si elle appréciait sa compagnie. Peut-être qu'elle n'aurait plus à jouer cette comédie très longtemps.

— Monsieur Wyatt ? lança Alexander depuis la porte. Excusez-moi, le directeur de campagne est sur la ligne 1.

— Quoi encore ? grogna Landon en la libérant brusquement.

Cybil se sauva sans demander son reste.

Elle ne voulait pas que Bobby soit forcé à revenir dans ce monde et que Landon l'utilise, elle, pour le reprendre dans ses filets la rendait malade. Mais la colère de Bobby, sa volonté de tenir tête à son père…

Peut-être qu'elle n'aurait plus à endurer ce mariage très longtemps. Elle devait se tenir prête.

Robert réussirait-il à convaincre sa mère de quitter Landon ? La dernière fois, les choses s'étaient mal terminées.

Il lui fallait un meilleur plan cette fois.

Le plus important n'était pas de cacher sa mère, mais de s'assurer que Landon ne la retrouve jamais.

Son cœur se mit à battre à un rythme irrégulier. La dernière fois, il avait simplement tenté de cacher sa mère, chez lui. Il n'avait pas de plan, or sans plan, tout sauvetage était voué à l'échec. Cette fois, ce serait différent.

Les Wyatt n'échouaient pas. Ils réussissaient.

Il entra au Trenton à 20 h 05. Heureusement, Jeannie était de retour ce soir. Elle ne serait peut-être pas en mesure de l'aider, mais elle pourrait au moins lui dire si la Nouvelle-Zélande était une bonne idée. Elle était sans doute la seule personne de sa connaissance capable de lui dire la vérité. Il ne lui restait plus qu'à trouver un moyen de poser la question.

— Bonsoir, docteur Wyatt, déclara une voix douce et sensuelle. Qu'est-ce que je vous sers ?

Ses cheveux se dressèrent sur sa nuque. Comme le bar du Trenton était faiblement éclairé, il lui fallut quelques secondes pour identifier son interlocutrice.

La femme derrière le bar n'était pas Jeannie. Elle était plus petite, avec de longs cheveux décolorés relevés sur le haut de sa tête. Jeannie, elle, était presque assez grande pour pouvoir le regarder dans les yeux et ses cheveux noirs étaient coupés court.

— Où est Jeannie ? grogna-t-il.

On était lundi, elle était donc censée être là.

La femme derrière le bar battit des cils.

— Je suis Miranda. Jeannie est en vacances et je serai plus qu'heureuse de m'occuper de vous pendant son absence.

Il la foudroya du regard. Bon sang, Jeannie avait parlé d'une semaine. Elle avait promis. Et à présent qu'il avait besoin d'elle, elle n'était pas là.

S'il ne voyait pas Jeannie ce soir – tout de suite –, il pourrait bien faire quelque chose qu'ils regretteraient tous.

— Docteur Wyatt ?

Les couleurs se mirent à s'estomper et un gris engourdissant recouvrit tout ce qui l'entourait.

Il fallait qu'il parte avant de perdre le contrôle.

Mais c'était impossible, car sa mère l'avait appelé. Il devait trouver un moyen de la sauver, il avait besoin de voir Jeannie. Elle était la seule à pouvoir apporter de la couleur à son monde.

— Elle n'est pas en vacances. Dites-moi où elle se trouve, ordonna-t-il en se penchant plus près.

La moue taquine de Miranda s'évanouit. Elle se redressa aussitôt et recula d'un pas.

— Elle n'est pas là, répéta-t-elle sans plus aucune trace de sensualité dans la voix.

Il n'allait pas s'en prendre à elle. Un Wyatt ne perdait jamais le contrôle.

Aussi, au lieu de céder à l'engourdissement gris et d'agir comme

Landon l'aurait fait, il se força à ajuster ses boutons de manchettes. Ce qui lui permit de reprendre la parole calmement.

— J'aimerais parler au propriétaire. S'il vous plaît.

Le bourdonnement dans sa tête se changea en deux sons discordants. D'un côté, il entendait Landon gronder : « Un Wyatt ne demande pas » ; d'un autre, il y avait la voix rauque de Jeannie : « Là, c'était si difficile ? »

Quand est-ce que Jeannie lui avait dit cela pour la première fois ? Il ne s'en souvenait plus. Il savait juste qu'elle avait été la première personne à oser le taquiner.

Une fois certain d'avoir retrouvé le contrôle, il leva enfin les yeux. Miranda, la barmaid remplaçante, resta immobile.

— Tout de suite, insista-t-il.

Elle se retourna avec un sursaut et s'enfuit.

Cela le mettait mal à l'aise de s'asseoir à sa place habituelle quand Jeannie n'était pas de l'autre côté du bar. Comme si cet endroit n'était plus aussi familier.

Ce qui était ridicule parce que ce n'était qu'un bar où il passait une demi-heure tous les soirs, et non son immense maison de ville à un million de dollars, située sur la Gold Coast, avec une vue imprenable sur le lac Michigan. Ce n'était pas non plus le gigantesque manoir où il avait été élevé par une succession de nourrices. Cet endroit n'était pas sa maison, juste l'endroit où Jeannie s'était trouvée, le soir où il avait franchi le seuil pour s'asseoir à ce bar, il y avait deux ans et dix mois de cela.

Trente-quatre mois auparavant, elle s'était tenue pour la première fois devant lui, l'écoutant pendant qu'il s'efforçait de mettre de l'ordre dans ses pensées. Cybil était repartie avec Landon quand il était venu la chercher. Son univers soigneusement construit avait alors viré au gris, ce qui n'était pas plus mal, car il ne ressentait plus rien.

Parfois, lorsqu'il s'autorisait à regarder en arrière, il se demandait si Jeannie ne l'attendait pas depuis toujours.

Où diable était-elle ?

Puis la réponse le frappa. Elle avait dit avoir « une réunion de famille » et elle n'était plus revenue. Il s'était passé quelque chose.

Un pressentiment désagréable l'envahit et il aima encore moins voir revenir Miranda accompagnée d'un homme qui lui parut vaguement familier.

— Docteur Wyatt, c'est toujours un plaisir de vous voir, déclara l'homme avec un sourire piteux. Je suis désolé qu'il y ait un problème. Comment puis-je me faire pardonner ?

— Qui êtes-vous ? demanda Robert, à bout de patience.

— Julian Simmons, répondit l'homme d'une manière qui sous-entendait clairement que Robert aurait dû s'en souvenir. Je suis le propriétaire du Trenton. Vous êtes l'un de nos clients les plus fidèles, alors je ferai tout pour...

— Où est Jeannie ? le coupa Robert.

Il lui sembla voir Simmons pâlir, même s'il était difficile de l'affirmer sous la lumière tamisée.

— Jeannie prend un peu de temps pour elle.

Seul un imbécile penserait que prendre du temps pour soi et être en vacances étaient la même chose.

— Est-ce qu'elle va bien ?

Simmons garda le silence durant un long moment.

Il s'était passé quelque chose. Il le savait. Sa colère s'enflamma. Il n'allait pas rester sans rien faire alors qu'une femme était blessée. Et qu'il avait le pouvoir d'arranger cela.

— Jeannie va bien, déclara finalement Simmons. Nous espérons la revoir parmi nous dans quelques semaines. Je sais qu'elle est votre employée favorite, mais Miranda est plus qu'heureuse de vous servir.

— Dites-moi où elle se trouve. Tout de suite.

Voyant ses interlocuteurs reculer, il comprit qu'il avait rugi sa dernière phrase.

— Docteur Wyatt, je suis désolé, mais...

Sans même réfléchir, Robert passa le bras par-dessus le bar et saisit la cravate de Simmons.

Il entendit la voix de Landon Wyatt qui criait dans sa tête : « Personne ne dit "non" à un Wyatt ». Mais peut-être qu'il avait prononcé ces mots, car Miranda poussa un cri.

— Vous, lui dit-il, vous pouvez partir.

Il n'eut pas à le répéter.

— Docteur Wyatt, commença Simmons. Tout cela est un malentendu.

Robert réalisa aussitôt qu'au lieu de se laisser emporter par son humeur, il aurait dû commencer par négocier. Il relâcha aussitôt la cravate de Simmons.

— Combien ?

— Quoi ?

— Combien ? répéta Robert. Je vous ai effrayés, vos employés et vous, ce qui n'était pas mon intention. J'aime venir ici et je voudrais revenir une fois que Jeannie sera de nouveau à son poste. Je voudrais... faire amende honorable.

Ce qui était le plus proche possible des excuses sans pour autant en être, car un Wyatt ne s'excusait pas.

Jamais.

Simmons le regarda, bouche bée.

— Pourrions-nous dire : dix mille ?

— Dollars ? haleta Simmons.

— Vingt mille. Dollars, précisa alors Robert.

Tout le monde avait un prix, après tout.

Jeannie avait des problèmes et il devait l'aider. Sauf que, pour commencer, il devait savoir où elle se trouvait. Si Simmons refusait le pot-de-vin, il avait d'autres moyens de la retrouver, mais cela prendrait plus de temps et le temps était un bien qu'il ne pouvait pas acheter.

Le bourdonnement dans sa tête était si fort qu'il noyait le brouhaha du restaurant. Robert serra les dents et le fit cesser.

Simmons tira un mouchoir de sa poche et se tamponna le front.

— Est-ce que vous réalisez combien de lois vous me demandez d'enfreindre ?

— Est-ce que vous réalisez à quel point cela m'est égal ? rétorqua-t-il.

Lorsqu'il s'agissait d'abus ou de meurtre, il connaissait et respectait la loi. Mais pour ce genre de choses ? Eh bien, il était un Wyatt et l'argent avait le dernier mot.

Simmons le savait également.

— Est-ce que j'ai votre parole que vous ne lui ferez aucun mal ?

— Je ne la toucherai même pas.

Sauf si elle le souhaite.

Cette pensée lui traversa l'esprit avant même qu'il en ait conscience, mais il la repoussa.

Simmons sembla céder.

— Il y a eu une urgence familiale.

Pendant que cet homme restait là à bredouiller, Jeannie était peut-être en train de vivre les pires heures de sa vie. Il réalisa soudain qu'il n'avait pas vingt mille dollars en espèces sur lui. Il posa une carte de crédit sur le comptoir.

— Retirez ce que vous voulez.

Après un moment d'hésitation, Simmons prit la carte.

— Laissez-moi vous apporter l'adresse, docteur Wyatt.

Pas trop tôt.

3

Jeannie se laissa tomber sur la marche du perron de la maison de Nicole, trop hébétée pour pouvoir pleurer.

Faux. C'était sa maison à présent. Nicole était morte.

Et comme elles n'avaient aucune autre famille, elle avait hérité de tous les biens de sa sœur. Y compris de leur maison d'enfance.

Tout était à elle à présent. La berline modèle familial, les énormes factures impayées de la clinique de fertilité, le coût de l'enterrement.

Le bébé.

C'en était trop.

C'était déjà assez terrible que la mort ait emporté Nicole, la laissant seule avec son rêve d'une famille heureuse. Comment aurait-elle pu deviner que la mort était si chère ? Impliquerait autant de paperasses ?

Sans compter Melissa. Cette petite fille n'avait que quelques jours et elle ne connaîtrait jamais sa mère. Cette famille que Nicole avait désirée depuis si longtemps.

Jeannie se passa la main sur le visage. Ce n'était pas la faute de Melissa si l'accouchement avait été compliqué ou si Nicole avait été victime d'un caillot sanguin qui n'avait pas été diagnostiqué à temps. Elle devrait sans doute poursuivre l'hôpital en justice, mais elle s'en sentait incapable. C'était à peine si elle pouvait faire face aux dix prochaines minutes.

Elle leva les yeux vers le ciel, espérant trouver une étoile pour la guider. Une toute petite lueur d'espoir. Mais on était à Chicago et la pollution lumineuse de la ville était si forte qu'aucune étoile ne brillait. Il ne restait qu'un ciel vide, une brume rougeâtre qui couvrait tout. Y compris son monde.

Elle était censée être au travail, en train de préparer le manhattan parfait du parfait Dr Robert Wyatt, l'homme dont les pourboires réguliers lui avaient permis de se sentir financièrement en sécurité pour la première fois de sa vie. Cent dollars par soir, cinq fois par semaine, durant presque trois ans. À lui seul, le Dr Robert Wyatt lui avait permis de souffler, de rêver de son propre bar et de ses propres règles.

Bien sûr, à présent qu'elle devait s'occuper d'un bébé, d'une hypothèque et de factures impayées, souffler n'était plus à l'ordre du jour. Elle s'estimerait déjà heureuse de récupérer son travail au Trenton quand elle serait en mesure d'y retourner. *Si* elle pouvait y retourner. Julian lui conserverait son poste une semaine ou deux, mais pas deux mois. Or, une première recherche de solution de garde pour un nouveau-né à Chicago lui avait appris que c'était d'un délai pareil qu'elle aurait besoin. Elle avait pu trouver des garderies qui acceptaient des bébés de six semaines, mais avec des tarifs si exorbitants qu'elle s'était contentée de rire et de refermer le navigateur. Si elle voulait faire garder Melissa avant ses deux mois, il lui faudrait un argent dont elle ne disposait tout simplement pas. Même si elle poursuivait l'hôpital en justice, vendait la maison et la berline familiale, cela prendrait trop de temps.

Elle fixa le ciel rouge et aperçut une brève lueur au-dessus de sa tête. Ce n'était probablement qu'un avion, mais dans le doute, elle ferma les yeux et murmura :

— Étoile qui brille, je t'en prie, accorde-moi mon vœu, ce soir.

Souhaiter le retour de Nicole n'était pas possible. Une étoile ne pouvait pas réparer les pertes et les douleurs qui avaient jalonné la vie de Jeannie. Regarder en arrière était un piège auquel elle ne pouvait se laisser prendre. Elle devait continuer à avancer.

— J'ai besoin d'aide, murmura-t-elle.

Une aide financière, une aide pour le bébé, un soutien émotionnel… Oui, elle en avait besoin.

Un merveilleux moment de silence s'ensuivit. Aucun klaxon, aucun voisin qui criait, pas même le vrombissement d'un avion au-dessus de sa tête. Juste avant que les petits pleurs de Melissa démarrent et rompent le silence.

Jeannie laissa tomber sa tête entre ses mains et prit une inspiration saccadée. Elle avait besoin de quelques secondes de plus pour réfléchir mais... le bébé ne dormait pas.

Était-ce parce qu'elle n'était pas Nicole ? Melissa était-elle malade ? Aurait-elle les moyens d'assumer le coût d'une consultation aux urgences ? Ou peut-être...

La seule personne de son entourage qui s'y connaissait en bébés n'était autre que le Dr Wyatt, mais elle ne pouvait lui demander des conseils sur un nouveau-né compliqué. Il était chirurgien, pas charmeur de nourrissons.

Jeannie avait aidé les amies professeures de Nicole à organiser une fête prénatale et elle avait choisi de superbes grenouillères. Sa connaissance des nouveau-nés se limitait à cela. Quant aux couches, elle n'était même pas sûre de les mettre correctement.

— S'il te plaît, murmura-t-elle tandis que les pleurs de Melissa redoublaient.

Personne ne viendrait la sauver. Elle devrait agir comme elle l'avait toujours fait : un pas après l'autre.

Impossible de décevoir sa nièce ou sa sœur et, surtout, elle se sentait incapable de faire le deuil d'une famille. Nicole et elle venaient tout juste de recoller les morceaux. C'était particulièrement cruel qu'on lui vole tout si vite.

Une portière de voiture claqua assez près pour qu'elle lève les yeux. Une longue limousine noire bloquait la circulation juste en face de chez elle. Un homme de courte taille, vêtu d'un uniforme et d'un chapeau assorti, ouvrit la portière arrière et se tint sur le côté pour laisser sortir quelqu'un.

Pas n'importe qui.

Le Dr Robert Wyatt. Son meilleur client, son préféré. Elle en resta bouche bée, incapable de bouger tandis que les longues jambes de Robert réduisaient la distance entre eux.

— Est-ce que tout va bien ? demanda-t-il en s'arrêtant devant elle.

Elle dut tellement se pencher en arrière pour pouvoir le regarder qu'elle en perdit presque l'équilibre.

Non, elle n'avait peut-être pas toute sa tête en ce moment.

— Que faites-vous ici ?

Car il ne pouvait pas être là. Elle avait une tête de déterrée, son T-shirt était maculé de taches douteuses et elle ressemblait à une loque.

Il ne pouvait pas être ici.

Et pourtant si.

Il la fixa avec cette intensité à laquelle elle avait mis des mois à s'accoutumer.

— Vous allez bien ?

Ce n'était pas une question, mais un ordre.

Elle se releva. Même en le regardant dans les yeux, elle avait encore l'impression qu'il la dominait.

— Oui, mentit-elle, faute de pouvoir répondre autre chose.

C'était un homme séduisant qui donnait d'excellents pourboires. Jamais il ne l'avait mise mal à l'aise ni traitée comme un objet. Mis à part le contact fantomatique de sa main l'autre soir – qui avait fort bien pu être accidentel –, ils n'avaient jamais rien fait d'autre ensemble que d'élaborer le manhattan parfait.

Or, il l'avait retrouvée chez Nicole.

L'homme qui se tenait devant elle donnait l'impression d'être prêt à s'attaquer au monde entier pour elle.

— Si tout va bien, pourquoi n'êtes-vous pas au travail ? demanda-t-il, le front plissé.

— C'est pour cela que vous êtes ici ?

— Vous aviez promis de revenir aujourd'hui et vous n'étiez pas là. Dites-moi ce qui cloche, que je m'en occupe.

Elle cligna des yeux en se demandant si son vœu à l'étoile n'était pas en train de se réaliser.

— Il n'y a rien que vous puissiez faire.

Il avait beau être un brillant chirurgien, il ne pouvait pas aider Nicole. Personne ne le pouvait.

— Au contraire, grogna-t-il. J'ai besoin que vous soyez là, Jeannie, expliqua-t-il en montant une autre marche, un peu plus près d'elle. J'ai besoin…

— Robert.

Sans réfléchir, elle posa une main sur son torse, car elle ne pouvait le laisser s'approcher davantage.

Ce fut une erreur. Elle sentit les muscles de Robert se contracter sous sa paume. Le contact fantomatique de la semaine dernière au bar et les petites étincelles qu'elle avait ressenties alors n'étaient rien comparé à l'arc électrique entre eux, à cet instant.

Il était venu pour elle.

Il baissa les yeux sur l'endroit où elle avait posé sa main et elle suivit son regard. Il ne portait pas de cravate. Elle fixa le petit triangle de peau révélé par son col déboutonné.

Puis les doigts de Robert se posèrent sur sa joue et elle haleta, le dos parcouru de frissons.

— Jeannie, murmura-t-il, en lui soulevant le menton.

Le regard habituellement si glacial de Robert était chaleureux et empli de promesses merveilleuses. Il commença à incliner la tête vers elle.

— J'ai besoin de...

Il allait l'embrasser. Il allait presser sa bouche contre la sienne et elle le laisserait faire...

Juste quand elle sentit sa chaleur contre ses lèvres, les cris de Melissa s'immiscèrent dans le silence qui les enveloppait.

— Oh ! Le bébé ! s'exclama-t-elle en se précipitant à l'intérieur.

— Le bébé ?

Combien de temps s'était-il écoulé depuis que Robert était descendu de cette élégante limousine ? Peut-être quelques secondes, mais plus probablement plusieurs minutes. Des minutes durant lesquelles elle avait laissé Melissa seule.

Dans son petit lit, Melissa avait le visage tout rouge, son corps était rigide et ses bras s'agitaient. Était-ce normal ? Avait-elle mal ? Ou...

— Je suis désolée, je suis désolée, répétait Jeannie en la prenant nerveusement dans ses bras tout en essayant de lui soutenir la tête comme l'infirmière le lui avait montré.

Melissa pleura encore plus fort.

— Oh ! mon cœur, je suis vraiment désolée.

Désolée que Nicole ne soit pas là, qu'elle-même ne comprenne pas ce qui n'allait pas et qu'elle sache encore moins comment y remédier.

— Quel est le problème, mon cœur ?

Comme si le bébé pouvait lui répondre.

Melissa hurla et Jeannie ne put empêcher ses propres larmes de couler. Elle ne supporterait pas de perdre cette dernière partie de sa famille.

— Là, dit une voix grave alors que le bébé lui était pris des bras. Donnez-la-moi.

Le Dr Robert Wyatt, qui figurait sur la liste des cinq milliardaires célibataires les plus en vus de Chicago, un homme si distant et froid qu'il lui avait fallu plusieurs années pour se sentir à l'aise face à ses silences intenses, cet homme déposait Melissa sur le matelas à langer.

— Qu'est-ce qui ne va pas ?

Comme si le bébé pouvait répondre.

— Que..., commença Jeannie en clignant encore des yeux pour s'assurer qu'elle ne rêvait pas. Que faites-vous ?

En guise de réponse, Robert sortit son téléphone portable.

— Reginald ? Apportez-moi ma trousse.

— Votre trousse ?

Il ne lui donna aucune explication.

— Quel âge a ce bébé ? Huit jours ?

Elle ne fut même pas étonnée qu'il ait deviné l'âge de Melissa à un jour près.

— Neuf jours. L'accouchement de Nicole, ma sœur, a commencé juste après notre dernière entrevue.

Elle essaya de continuer, mais fut soudain incapable de respirer.

Robert émit un doux fredonnement. Melissa le regarda en clignant des yeux, surprise, et s'arrêta de pleurer un instant.

— Quel était son score d'Apgar ?

— Son quoi ?

Qui diable était cet homme ? Le Dr Wyatt qu'elle connaissait ne fredonnait pas gentiment pour calmer les bébés. Il n'y avait rien de gentil chez lui.

Il déshabilla Melissa et lui ôta sa couche. Le pauvre bébé se remit à hurler et il lui répondit par de petits « tss, tss ».

— Où est la mère ?

Jeannie s'étouffa dans un sanglot.

— Elle est...

Non, le présent ne s'appliquait plus à Nicole.

— Elle a eu des caillots sanguins et...

Le dos de Robert se raidit.

— Le père ?

— Un don de sperme.

Il répéta ce petit fredonnement. La sonnerie de la porte retentit, ce qui fit hurler Melissa de plus belle. Jeannie n'eut qu'une envie : se jeter dans les bras de Robert et faire comme si la semaine passée n'avait été qu'un horrible rêve. Mais il se tourna vers elle sans lui en laisser le temps.

— Ma trousse... Est-ce que vous pouvez me l'apporter, s'il vous plaît ?

— Bien sûr.

Elle ouvrit la porte et se trouva face au chauffeur.

— Reginald ?

— Mademoiselle, déclara celui-ci en soulevant son chapeau d'une main et un énorme sac de l'autre. Dois-je apporter cela au Dr Wyatt ?

— Je m'en charge. Merci.

— Les bébés pleurent, mademoiselle, dit-il gentiment en lui remettant le sac. Le Dr Wyatt va s'assurer que tout va bien. Ne vous inquiétez pas. Les choses finissent par s'arranger avec le temps.

Ces paroles pleines de bonté d'un homme d'âge mûr, qui semblait avoir déjà eu affaire à un bébé hurleur, furent comme un baume sur son âme.

Elle le remercia du fond du cœur.

Reginald souleva à nouveau son chapeau.

À deux mains, elle réussit à transporter la trousse dans la chambre du bébé. Melissa pleurait toujours, sans doute parce que Robert lui pinçait la peau des bras.

— Que faites-vous ?

— Sa peau a une bonne élasticité et ses poumons sont en pleine forme, expliqua-t-il d'une voix calme et raisonnable. Ah, la trousse. Venez, lui intima-t-il en désignant la place à côté de lui. Dites-moi tout.

Elle s'exécuta et posa une main sur le petit ventre de Melissa tandis que Robert fouillait dans sa trousse.

— Elle n'a pas arrêté de pleurer depuis que je l'ai ramenée à la maison, il y a deux jours. Nicole n'a même pas quitté l'hôpital. Je ne connais rien aux bébés.

— Ça saute aux yeux, en effet.

Elle ne se sentit même pas insultée par la remarque.

— Quel hôpital ? Qui étaient les médecins ?

Il se redressa en tenant un stéthoscope et l'une de ces minuscules petites lumières.

Ça devait être sa trousse médicale d'urgence.

— Euh, Covenant. Son obstétricien était un vieil homme nommé Preston, je crois. Je ne me souviens pas du pédiatre.

Elle s'aperçut alors que Robert avait retiré sa veste de costume et retroussé ses manches. Il portait toujours son gilet, mais il lui parut très débraillé en cet instant.

Il avait failli l'embrasser et elle l'avait pratiquement laissé faire. L'homme qui n'aimait pas être touché, qui ne manifestait aucune émotion… Elle l'avait touché et il avait été à deux doigts de l'embrasser. Encore plus étrange, il était en train de toucher Melissa avec douceur.

Cela n'avait aucun sens. Robert n'aimait pas toucher les gens. C'était aussi simple que cela.

Quel souhait avait-elle fait exactement ? Aucune étoile ordinaire n'avait ce genre de pouvoir.

Robert écouta le cœur de Melissa, puis ausculta sa bouche et ses oreilles avant d'appuyer sur son ventre. Le bébé poussa un hurlement déchirant et lâcha un énorme pet.

— Oh mon Dieu ! Je suis vraiment désolée, bafouilla-t-elle.

Robert ausculta le ventre de Melissa.

— Hum.

— Qu'est-ce que cela veut dire ?

C'était la plus longue conversation qu'elle ait jamais eue avec lui.

— Quand l'avez-vous nourrie pour la dernière fois ?

— Il y a environ quarante-cinq minutes. Elle a bu à peu près soixante millilitres.

Au moins, elle était capable de lire les mesures. Elle avait visionné quelques vidéos YouTube sur la façon de nourrir un bébé. Dieu merci, Internet existait !

— Avec quoi est-ce que vous la nourrissez ?

— L'hôpital m'a donné du lait maternisé...

Elle fut incapable de se souvenir de la marque.

— Apportez-le.

Elle se précipita à la cuisine et prit la boîte et le biberon qu'elle n'avait pas encore eu le temps de vider et de nettoyer. Le temps de revenir dans la chambre, Robert avait changé la couche de Melissa, l'avait habillée et l'enveloppait dans une couverture afin que seule sa tête soit visible.

— Cela s'appelle emmailloter, expliqua-t-il, tandis que, comme par magie, Melissa cessait de crier. Les nouveau-nés ont l'habitude d'être dans l'utérus. Ils n'y ont pas beaucoup d'espace pour bouger, il y fait chaud et ils entendent les battements du cœur de leur mère.

L'embarras la submergea.

— Je pensais... Je ne voulais pas qu'elle ait trop chaud.

— Vous pouvez l'emmailloter en couche – mais emmaillotez-la. Elle sera plus apaisée.

— Où avez-vous appris à faire cela ? demanda-t-elle.

— À faire quoi ?

Elle montra Melissa.

— À changer une couche et à emmailloter un bébé. Où avez-vous appris à prendre soin d'un tout-petit ?

Il se contenta de la regarder en arquant un sourcil. Les joues de Jeannie devinrent brûlantes.

— Ce n'est pas compliqué. Certains bébés ont ce que nous appelons un quatrième trimestre, ils ont besoin de trois mois supplémentaires de cette proximité et de cette chaleur avant de se sentir à l'aise. Pour le moment, tenez-la contre votre poitrine autant que vous le pouvez. Il est inutile de la laisser pleurer, même si Internet prétend le contraire, acheva-t-il en esquissant un sourire.

Elle rougit. Et même beaucoup.

Il serra Melissa contre son torse comme si c'était la chose la plus naturelle au monde. Il ne semblait pas du tout hésitant sur la façon de lui soutenir la tête, ni inquiet de la laisser tomber par accident, ni tenaillé par aucune des angoisses qui hantaient Jeannie. Tout semblait si facile avec lui !

Et puis la vue du Dr Robert Wyatt câlinant un nouveau-né lui faisait l'effet d'un tel coup de poing dans la poitrine qu'elle faillit en trébucher.

— Voici, parvint-elle à articuler en lui tendant la boîte de lait.

Il jeta un regard critique à la marque, puis sortit à nouveau son portable.

— Reginald ? Trouvez l'épicerie la plus proche et rapportez-moi les articles suivants…

Il énuméra une liste de produits qui étourdit Jeannie. Après avoir raccroché, il désigna le lait en poudre d'un signe de la tête.

— Cette marque contient du soja. Les symptômes de Melissa correspondent à une intolérance au soja.

— Pleurer est un symptôme ?

Il lui adressa un regard presque gentil.

— Son estomac est contrarié et elle n'est pas censée être aussi rouge. Ces deux signes indiquent qu'elle ne tolère pas bien quelque chose. Reginald nous apportera plusieurs choix.

— Alors… tout va bien ?

— Oui. Bien sûr, cela pourrait être des coliques ou quelque chose de plus grave…

Le visage de Jeannie se vida si vite de son sang qu'elle se sentit mal. Plus grave ?

Robert s'éclaircit la gorge.

— Mais je suis quasi certain que ça vient du lait.

— Oh. D'accord. C'est…

Elle réussit à atteindre la chaise à bascule achetée par les collègues de Nicole. Le bébé avait simplement l'estomac sensible. Jeannie n'avait rien fait de mal : c'était l'hôpital qui lui avait donné le lait, après tout.

Robert l'observait.

— Vous allez bien ?

Il n'y avait que cet homme pour poser une telle question. Elle se mit à glousser, puis à rire si fort qu'elle en sanglota et les mots lui échappèrent.

— Bien sûr que non. J'ai enterré ma sœur et il y a des tas de choses que nous ne nous sommes pas dites. Je suis responsable d'un nouveau-né alors que je ne sais ni quoi faire ni comment. Et voilà que vous êtes ici, ce qui est bien, mais pourquoi, Robert ?

Il la fixa, ce qui aurait dû l'intimider s'il n'avait pas été en train de faire des mouvements circulaires dans le dos d'un minuscule bébé qui semblait s'être calmé.

— Vous n'étiez pas au bar.

— C'est une situation que je qualifierais d'urgence, répliqua-t-elle.

— Oui, admit-il, en continuant à la fixer de ses yeux froids. Quand serez-vous de retour ?

S'il s'était agi de n'importe qui d'autre, elle l'aurait jeté dehors. Mais elle ne pouvait pas le mettre à la porte. Il avait ausculté Melissa et l'avait calmée. Il lui avait fourni une explication rassurante sur la raison de ses pleurs incessants et il avait envoyé Reginald se procurer différents laits. Pour la première fois depuis une semaine, elle avait l'impression que la situation était presque sous contrôle.

Enfin, presque seulement.

— Pourquoi devrais-je retourner au travail ? demanda-t-elle prudemment, parce que son interlocuteur était le Dr Robert Wyatt, un homme de peu de mots, aux émotions étrangement profondes.

Il parut décontenancé par sa question.

— Parce que.

Une réponse sacrément nulle.

— Parce que quoi ?

La bouche de Robert s'ouvrit, puis se referma, puis s'ouvrit à nouveau.

— Parce que j'ai… J'ai eu une mauvaise journée, dit-il, visiblement stupéfait par sa propre réponse.

— Je suis désolée de l'entendre. J'ai moi-même une vie assez problématique en ce moment.

Il ne sourit pas à sa plaisanterie.

— Écoutez, je ne sais pas quoi vous répondre. Je dois faire passer le bébé en premier, je suis tout ce qu'elle a. Je ne peux donc pas retourner au travail avant d'avoir appris à m'en occuper, trouvé comment payer les frais de garde, éventuellement poursuivre en justice l'hôpital pour négligence, payer les dettes de ma sœur et reprendre le contrôle de ma vie. Vous devrez trouver quelqu'un d'autre pour vous servir vos manhattan !

S'il se sentit insulté, il n'en laissa rien paraître.

— Très bien.

— Très bien ? s'exclama-t-elle, surprise de le voir se résigner aussi facilement. Alors super. Miranda sait comment… Qu'est-ce que vous faites ?

Il avait à nouveau sorti son portable.

— Je n'aime pas Miranda.

Et sans lui laisser le temps de répondre à cette affirmation insolite, il se mit à discuter avec quelqu'un :

— Len ? C'est Wyatt. J'ai une affaire pour vous. Faute professionnelle. Mortalité post-partum. Je veux que vos meilleurs hommes y travaillent. Oui. Je vous transmettrai l'information dès que je l'aurai.

— Robert ?

Certes, elle passait une horrible journée. Mais… venait-il d'engager un avocat pour elle ?

— Un instant.

Il composa un autre numéro tout en tenant Melissa, ce qui dépassait tout ce qu'elle-même avait pu accomplir ces deux derniers jours.

— Kelly ? Je vais avoir besoin d'une nourrice à temps plein pour s'occuper d'un nouveau-né. Oui. Présentez-moi une liste avant 11 heures demain matin. Je ferai passer les entretiens après mon opération.

— Attendez, que faites-vous ? demanda Jeannie en le fixant.

— Mon avocat va s'occuper de votre procès. Ça n'ira pas très loin, l'hôpital voudra négocier, mais mon avocat s'assurera que vous obteniez de quoi élever l'enfant.

Elle entendit clairement la menace contenue dans ses propos. C'était ce même ton qu'il avait un jour employé pour menacer une femme qui l'avait peloté. Robert Wyatt était un homme puissant et important. Il était peut-être le meilleur client de Jeannie et elle était peut-être entichée de lui, mais il avait également le pouvoir de faire plier des avocats et des hôpitaux entiers.

Elle ne devait pas l'oublier.

S'il le voulait, il pouvait la faire plier, elle aussi. Elle ne devait pas laisser la situation échapper à son contrôle.

— Melissa.

— Quoi ?

— Elle s'appelle Melissa.

— Bien.

Tout en rejetant cette observation, il appuya son menton sur le sommet du crâne de Melissa et elle le vit embrasser sa peau duveteuse.

Ensuite, cela ne fit qu'empirer, car il la prit totalement au dépourvu.

Il sourit.

Pas un grand sourire. Non, c'était son sourire normal, si subtil que la plupart des gens ne l'auraient même pas remarqué. Mais elle, si.

Elle devait être en train de rêver. Il n'était en aucun cas possible que le Dr Robert Wyatt soit dans sa chambre d'enfant, en train d'apaiser un bébé et d'arranger sa vie. Ou du moins de la rendre supportable.

— Très bien, continua-t-il, je vous enverrai une nourrice demain, avant 14 heures.

Il sembla vouloir ajuster ses boutons de manchettes, puis réalisa qu'il avait non seulement retroussé ses manches, mais qu'il portait également un bébé qui ne pleurait plus du tout. Il regarda alors sa montre.

— Vous devriez être de retour au travail mercredi.

— Quoi ?! s'exclama-t-elle, bouche bée.

— Vous ne savez pas vous occuper d'un bébé et j'ai besoin que vous soyez de retour au travail. J'engage une nourrice pour vous aider. Et une femme de ménage, ajouta-t-il après avoir balayé la pièce du regard.

— Je ne sais pas si je dois me sentir offensée ou reconnaissante, rétorqua-t-elle sèchement tandis qu'il reprenait déjà son téléphone.

— Reconnaissante.

Oh ! très bien, elle allait donc lui montrer sa reconnaissance.

— Je ne reviendrai pas au travail mercredi.

Il se figea, le téléphone déjà collé à l'oreille. Une expression dure traversa son regard, mais il déclara tout de même :

— J'aurais aussi besoin d'une femme de ménage. Trois jours par semaine. Merci.

Il raccrocha et se tourna vers elle.

— Que voulez-vous dire par là ?

Elle se redressa et, heureusement, ses genoux ne flanchèrent pas.

— Docteur Wyatt… Robert, corrigea-t-elle en s'efforçant d'adopter un ton calme et mesuré. Je suis désolée que vous ayez passé une mauvaise journée et j'apprécie que vous soyez prêt à dépenser autant d'argent pour régler mes problèmes, mais je ne retournerai pas au travail cette semaine. Et peut-être pas la semaine prochaine non plus.

— Pourquoi cela ? demanda-t-il d'une voix si froide qu'elle en frissonna. De quoi pourriez-vous avoir encore besoin ?

En fait, le Dr Robert Wyatt n'avait vraiment pas de cœur.

— De pleurer ma sœur !

4

Jeannie lui criait dessus. Bien. C'était… intéressant.

Son côté rationnel savait qu'elle était bouleversée en raison des événements et il comprenait également qu'elle n'allait pas l'attaquer.

Il se força à se détendre et à relâcher son souffle, sachant qu'il n'était pas nécessaire de laisser ses instincts de survie prendre le relais. Jeannie n'était pas son père et ceci n'était pas une situation de danger.

Il allait simplement arranger la situation.

Au travail, en cas de mauvaise nouvelle, il suivait toujours un script de base. Il exprimait toute sa sympathie, promettait de faire son possible pour résoudre les problèmes et se concentrait sur les résultats quantitatifs – valves cardiaques, quantité de sang pompé par le cœur, pronostics post-chirurgicaux. Et dans les rares cas où il perdait un patient, soit sur la table d'opération, soit à la suite d'une infection postopératoire, il restait bref. « Mes condoléances. » De toute manière, personne ne tenait à lui parler quand il avait échoué.

Mais il y avait Melissa. Il ne pensait pas souvent à ses patients en évoquant leurs prénoms car les enfants étaient trop faciles à aimer et il ne pouvait pas se risquer à aimer quelqu'un qui ne survivrait peut-être pas.

Mais Melissa n'était pas une patiente. Les sons de son cœur et de ses poumons étaient clairs et forts. C'était un nourrisson en parfaite santé qui avait simplement besoin de changer de lait.

Il ne se souvenait plus de la dernière fois où il avait tenu un bébé en bonne santé dans ses bras. Les patients que l'hôpital lui adressait avaient déjà subi une batterie de tests auprès d'autres médecins.

Hormis les condoléances de base, aucun de ses scénarios ne pouvait s'appliquer ici. Il avait déjà fait tout ce qui était en son pouvoir pour remédier à la situation, et cela avait d'une certaine manière contrarié Jeannie. S'il n'avait pas été aussi préoccupé par sa réaction virulente, il aurait aimé comprendre à quel moment la déconnexion avait eu lieu.

Mais il était inquiet. Jeannie n'était pas la mère d'un patient. Elle était... Bon, il ne pouvait pas non plus dire qu'elle était une amie. Elle existait en dehors du travail et de ses relations privées. Elle était tout simplement...

La femme qu'il avait failli embrasser.

Car lorsque sa voiture s'était arrêtée devant sa maison, c'était comme si elle était assise dehors, à l'attendre.

Heureusement qu'il n'avait pas été au bout de son geste, car elle n'avait pas l'air d'être réceptive à des avances pour le moment. Ses cheveux courts se dressaient en épis dans tous les sens, ses yeux étaient cerclés de cernes sombres...

Il détacha son regard de la bretelle de soutien-gorge bleue que laissait voir son T-shirt. Habituellement, il était indifférent à ce genre de choses, mais connaître la couleur de son soutien-gorge le mit... mal à l'aise.

Ce qui n'était pas la bonne réaction, pas quand elle était assise là à pleurer en silence. Cela lui faisait mal de la voir ainsi, de savoir qu'elle souffrait et qu'il y avait une limite à ce qu'il pouvait faire pour y remédier. Et puis, il avait l'impression de se conduire en salaud, car il ne faisait pas vraiment les choses pour elle. Les avocats, la nourrice, la femme de ménage, c'était pour lui. Plus vite il réglerait les problèmes de Jeannie, plus vite elle serait de retour au bar.

Elle s'essuya les joues de la main et leva les yeux vers lui. La douleur qu'il vit dans son regard le fit presque reculer.

— Excusez-moi, marmonna-t-elle.

— Pardon ?

Elle renifla et cela lui fit plus de mal qu'un coup de poing dans les reins. Comme c'était étrange.

— Je ne voulais pas vous crier dessus. Ce n'est pas votre faute si tout est parti à la dérive. Vous essayez simplement de m'aider, déclara-t-elle. N'est-ce pas ?

Était-ce le cas ?

Dis quelque chose. Quelque chose de gentil, d'attentionné et d'approprié. Quelque chose qui pourrait arranger la situation. Ou du moins l'améliorer.

La sonnette retentit.

— Ça doit être Reginald.

Il se pressa d'aller ouvrir, conscient que c'était loin d'être la réaction la plus courageuse.

— Ils avaient tout sauf la marque Enfamil, déclara le chauffeur qui peinait sous le poids des sacs.

— Laissez un message et faites envoyer quelqu'un demain pour aller en chercher, déclara Robert en s'écartant pour laisser passer Reginald.

Celui-ci hocha la tête et porta les courses à l'intérieur. Une odeur alléchante parvint aux narines de Robert. Du poulet ?

— Qu'avez-vous acheté ?

— J'ai pensé que la jeune dame apprécierait de dîner, expliqua Reginald en indiquant Jeannie qui se tenait dans le couloir, l'air totalement confus. Il est difficile de cuisiner avec un nouveau-né.

— Je... C'est très gentil de votre part. Je ne suis pas sûre d'avoir mangé aujourd'hui, admit-elle d'une voix tremblante.

Robert en éprouva un éclair de jalousie irrationnel envers Reginald. Son chauffeur était marié depuis presque quarante ans, avait quatre enfants et un petit-fils depuis peu. S'il existait quelqu'un capable d'aider Robert à exprimer ses condoléances de manière appropriée, c'était bien lui.

La voix de Landon choisit alors cet instant pour s'insinuer dans son esprit et le faire grincer des dents. *« Un Wyatt ne demande jamais de l'aide. »*

Exact. Reginald était un employé que Robert payait généreusement pour combler ses lacunes, ce qui était précisément ce qu'il faisait en ce moment. Il n'était tout simplement pas venu à l'idée de Robert que Jeannie n'avait peut-être pas encore mangé.

Le vieil homme sourit gentiment à la jeune femme.

— Où voulez-vous que je pose les courses ?

— La cuisine est juste là-bas, répondit-elle en devançant Robert et Melissa, le regard gêné. Merci beaucoup pour tout.

Robert baissa les yeux. Le bébé s'était endormi, ce qui était bon signe. Il se rendit dans la chambre d'enfant et coucha la petite dans le berceau. Elle sursauta puis se rendormit.

S'il ne tenait pas à faire passer personnellement les entretiens aux nourrices, il en aurait fait envoyer une ici dès ce soir. Peut-être qu'il ferait mieux de rester...

Mais il repoussa l'idée. Il avait une opération prévue dans la matinée, ce qui l'obligeait à être à l'hôpital à 4 heures du matin. Il n'avait jamais eu besoin de beaucoup de sommeil, mais il veillait toujours à dormir au moins quatre heures avant une opération. Il ne prenait jamais de risques quand des vies étaient en jeu.

Il étudia Melissa. Les sons étouffés provenant de la cuisine emplirent la pièce d'un léger fond sonore et la petite soupira dans son sommeil. Il s'était occupé de beaucoup d'enfants au cours de sa carrière, mais cette petite fille était... différente. Il ne savait pas se l'expliquer.

— Dors pour elle, lui murmura-t-il.

Quand il revint au salon, Reginald était devant la porte d'entrée et Jeannie discutait avec lui :

— Encore merci. Combien je vous dois ?

Le chauffeur jeta à Robert un regard légèrement alarmé.

— Ça sera tout, Reginald.

— Ce fut un plaisir, mademoiselle, dit-il en soulevant son chapeau, sans laisser à Jeannie le temps de protester.

Un silence tendu s'installa un moment dans la maison. Pas de bébé qui pleure, pas de chauffeur serviable pour remplir les blancs de la conversation. Juste Robert, Jeannie et le terrible sentiment qu'au lieu de l'aider, il avait aggravé la situation. Elle avait l'air... triste ? Ou juste fatigué ?

— Robert..., commença-t-elle.

— Je vous recommande de donner en premier ce lait au bébé – je veux dire, Melissa –, la coupa-t-il en choisissant la boîte bio. Il n'y a pas de soja.

En réponse, elle laissa tomber sa tête entre ses mains.

— Il faudra un jour ou deux avant que l'ancien lait soit complètement éliminé de son organisme, continua-t-il rapidement, mais si son état empire, appelez-moi à n'importe quel moment.

La tête de Jeannie demeura dans ses mains.

— Robert.

— La nourrice devrait être ici à 14 heures au plus tard, enchaîna-t-il par peur de ce qu'elle pourrait dire. Elle vous apprendra tout ce que vous devez savoir. Ne mettez pas de couvertures ou de peluche dans le berceau.

Elle leva la tête et le regarda comme si elle le voyait pour la première fois.

— Robert !

Son cœur se mit inexplicablement à battre la chamade. Était-il en train de transpirer ? Oui, en effet. Étrange.

— Avez-vous besoin d'une aide financière ? Le temps que Len négocie un arrangement avec l'hôpital, je veux dire ? Faites-le-moi savoir. Je peux...

— Stop.

Elle n'avait pas vraiment haussé la voix et ce n'était sûrement pas un cri, mais il ressentit tout de même sa force.

Il déglutit, presque certain, hélas, que c'était une déglutition nerveuse, ce qui était ridicule parce qu'il n'était pas nerveux. Il était un Wyatt, bon sang. Pourtant, il cessa de parler, ce qui les plongea dans un autre silence gênant.

Jeannie se passa la main dans les cheveux, le regarda puis tourna les talons et entra dans la cuisine.

Que se passait-il ? Il voulut lui emboîter le pas mais avant même qu'il ait pu amorcer le mouvement, elle était de retour, les mains sur les hanches. Il trébucha alors qu'elle s'avançait vers lui.

— Robert, répéta-t-elle doucement en continuant à s'approcher.

— J'ai couché Melissa dans son berceau. Elle dormait.

Une expression de soulagement se lut sur le visage de Jeannie, mais elle ne ralentit pas et, chose incroyable, il recula. Il avait pourtant appris à ses dépens qu'un Wyatt ne battait pas en retraite et ne courbait jamais l'échine.

Mais face à elle, il recula. Juste d'un pas. Puis tout son conditionnement le rattrapa et il se raffermit. Mais il se sentit à nouveau déglutir et, bon sang, il savait que c'était nerveux.

— Pourquoi faites-vous cela, Robert ?

Faire quoi ?

À la réflexion, il préféra ravaler ses mots, car cela ne ferait que reculer l'échéance de manière inutile.

Il savait ce que cela signifiait. Et elle aussi.

Comment l'exprimer par des mots ? Il n'était même pas certain de savoir ce qu'étaient ces mots, à part qu'il avait besoin d'elle. Or, elle avait des problèmes qui l'empêchaient d'être là où il avait besoin d'elle, donc il résolvait ces problèmes.

Mais rien de tout cela ne sortit et, à la place, il s'entendit répondre :

— Vous avez besoin d'aide.

Elle ferma les yeux et expira longuement.

— Alors c'est tout ? Vous n'allez pas me dire pourquoi vous avez trouvé mon adresse, ausculté ma nièce, mis votre personnel à contribution et pourquoi vous vous tenez dans mon salon à refuser avec condescendance de répondre à une simple question ?

— Je ne suis pas condescendant, s'écria-t-il avant de pouvoir s'en empêcher.

— Non, bien sûr que non, voyons. Si vous ne pouvez pas me dire pourquoi, alors je vais devoir vous demander de partir. Et de ne pas revenir, acheva-t-elle, nerveuse.

Une sorte de panique le saisit.

— J'ai besoin de vous. Au bar.

Elle s'éloigna de lui.

— Miranda est parfaitement capable de vous servir votre boisson. Je lui ai montré comment faire et il y a assez de réserve dans le fût pour tenir plusieurs mois. Dans le pire des cas, je peux toujours aller en repréparer.

— Mais elle n'est pas vous.

— Et c'est un problème ? demanda-t-elle en fronçant les sourcils.

Elle était trop près. Il pouvait sentir l'odeur aigre du lait sur son T-shirt et voir à quel point ses yeux étaient rougis. Mais sous cette lumière, il voyait également des choses qu'il n'avait jamais remarquées dans le cadre tamisé du Trenton. Ses cheveux noirs avaient des nuances de rouge et ses yeux étaient marron, mais avec des taches de vert et d'or. Si quelqu'un d'autre s'était tenu ainsi devant lui, Robert l'aurait contourné ou se serait imposé. Il était toujours préférable de passer à l'offensive plutôt que de se retrouver dans une position de faiblesse.

Mais c'était ainsi qu'il était en ce moment. Dans une position de faiblesse.

— Je...

L'admettre revenait à admettre un échec et l'échec n'était pas une option.

— Je ne peux pas lui parler. Pas comme avec vous.

— Robert, nous parlons à peine, répliqua-t-elle, clairement exaspérée. Je veux dire, précisa-t-elle, que j'ai l'impression que vous ne parlez à personne. Vous êtes comme ça.

— Mais vous êtes différente.

Elle se figea à son contact et il réalisa qu'il était en train de la toucher. Sa main s'était posée sur la joue de Jeannie, exactement comme tout à l'heure. La peau de la jeune femme était chaude et douce et cela lui fit... du bien.

— Je n'ai pas les moyens de vous rembourser, murmura-t-elle, en couvrant sa main de la sienne.

Au lieu de repousser ses doigts, elle appuya la joue contre sa paume. Il retrouva enfin la parole.

— C'est... C'est exactement pour ça que vous êtes différente. Vous savez ce que les autres se diraient en me regardant ?

Elle secoua la tête avec prudence, comme si elle avait peur de briser ce singulier rapprochement.

— Ils calculeraient combien ils pourraient obtenir de moi. Votre Miranda...

— Elle flirte avec tout le monde, Robert. De plus gros compliments signifient de plus gros pourboires. C'est ainsi que cela fonctionne. Tout le monde le fait.

— Vous ne le faites pas, vous. Pas avec moi.

— Que s'est-il passé ?

Que *ne s'était-il pas* passé ? Sans même s'en rendre compte, il lui passa un bras autour de la taille et l'attira contre son torse.

— Je les ai peut-être un peu menacés, voire soudoyés.

Elle haleta mais resta contre lui. Elle n'aurait pourtant pas dû. Durant des années, il avait étouffé cette partie de lui, refusant de laisser Landon gagner. Mais ce soir, il s'était comporté de bout en bout comme un Wyatt. Dieu merci, elle n'avait pas été là-bas pour le voir.

— Oh ! Robert, soupira-t-elle. Juste parce que je n'étais pas là ?

Il aurait voulu le nier, mais ça aurait été un sacré mensonge. Et après être allé aussi loin, lui mentir aurait été pire que ce qu'il avait fait au bar.

— Oui.

Le corps doux et chaud de Jeannie se lova contre lui. Elle lui parut à sa place, les seins pressés contre son torse.

Depuis combien de temps attendait-il ce moment ?

— Vous me touchez, murmura-t-elle en posant son menton contre son cou.

— C'est exact.

Il sentit ses lèvres bouger contre sa peau. Est-ce qu'elle souriait ? Il l'espérait.

— Vous n'aimez pas être touché.

Elle était, bien sûr, au courant. C'est pourquoi il avait eu besoin de la voir ce soir et de faire tout ce qu'il fallait pour la ramener à son poste. Parce qu'elle le comprenait.

— Non.

D'un autre côté, si elle avait été derrière le bar, ils n'auraient pas vécu ce moment. Elle soupira contre lui, les bras autour de sa taille, la poitrine collée à son torse, et il aurait dû trouver cela trop proche, trop dangereux mais...

Ce n'était pas le cas.

Il la pressa plus étroitement en comprenant trop tard que c'était une étreinte. Comme c'était étrange.

— Je suis désolé pour votre sœur. Vous deviez beaucoup l'aimer.

— Je ne l'aimais pas assez. C'est... C'est compliqué. Nous étions brouillées et avions passé presque cinq ans sans nous parler. Nous cherchions à..., hésita-t-elle en reniflant. Nous cherchions à reformer une famille. Mais c'est fini. Ça n'arrivera jamais.

Une étrange sensation grandit dans la poitrine de Robert.

— Je suis désolé de l'entendre.

Était-il possible de recommencer une famille comme ça ? Évidemment, Landon Wyatt ne ferait jamais partie d'un nouveau départ. Mais si Robert pouvait éloigner sa mère, pourraient-ils envisager de redevenir une famille ?

— Je ne peux donc pas retourner au travail pour le moment.

Vous comprenez ? Je dois protéger Melissa, faire les choses comme il faut et... et honorer ma sœur, aussi imparfaite qu'elle ait pu être et que je le sois moi-même. Je dois honorer notre famille.

Il sentit sa peau s'humidifier. Il se pencha en arrière et lui releva le menton. Des larmes coulaient sur les joues de Jeannie et il les essuya avec ses pouces.

— Je ferai tout ce qui est en mon pouvoir pour vous aider.

— Vous voulez dire, en plus de l'avocat, de la nourrice, de la femme de ménage et de votre chauffeur qui a fait les courses pour moi ? demanda-t-elle avec un sourire tremblant.

— Oui.

— Pouvez-vous me dire pourquoi vous êtes ici ?

Ce n'était pas un ultimatum cette fois, mais une simple question.

Il ouvrit la bouche, car après tout lui parler était bel et bien l'unique raison de sa présence ici.

Mais elle avait passé la pire journée de sa vie. Et bien que ça ne soit pas non plus la joie pour lui, il ne pouvait supporter l'idée d'ajouter son fardeau au sien.

— Non. Je ne vais pas vous compliquer les choses.

Était-ce de la déception dans son regard ? Ou juste du soulagement ?

— Vous comprenez que je ne pourrais peut-être pas retourner au travail, non ? Julian me gardera mon emploi pendant quelques semaines, mais...

— Votre travail vous attendra, l'interrompit Robert. S'il le faut, je lui rachèterai le restaurant au triple de sa valeur, mais vous conserverez votre emploi.

Elle ouvrit de grands yeux, sans pour autant bouger.

— Vous feriez ça pour moi ?

— Si c'est ce dont vous avez besoin, oui.

Il posa le regard sur ses lèvres entrouvertes par la surprise ou le choc ou, peut-être, l'horreur. Probablement à cause de ses manières autocratiques.

— Pourquoi ?

— Je vous l'ai dit, répondit-il d'une voix rauque.

Il détourna le regard de sa bouche et lut sur son visage quelque chose ressemblant à de la confusion. Elle était plus proche de lui que tout à l'heure sur les marches du perron, plus proche qu'au moment de cette étreinte.

— Dites-le-moi encore, chuchota-t-elle contre ses lèvres.

— Parce que j'ai besoin de vous, murmura-t-il avant de prendre sa bouche.

5

Primo : Robert l'embrassait.

Secundo : il n'aimait pas être touché. Mais à voir sa bouche posée sur la sienne et ses mains lui prenant le visage en coupe, il ne paraissait pas avoir de problème avec ce genre de contact. Mais cela la ramena à...

Tertio : le Dr Robert Wyatt, héritier des Industries Médicales Wyatt, classé au top 5 des milliardaires célibataires de Chicago, allait lui procurer un avocat, une nourrice, une femme de ménage, et il était apparemment prêt à lui acheter un restaurant afin qu'elle lui serve des manhattan.

Ce qui la ramena inévitablement au primo : il était en train de l'embrasser.

La chaleur irradiait les endroits où il la touchait, libérant des étincelles frémissantes de désir ardent dont la douleur exquise lui procurait le plaisir le plus agréable qu'elle ait jamais ressenti.

À quand remontait sa dernière douche ?

Cette pensée la poussa à rompre le baiser, ce qui était vraiment dommage, car, malgré son caractère autoritaire, sa condescendance et ses comportements menaçants, Robert embrassait incroyablement bien.

La bonne personne au mauvais moment.

Ce fut la pensée qui lui traversa l'esprit tandis qu'elle l'observait, haletante. Elle croisa les bras pour s'empêcher de trembler. Pourquoi maintenant ?

— C'était..., commença-t-il, reprenant ses esprits.

Il voulut ajuster ses boutons de manchettes, puis réalisa que ses manches étaient toujours enroulées sur ses coudes. Il s'y attaqua donc.

— Je n'avais pas l'intention de faire ça.

— Oh ! pour l'amour du ciel, Robert.

D'accord, elle avait donc embrassé le célèbre Robert Wyatt. Son client préféré. L'homme qui alimentait ses rêves érotiques et ses fantasmes depuis plusieurs années. Et même si ce baiser lui fournissait d'autres fantasmes pour les années à venir, cela ne changeait rien à la réalité.

Il demeurait Robert et il était incapable de la moindre conversation.

— Quoi ? demanda-t-il, le front plissé, tout en terminant de boutonner une manchette.

— Ce n'est pas ce qu'on dit après avoir embrassé une femme.

Il s'arrêta puis, ô surprise, ajusta la manchette qu'il venait de boutonner.

— Ah bon ?

— Non.

Elle prit une profonde inspiration, mais ce fut une mauvaise idée. Sans la présence d'un bar pour les séparer, et des effluves de vin et de whisky pour supplanter son odorat, ce fut son parfum qu'elle inspira, une eau de Cologne riche et épicée, entêtante et malgré tout subtile.

Il y avait au moins un aspect chez lui qui n'était pas conçu pour dominer.

Elle se dirigea vers la cuisine d'où s'échappait une bonne odeur de poulet. Son estomac gronda comme pour lui rappeler qu'elle avait besoin de manger. Le chauffeur ne s'était pas trompé. Elle n'était pas certaine d'avoir déjeuné aujourd'hui et, si Melissa pouvait dormir encore un peu, elle pourrait peut-être prendre également une douche.

C'était un énorme « si ». Ce bébé n'avait jamais dormi plus de trente minutes d'affilée depuis... Eh bien, de toute sa vie. Franchement, Jeannie pouvait même s'estimer chanceuse d'avoir pu échanger le baiser le plus parfait de sa vie sans avoir été interrompue.

— Et que suis-je censé répliquer ?

Elle sourit presque de voir qu'il n'en avait vraiment aucune idée.

— Quelque chose qui ne donne pas l'impression que vous

regrettez de m'avoir embrassée, expliqua-t-elle avant d'agiter la main en signe d'indifférence. Ce n'est pas important.

Elle se retourna en entendant grogner. Robert avançait vers elle à grandes enjambées, les deux manchettes ajustées.

— Vous êtes importante, déclara-t-il.

Si quelqu'un d'autre avait proféré ces mots sur ce ton, elle l'aurait entendu comme une menace, mais venant de lui ? Sa voix était tout à la fois possessive, exigeante et suppliante, mais pas menaçante. Elle renfermait une promesse.

Oh ! comme elle aurait voulu qu'il tienne cette promesse.

Il la fixa de son regard bleu glacier, féroce et étonnamment chaleureux.

— Ce baiser était important. Mais je ne veux pas vous donner le sentiment que vous me devez un baiser ou votre corps. Il ne s'agit pas de cela. Je ne suis pas comme ça.

— Alors de quoi s'agit-il ? demanda-t-elle en réussissant à déglutir. Quel genre de personne êtes-vous ?

Sa bouche s'ouvrit, puis se referma brusquement et il recula d'un pas. Allait-il encore ajuster ses manchettes ?

— Est-ce que vous vous en sortirez pour ce soir ? Je peux vous envoyer une nourrice pour la nuit.

Une partie d'elle était très reconnaissante qu'il n'ait pas suggéré de rester, car elle aurait pu le prendre au mot. Mais une autre partie était déçue que Robert soit soudain redevenu le Dr Wyatt. Vraiment déçue. Parce que si ce baiser était un avant-goût…

Il aurait été incroyable.

— Ça ira.

Elle posa la main sur le bras de Robert et sentit ses muscles aussi durs que de la pierre à travers le fin coton de la chemise.

Concentre-toi, Jeannie.

— En êtes-vous sûre ?

Robert Wyatt était vraiment du genre adorable quand il s'inquiétait. Peut-être parce que cela ne lui venait pas naturellement.

— Certaine. J'ai rencontré un homme très gentil qui m'a appris l'emmaillotage et qui, pour résumer, a été incroyable, répondit-elle en lui serrant le bras.

Il repoussa sa main et le cœur de Jeannie se serra en voyant qu'il était redevenu le Dr Wyatt et qu'elle ne devait pas le toucher. Mais il la surprit à nouveau, car, au lieu de lâcher sa main, il la porta à ses lèvres et lui embrassa les doigts, accompagnant son geste de ce léger sourire qui relevait les coins de sa bouche.

C'était un geste désuet, tout droit sorti d'un roman d'amour, mais bon sang, ça faisait quand même son effet.

Il aurait été tellement incroyable.

Elle s'était toujours arrangée pour contenir ses rêveries érotiques concernant cet homme, mais pour le moment elle n'arrivait plus à contenir quoi que ce soit. Pas avec ses lèvres qui lui réchauffaient le corps.

Ses yeux parcoururent la pièce.

— Ah, fit-il.

Il la libéra et se dirigea vers le tableau à messages que Nicole avait accroché avec des patères.

— Voici mon numéro personnel. Vous pouvez appeler ou envoyer un message à tout moment. J'ai une opération dans la matinée, donc ça, ajouta-t-il en écrivant un second numéro, c'est celui de mon assistante.

Elle était sur le point de protester, mais il ajouta :

— Je passerai demain soir pour voir comment ça fonctionne avec la nourrice.

L'idée lui procura un petit frisson d'excitation, même s'il ne fallait pas. Elle s'assurerait d'avoir pris une douche d'ici là.

— Ce n'est pas nécessaire.

— Oh que si.

Évidemment.

— Ça va bien se passer.

— Dans ce cas, j'aurai le plaisir de vous revoir.

L'air se vida de ses poumons, car non seulement c'était une bonne réplique, mais elle venait en plus de Robert.

— Est-ce que vous me direz alors ce qui vous tracasse ?

Une ombre passa dans son regard et elle le sentit battre en retraite, mentalement et physiquement, car il ouvrit la porte et sortit de la maison.

— Non.

— Pourquoi ?

— Parce que je ne veux pas vous mettre en danger.

Puis il se dirigea vers Reginald qui l'attendait, portière ouverte.

Le chauffeur souleva sa casquette à l'intention de Jeannie, puis ils partirent.

Qu'est-ce que cela signifiait ?

Melissa hurlait, comme toujours, quand la sonnerie retentit.

— Une seconde ! cria Jeannie.

Elle avait eu beau regarder le tutoriel, impossible d'emmailloter le bébé correctement. En tout cas, le résultat n'avait rien à voir avec celui de Robert. Et bien que Melissa ait effectivement mieux dormi après avoir bu le lait sans soja, Jeannie était toujours épuisée et pas encore douchée.

Tant pis. Elle installa Melissa et recommença à enrouler la couverture autour de son petit corps.

La sonnette retentit à nouveau et son téléphone tinta pratiquement au même moment. Elle le prit et lut le SMS. Il provenait de Robert, bien sûr.

Maja Kowalczyk

Envoyez-moi un texto immédiatement si vous ne l'aimez pas.

C'était accompagné de la photo d'une femme d'âge mûr, portant un chignon et le visage sillonné de rides profondes.

— Mademoiselle Kaufman ? Êtes-vous en mesure de venir à la porte ? cria une voix par-dessus les hurlements de Melissa.

Heureusement qu'elle avait pu consulter son téléphone.

Rangeant l'appareil dans sa poche, elle laissa tomber la couverture. Puis elle souleva Melissa et la serra contre sa poitrine, comme l'avait fait Robert, la nuit précédente. Les hurlements s'apaisèrent un peu.

On sonna de nouveau à la porte, puis le téléphone suivit, mais elle l'ignora et réussit à atteindre l'entrée.

— Je suis là, lança-t-elle sèchement en ouvrant.

La femme sur le perron correspondait à celle de la photo, sauf que, à la surprise de Jeannie, il y avait une valise à roulettes à côté d'elle.

— Tout va bien, elle est là, dit-elle en souriant chaleureusement. Oui, tout va bien. Merci, docteur Wyatt.

Jeannie comprit alors que Maja ne s'adressait pas à elle, mais à son téléphone portable. À Robert.

Et dire qu'elle s'imaginait avant qu'il n'existait pas au monde de plus grande maniaque du contrôle que Nicole.

La nourrice mit fin à l'appel et joignit les mains devant sa généreuse poitrine. Elle portait une robe à fleurs, d'horribles chaussures en cuir et un cardigan ! Or, il faisait un froid de canard.

— Bonjour mademoiselle Kaufman, je suis Maja Kowalczyk.

— Bonjour. Je suis Jeannie.

— Le Dr Wyatt a dit que vous aviez besoin de...

Ses yeux se plissèrent et sa voix s'éteignit à mesure qu'elle regardait Melissa et Jeannie. Le bébé choisit ce moment pour laisser échapper de petits geignements.

— Pauvres chéries, dit la femme avec compassion. Puis-je entrer ?

Avait-elle vraiment le choix ? Elle avait besoin d'aide et, si Robert comptait toujours passer la voir tout à l'heure, il fallait qu'elle prenne une douche.

Elle n'était pas vraiment sûre de ne pas avoir halluciné la nuit dernière. Elle avait fait un souhait devant quelque chose qui n'était probablement pas une étoile, puis Robert était apparu, l'avait embrassée, avant de jeter tout un tas d'argent sur ses problèmes et... de disparaître dans la nuit.

C'était du domaine des rêves. Et peut-être aussi des cauchemars. Elle ne savait pas trop lequel des deux.

Parce qu'il y avait vraiment quelque chose d'irréel à regarder Maja faire rouler sa petite valise dans la maison. Jeannie jeta un coup d'œil à la porte d'entrée : aucune longue voiture noire ne bloquait la circulation et aucun milliardaire séduisant ne relevait ses manches pour faire chavirer son monde.

Maja soupira devant le désordre et Jeannie se dit que si elle se trouvait dans un rêve, sa maison aurait été bien plus propre. Mais avec Melissa constamment en pleurs, elle n'avait pas encore réussi à emmailloter quoi que ce soit, surtout pas un bébé agité, et le ménage n'avait pas été une priorité pour elle. Alors oui, la maison était zone sinistrée.

— Désolée pour le désordre.

Maja secoua la tête.

— Ce gentil Dr Wyatt m'a expliqué à quoi m'attendre. Je suis désolée pour votre sœur.

Sur ce, Jeannie se retrouva serrée contre l'impressionnante poitrine de Maja.

— Bon, voyons voir, reprit celle-ci, reculant d'un pas, l'air imperturbable. Je pense que je vais prendre cette *babisui* pour l'habiller. Et vous, ma chérie, vous allez prendre une douche et vous reposer, d'accord ?

Si Jeannie restait là plus longtemps, elle allait se mettre à pleurer, car une douche et une sieste lui apparaissaient comme le paradis.

— Euh, oui, d'accord.

Maja fit mine de prendre Melissa, mais Jeannie l'arrêta.

— Juste pour que nous soyons claires, quelles sont vos qualifications ?

N'importe quelles qualifications seraient meilleures que les siennes, mais si elle voulait confier Melissa à une parfaite inconnue, puis s'endormir avec ladite étrangère dans sa maison, il fallait qu'elle soit rassurée.

Robert n'aurait pas embauché la première venue, mais elle avait besoin de prendre part à cette décision.

— Ah, oui, répondit Maja en hochant la tête comme si elle approuvait la prudence de Jeannie. Mon mari est décédé et il n'y avait plus grand-chose pour moi en Pologne. Je suis donc venue ici il y a vingt-sept ans, lorsque mon fils a épousé une belle Américaine. J'étais infirmière dans une maternité en Pologne et ici, je me suis occupée de mes petits-enfants. Lorsqu'ils sont entrés à l'école, ma belle-fille avait une amie qui démarrait une société de nourrices à domicile et elle m'a engagée. Je parle couramment le polonais, l'anglais et le russe, ainsi que l'allemand et le français. Mais très peu de français, en fait, avoua-t-elle avec un sourire contrit.

— Je… euh… parle anglais. Et je baragouine un peu d'espagnol, lâcha Jeannie, qui se sentit terriblement insignifiante face à cette femme.

Cinq langues en plus d'avoir été infirmière ? Pas étonnant que Robert l'ait engagée.

— Je me suis occupée de bébés durant toute ma vie, continua Maja. J'ai sur moi des copies de mes certificats médicaux et des références de mes anciens employeurs. Le Dr Wyatt a également ces copies. Il m'a demandé de rester une semaine, nuits comprises si vous êtes d'accord, jusqu'à ce que vous vous sentiez plus en confiance. Ensuite, je viendrai tous les jours de midi à minuit, à moins que vous n'ayez un emploi du temps différent ?

De midi à minuit, c'était signé Robert : elle pourrait ainsi revenir au Trenton lui servir son verre.

Maja avait été infirmière. Elle était en mesure de savoir si quelque chose n'allait vraiment pas. Elle apprendrait les bases à Jeannie et... et... Elle se sentit soudain si soulagée que ses jambes se mirent à trembler. Elle allait s'en sortir. Tout allait s'arranger. Il le fallait.

Elle en sourit presque. Robert n'autoriserait pas que la situation empire, c'était aussi simple que cela, n'est-ce pas ?

Melissa s'énerva, faisant tomber couverture et la couche.

— Désolée, murmura Jeannie alors que Maja lui souriait avec sympathie. Vous êtes engagée.

— Allez vous reposer, ma chère, ajouta Maja en lui prenant le bébé nu et agité. Allez-y. La *babisui* et moi, on va faire connaissance, n'est-ce pas ? roucoula-t-elle.

Melissa lui répondit en tendant les jambes et les bras et en lâchant un énorme gaz.

Sans la couche. Jeannie était mortifiée.

— Bravo, s'extasia Maja, pas du tout horrifiée.

Si seulement Melissa pouvait se retenir quand quelqu'un entrait dans la maison !

— Le vilain lait est en train de sortir. Ça va mieux, mon petit ange ? On va aller te nettoyer, hein ? Oui, c'est dur d'être un *babisui*, hein ?

Tout en murmurant avec douceur, elle emporta Melissa dans la nursery avec autant d'aisance que si elle avait vécu dix ans dans cette maison.

— Nicole, murmura Jeannie en levant les yeux au ciel, je fais de mon mieux. J'espère que ça ira.

Son téléphone se mit à sonner et elle vit sans surprise que c'était Robert. Mais chose inédite, il l'appelait.

— Allô ?

— Est-ce que Maja a votre approbation ?

— Bonjour à vous aussi.

Il refit son espèce de grognement et Jeannie sentit un frisson de désir la parcourir.

— Convient-elle ou dois-je trouver une remplaçante ?

— Elle est adorable, Robert. Merci de l'avoir envoyée.

— Bien. Je passerai tout à l'heure.

Et avant qu'elle puisse lui demander à quelle heure, il mit fin à l'appel.

Quel homme impossible.

Il passerait simplement pour s'assurer que Maja permettrait à Jeannie de retrouver son travail le plus rapidement possible. Sa visite n'avait sans doute rien à voir avec leur étreinte de la nuit dernière, et encore moins avec le baiser.

Elle jeta un coup d'œil à l'horloge. Il était 14 h 30. Connaissant Robert, il serait là à 20 heures précises.

Elle se précipita sous la douche. L'heure tournait.

6

Il avait tenu Jeannie dans ses bras la veille. Elle avait raison, il n'aimait pas être touché. Mais avec elle…

— Monsieur ?

Il était certain que le léger mouvement dans son cou était un sourire. Elle avait souri dans ses bras et cela avait paru si naturel. Il n'avait pas relevé sa garde comme à son habitude, mais c'était bien le problème. S'il avait agi avec sa prudence coutumière, il ne l'aurait jamais embrassée.

Ou tout gâché en s'excusant après coup. L'aurait-elle à nouveau embrassé s'il avait su tenir sa langue ?

— Docteur Wyatt ?

Il repoussa ses pensées au sujet de Jeannie et regarda Thomas Kelly, son assistant.

— Avez-vous besoin d'autre chose, monsieur ?

— Est-ce que vous avez trouvé une femme de ménage ?

La maison de Jeannie était dans un état catastrophique, à la limite de l'insalubrité pour le bébé.

Melissa, se corrigea-t-il.

— Oui, monsieur, s'empressa de répondre le jeune homme.

À peine âgé de vingt-trois ans, il travaillait pour Robert depuis qu'il avait terminé ses études, sur la recommandation d'un professeur dont le petit-fils avait subi avec succès une opération du cœur. Thomas Kelly vivait en dehors des sphères d'influence de Landon Wyatt, ce qui le rendait précieux.

Le jeune homme consulta sa tablette.

— Rona doit se rendre là-bas, demain à 10 heures. C'est la sœur de Darna et ses antécédents sont satisfaisants.

Darna était la femme de ménage de Robert et elle s'était montrée digne de confiance au cours des dernières années. Il aurait préféré qu'elle s'occupe en personne de la maison de Jeannie mais si Landon Wyatt savait que Robert avait un petit faible pour une barmaid...

Mais qu'était-il censé faire ? Il ne pouvait pas abandonner Jeannie aux vents du destin. Pas plus qu'il ne pouvait fermer les yeux sur cette fillette. Oui, elle souffrait d'une légère réaction allergique qui n'aurait pas mis sa vie en danger. Et oui, il aurait pu confier le cas à un pédiatre mais...

Jeannie l'avait aidé à se relever après sa dernière entrevue avec ses parents. Avec un peu de chance, elle ne saurait jamais combien il lui était redevable, mais il n'avait pas l'intention de l'abandonner à son triste sort. Elle avait besoin que ce bébé se porte bien et lui avait besoin d'elle.

Quel était l'intérêt d'être l'un des hommes les plus puissants du pays s'il n'utilisait pas ce pouvoir pour obtenir ce dont il avait besoin ?

— Est-ce que Rona a signé l'accord de confidentialité ?

— Oui. Les doubles sont au dossier.

Tous ceux qui travaillaient pour lui signaient une clause de confidentialité. Contrairement à Landon, qui utilisait ces documents pour cacher ses comportements déviants, Robert s'en servait pour empêcher ses employés de parler : à la presse, à Landon et au conseil d'administration des Industries Wyatt.

Non pas que les clauses de confidentialité empêchent tout bavardage. Il avait encore été nommé sur cette ridicule liste de célibataires milliardaires, ce qui revenait à se retrouver avec une grosse cible peinte dans le dos. Il ne faisait pas signer cette clause à ses patients, même s'il l'avait envisagé après qu'une famille avait raconté à un journal que Robert avait couvert leurs factures médicales. Malheureusement, les avocats de l'hôpital l'avaient informé qu'il n'était pas autorisé à faire signer ce genre de clause aux patients.

Curieusement, il n'avait jamais envisagé d'en faire signer une à Jeannie. Mais elle était d'une autre trempe et elle ne dirait rien à personne. Il lui faisait confiance.

— Est-ce que vous aimez travailler pour moi ? demanda-t-il en observant Kelly.

— Oui, monsieur, répliqua le jeune homme sans la moindre hésitation.

— Est-ce que vous trouvez que vous êtes correctement rémunéré pour votre travail ?

Kelly était d'astreinte vingt-quatre heures par jour.

— Si je réponds « oui », est-ce que je perds une augmentation ? répliqua le jeune homme en souriant.

Il aurait donné n'importe quoi pour pouvoir discuter de son plan avec Jeannie. Elle verrait les choses sous un angle différent et repérerait les failles de son idée. Mais elle avait trop de soucis en ce moment pour qu'il se résolve à y ajouter cela. Kelly était son assistant, pas son ami. Et même s'il l'appréciait, il ne pouvait se risquer à affaiblir sa position en confiant ses incertitudes à un employé.

Il ne devait compter que sur lui-même.

— Il me faut un avion.

— Votre jet peut être prêt à décoller dans quarante-cinq minutes, déclara Kelly qui tapotait déjà sur sa tablette.

— Non. J'ai besoin d'un avion de location et d'un équipage indépendant prêt à partir. Ils ne doivent pas savoir qui les paye ni poser de questions.

Une expression passa sur le visage de Kelly. Confusion ou inquiétude ? Peu importait.

— Quand ?

— Pas ce samedi, le suivant.

Il ajusta ses manchettes au moment où Reginald tournait dans la rue de Jeannie.

— Ça sera le soir de…

Kelly s'interrompit et Robert réalisa qu'il était en train de le foudroyer du regard.

— Oui.

L'idée semblait risquée : s'il réussissait à libérer sa mère, Landon ferait tout ce qui serait en son prodigieux pouvoir pour punir sa femme et son fils. Et si sa mère refusait, serait-il capable de la laisser à la merci de Landon ? Pourrait-il l'abandonner une seconde fois ?

La question ne se posait même pas.

— La destination sera Los Angeles, poursuivit-il. À partir de là, il me faudra deux billets en première classe pour Auckland.

— En Nouvelle-Zélande ? s'exclama Kelly dont la voix fit un bond dans les aigus.

— Oui. Et il va sans dire que si vous parlez de ces arrangements à qui que ce soit, j'en serai contrarié.

— C'est parfaitement clair, monsieur, acquiesça Kelly avant de s'éclaircir la gorge. J'aurais besoin des noms pour les billets des vols commerciaux.

— Cybil Wyatt.

Kelly inspira brusquement. Que savait-il exactement de la famille de Robert ? Il était amené de temps en temps à échanger avec Alexander, l'assistant de Landon, Il devait sûrement avoir quelques soupçons.

— Je ne peux pas garantir qu'elle disposera de son passeport, alors arrangez-vous pour les documents nécessaires au voyage.

Kelly acquiesça.

— Et le second billet ?

Robert envisagea d'ajouter son propre nom, mais il fallait que quelqu'un reste à Chicago pour brouiller les pistes.

Les issues éventuelles se jouèrent dans son esprit. S'il réussissait, non seulement il mettrait sa mère à l'abri, mais il serait alors en mesure de dénoncer les antécédents de Landon et de l'éliminer de la scène politique. Pour toujours.

La voiture s'arrêta devant la demeure de Jeannie. Le cœur de Robert fit un drôle de bond à la vue de cette maison qui lui faisait penser à une petite boîte en carton. Elle était étriquée avec des signes de délabrement évidents. Il faudrait qu'il engage des entrepreneurs afin de faire réparer la façade. Ce toit semblait avoir fait son temps et le jardin ne ressemblait à rien. Jeannie avait besoin d'aide, or comment serait-il en mesure de l'aider depuis un hémisphère différent ?

Et tu ne pourras pas l'embrasser depuis Auckland, lui chuchota une voix dans sa tête.

C'est vrai. Leur baiser avait été parfait. Mais ce serait mieux pour tous les deux s'ils ne recommençaient plus.

— Assurez-vous qu'il y aura une infirmière à bord. Le second billet sera pour elle, déclara-t-il.

Il aurait aimé rester auprès de sa mère, car elle lui manquait au point que c'en était douloureux. Mais si elle était séparée de Landon, il lui parlerait quand il voudrait.

— Toutes les dépenses seront prises en charge, en plus de généreux bonus. Assurez-vous de mener une enquête sur la personne que vous embaucherez. Cette situation nécessite le plus grand secret, ne serait-ce que pour empêcher Cybil de contacter Landon ou de rentrer à Chicago avant...

Avant que tout danger soit écarté.

— Avant le moment adéquat, acheva-t-il.

Car si, une fois à Los Angeles, sa mère cédait à la panique et tentait de s'échapper comme il y avait trois ans, Robert savait que Landon ne se contenterait pas de la couper de son entourage, cette fois.

Il s'agissait d'une situation où Robert ne pouvait prendre le risque de perdre.

— Trouvez un logement en Nouvelle-Zélande, commanda-t-il. Un endroit isolé et sûr, avec un bail à durée indéterminée. Assurez-vous qu'il y ait du personnel compétent. Et engagez un garde pour ici, ajouta-t-il en désignant la maison de Jeannie.

Il n'y avait même pas de clôture pour empêcher quiconque d'approcher de la porte d'entrée. Jeannie était assise sur le perron la nuit dernière, la porte ouverte dans son dos.

— Et que personne ne se doute que la maison est sous surveillance.

Juste au cas où Landon commencerait à creuser et tomberait sur Jeannie. Non, Robert ne pouvait prendre le risque de perdre quoi que ce soit. Éloigner sa mère pourrait bien ne pas s'avérer suffisant, et s'il laissait à Landon la moindre chance de la retrouver, celui-ci n'hésiterait pas un instant.

Ce qui ne signifiait qu'une seule chose.

Son estomac se révulsa.

— Oui, monsieur. Autre chose ?

— Planifiez une réunion demain matin à 6 heures avec Len dans mon bureau à l'hôpital. Connaissons-nous quelqu'un au bureau du procureur ? Et un détective privé. Quelqu'un en qui nous ayons confiance. Oh ! et je veux aussi que vous soyez là.

Robert avait des visites à effectuer à 7 heures et des patients à voir, mais il aurait le temps de planifier beaucoup de choses au préalable. Kelly était quelqu'un de très capable, mais si Robert voulait affronter Landon, il aurait besoin de bien plus que d'un simple plan d'évasion.

Il allait devoir se montrer impitoyable.

Robert laissa Reginald lui ouvrir sa portière.

— Ramenez M. Kelly chez lui. Je n'aurai pas besoin de vous avant au moins une heure.

C'était le temps qu'il lui faudrait pour avoir un rapport de Maja, vérifier que Melissa allait bien, s'assurer que tout ce qu'il avait commandé avait été livré et...

Et de voir Jeannie.

Mais juste pour savoir comment elle allait, et non parce qu'il avait besoin d'elle ou quoi que ce soit de ce genre. Il était Robert Wyatt. Il n'avait besoin de personne, surtout pas d'une barmaid. La nuit dernière avait juste été...

De ces choses qui arrivent.

Il monta les marches menant à la maison et la porte s'ouvrit avant même qu'il puisse toquer. Ses poumons se vidèrent de leur air.

— Robert, dit-elle, d'une voix douce. Vous êtes à l'heure. Comme d'habitude.

Elle l'attendait. À nouveau, il eut la sensation qu'elle l'attendait depuis toujours.

— Jeannie.

Elle semblait aller mieux, réalisa-t-il. Elle était pieds nus, vêtue d'un ample short en jean et d'un vieux T-shirt des Cubs.

Elle avait l'air d'aller bien. Elle s'était douchée, ses yeux étaient moins cernés et elle souriait. C'était comme recevoir un coup de poing en pleine poitrine.

Il devait être en train de la fixer, car elle s'empourpra.

— Il y a quelque chose sur mon T-shirt ? demanda-t-elle en tirant dessus, ce qui eut pour effet de creuser son décolleté. Je viens de le mettre...

Son soutien-gorge était blanc aujourd'hui. Et avant de le porter, elle avait été nue.

Non, il était ici pour examiner le bébé et s'assurer que Jeannie disposait du soutien nécessaire à un résultat optimal. Il était là pour confirmer que les personnes qu'il avait embauchées travaillaient de manière satisfaisante. Jeannie était sa barmaid et il voulait que tout revienne à la normale. Parce que plus il sortait de sa routine, plus ils se trouvaient en danger.

Pourtant, cette logique implacable ne put empêcher ce qui suivit. Comprendre qu'elle avait subi une perte douloureuse ne l'empêcha pas de prendre les mains de la jeune femme et de les poser autour de son cou.

— Oh ! souffla-t-elle, les yeux écarquillés.

Incapable de résister, il captura ce petit son et l'aspira en posant la bouche sur ses lèvres.

Aujourd'hui, elle sentait... une odeur d'orange, vive et acidulée, incroyablement douce.

Ainsi donc, il était en train de l'embrasser. Ce n'était pas ce qu'il avait prévu, mais cela lui parut la chose à faire. Le corps de Jeannie s'appuya contre lui et ses bras se resserrèrent autour de son cou.

— Oh ! Robert, oui, soupira-t-elle contre sa bouche.

Il se sentit aussitôt durcir. Comme il aurait voulu qu'elle pose les mains sur lui, son nom sur ses lèvres et qu'elle presse son corps contre le sien.

— Jeannie, gémit-il presque.

— Oui.

Il posa les mains sur sa taille et la fit avancer à reculons pour entrer dans la maison, puis referma la porte d'un coup de pied et...

Vlan.

Le claquement les fit sursauter et les sépara. Juste au bon moment, car la nourrice sortit de la chambre en tenant dans ses bras une Melissa parfaitement emmaillotée.

— Ah, docteur Wyatt, fit-elle avec un grand sourire. Tout se passe bien.

Il ajusta ses manchettes pour se laisser le temps de se ressaisir, mais il commit alors l'erreur de jeter un regard à Jeannie. Elle était écarlate et fixait ses orteils, mais il crut voir un sourire étirer la commissure de ses lèvres.

Des lèvres gonflées par son baiser.

Étrangement, cela l'emplit de fierté. Comme s'il avait accompli quelque exploit, et non rendu une situation chaotique encore plus chaotique.

Bon sang, il avait perdu le contrôle et ce n'était absolument pas permis.

— Bonjour, madame Kowalczyk, finit-il par répondre, une fois certain d'avoir repris ses esprits. Votre rapport ?

— Le lait bio fait effet et la jolie petite Melissa est déjà moins agitée. Mlle Jeannie est une excellente élève. Elle a déjà appris à bien emmailloter un *babisui* et à changer une couche, expliqua-t-elle avant d'adresser un regard maternel à Jeannie. Je pense cependant qu'il serait bien que Mlle Jeannie sorte de la maison. Elle a beaucoup souffert et n'importe qui à sa place aurait besoin d'une pause, n'est-ce pas ?

— Excellente idée.

Il tirait déjà son téléphone pour demander à Reginald de revenir aussitôt qu'il aurait déposé Kelly, quand Jeannie émit une exclamation de surprise.

— Pas ce soir, Robert ! Par pitié !

— Quoi ?

Elle avait eu la même expression la veille, quand il avait gâché leur baiser. Comme s'il y avait un code de conduite à tenir dans ce genre de situations et qu'il ne l'avait pas respecté.

— Je ne vais nulle part ce soir, expliqua-t-elle. Ce n'est pas avec une sieste et une douche que je suis opérationnelle.

Son regard se posa sur les lèvres de Robert et celui-ci la vit sortir le bout de la langue pour le passer sur sa lèvre inférieure.

Hum. Intéressant. Cela signifiait-il qu'elle songeait à leur second baiser ? Il n'en avait aucune idée, mis à part qu'il sentait encore les effluves d'orange dans l'air.

Il regarda Maja avec prudence et la vit acquiescer.

— Peut-être demain pour déjeuner ? suggéra-t-elle.

— Déjeuner.

Passant ses journées à l'hôpital à faire des consultations ou voir des patients, il n'avait pas l'habitude de déjeuner.

— Le repas, vous savez ? La plupart des gens le prennent aux alentours de midi, expliqua Jeannie en souriant franchement à présent.

Quelque chose dans la poitrine de Robert se détendit. Elle le taquinait. Personne n'aurait osé, mais elle, si.

— Oui, je connais le concept.

Le sourire de Jeannie s'élargit davantage.

— J'ai des rendez-vous demain, continua-t-il. Mais nous pourrions déjeuner ensemble samedi.

Il savait déjà que Maja serait là. Il lui versait un salaire exorbitant pour qu'elle reste sur place durant la première semaine. Il avait clairement stipulé que la nourrice aurait la charge de veiller sur les deux personnes vivant sous ce toit.

Maja lui adressa à nouveau ce signe d'approbation.

— D'accord, répondit Jeannie. Mais rien de trop chic. Et pas au Trenton.

— Bien sûr que non.

Il n'était pas certain d'y être le bienvenu. Mieux valait attendre que Jeannie y retourne.

Celle-ci lui lança un regard méfiant.

— Vous mangez, n'est-ce pas ? Vous ne commandez jamais rien d'autre qu'un manhattan au bar.

— Bien sûr que je mange.

Darna veillait à lui préparer des repas maison. Elle cuisinait selon ses spécifications et cela lui convenait parfaitement. Il n'avait pas besoin de tester la dernière mode culinaire, ni d'être vu. Il aimait son coin de table au bar de Jeannie, ainsi que sa paix et sa tranquillité.

Durant un instant, il envisagea de tout simplement l'inviter chez lui. S'il appelait Darna maintenant, elle aurait sûrement le temps de composer quelque chose de spécial. Son rôti de porc était incroyable et ses petits gâteaux de riz enveloppés dans des feuilles de bananier, Jeannie les aimerait. Il pourrait lui montrer sa maison et...

Et...

C'était une très mauvaise idée. Oui, il l'avait embrassée à deux reprises, donc l'emmener chez lui était dangereux.

Mieux valait que Kelly leur trouve un restaurant. Un endroit tranquille mais pas romantique, quelque part où elle pourrait se détendre. Un endroit où les commérages n'atteindraient pas Landon Wyatt.

Un endroit où elle pourrait lui sourire, mais où une table les empêcherait de se toucher. C'était plus sûr de cette façon.

— Je connais l'endroit idéal, mentit-il.

De toute façon, il aurait l'adresse avant demain midi. Kelly était efficace.

Sur quoi, il tendit la main et Maja posa sans hésiter le bébé dans ses bras. Melissa se tortilla au changement mais quand il la berça, elle le fixa de ses yeux bleus brillants.

— Voyons comment nous allons.

Quarante minutes plus tard, Jeannie avait fait la démonstration de tout ce qu'elle avait appris – comment changer correctement une couche, comment emmailloter un bébé en toute sécurité et même comment tenir le biberon pour que Melissa n'ait pas autant de mal à boire.

Pendant tout ce temps, Robert la regardait avec ses yeux de glace, se contentant de hocher la tête lorsqu'elle semblait réussir.

Il l'avait embrassée.

Il s'était avancé vers elle, l'avait embrassée et elle lui avait rendu son baiser. Tout paraissait mieux et pire à la fois, car il était là et que c'était super, mais la situation n'avait aucun sens.

Parce qu'il l'avait embrassée.

Et maintenant, il se tenait là, à juger sa façon d'aider un bébé à faire son rot. Un bébé qui s'était heureusement endormi.

— Maja, déclara Robert après que Jeannie avait couché Melissa dans le berceau complètement vide et qu'ils étaient tous revenus au salon, vous avez fait du bon travail.

Jeannie le foudroya du regard. Maja était une bonne enseignante qui savait visiblement ce qu'elle faisait, mais voyons, c'était elle qui avait tout appris après seulement quelques heures de sommeil. Sauf que cet homme ne lui accorda même pas un regard !

— Merci, docteur Wyatt, dit Maja, les yeux brillants. Jeannie est une élève des plus capable.

— Hum, murmura-t-il comme s'il n'était pas certain d'être d'accord avec cette affirmation, ce qui lui attira un autre regard noir de la part de Jeannie.

Mais avant qu'elle puisse le remettre à sa place, il se tourna vers la nourrice :

— Prenez une heure et allez dîner.

Quoi ? Jeannie lança un coup d'œil à Maja, qui parut légèrement surprise de… Eh bien, de cet ordre. Sentiment que Jeannie partageait, vu qu'elles avaient dîné vers 18 heures. Mais Maja était visiblement habituée à accepter des ordres étranges de la part de ses clients, car elle ne protesta pas.

— Bien sûr, docteur Wyatt. Je dois aller chercher d'autres boîtes de lait.

— Qu'est-ce que…, commença Jeannie voyant Maya prendre son sac à main et sortir en quelques secondes.

— Reginald ? déclara Robert avant que la porte d'entrée se referme. Une heure à partir de maintenant. Oui, commanda-t-il.

Elle le regarda raccrocher. Que faisait Robert ici, d'ailleurs ? En dehors de continuer à prendre totalement le contrôle de sa vie, évidemment.

— Je n'irai pas travailler demain, déclara-t-elle, d'un ton qui, hélas, sonna comme immature. Je ne veux pas y aller et je ne suis pas prête, rectifia-t-elle.

— Évidemment que vous ne l'êtes pas, confirma-t-il.

— Ah ? Donc si vous ne voulez pas me convaincre de retourner au travail, pourquoi êtes-vous ici ?

Il ajusta ses manchettes. Il portait encore une veste aujourd'hui, bien qu'il ait renoncé au gilet de costume. Probablement parce que la température dépassait les trente degrés. Pour une personne lambda, il ne semblait peut-être pas voulait gagner du temps, mais c'était ainsi que Robert jouait la montre, elle le savait.

Il se racla ensuite la gorge. Oui, il essayait vraiment de gagner du temps.

— Est-ce que vous allez mieux ?

— Tout à fait.

Mon Dieu, ils étaient tellement gauches et mal à l'aise. Elle aurait voulu revenir au moment où il avait gravi les marches du perron au pas de charge, comme un homme en pleine mission. Quand il était venu parce qu'il voulait la voir.

— Vous voulez bien vous asseoir avec moi ? demanda-t-elle en lui tendant la main.

Il étudia cette main comme s'il s'en méfiait. Ou peut-être était-ce de lui-même qu'il se méfiait ?

— Vous en êtes sûre ? demanda-t-il d'une voix tendue.

Il ne se faisait pas confiance. Du moins pas en sa présence. Le réaliser la déconcerta complètement.

— Oui.

Elle savait qu'il pouvait être terrifiant, mais elle ne s'était jamais sentie en danger avec lui.

— Et vous ? demanda-t-elle.

Il hésita.

— Je veux simplement m'asseoir avec vous, insista-t-elle. Venez par ici.

C'était le ton le plus directif qu'elle ait jamais employé avec lui.

Une émotion passa sur le visage de Robert, mais elle ne sut l'identifier. Quelqu'un avait-il déjà essayé de lui dire quoi faire auparavant ?

— S'il vous plaît, Robert.

Pourquoi ne se faisait-il pas confiance en sa présence ?

Elle pensait qu'il refuserait, mais soudain, il mêla ses doigts aux siens. Ils se dirigèrent vers le canapé, et il s'assit, d'abord avec raideur, puis, quand Jeannie prit place à côté de lui et posa la tête contre son épaule, elle sentit un tremblement le parcourir et, peu à peu, il se détendit.

Elle couvrit sa main de la sienne et la caressa du pouce. Il avait des mains fortes, avec de longs doigts et des ongles très soignés.

— Maja est celle dont j'avais besoin, admit-elle. Merci.

En vérité, elle voulait dire que c'était de lui qu'elle avait besoin.

— Bien, parvint-elle seulement à articuler.

L'esprit de Jeannie s'emballa en même temps que son corps s'apaisait. Tout comme, la veille, elle avait eu besoin de réconfort, ce soir, elle avait besoin de poser la tête sur l'épaule de Robert et de laisser sa chaleur s'infiltrer en elle. Tant qu'il serait là, tout irait bien. Il ne permettrait jamais qu'il en soit autrement.

Elle songea à la nourrice, à la femme de ménage qui allait probablement se présenter dans les prochains jours, aux avocats, à son insistance pour qu'elle retourne au travail aussitôt que possible, et même au déjeuner du samedi. Tout cela la ramena à un événement important de la vie de Robert.

La mauvaise journée qu'il avait mentionnée quand il s'était présenté pour la première fois.

— Robert ?

— Oui ?

— Est-ce que ça va ?

Elle eut la nette impression que si elle n'avait pas retenu sa main avec les deux siennes, il aurait immédiatement ajusté ses maudites manchettes.

— Je ne permettrai pas qu'il vous arrive le moindre mal. Ou à Melissa.

Elle se crispa.

— Sommes-nous en danger ?

— Non, répondit-il trop rapidement, avant de se reprendre, mais cette fois plus doucement : Non.

— Vous êtes en train de me toucher.

Il sentait légèrement l'antiseptique aujourd'hui. *Bloc opératoire*, se souvint-elle.

— Je... Ça ne me dérange pas.

Il déglutit. Était-il nerveux ? Parce qu'ils discutaient de sentiments ou parce qu'ils se touchaient ?

— Parce que c'est vous.

Cet homme n'écrivait peut-être pas de poèmes romantiques, mais...

— C'est probablement la chose la plus gentille que vous m'ayez jamais dite.

— On ne peut pas dire que la barre est placée très haut.

Était-ce de l'humour ? Il se racla encore la gorge.

— Vous avez fait du bon travail aujourd'hui. Je suis impressionné par votre rapidité à apprendre.

Elle retint son souffle et pencha la tête en arrière pour trouver son visage à moins de dix centimètres du sien.

— Et là, dit-il, d'un ton presque suffisant. C'était comment ?

— Mieux, répliqua-t-elle dans un souffle. Beaucoup mieux.

Il sourit légèrement, mais tout ce qu'il y avait de chaleureux et d'humain en lui se changea en chaleur frémissante.

— Bien, dit-il à nouveau.

Émue, elle se laissa aller à son impulsion et glissa sur ses genoux. Elle chevaucha les jambes puissantes de Robert et rapprocha son bassin du sien. Elle le sentit se tendre sous elle.

— Que faites-vous ? demanda-t-il d'une voix étranglée.

Il étira les bras le long du canapé, évitant autant que possible de la toucher.

— Écoutez-moi, espèce d'idiot, maugréa-t-elle. Je n'ai pas peur de vous, Robert. J'ai confiance en vous.

— Vous ne devriez pas, s'efforça-t-il d'articuler en enfonçant ses doigts dans les coussins du canapé.

— Eh bien, c'est trop tard.

Elle lui prit le visage dans les mains pour le forcer à la regarder.

— Je vous connais depuis des années et je vous fais confiance, alors il faudra vous y habituer. Donc par pitié, arrêtez de faire comme si vous étiez le méchant de l'histoire.

— Avez-vous la moindre idée de ce dont je suis capable ? demanda-t-il en lui lançant un regard furieux.

Elle le tenait enfin. Il ne pouvait pas se cacher derrière ses boutons de manchettes, ni le bar ou le manhattan. Il ne pouvait plus se cacher d'elle.

— Oui, dit-elle en posant son front sur le sien. Vous sauvez des enfants très malades, vous nous sauvez, Melissa et moi, et vous êtes le perfectionniste le plus désagréable que j'aie jamais rencontré. Et j'en ai connu.

Son torse se souleva.

— Vous ne comprenez pas, répliqua-il en lui posant les mains sur la taille. Vous ne comprenez vraiment pas.

— Non, effectivement.

Elle enroula les bras autour de son cou et enfouit le visage dans son épaule.

— Mais vous me l'expliquerez quand vous serez prêt, murmura-t-elle contre sa peau en l'étreignant de toutes ses forces.

Après un instant de silence, les bras de Robert s'enroulèrent autour d'elle.

— Jeannie.

Elle savait ce qu'il allait dire et elle l'interrompit par un soupir. C'était vraiment l'homme le plus exaspérant du monde.

— Je ne me sens pas forcée, bon sang.

— Mais…

Elle se détacha de lui pour le regarder en face.

— Robert, vous êtes-vous… T'es-tu déjà dit que je voulais t'embrasser ? Que j'aimerais recommencer ?

7

Elle était assise sur ses genoux.

Ses *genoux*.

Pire encore, elle voulait l'embrasser. Juste l'embrasser ? Peut-être pas, vu la façon dont elle le chevauchait, ses seins effleurant son torse.

La façon dont son poids le clouait contre les coussins du canapé aurait dû le mettre mal à l'aise. Elle ne devrait pas agir ainsi, et sûrement pas lui faire confiance. Pas si elle savait ce qui était bon pour elle.

— Tu veux m'embrasser, dit-il, optant lui aussi pour le tutoiement.

— Oui, fit-elle en soupirant. Ça fait des années que je brûle de le faire. Tu ne t'en étais jamais rendu compte, n'est-ce pas ?

Il ouvrit la bouche, puis se ravisa.

— Je vais prendre ça pour un « non », dit-elle en prenant un air suffisant.

Les gens ne le touchaient jamais. Oui, il serrait la main des parents inquiets et auscultait leurs enfants, mais en dehors du travail ? Jamais.

Sauf avec elle, apparemment. Parce que non seulement il l'avait embrassée, mais il aimait aussi ses caresses.

Jeannie se coula contre lui, le corps chaud et léger. Il sentit son sang se mettre à pulser. Elle emprisonna les jambes de Robert entre ses cuisses et, contre sa volonté en cet instant, tout le sang qui battait dans ses veines commença à affluer dans son sexe.

Il gémit et réalisa soudain qu'il la caressait aussi, qu'il avait enfoui le visage dans ses cheveux pour inhaler son parfum.

C'était agréable. Car c'était elle.

Elle représentait une tentation à laquelle il ne pouvait résister. Avait-elle la moindre idée de ce dont il était capable ?

Il fut parcouru d'un tremblement qui n'avait rien à voir avec la peur – un Wyatt n'avait peur de rien – et s'efforça de se retenir. Pour son bien à elle. Pas le sien.

Elle le voulait, mais ni pour son argent ou son pouvoir.

Elle avait raison. Il n'y comprenait rien.

— Arrête de réfléchir, Robert, murmura-t-elle contre son cou. Nous avons eu tous les deux une horrible semaine, mais ça, c'est agréable, dit-elle en soupirant contre lui. Tes bras sont tellement réconfortants.

Il en doutait fortement. Il se mit soudain à parler sans vraiment savoir ce qui sortait de sa bouche.

— Je ne t'emmènerai pas manger à l'extérieur. Tu vas venir chez moi. Nous déjeunerons tranquillement sur la terrasse et...

Il déglutit, essayant de ne pas paraître désespéré car le désespoir était interdit.

— Je... Là-bas, je pourrai me contenter d'être. Avec toi.

Et si elle refusait ou lui réclamait un repas sophistiqué dans un endroit à la mode, comme il le lui avait promis ? Le genre de choses qu'était censé faire le Dr Robert Wyatt, classé dans le top 5 des célibataires milliardaires ?

L'idée en fut presque physiquement douloureuse, car il comprit avec inquiétude qu'il n'était pas ainsi avec elle.

Accepte, songea-t-il avec angoisse dans une prière muette.

Les lèvres de Jeannie remuèrent contre sa peau et le corps de Robert y répondit. Il l'avait fait sourire. C'était comme une victoire.

— Bien sûr, acquiesça-t-elle.

Elle recula pour le regarder, son poids s'appuyant sur lui. Dieu, elle était parfaite.

— Aucune obligation, aucune attente. Juste deux personnes qui ont la possibilité d'être ensemble.

Les myriades de couleurs dans ses yeux jouaient avec la lumière, lui donnant l'air doux et irréel d'une princesse qui se serait déguisée pour mettre un prince à l'épreuve.

Il avait peut-être échoué à protéger sa mère, mais il n'échouerait pas avec Jeannie. Elle ne savait pas de quoi il était capable et il pria pour qu'elle ne le sache jamais.

— Je viendrai te chercher à midi, dit-il en passant le pouce sur sa joue.

Elle appuya la tête contre sa main.

— Je t'attendrai.

— Vous êtes sûre que ça ira ? demanda Jeannie pour la quatrième fois.

Ou peut-être était-ce la quarantième ?

Sa robe d'été sans manches était jaune vif avec de joyeux motifs fleuris roses et bleus. Rona, la femme de ménage qui s'était présentée à 10 heures précises, l'avait même repassée.

C'était sa robe la plus élégante et elle espérait que, assortie au châle et à ses sandales plateformes marron, cela ferait l'affaire pour un repas en tête à tête avec Robert. Il avait toujours si fière allure dans ses costumes trois-pièces et ses boutons de manchettes en pierres précieuses, alors qu'elle allait porter… une robe d'été en coton qu'elle avait achetée en solde quatre ans plus tôt.

Mais que portait-on pour déjeuner avec un milliardaire ? Pas un short en jean en tout cas. C'était vraiment ridicule.

Elle ne pouvait pas sortir déjeuner avec lui. Il valait mieux qu'elle ne se retrouve pas seule en sa compagnie. Si elle avait un peu de jugeote, elle enfilerait son short en jean et irait se pelotonner sur le canapé en laissant Maja la tyranniser.

— Oui, oui, répéta Maja, en tapotant le dos de Melissa. Vous êtes ravissante. Très mignonne. N'est-ce pas, Rona ?

— Oh ! oui, s'écria la petite Philippine depuis la cuisine, d'où s'échappaient de délicieuses odeurs. Très belle.

Dès son arrivée, Rona avait pris en charge tout ce que Maja n'avait pas encore touché. Vaisselle, lessive, récurage de la salle de bains et de la cuisine. C'était un peu comme vivre dans un hôtel.

Jeannie n'avait aucune idée de la suite des événements, mais elle avait le sentiment que Robert n'avait pas fini d'embaucher du personnel pour prendre soin d'elle.

Melissa laissa échapper un petit rot sans pleurer. Sérieusement,

Maja avait des pouvoirs magiques. Jeannie ne savait pas combien Robert la payait, mais c'était mérité.

— Les soignants ont besoin de pauses, continua Maja sans cesser de se balancer alternativement d'une jambe sur l'autre.

Jeannie était sûre qu'elle n'avait même pas conscience de son mouvement. Elle-même arriverait-elle un jour à ce niveau de confort en manipulant Melissa ?

— La *babisui* et moi allons très bien nous débrouiller. Elle va dormir, j'aiderai Rona et vous profiterez d'une pause avec votre séduisant médecin.

Les joues de Jeannie s'enflammèrent et elle retourna rapidement dans sa chambre pour explorer sa maigre réserve de bijoux.

— Ce n'est pas mon médecin.

Aucune contestation sur le terme « séduisant » par contre.

— Hum, répondit Maja.

Ou peut-être s'adressait-elle au bébé.

Le Trenton n'autorisait pas ses employées à porter plus que de simples boucles d'oreilles et la plupart des bijoux de Jeannie étaient à l'image de sa robe d'été : bon marché et achetés en solde des années plus tôt. La majorité faisait… jeune, témoin d'une période de sa vie qui était révolue.

Elle n'était plus la jeune femme qui pouvait porter des créoles en plastique rose fluo. Plus maintenant. Elle finit par opter pour les clous d'oreille en faux diamant qu'elle portait tous les soirs au bar.

— Ce n'est pas mon médecin, rappela Jeannie à son reflet.

C'était juste un déjeuner. Avec son client préféré. Vêtue de sa plus belle robe. Et des plus beaux sous-vêtements assortis qu'elle possédait : un ensemble vieux rose en dentelle.

Elle avait passé la nuit à se tourner et à se retourner, dérivant d'un rêve érotique à un autre, qui la laissait brûlante et emplie de désir. Dans ses rêves, elle ne s'était pas contentée de s'asseoir sur les genoux de Robert ou de le tenir dans ses bras.

La sonnette retentit.

— Il est là, chantonna Maja.

Bien que ce ne soit pas très distingué, Jeannie se précipita hors de la chambre en criant :

— J'y vais !

Ce qui s'avéra inutile parce que Maja avait déjà ouvert la porte. Jeannie trébucha sur ses sandales et faillit atterrir tête la première devant l'homme qui l'attendait.

Celui qui se tenait devant elle était si loin du style costume cravate qu'elle le reconnut à peine.

Sauf ses yeux, dont elle ne pourrait jamais oublier l'intensité brûlante aussi longtemps qu'elle vivrait.

— Tu es ravissante, commenta-t-il.

Au son de sa voix, profonde et rauque, un frisson lui parcourut l'échine, et… rien à voir avec le déjeuner, là.

— Toi aussi.

Au lieu d'un costume, il portait une chemise bleu foncé à manches courtes, assortie à un short kaki clair. Un short qui révélait ses jambes musclées. Le pouls de Jeannie s'accéléra tandis qu'elle fixait ses jambes. Seigneur ! Depuis quand les mollets étaient-ils devenus si sexy ?

— Je ne pensais pas que tu avais autre chose que des costumes.

— Je ne savais pas que tu portais autre chose que des gilets noirs avant cette semaine, répliqua-t-il avec un sourire qui la fit fondre.

— Docteur Wyatt, les interrompit Maja, faisant sursauter Jeannie qui avait totalement oublié sa présence. Souhaitez-vous un rapport ?

— La version de trente secondes, répondit-il, sans quitter Jeannie des yeux.

Elle pouvait presque humer le désir sexuel qui émanait de lui par vagues.

— La petite Melissa continue de progresser, Rona fait un excellent travail et Jeannie…

— Est en retard pour déjeuner, acheva-t-il en s'avançant pour la prendre par le bras.

Quand il la toucha, elle fut parcourue d'un frisson électrique qui s'empara d'elle pour se contracter en une douleur délicieuse. Lorsque Robert vint entrelacer ses doigts aux siens, elle dut lutter pour s'empêcher de haleter. Elle jeta alors un coup d'œil à Maja dont le visage claironnait clairement : « votre séduisant médecin ».

— On revient tout à l'heure, annonça Robert de cette manière si caractéristique.

— Amusez-vous bien, dit Maja en les mettant dehors avec un clin d'œil complice. Nous nous débrouillerons très bien.

Oh ! Jeannie était décidée à profiter pleinement de cette sortie.

Reginald les attendait près de la voiture.

— Mademoiselle, dit-il en soulevant son chapeau alors qu'elle s'approchait.

— Bonjour à vous.

L'expression de Reginald était remarquablement similaire à celle de Maja, comme s'il y avait un complot pour que Robert et elle…

Bon, pas qu'ils tombent amoureux ni rien de ce genre, parce que c'était tout simplement impossible. Robert était un chirurgien milliardaire dont la famille possédait une immense entreprise médicale et son père allait peut-être devenir le prochain gouverneur. Pour sa part, elle n'était qu'une barmaid qui n'avait jamais achevé ses études et dont le grand rêve de posséder son propre bar était complètement tombé à l'eau à présent qu'elle était la tutrice d'un enfant. Leurs chemins pouvaient uniquement se croiser dans un endroit comme le Trenton.

Elle n'aurait jamais sa place dans le monde de Robert et il ne comprendrait jamais le sien.

Elle ne savait pas quoi faire avec ses jambes. Sa robe s'arrêtait bien au-dessus de ses genoux et Robert s'assit en face d'elle pour la parcourir du regard. Était-ce de la faim qu'elle y voyait ? Ou avait-il remarqué l'étoffe bon marché, les lanières de cuir usées de ses sandales et les centaines d'autres petits détails qui marquaient sa différence de classe sociale ?

Elle arrangea la jupe de sa robe autour de ses cuisses et redressa le dos. Bien sûr, lui avait l'air complètement à l'aise avec son short. Son short !

Cet homme était déjà beau à damner une sainte en costume, mais vêtu ainsi, il dégageait une telle désinvolture masculine qu'elle se sentit à l'étroit dans ses vêtements.

— Alors, lança-t-elle, car que le silence s'étirait et que Robert ne semblait pas vouloir le rompre. Qu'est-ce qu'on mange ?

— Darna, qui est la sœur de Rona, a préparé un repas philippin traditionnel. Poulet satay, soupe tinola et du suman en dessert.

Elle le regarda abasourdie.

— Tu as engagé Darna pour la journée ?

— Non, elle travaille pour moi depuis presque six ans. J'ai confiance en elle, ajouta-t-il après coup.

Tant mieux. Il avait besoin de personnes en qui il puisse avoir confiance. Elle espérait juste qu'il se compte lui-même parmi le nombre.

Il n'ajouta rien. Ils roulèrent vers le centre-ville et, pour une fois, la circulation était fluide.

— On fera autre chose ensuite ?

Elle l'entendit inspirer brusquement et ressentit un petit pincement au cœur.

— Rien.

— Dommage, dit-elle en croisant son regard.

La tension entre eux monta encore d'un cran.

— Jeannie...

— Robert.

S'il ne voulait pas coucher avec elle, parfait. Mais qu'il le dise, cela éviterait les malentendus.

— Je me trompe ou nous avons un rendez-vous galant ?

La bouche de Robert s'ouvrit et se referma brusquement et elle fut alors témoin d'une chose rare et incroyable : le Dr Robert Wyatt était déconcerté.

— Parce que ça ressemble à un rendez-vous, continua-t-elle. Je porte une robe, tu es passé me prendre en limousine et nous allons déjeuner...

Il parut à nouveau déconcerté.

— Je ne sors avec personne.

— Tu veux dire que tu ne fréquentes personne en ce moment ? C'est parfait. Je n'ai pas d'engagement sentimental non plus.

— Non, dit-il en secouant la tête. Je veux dire, je ne sors avec personne. Jamais.

— Jamais ?

Ça semblait sinistre. Elle savait qu'il n'était pas marié – ce qui allait de soi vu qu'il avait été classé parmi les célibataires les plus en vue – mais...

Il l'avait embrassée. Deux fois jusque-là. Et l'initiative était venue uniquement de lui, la deuxième fois.

— Non, répéta-t-il sèchement.

Indéniablement sinistre.

— On fait juste un tour en limousine, mais tu ne vas pas me dire pourquoi ? Bon, d'accord, s'inclina-t-elle en se heurtant à son regard dur. Le sexe n'est pas au menu alors ? demanda-t-elle en revenant à la charge.

Il manqua de s'étouffer.

— Tu n'as donc aucun filtre ?

— Si. Au cas où tu ne l'aurais pas remarqué, je l'utilise tout le temps... au travail. Mais nous ne sommes pas au Trenton. Je ne sais pas ce que tu as, ni ce qui se passe entre nous, mais...

Elle observa le visage complètement indéchiffrable de Robert et poussa un soupir.

— C'est ce que je suis, Robert. Je suis une barmaid qui n'est pas allée à l'université et qui a fini le lycée de justesse. Mon grand rêve est d'ouvrir mon propre bar. J'ai quitté la maison à l'âge de dix-huit ans et je n'ai pas parlé à ma sœur pendant presque six ans. Je peux être méchante, cinglante, je suis une véritable peste quand je m'y mets et je ne suis pas une vierge effarouchée et réservée. J'aime le sexe et j'aimerais coucher avec toi.

Malgré la pénombre de la limousine, elle aurait été prête à parier la fortune de Robert qu'il avait rougi.

— Cela dit, je ne vais pas te forcer à faire quoi que ce soit qui te mette mal à l'aise.

— Allons donc, marmonna-t-il sarcastique.

— Et, continua-t-elle, je suis complètement larguée. Je suis ce qu'il y a de moins qualifié pour élever un enfant, sans compter que je n'ai pas les moyens de payer pour tout ce dont un bébé a besoin.

Robert ouvrit la bouche, sans doute pour proposer un autre moyen de dépenser encore plus d'argent pour elle.

— Non, je ne vais pas te demander plus. Elle n'est pas ta fille et tu n'es pas responsable de nous. Je suis dans cette voiture avec toi parce que je t'apprécie. Je sais ce que je veux de toi : ni ton argent ni ton nom, mais toi, Robert. Je te veux depuis longtemps. Sauf que je sais que je ne pourrai peut-être pas t'avoir, et ce n'est pas grave. La vraie question, la voici : sais-tu, toi, ce que tu veux de moi ?

Il fixa la main qu'elle venait de poser sur son genou. Elle le sentit littéralement vibrer d'énergie.

Mais il garda le silence.

La voiture s'arrêta.

8

S'il y avait bien une chose que Robert avait apprise en grandissant sous le toit de Landon Wyatt, c'était à contrôler ses réactions physiques, car montrer de la joie, de la tristesse, ou pire, de la peur, c'était le chemin le plus court vers la douleur.

Au fil des ans, Robert avait si bien appris à maîtriser ces indices révélateurs – augmentation de la fréquence cardiaque, nausées, respiration rapide et saccadée – qu'il avait cessé en grande partie de ressentir de la détresse. Il savait contenir ses émotions même lorsqu'une opération chirurgicale tournait mal et il ne comptait plus le nombre de fois où son sang-froid avait empêché un désastre, voire la mort.

C'était un trait de caractère appréciable. Formidable, même. Personne ne voulait affronter la vie avec la peur au ventre. Certainement pas lui en tout cas.

Alors pourquoi, en gravissant avec Jeannie l'escalier qui menait à sa porte, avait-il l'impression qu'il allait vomir ?

Il l'ignorait. Jeannie était beaucoup de choses – y compris, selon ses propres dires, « complètement larguée » –, mais elle n'avait rien d'une menace.

Du moins, pas le genre auquel Robert était habitué.

— C'est… *wow*, s'émerveilla-t-elle alors que la porte d'entrée s'ouvrait.

— Bienvenue à la maison, docteur Wyatt. Mademoiselle Kaufman, déclara Darna en souriant à Jeannie.

Elle portait un tablier d'un blanc immaculé par-dessus son uniforme et arborait un sourire accueillant.

Étrange. Darna était quelqu'un d'efficace qui faisait un travail exceptionnel chez lui. Mais quand l'avait-il vue sourire pour la dernière fois ?

— Darna, c'est bien ça ? Je viens de faire la connaissance de Rona. C'est votre sœur, n'est-ce pas ? demanda Jeannie en prenant la main de l'employée pour la serrer. C'est un plaisir de vous rencontrer. J'espère que ma présence ne vous cause pas trop de dérangement.

Une lueur, probablement d'amusement, passa dans le regard de Darna.

— Non, non, il n'y a aucun problème. J'espère que vous apprécierez le repas. J'ai tout installé sur la terrasse, monsieur, ajouta-t-elle en se tournant vers Robert. Y aura-t-il autre chose ?

— Non merci, répondit-il avant de croiser le regard de Jeannie.

Il sentit son pouls s'accélérer et battre de manière irrégulière, ce qui était ridicule, car ceci ne représentait pas une situation à risque.

C'était, comme Jeannie l'avait souligné, un déjeuner. Entre deux personnes qui… comment dire… s'appréciaient ?

Bon, d'accord. Il aimait bien Jeannie et il semblait avoir besoin de la voir tous les jours pour se sentir en forme. Et il faisait tout ce qui était en son pouvoir pour l'aider à traverser une période difficile. Certes, il l'avait déjà fait pour certains de ses patients, mais il n'avait jamais voulu revoir ces gens-là. Et n'avait certainement jamais eu envie de les embrasser comme il l'avait fait avec Jeannie. À deux reprises.

L'embrasser et la serrer contre lui – tout, tout contre lui.

Son pouls bondit à un rythme encore plus irrégulier.

Après un signe de tête, Darna disparut à l'intérieur et ils se retrouvèrent seuls dans le vestibule. Il avait besoin de bouger mais n'était pas sûr d'en être capable. Ce corps qu'il avait mis des années à maîtriser était en rébellion ouverte. Jeannie se tourna alors vers lui avec un sourire entendu.

— Je suppose que tu ne ramènes pas beaucoup de monde chez toi ?

— Non.

Au moins, il avait toujours le contrôle de sa voix.

Jeannie s'était assise à califourchon sur lui, quelques jours plus tôt. Aujourd'hui, elle lui avait hardiment annoncé qu'elle aimait non seulement le sexe, mais qu'elle désirait coucher avec lui.

Il ne perdrait pas le contrôle. Il ne lui ferait pas de mal et il ne prendrait pas le risque de détruire cet... attachement.

Elle s'éloigna en étudiant avec intérêt les décorations du plafond.

— Cet endroit est immense.

— Oui.

— Tu vis seul ici ? demanda-t-elle en le regardant par-dessus son épaule.

Il se mit à trembler.

— Oui. J'apprécie mon intimité.

— Je dois dire, continua-t-elle en effleurant les revêtements muraux peints à la main, que c'est plus... floral que je l'aurais imaginé.

— Ah ? fit-il d'une voix légèrement cassée en la voyant se diriger vers le salon – avait-elle toujours eu ce balancement des hanches ?

— Je t'imaginais dans un appartement moderne et austère, tout en lignes dures, avec beaucoup d'acier et de noir. Mais sûrement pas ça, commenta-t-elle en pivotant lentement sur elle-même. C'est somptueux. Et en même temps atroce.

Personne d'autre ne lui aurait dit que sa maison était atroce. Pourtant c'était la vérité, et Jeannie l'avait vu. La robe virevolta autour de ses jambes, exposant davantage la peau nue de ses cuisses, et il dut s'appuyer contre le chambranle de la porte.

— Je l'ai achetée comme ça.

Elle s'arrêta de tourner et la robe retomba sur ses jambes.

— Tu as acheté la maison comme ça, sans rien changer ?

Il secoua la tête, faute de pouvoir parler quand elle s'avançait vers lui en balançant des hanches.

Ce n'était pas l'inquiétude qui le privait de mots et lui donnait cette impression de vertige, ni la panique qui faisait hurler son pouls dans ses veines. Ce n'était pas non plus la peur qui lui donnait une érection aussi dure, de celles contre lesquelles il luttait depuis que cette femme s'était glissée sur ses genoux.

C'était du désir. Un désir à l'état brut, pur, dangereux.

Quelle catastrophe.

Quelque part au rez-de-chaussée, il entendit le faible bruit du système d'alarme s'enclencher, puis une porte se referma. Darna partait. Ils étaient vraiment seuls, Jeannie voulait coucher avec lui et il commençait à se dire que ce serait une bonne idée. Mais comment pouvait-il se laisser mettre à nu sans perdre le contrôle ?

— Eh, dit-elle doucement en s'approchant pour lui poser une main sur la joue. Contente-toi d'être, Robert. Rien ne nous force à quoi que ce soit.

Elle haussa un sourcil et, à la place de la sympathie ou pire, de la pitié, il ne vit que du défi.

— Je me réserve quand même le droit de me moquer de ce papier peint, car, franchement, qui met du papier peint au plafond ?

Étrange. Il était sûr d'être en train de la foudroyer du regard, ce qui, normalement, faisait fuir les gens vers la sortie la plus proche. Mais cette femme lui souriait et absorbait sa mauvaise humeur. Elle la comprenait.

Le comprenait lui.

— Je ne veux pas te faire de mal, laissa-t-il échapper.

Mince, sa voix tremblait sous la force des émotions qui l'assaillaient.

Désir. Peur. Besoin. Douleur. Faim.

Une émotion scintilla dans les yeux de Jeannie et disparut avant qu'il puisse l'identifier.

— Je n'en suis pas si sûre. Ces tapisseries florales sont à la limite du douloureux, plaisanta-t-elle avec un sourire espiègle qui, curieusement, permit à Robert de respirer à nouveau. Pourquoi ne les as-tu pas changées ?

— Ça a été fait par une personne célèbre dans les années 1930 et ma mère...

Ses yeux se refermèrent sans qu'il puisse les en empêcher. Mais ce fut une erreur, car il vit alors sa mère délicatement assise sur la chaise rembourrée près de la cheminée, une couverture placée autour de ses jambes pour l'aider à maintenir les blocs de glace. Elle avait regardé le papier peint odieux, les rideaux exubérants, les feuilles d'or et avait déclaré : « J'aime cette pièce. Ces couleurs tapageuses... C'est sauvage, mais libre. » Puis elle lui avait souri, le regard dans le vide à cause de la douleur ou des médicaments ou des deux, et elle avait ajouté : « C'est absurde, n'est-ce pas ? »

Il voulait que Cybil Wyatt jouisse des couleurs tapageuses, de l'absurdité et de la liberté. Il devait l'éloigner de Landon. Il n'avait pas d'autre choix.

— Ma mère les aimait, s'entendit-il répondre.

— Ah, fit Jeannie, d'un ton adouci par ce qu'il espérait être de la compréhension et non de la pitié. Alors c'est pour elle que tu les gardes ?

Il acquiesça. Deux fois par semaine, Darna époussetait cette pièce – ainsi que les autres décorées dans ce style extravagant. Il fallait qu'elles soient toujours prêtes, au cas où. Mais trois ans plus tôt, cela n'avait pas été suffisant pour garder sa mère ici. Il n'avait pas suffi.

— Est-ce qu'elle te rend souvent visite ?

Deux fois. Sa mère était venue chez lui à deux reprises très exactement. La deuxième fois, il avait dû la porter, car elle ne pouvait pas monter les marches et elle était restée assez longtemps pour pouvoir les redescendre par ses propres moyens. Robert l'avait regardée par la fenêtre monter dans la limousine noire de Landon.

Cybil Wyatt n'avait pas jeté un regard en arrière. Lui-même s'était retrouvé au Trenton ce soir-là.

— Non, répondit-il brièvement.

— Je vois.

C'était bien ce qu'il craignait.

Soudain, elle retira sa main et Robert ouvrit les yeux pour la voir se déplacer dans la pièce. Sa joyeuse robe jaune jurait avec le vert, le rouge et le bleu du couloir et pourtant, s'y mariait parfaitement.

— Donc, si tout cela est pour ta mère, reprit-elle en passant une main sur le manteau en marbre et sculpté à la main de la cheminée, où est-ce que tu vis, toi ?

C'était une erreur. S'il n'amenait personne ici, c'était pour une bonne raison. Il restait seul car c'était mieux ainsi – plus sûr, plus facile. Il préférait la solitude.

Mais Jeannie...

Il tendit la main et elle n'hésita même pas, enroulant les doigts autour des siens. Cédant à une impulsion, il porta la main de Jeannie à ses lèvres, mais ce contact ne fit que le pousser davantage vers le point de non-retour.

Elle inspira brusquement. Ressentait-elle comme lui le lien qui les unissait ? Ou cherchait-elle juste à arriver à ses fins ?

— Suis-moi.

Jeannie fit le calcul pendant que Robert la conduisait à l'étage par un escalier criard. Ce papier peint, c'était vraiment quelque chose.

Elle ne l'avait jamais imaginé vivre comme ça. Un endroit élégant, oui. Luxueux ? Certainement. Mais ça…

Elle avait l'impression d'être entrée dans un monde parallèle où tout serait à l'envers, où le silence serait bruit et Robert entouré d'un décor hideux. Cet homme était incroyablement méticuleux : la recette précise de son manhattan, ses boutons de manchettes, bon sang, il l'était même sur l'endroit où se trouvait sa barmaid. Comment pouvait-il vivre ici ?

Même en supposant que sa mère aimait ce lieu, cela n'avait aucun sens. Si, tous les matins à son réveil, elle devait voir ces murs, ce marbre et ces choses qui étaient probablement en or véritable, elle aurait chaque jour la migraine. Elle n'aurait jamais imaginé Robert aussi attaché à sa mère.

Sauf qu'il avait semblé tellement à vif quand il avait déclaré que sa mère en aimait la décoration… Comme la première fois où il avait franchi les portes du Trenton.

Est-ce que Mme Wyatt était quelqu'un de bien ? Jeannie avait le sentiment que si elle arrivait à se représenter cette femme, elle comprendrait mieux les choix de Robert.

Mais elle comprenait aussi qu'il n'allait rien lui révéler. Jusqu'à présent, elle l'avait à peine entendu parler de ses parents.

Au troisième étage, la décoration changea. Le palier ouvrait sur un petit couloir, percé par une porte de chaque côté.

Mais ici, les murs étaient d'une douce couleur pêche. Comparé à l'explosion de motifs du rez-de-chaussée, cet endroit était tout à fait reposant, orné de tableaux qui paraissaient aussi anciens que coûteux.

Robert ouvrit la porte côté droit et se tint sur le seuil. Jeannie étudia la tension dans ses épaules, la façon dont il vibrait pratiquement de nervosité. Elle fut sur le point de suggérer qu'ils se rendent sur la terrasse, où leur repas les attendait, car il était clair que Robert ne mourait pas vraiment d'envie de lui faire faire le tour du propriétaire.

Mais au moment où elle ouvrait la bouche, il se retourna et

tendit la main. Elle ne pouvait pas laisser passer cette occasion de comprendre ce qui le faisait vibrer.

Elle lui accorda donc sa confiance et se laissa entraîner dans un…

— C'est mon bureau, commenta-t-il en fermant doucement la porte derrière lui.

Elle en eut le souffle coupé. Des livres. Des étagères et des étagères de livres et pas du genre qui avaient été arrangées avec goût pour décorer. Non, c'étaient des livres de poche avec des couvertures déchirées, entassés sur chaque centimètre carré d'espace disponible. Elle se tourna vers l'étagère la plus proche et vit au moins vingt livres de Tom Clancy serrés les uns contre les autres. L'étagère suivante contenait ceux de John Grisham, puis Janet Evanovich. Et cela continuait encore et encore.

Il régnait ici une atmosphère presque chaleureuse. Des puits de lumière baignaient la pièce d'une lueur chaude. Le mur extérieur abritait une cheminée qui, contrairement à celle du salon, semblait avoir vu un feu récemment. Devant le foyer était installé un fauteuil en cuir avec un repose-pieds assorti et, à côté, une table basse avec une lampe, du papier, des stylos - et un tas de livres pour ne pas changer. Derrière tout cela se trouvaient un long bureau, encore d'autres livres et un ordinateur.

Elle se retourna, respirant l'odeur du papier et du cuir, essayant d'estimer le nombre de livres.

— Tu lis beaucoup, constata-t-elle brillamment.

— Oui, dit-il, apparemment gêné par cet aveu. Je ne regarde pas beaucoup la télévision.

— C'est ta chambre ?

— Mon bureau, oui. Darna n'y vient qu'une fois tous les trois mois pour faire la poussière.

En d'autres termes, c'était son sanctuaire privé. Et il l'y avait invitée.

La lumière se diffusait par les portes-fenêtres et illuminait la pièce. Robert les ouvrit, puis lui reprit la main et l'entraîna sur la terrasse.

— Mon Dieu, souffla-t-elle en devinant à quel point l'espace devait être impressionnant.

Elle huma vaguement une douce odeur de fleurs, de verdure

et d'orange, et ressentit une impression d'espace. De beaucoup d'espace. Mais en dehors de cela, elle n'aurait su décrire la terrasse.

Parce que, en dépit du fait qu'ils se trouvaient à trois pâtés de maisons du rivage et entourés de hauts appartements, elle avait une vue imprenable sur le lac Michigan. Le soleil de l'après-midi scintillait à la surface du lac, seul indice permettant de distinguer l'eau du ciel, et la brise qui soufflait dans leur direction les enveloppait de fraîcheur.

Robert ne regardait pas l'eau mais la fixait, elle, avec cette intensité à laquelle elle aurait déjà dû être accoutumée. Mais jusque-là, elle ne l'avait connu que dans la pénombre du Trenton, avec un bar entre eux. Ici, dans la lumière du soleil, son regard était totalement différent.

Clairement possessif et exigeant et peut-être juste un petit peu suppliant.

— J'ai acheté les bâtiments qui bloquaient ma vue et je les ai fait raser, expliqua-t-il. Ce sont des parcs maintenant. J'y ai fait installer des aires de jeu. Dans l'un, il y a un potager communautaire.

Jeannie resta bouche bée. Il haussa les épaules.

— Je voulais cette maison, mais avec la vue.

Elle regarda l'eau. Les bâtiments qui se trouvaient devant eux étaient de quatre ou cinq étages et c'étaient des immeubles de grand standing qui abritaient probablement des copropriétés et des appartements à plusieurs millions de dollars. À côté de tout cela, son pourboire de cent dollars par nuit ressemblait à une poignée de pence. Elle savait qu'il était riche. Milliardaire célibataire et tout le blabla, mais quand même...

Sur ce marché immobilier, Robert avait gommé environ cent millions de dollars, juste pour pouvoir s'asseoir sur sa terrasse et admirer le lac.

Doux Jésus.

Qu'est-ce qu'elle faisait ici, franchement ? Cet homme pouvait avoir n'importe quelle femme. Il pouvait avoir une femme, des maîtresses, des jets privés, son propre musée d'art, des nourrices, des chefs, des limousines et... Bref, tout ce qu'il voulait. Sur un simple claquement de doigts.

Elle n'était qu'une barmaid, faisant au mieux partie de la classe ouvrière, et loin de posséder sa propre maison. Elle ne pourrait jamais exister dans son monde. Elle n'aurait pas dû accepter son aide, ni venir déjeuner et encore moins lui avouer qu'elle aimerait coucher avec lui.

Elle ne pourrait jamais l'avoir. Pas pour toujours en tout cas. Mais elle pouvait le garder un petit moment, puis le laisser partir. Ça serait incontestablement une erreur et ça pourrait lui briser le cœur, mais mieux valait avoir aimé et perdu que... Enfin, quelque chose comme ça.

Il se pourrait bien qu'il soit la meilleure erreur de sa vie.

— Ça te plaît ? demanda-t-il, d'une voix grave et captivante qu'elle ressentit jusqu'au bout des orteils.

Elle acquiesça. À la surface du lac, un voilier dérivait, si parfait que c'en était presque irréel. Un peu comme Robert.

— Peux-tu voir les étoiles d'ici ? demanda-t-elle.

Ses lèvres remuèrent de cette manière qui signifiait qu'il souriait et elle sentit son cœur tambouriner.

— Par temps clair, si tu regardes juste là...

Il se plaça derrière elle et désigna une partie éloignée de l'horizon.

Elle sentit le corps chaud et fort de Robert contre son dos et la brise du lac fit gonfler la jupe de sa robe. Jeannie ne savait pas si c'était de la séduction, car il s'agissait de Robert et qui diable pouvait savoir avec lui, mais elle devait admettre qu'elle était séduite. Par ce parfait, riche et séduisant Dr Robert Wyatt, qui possédait son coin privé de ciel nocturne.

— J'adorerais voir ça, murmura-t-elle.

Il posa une main sur la taille de la jeune femme, puis l'autre suivit.

— Je peux te les montrer, chuchota-t-il contre son oreille.

Ses mamelons durcirent alors que les lèvres de Robert effleuraient à peine son lobe. Cette légère caresse envoya de petites rafales d'électricité sur sa peau. Elle dut serrer les jambes pour empêcher ses genoux de céder, mais ce simple mouvement accrut la pression sur son sexe à un niveau presque insupportable.

Lentement, elle leva les mains et s'appuya contre lui. En dehors de Robert, elle ne sentait ni n'entendait plus rien.

Il tourna la tête et enfouit le visage dans ses cheveux, son souffle contre son oreille. Son torse se soulevait et redescendait tandis qu'il inhalait son parfum, puis il resserra les bras autour d'elle, lentement, jusqu'à ce qu'elle se retrouve emprisonnée contre lui, alors il baissa lentement le menton pour le poser sur son épaule.

Son corps entier semblait entourer celui de Jeannie, comme s'il avait peur de l'effrayer ou, pire, qu'elle se sauve.

— Tu me touches, murmura-t-elle en passant les mains le long de ses bras.

Elle sentit son sang battre plus vite dans ses veines, exigeant un apaisement. Robert déglutit et ses lèvres remuèrent contre son cou.

— Oui.

Elle tourna la tête vers lui, la bouche à seulement quelques centimètres de sa joue. Elle aurait pu y presser les lèvres, mais elle attendit. Elle n'avait jamais eu autant besoin de s'assurer qu'il veuille qu'elle bouge, touche, prenne.

— Tu aimes me toucher ?

Il leva les bras, lui saisit les mains et les maintint à plat contre son ventre afin qu'elle ne puisse pas le caresser.

— Oui, gronda-t-il.

Elle frissonna, désireuse de l'attirer contre elle, de déboutonner sa chemise, de lui arracher son short et de le dénuder entièrement. Juste pour elle et personne d'autre.

— Alors touche-moi, souffla-t-elle contre sa peau.

— Je ne veux pas te faire de mal, objecta-t-il comme un homme implorant pour son salut.

Elle posa la tête sur son épaule.

— Tu ne m'en feras pas. Mais si quelque chose ne va pas, je dirai... Voilier, trancha-t-elle après réflexion, alors qu'un autre bateau apparaissait. Tu t'arrêteras si je dis ça.

Il garda le silence un très long moment – si long qu'elle pensa qu'il allait refuser.

— Voilier ? demanda-t-il finalement en déplaçant sa prise pour pouvoir tenir ses deux poignets d'une seule main.

Il posa l'autre main en bas de son ventre. Elle cambra le dos, pressant la poitrine contre les bras de Robert.

— Ce n'est pas un mot que je crie souvent pendant un rapport sexuel, expliqua-t-elle en souriant.

Il sursauta comme si elle l'avait piqué avec une aiguille et il resserra son étreinte. Elle ne pouvait pas le toucher, ni se tourner vers lui. Tout ce qu'elle pouvait faire, c'était rester là à regarder le lac Michigan scintiller dans la chaleur de l'été.

— Jeannie.

Son nom sur ses lèvres était comme un appel aux armes, car ça n'allait pas être un rapport romantique et langoureux, entrecoupé de mots doux et de tendres caresses. Oh que non.

Et soudain, il l'embrassa comme si c'était un défi et elle n'aurait su dire s'il jetait le gant pour elle ou pour lui-même. Elle l'embrassa en égale, avec autant de férocité que lui, et leurs bouches se rencontrèrent avec une telle force que ses jambes en tremblèrent de désir.

Elle mordilla sa lèvre inférieure et sentit la réponse tendue de Robert se répercuter à travers son corps. Quelque chose de dur, long et très chaud poussa contre sa hanche.

Elle haleta, dévorée par la tension. Il ne desserra pas son étreinte et l'empêcha de se dérober, mais ne la toucha nulle part ailleurs. Il se retenait avec tant de force qu'elle le mordit à nouveau. Cette fois, il grogna et recula, enfouissant le visage contre son cou. Elle sentit ses dents lui frôler la peau, alors elle inclina la tête pour lui en donner plus.

— Oui, murmura-t-elle.

Il la mordit doucement à la clavicule.

— Oui, répéta-t-elle.

Quand avait-elle été autant excitée ? Tous les atomes de son corps imploraient ses caresses.

— Oh oui ! Comme ça.

— Non, grogna-t-il contre son cou. Ne parle pas.

Elle s'esclaffa à travers la brume de son désir, du total ridicule de cet ordre.

— Tu es sérieux ? Allons, Robert. Moi, me taire ?

— S'il te plaît, dit-il. J'ai... besoin que ce soit différent.

Différent de quoi ? Elle s'éloigna de lui et il la relâcha.

— Mais je pensais que tu avais dit que...

Il n'avait pas de petite amie et il ne ramenait personne ici. Mais il avait été clair : il n'était pas vierge. Il respirait fort, haletant presque, et paraissait déchiré.

Oh ! non... Il allait vraiment lui briser le cœur.

— D'accord, dit-elle. Ce sont tes règles ? On ne se touche pas et on ne se parle pas ?

— Je… Oui. Ce sont mes règles.

Parler représentait presque la moitié du plaisir et toucher, sans aucun doute l'autre moitié. Mais elle avait une image de plus en plus précise de Robert, chaque fois qu'elle le voyait, et elle commençait à penser qu'il n'avait pas eu une enfance des plus heureuse. Elle non plus, mais Robert semblait en train de lui montrer ses cicatrices en ce moment.

— D'accord. Ma règle à moi, c'est que si l'un de nous dit : « voilier », l'autre s'arrête immédiatement.

— C'est tout ?

— C'est tout.

Elle indiqua d'un signe de tête la deuxième porte vitrée qui se trouvait derrière une table mise pour deux.

— C'est ta chambre ?

— Oui, répondit-il sans faire mine de bouger.

Cet homme était impossible.

— Est-ce qu'on peut utiliser ton lit ?

— Oh ! Oui. Bien sûr.

Cette fois, il ne tendit pas la main et elle ne le toucha pas.

Il ouvrit la porte et la conduisit dans une chambre au décor masculin. Le papier peint était bleu marine avec de subtils motifs bleu clair. Une cheminée avec un autre manteau de marbre, une autre œuvre d'art impressionnante.

Mais ce qui attira vraiment son regard, ce fut le grand lit à baldaquin, vraiment gigantesque, probablement plus grand que la chambre entière de Melissa. Et c'était sans compter les tentures. Autour de chacune des quatre colonnes flottaient des rideaux blancs et vaporeux recouverts d'un damas bleu pâle, qui donnaient presque un aspect féerique au lit.

— J'espère que ça te va, souffla Robert, en enfonçant les mains dans ses poches.

— C'est incroyable et tu es si mignon quand tu es nerveux.

— Je ne suis pas nerveux, répliqua-t-il, l'air on ne peut plus nerveux.

— Tant mieux, parce que tu n'es pas mignon non plus.

Elle fit un pas vers lui. Il ne recula pas, mais inspira vivement. Pas nerveux ? Allons donc. Près de la cheminée, elle vit un de ces objets en bois que les hommes utilisent pour poser leur costume. Sur l'épaule d'une veste bleu royal se trouvait une cravate en soie rouge.

— Là, dit-elle en le contournant.

Elle prit la cravate, essayant de ne pas grimacer devant l'étiquette – Armani, bien sûr. Elle était sur le point de ruiner une cravate qui coûtait probablement quelques centaines de dollars.

Mais bon, on parlait de Robert, l'homme qui avait fait raser les immeubles les plus chers au monde afin d'avoir une vue imprenable sur un lac. Au diable la cravate.

Elle fit un nœud coulant autour d'un poignet et se tourna vers lui, les bras tendus.

— Que dis-tu de ça ? Tu peux m'attacher les poignets pour t'assurer que je ne te toucherai pas.

La bouche de Robert s'ouvrit et Jeannie ressentit un plaisir pervers à l'avoir choqué. Il se raccrochait à grand-peine à son contrôle et, après l'avoir observé durant des milliers d'heures qui verrouillait ses émotions, elle était en train de démolir tous ces murs.

— Tu… Je…, bredouilla-t-il avant de tenter d'ajuster les manchettes qu'il ne portait pas. Non.

— Non ?

Elle enroula l'autre extrémité autour de son poignet, puis porta la cravate à sa bouche, laissant la soie jouer sur ses lèvres.

— Pas même pour me faire taire ?

Il dut s'agripper à l'une des colonnes du lit pour rester debout. Elle sourit et, sans s'approcher, marcha en cercle autour de lui, tout en retirant ses sandales.

— Sauf si tu veux que je garde mes chaussures ?

Il réussit à secouer la tête.

Le lit était si grand qu'il y avait un petit tabouret au pied. Elle grimpa dessus et s'avança vers le centre.

Les yeux de Robert ne la quittèrent pas une seconde. Sous cet angle, il avait probablement une jolie vue sur ses jambes et, si elle se tournait, peut-être même sur sa culotte. Elle s'agenouilla et tendit les mains.

— Robert, viens près de moi.

— Non, répéta-t-il, avec plus de force cette fois. Je pourrais te faire du mal…

— Je n'y crois pas une seconde, le coupa-t-elle. Tu n'es pas un monstre, Robert, alors arrête de te comporter comme si c'était le cas. Tu es l'homme le plus beau, le plus compliqué et le plus gentil que j'aie jamais rencontré. Tes bras sont réconfortants, tu prends soin des bébés et des enfants et ça fait des années que je rêve de toi, de ce moment. Je ne suis pas en sucre, tu sais. J'ai confiance en toi.

— Je ne me fais pas confiance, moi, laissa-t-il échapper en s'accrochant à la colonne du lit. Tu ne le vois pas ? Je…, hésita-t-il en serrant la mâchoire. Tu ne devrais pas me faire confiance non plus.

Elle laissa la cravate glisser de son poignet et défit le nœud coulant tout en se redressant.

— Bien. Donne-moi tes mains.

Il lui jeta un regard incrédule.

— Quoi ?

— Tes mains. Ne dis rien et contente-toi d'obéir, lui demanda-t-elle sans vraiment y croire. Tu ne te fais pas confiance ? Très bien. Je vais t'attacher aux montants du lit et tu ne pourras plus rien faire.

9

Robert inspira profondément tandis que Jeannie s'approchait de lui.

— Je vais t'attacher et te chevaucher. Je ne parlerai pas, je ne te toucherai pas et tu seras à ma merci.

— Un Wyatt ne se soumet pas, sortit-il, comme s'il venait de recevoir un coup de poing en pleine poitrine.

Cela ressemblait à quelque chose qui lui aurait été inculqué, mais elle était incapable d'y réfléchir pour le moment. Le regard qu'il lui lança aurait transformé n'importe quel mortel en pierre, mais elle le connaissait trop bien pour se laisser intimider.

— Ne me fais pas attendre, le supplia-t-elle.

Parce que s'il refusait…

— Est-ce que tu m'attendrais vraiment ? demanda-t-il d'une voix déchirée.

Elle n'était pas censée le toucher – c'était la règle –, mais elle s'en sentit tout simplement incapable. Il avait l'air si dévasté. Elle toucha son front du bout des doigts et, voyant qu'il ne se dérobait pas, elle les fit glisser jusqu'à sa joue.

— Toujours, murmura-t-elle contre son front. Je t'attendrai toujours. Mais fais-moi confiance. Fais-toi confiance.

Il émit un son étranglé et la repoussa. Elle perdit légèrement l'équilibre, car ce lit était si moelleux, et… Elle avait quand même enfreint la règle et c'était le jeu. Mais quand elle se redressa, elle vit qu'il avait tendu la main.

Il garda les yeux baissés, les épaules tendues. Mais elle savait maintenant que ce n'était pas elle qu'il combattait.

Il se battait contre lui-même.

Elle enroula la cravate en soie autour de ses poignets et l'attacha au montant du lit. Ce n'était pas serré et il pouvait se dégager facilement s'il le voulait. Mais il ne s'agissait pas de l'entraver pour des raisons de sécurité. Il s'agissait de lui prouver qu'il pouvait se faire confiance, car c'était de cela qu'il avait besoin. Elle préférait ne pas savoir pourquoi.

Une fois le nœud plus ou moins fait, elle descendit du lit pour se tenir à côté de lui.

— Juste pour t'aider, chuchota-t-elle doucement, en posant les mains sur ses épaules.

Robert se mit à trembler quand elle défit la ceinture et la braguette de son short. Malgré son attitude défensive, son érection ne faisait aucun doute. Même contenu par le caleçon, son sexe, dressé vers le haut, était long et dur comme la pierre.

Elle se concentra sur la respiration haletante de Robert et la façon dont il se tendit lorsqu'elle effleura son impressionnante érection. Mais elle ne le toucha pas, et ne glissa pas la main dans son caleçon. Elle ne le baissa même pas, attendant d'être sur le lit pour cela.

Elle aurait pu le toucher un peu afin qu'il puisse se libérer, ouvrir sa chemise d'un coup sec et l'explorer à sa guise. Pourtant elle s'en abstint. Il lui avait tant donné : de l'argent, du temps, de l'apaisement concernant Melissa. Et maintenant cela. Il lui offrait le plus précieux des cadeaux.

Sa confiance.

Il était hors de question qu'elle en abuse. Alors elle le fit s'allonger, puis lui releva les jambes.

— Baisse-toi, dit-elle, gardant une voix basse et calme. Comme ça... Oui.

Elle réalisa qu'elle tremblait également. L'étendue des blessures de cet homme était si importante qu'elle avait même peur d'y réfléchir. Elle était consciente de ne pas pouvoir le soigner, mais cet aspect de lui n'était pas la seule chose qui le définissait. Il demeurait Robert – prévenant dans ses exigences, autoritaire dans ses attentions, séduisant dans son intensité.

Elle s'arrangea pour que ses jambes pointent vers le centre du lit, ce qui lui laissa tout l'espace dont elle avait besoin.

— Ça va ? demanda-t-elle en l'observant attentivement et en retirant sa culotte.

Il acquiesça.

D'accord, songea-t-elle en remontant sur le lit et en se dressant devant lui.

Même attaché au montant, le pantalon baissé et le visage empourpré, il y avait quelque chose d'éthéré, de presque irréel dans la façon dont ses yeux pâles la fixaient.

— Avec ou sans mes vêtements ? demanda-t-elle en soulevant sa robe.

Le regard de Robert se posa à l'endroit où elle dévoilait son sexe.

— Avec, répondit-il en inspirant brusquement.

Elle n'en fut pas surprise et l'enjamba, tenant toujours sa robe pour le laisser entrapercevoir son corps. La chaleur irradia son sexe quand elle vit son regard avide, ses mains ainsi attachées au-dessus de sa tête. Il ne fit aucun geste pour se libérer.

Elle tenait l'un des hommes les plus incroyables de la ville, peut-être même de tout le pays, à sa merci. Le pouvoir était enivrant.

Elle laissa retomber sa robe. Robert émit une protestation, un grognement profond, mais elle ne céda pas et se laissa tomber à genoux, à califourchon sur ses cuisses.

— Ça va ?

— Oui, confirma-t-il d'une voix plus grave à présent, tout en fixant ses seins.

Son membre fit un bond dans son caleçon. Elle abaissa le sous-vêtement. Son sexe se dressait fièrement, long et rouge, légèrement recourbé. Elle voulut l'envelopper de sa main et sentir coulisser sa peau chaude, le prendre dans sa bouche et le rendre fou avec sa langue jusqu'à ce qu'il vole en éclats.

Mais elle avait promis. Alors elle demanda simplement :

— Des préservatifs ?

Il indiqua du menton la table de chevet.

— Le tiroir.

Sa voix, si tant est que cela soit possible, était encore plus profonde. Elle sentit le grondement se répercuter dans tout son corps.

Il allait lui donner tant de plaisir.

Elle se laissa glisser de ses jambes et se mit presque à plat ventre sur l'immense matelas pour prendre la boîte de préservatifs. Elle n'avait pas encore été ouverte, mais ne serait pas périmée avant plusieurs années. L'avait-il achetée pour elle ?

Elle en sortit un et, s'appliquant autant que possible, le lui enfila, bien qu'il continue de trembler, ce qui lui compliquait un peu la tâche, songea-t-elle avec un sourire.

Elle se positionna ensuite sur lui, juste au-dessus de son érection, et le sentit battre contre elle, ce qui lui envoya de petites étincelles de désir à la surface du sexe. Elle avait très envie de le toucher mais, parce que c'était impossible, toute son attention se concentra sur l'endroit où leurs corps se joignaient.

— Ça va ?

— Oui, répondit-il sans hésiter, semblant même un peu surpris par sa propre réponse.

— Bien.

Elle se mit à onduler des hanches, laissant son érection glisser sur sa peau sensible, mais sans le prendre en elle, uniquement concentrée sur sa façon de bouger, sur son équilibre, sur la respiration irrégulière de Robert se mêlant à la sienne. Les deux taches rouges autour de ses poignets se détachaient de la mer de bleu.

Ce fut le moment le plus érotique de sa vie.

Elle prit ses seins en coupe par-dessus sa robe, les souleva et tira sur les mamelons. La sensation était atténuée par le tissu de sa robe et son soutien-gorge, mais elle s'en rendit à peine compte. Elle tira plus fort, serrant ses jambes autour des hanches de Robert, et abaissa son poids sur lui. Il gémit en la voyant se toucher et ses hanches poussèrent plus fort, ses mouvements devinrent plus sauvages.

L'orgasme qui la submergea la surprit et la couvrit d'étoiles. Elle gémit, la tête en arrière, et se serait écroulée en glissant s'il n'avait pas relevé les genoux pour la rattraper.

Leurs halètements emplirent la pièce. Il poussa contre le sexe gonflé de Jeannie, brûlant, suppliant et impuissant. Quand elle fut capable de se rasseoir, elle le fixa avec un sourire rêveur.

— C'était merveilleux.

Ce qu'elle aurait donné pour pouvoir s'allonger sur son torse et l'embrasser, car ce genre d'orgasmes ne couraient pas les rues.

Se relevant, elle sentit son membre se dresser à sa rencontre. Lentement, elle le prit en elle.

Plus rien au monde n'exista alors. La tache de rouge au-dessus de sa tête, le bleu pâle intense de ses yeux, les veines de son cou se gonflant alors qu'il l'emplissait centimètre après centimètre dans une merveilleuse agonie. Elle ravala un cri, car elle n'avait jamais rien ressenti de pareil à Robert en elle.

S'humectant deux doigts, elle souleva le bas de sa robe, juste assez pour les appuyer contre elle. Robert grogna à nouveau, essayant de s'enfoncer en elle, mais elle usa de tout son poids pour le clouer au matelas.

— Attends, intima-t-elle en faisant de lents cercles avec ses doigts pour caresser le point où leurs corps se joignaient afin de s'ajuster à sa taille. Contente-toi d'être, Robert. D'être avec moi.

Il fit un petit mouvement en signe d'acquiescement. Peut-être était-ce tout ce dont il était capable.

Elle tint parole et ne le toucha pas, sauf à l'endroit où il était profondément enfoui en elle et où leurs hanches se touchaient. Elle ne gémit pas, ne cria pas son nom et retint ce qui lui brûlait les lèvres. Elle attendit que la respiration de Robert s'apaise un peu, juste un peu, jusqu'à être certaine qu'il avait retrouvé son contrôle et pouvait se concentrer sur leur intimité.

Elle serra ses muscles intérieurs et le plaisir revint en force tandis qu'il inspirait brusquement. Elle ressentit même un petit mouvement parcourir son membre et se propager à travers le sien. Elle se caressa tout en ondulant des hanches, se levant et s'abaissant sur lui à une cadence langoureuse.

Posant sa main libre sur sa poitrine, elle abaissa l'encolure de sa robe ainsi que la dentelle rose de sa brassière et, après s'être léché le pouce, elle taquina son propre mamelon.

Les yeux de Robert étaient presque noirs à présent. Utilisant ses pieds pour pousser plus fort, il remua sous elle. En le regardant, Jeannie vit qu'il tendait la main vers la cravate.

Elle se figea, essayant juste de garder l'équilibre. Mais au lieu de s'attaquer aux nœuds, Robert agrippa les bouts détachés de la cravate et les serra.

— Ne… t'arrête pas, Jeannie, déglutit-il. S'il te plaît.

Le soulagement la submergea, presque aussi puissant qu'un autre orgasme.

— Là, dit-elle en tirant sur son mamelon, jusqu'à ressentir la plus agréable des douleurs. Était-ce si difficile ?

Elle le sentit tressauter au fond d'elle. Puis, miracle suprême, il sourit. Un tout petit mouvement des lèvres, si faible que personne ne l'aurait remarqué.

Sauf elle.

Cette fois, quand il poussa vers son sexe, elle absorba son élan et imposa son propre rythme, lent. Elle continua à se caresser et à le sentir se démener pour sa délivrance. Mais elle refusa de lui faciliter la tâche. Elle savait qu'elle aurait pu le faire jouir en quelques minutes. Quelques secondes.

Mais aurait-elle de nouveau l'occasion de l'avoir ainsi ? Elle ne comptait pas perdre un seul instant passé avec lui. Elle devrait peut-être se contenter de ce moment jusqu'à la fin de sa vie.

Elle remua sur lui, luttant pour garder le contrôle alors qu'elle n'aspirait qu'à se laisser retomber. Le bruit de leurs ébats emplissait la chambre, leurs corps claquant l'un contre l'autre, avec leurs respirations mêlées et les grincements du matelas.

Le rouge de la cravate, le sombre désir dans son regard, la pression de son sexe à elle, la façon dont il bougeait en elle, c'était parfait, puissant et bon. Tellement, tellement bon.

Elle s'abandonna la première, se laissant tomber en avant, et réussit de justesse à ne pas poser les mains sur son torse. Les mains sur le matelas, elle le chevaucha de plus en plus vite.

— Robert, s'écria-t-elle, au bord de l'orgasme qui montait de plus en plus vite en elle.

Elle se déhancha de plus en plus fort.

— Jeannie.

Elle explosa à son ton implorant, puis elle l'embrassa tandis que le plaisir lui ôtait toute pensée, toute capacité de se tenir loin de lui. Elle l'embrassa, à la fois victorieuse et défaite.

Il gémit dans sa bouche, un son de satisfaction, d'achèvement. Il gémit et poussa ses hanches plus fort en elle avant de se figer, tendu, et elle prit tout de lui. Elle prit tout ce qu'il avait à lui offrir, et cela poussa son orgasme encore plus haut. Elle ne put s'empêcher de s'arracher à lui, rejetant la tête en arrière, emportée par la jouissance.

Puis elle s'effondra sur son torse, tentant de reprendre son souffle. Elle n'avait même plus la force de bouger.

— Oh ! Robert, soupira-t-elle en se blottissant contre lui.

Elle sentit sa respiration saccadée, ses mains sur ses bras alors qu'il la soulevait. Il ne la suivit pas, ne la couvrit pas de son poids.

Tout ce qu'elle vit, ce fut le dos de Robert alors que la porte se refermait.

Il avait quitté la pièce.

10

Robert se tint en haut des marches. Il fallait qu'il retourne auprès de Jeannie. Peut-être pour s'excuser ou la prendre dans ses bras et l'embrasser à nouveau.

Probablement les deux.

Il était incapable du moindre mouvement.

Une ombre traversa la terrasse. Elle était sortie. Attirée par le lac, sans doute. Tant mieux si la vue lui plaisait. Il espérait qu'elle approuve son choix d'avoir acheté les terrains et d'en avoir fait don à la ville.

Resterait-elle assez longtemps pour voir les étoiles ?

Il se glissa dans sa chambre et choisit de nouveaux vêtements. Mis à part le léger parfum d'orange, il n'y avait aucune trace d'elle. La cravate était retournée à son point de départ. Le lit avait été fait ; l'emballage du préservatif avait disparu, et même ses chaussures n'étaient plus là.

Curieusement, il se rendit compte qu'il aurait aimé qu'elle laisse sa marque.

Il fit sa toilette en silence, se changea, puis se tint devant les portes ouvertes pour l'observer.

Elle avait débouché le vin sans aide de sa part, évidemment – elle était barmaid, elle avait trouvé le chemin de la kitchenette où Darna avait laissé leur déjeuner au chaud.

Combien de temps resta-t-il à la contempler ? Elle semblait… inchangée. Belle, mais inchangée. Il l'envia.

Ce fut seulement quand elle alla remplir à nouveau son verre de vin qu'il se décida à la rejoindre.

— Salut, lança-t-il d'une voix involontairement bourrue.

Elle ne parut pas surprise en le voyant, ni quand il lui prit la bouteille des mains.

— Je sais comment m'y prendre, le gronda-t-elle.

Sa voix n'était pas acide en tout cas, et même peut-être même amusée.

— Tu m'as servi pendant des années, répondit-il, heureux de constater que ses mains ne tremblaient pas. À mon tour.

Il la vit sourire, mais elle ne le regarda pas, gardant les yeux rivés sur le lac.

Il lui remplit son verre, puis comprit qu'il lui en fallait un à lui aussi. Après quoi il se servit un peu de poulet, même s'il n'avait pas faim. Il déjeunait rarement. Mais se déplacer sur la terrasse lui donnait quelque chose à faire.

En temps normal, le silence ne le dérangeait pas. Le calme et lui étaient de vieux amis. Mais en cet instant, le mutisme de Jeannie le gênait.

Il joua avec sa nourriture tandis qu'elle mangeait en silence. Ils burent leur vin.

— Tu peux parler maintenant, lâcha-t-il finalement en se sentant ridicule.

— Non, j'ai déjà tout dit. C'est ton tour.

Il se força à respirer lentement pour empêcher son pouls de s'affoler. Il était simplement submergé par les nouvelles sensations, rien d'autre. Il n'avait jamais dîné en compagnie de quelqu'un sur sa terrasse, jamais partagé sa vue avec qui que ce soit, jamais amené personne dans son lit. Et il ne s'était jamais laissé attacher.

C'était tout simplement trop de nouveautés à assimiler.

Et soudain il se mit à parler. Les mots coulèrent de sa bouche aussi facilement que le vin de la bouteille.

— Quelque chose a changé à mes quatorze ans.

Il fut horrifié de s'entendre prononcer ces mots, mais trop tard. La bouteille s'était brisée, il ne pouvait plus contenir le flot qui s'en déversait. Pas avec elle. Plus maintenant.

— Je suppose que j'avais grandi. Il m'a convoqué dans son bureau. Ce n'était jamais bon signe d'être convoqué.

Du coin de l'œil, il la vit serrer fermement son verre. Elle ne laissa pourtant échapper qu'un simple « Oh ? » et, étrangement, cela l'aida à continuer, car c'était exactement ce qu'elle aurait dit s'ils s'étaient trouvés au bar, protégés par les lumières tamisées.

Même s'il y avait de la lumière ici, la petite table se dressait entre eux.

— Cette fois-ci, il y avait une femme. Elle..., hésita-t-il avant de déglutir, décidé à continuer. Elle ne portait pas grand-chose. Elle était belle.

Il fut pris de honte au souvenir de sa confusion. Il s'était préparé à des menaces, à de la douleur. Mais sûrement pas à une femme vêtue de rien d'autre qu'une combinaison.

— Il a dit que j'étais un homme à présent, continua-t-il avant de vider son verre. Que j'avais besoin d'apprendre comment traiter une femme, comment la dominer.

Jeannie inspira brusquement, mais ne commenta pas et, pour la première fois, il détesta le silence. Il s'efforça de trouver les mots sans se remémorer tous les horribles détails.

— Et quand je n'ai pas pu...

Soudain Jeannie se leva et, avant qu'il comprenne ce qu'elle était en train de faire, elle lui avait pris son assiette et son verre des mains. Du vin coulait de ses doigts. Il n'avait pas réalisé qu'ils tremblaient.

Elle s'assit sur ses genoux et enfouit le visage dans son cou. Il aurait dû trouver cela affreux, mais non, et il ne pouvait plus s'arrêter.

— Il m'a dit de regarder. Puis il m'a montré.

Les bras de Jeannie se resserrèrent autour de son cou et il réalisa qu'il la serrait contre lui, comme s'il craignait qu'elle se sauve.

Jamais il ne s'autorisait à penser à ce jour. Il était très doué pour contrôler ses réactions, et ce genre de souvenirs n'était pas permis.

Mais à présent ?

Il se souvint de tout. Des cris étouffés de la femme. De la façon dont son père avait souri. Cette culpabilité familière lui soufflant que s'il avait fait ce que Landon lui avait demandé, il aurait peut-être pu la protéger. Sa prise de conscience qu'il ne pouvait protéger aucune femme.

Seule la certitude qu'il serait battu sans pitié pour sa faiblesse l'empêcha de quitter la pièce.

— Respire, murmura Jeannie contre sa peau. Ça va. Je suis là. Respire.

Il n'était pas sûr que ses poumons puissent correctement fonctionner à nouveau.

— J'ai raconté à ma mère ce qui s'était passé. Je n'aurais pas dû parce que c'était dangereux. Quand on était trop heureux, trop triste, trop en colère, il n'aimait pas cela. Mais je ne pouvais pas le garder pour moi. Je ne pouvais pas et elle a été si furieuse qu'elle est entrée dans son bureau en criant, en lui lançant des objets et...

Et Landon s'était vengé de mille petites façons. Il s'était sans doute également vengé, intérêts compris, durant ces trois dernières années.

— Est-ce que cela s'est reproduit ? demanda doucement Jeannie.

Sur le lac, une vedette passa à toute vitesse et disparut de la vue de Robert.

— Pas tout de suite.

La colère de sa mère lui avait en quelque sorte acheté quelques mois de répit.

Quelque chose de chaud et d'humide coula sur sa peau alors qu'elle le tenait dans ses bras. Elle ne le repoussait pas, ne le regardait pas avec dégoût.

— Qu'est-ce que ta mère a fait la fois d'après ?

— Je ne le lui ai pas dit.

Il n'avait pas voulu la mettre en danger. Il avait donc enterré son dégoût et son horreur et s'était efforcé d'être l'homme que Landon voulait.

Il en riait presque à présent. Si Landon l'avait vu, quelques minutes plus tôt, attaché au lit et impuissant alors que Jeannie lui faisait don de sa tendresse, de ses caresses, de son être, le vieil homme aurait peut-être eu une attaque.

— J'étais bouleversé quand tu m'as embrassé, tout à l'heure. Je...

Ce baiser avait été parfait et terrifiant. Il aurait voulu ne jamais la relâcher et il n'avait pas été capable de partir assez vite. Il n'était pas très fier de lui.

— Ce n'est pas grave, répliqua-t-elle doucement. Je vais bien. J'ai enfreint la règle. Je suis désolée.

Il la serra encore plus fort, car il aimait bien la tenir ainsi.

— Moi aussi.

Comme Landon Wyatt se serait moqué de lui pour ces excuses, même si c'en était à peine.

Il n'aurait su dire combien de temps ils restèrent assis là. Le soleil lui brouillait la vue quand, enfin, il s'entendit dire :

— Je ne l'ai pas vue depuis près de trois ans. Ma mère, je veux dire.

Pourquoi l'avouer à Jeannie ? Ce qui s'était passé au lit plus tôt ne sous-entendait pas qu'il lui devait toute la vérité.

Mais il ne pouvait s'en empêcher.

— Que s'est-il passé ? demanda-t-elle doucement.

Le soleil plongeait à présent derrière les immeubles, projetant dans le ciel des tons plus profonds de doré. Peu importait ce qui s'était passé – ceux qui vivaient, ceux qui mouraient et ceux qui avançaient sur la fine ligne entre les deux –, le soleil continuerait à se lever et se coucher tous les jours, comme il l'avait toujours fait.

— Elle n'est pas restée avec moi. Il l'avait violemment battue et je l'ai amenée ici. Mais elle ne m'a pas fait confiance pour la protéger. Elle est retournée auprès de lui et...

Il déglutit pour faire descendre cette énorme pierre fichée dans sa gorge.

— C'était quand ?

— Le jour où j'ai franchi les portes du Trenton.

Ce jour où il s'était senti complètement perdu avait aussi été celui où il avait trouvé Jeannie. Ça n'avait pas été un hasard.

Elle l'attendait.

Jeannie soupira, le caressant de son souffle.

— Est-ce que tu pourras la revoir un jour ?

Sa voix tremblait et il pria pour qu'elle ne pleure pas. Les larmes n'avaient aucune utilité. Elles n'en avaient jamais eu.

— C'est pour cette raison que je dois me rendre au lancement de la campagne. Il l'utilise comme appât, pour que je joue la comédie d'une famille heureuse et parfaite.

— Pour t'obliger à mentir pour lui, l'enfoiré.

Cette fois, elle paraissait furieuse et, curieusement, sa colère aida Robert à se sentir mieux.

— Qu'est-ce que tu vas faire ?

— Si elle accepte, je l'emmènerai et je l'enverrai quelque part où il ne pourra plus l'atteindre.

Jeannie se pencha en arrière. Il savait qu'elle l'observait, mais il ne pouvait pas la regarder et prendre le risque de se noyer dans ses yeux marron. Il continua de fixer l'eau.

— Tu ne vas quand même pas l'amener ici ? Tu ne peux pas espérer que, cette fois, elle le quittera, juste parce qu'elle a un faible pour le papier peint ringard.

Il sourit presque, car il ne venait pas simplement de révéler son secret le mieux caché et le plus honteux. Il l'avait confié à Jeannie et cela l'aidait un peu à avancer.

— Bien sûr que non. Je l'envoie en Nouvelle-Zélande.

Cette fois, il la regarda. La vue de ses yeux emplis de larmes le frappa comme un coup en pleine poitrine.

— C'est pour ça que je devais te parler, le soir où tu n'étais pas là. Je devais te voir. J'avais besoin de m'assurer que je prenais la bonne décision.

Parce que si l'on appelait les choses par leur nom, il allait kidnapper sa mère et elle pourrait le détester, du moins un petit peu. Sans parler de Landon, qui pourrait le punir et récupérer Cybil. Ou du moins essayer.

Mais Robert n'était plus un enfant. Avocats, comptables, journalistes, tous étaient désireux de prendre part à ce qui pouvait devenir le plus grand scandale de Chicago depuis Al Capone. Et c'était Robert qui tirait toutes les ficelles.

Il était temps que Landon sache ce dont un Wyatt était capable.

— C'est le cas, répliqua simplement Jeannie. Tu fais absolument le bon choix, Robert. Ce qui s'est passé avant, ça n'a jamais été ta faute, ajouta-t-elle en prenant son visage dans ses mains. Et tu n'es pas comme lui. Il ne t'a pas brisé, tu comprends ? Tu es plus fort que lui. Tu l'as toujours été. Et je pense qu'il le sait aussi.

Il sentit ses yeux le piquer et les ferma. Il voulait sentir la vérité des paroles de Jeannie jusqu'au plus profond de lui. Mais s'il avait vraiment été aussi fort, il aurait pu protéger sa mère durant toutes ces années. Ce qui n'avait pas été le cas.

Jeannie quitta ses genoux et l'aida à se relever. Elle le conduisit en silence dans sa chambre et le déshabilla, puis fit passer sa robe par-dessus sa tête. Mais au lieu d'enlever la jolie lingerie qu'elle portait, elle rabattit le drap et le poussa dans le lit. Il ne résista pas. Il en était incapable. Quoi qu'elle fasse, il en avait besoin. Il avait besoin d'elle. Il lui fit donc de la place et elle le suivit, tirant le drap sur eux.

Puis elle se blottit contre lui.

— Je ne peux pas rester pour voir les étoiles. Pas ce soir, murmura-t-elle contre son torse. Je dois retourner auprès de Melissa.

— Bien sûr, se força-t-il à approuver alors qu'il aurait voulu protester.

C'était vraiment étrange. Il désirait qu'elle reste. Et ce désir augmenta quand elle passa une jambe nue par-dessus la sienne, emmêlant leurs membres. C'était... parfait. Agréable.

— Mais tu sais..., reprit-elle.

Quelque chose de chaud et doux se pressa contre son torse. Un baiser. De pardon, espéra-t-il.

— Je ne te laisserai pas l'affronter seul.

Avant qu'il puisse comprendre de quoi elle parlait – car elle ne pouvait tout de même pas suggérer de s'approcher de son plein gré de Landon Wyatt –, elle se souleva sur un coude et le fixa d'un regard indéchiffrable.

— Je t'accompagne au lancement.

11

Jeannie n'avait pas revu Robert depuis qu'il l'avait raccompagnée chez elle, trois jours plus tôt. Il lui avait alors fait le baisemain, comme un prince d'autrefois, avant de se faire raccompagner par un Reginald absolument rayonnant.

Elle savait qu'il était en contact avec Maja, Rona ou les deux. Maja avait dit par exemple :

— Le Dr Wyatt vous recommande de ne pas oublier de vous aérer, alors laissez-moi vous montrer comment utiliser cette poussette.

Ou bien Rona avait déclaré :

— Le Dr Wyatt m'a demandé de m'assurer que vous aimez mes repas. Je peux aussi cuisiner autre chose.

Comme si quelqu'un pouvait refuser les bons petits plats philippins que Rona concoctait un jour sur deux, lorsqu'elle venait faire la lessive et le ménage dans une maison déjà impeccable. Même les restes de la veille étaient fabuleux. Si Jeannie avait été seule, elle aurait vécu de pizzas surgelées et de bière.

Mais Robert ne s'adressait pas à elle pour savoir si elle appréciait les repas ou les promenades ou le temps passé avec Melissa. Il ne lui parlait pas du tout et les SMS qu'elle lui avait envoyés pour le remercier étaient restés sans réponse. Ce qui était énervant. Elle savait qu'il était occupé par son travail, les Industries Wyatt et les plans pour sauver sa mère. Il ne l'évitait pas, ce n'était pas un bavard, voilà tout. Il ne savait tout simplement pas comment entamer une conversation après ce qu'ils avaient partagé.

Mais quand une autre journée de silence se fut écoulée, elle finit par se demander s'il n'essayait pas de l'empêcher de se rendre au lancement de la campagne. Et elle n'avait aucune intention de le laisser faire.

Elle décida donc de se montrer directe et lui envoya un SMS. Et il s'avéra être carrément bavard.

À quelle heure samedi ?

Non.

Si. Je t'accompagne.

Hors de question. Tu ne seras pas en sécurité.

Tu ne seras pas en sécurité non plus.

Pourquoi devrais-tu affronter cela seul ? Tu as besoin d'aide.

Sûrement pas. Je ne prendrai pas le risque de te perdre comme ça.

Elle sourit à cette dernière phrase et fit une pause pour masser le dos de Melissa. Elles étaient blotties sur le canapé et la maison était silencieuse. Maja n'était pas là et Rona serait de retour le lendemain. Il ne restait plus que Jeannie et un bébé somnolent.

Une semaine auparavant, cette situation aurait provoqué une véritable crise de panique chez elle, mais à présent ? Elle se laissa immerger dans la chaleur d'une Melissa assoupie. Elle ne savait toujours pas comment elle allait pouvoir élever cet enfant quand Robert cesserait de payer la petite armée de personnel pour l'aider, mais, au moins, elle ne paniquait plus à l'idée de tenir sa nièce contre elle. Tant que Melissa buvait la bonne marque de lait et restait emmaillotée pendant son sommeil, les choses se passaient mieux.

Je ne prendrai pas non plus le risque de te perdre.

Je ne t'emmènerai pas. Fin de la conversation.

Dans ce cas je vais m'incruster à la fête.

Non, Jeannie.

Elle entendait déjà son ton exaspéré et l'imaginait en train de foudroyer son téléphone du regard. Il lui suffisait d'un claquement de doigts pour obtenir tout ce qu'il voulait de n'importe qui – de n'importe qui sauf d'elle.

Elle avait parlé à Miranda du Trenton. Robert avait laissé une carte de crédit et la rumeur courait que Julian l'avait délestée de trente mille dollars, somme que Robert n'avait même pas contestée.

Il n'y était plus revenu, ce qui convenait parfaitement à Miranda. Elle se moquait bien qu'il soit canon et plein aux as. Elle ne voulait plus jamais avoir affaire à lui, avait-elle dit avant de lui raconter toute l'histoire d'une voix haletante et incrédule. Jeannie, elle, n'avait aucun mal à la croire. Trente mille dollars, ce n'était rien pour Robert.

— Il est vraiment terrifiant, avait déclaré sa collègue.

Jeannie s'était mise à rire. Pour autant qu'elle sache, personne au travail n'était au courant que Robert s'était autoproclamé son ange gardien ou qu'ils avaient partagé une merveilleuse soirée déconcertante.

Je *vais* m'incruster. Je m'introduis dans les soirées et les clubs depuis mes 14 ans. Je viendrai dans ma robe jaune. Je me ferai remarquer et je serai insupportable. Crois-moi, je suis très bonne à ça.

Non.

Tu ne pourras pas m'en empêcher, alors contente-toi d'accepter de m'y emmener. Si je t'accompagne, tu pourras garder un œil sur moi. Qui sait dans quel genre de pétrin je pourrais me fourrer sinon ? Je serais capable d'écraser les orteils d'un candidat ou de lui asperger le visage de vin rouge. Mon Dieu. Oups !

Robert ne répondit pas tout de suite à ce dernier message. Melissa grogna dans son sommeil, le corps tiède, parfaite et en bonne santé. Elle avait dix-sept jours aujourd'hui. Cela faisait dix jours que Nicole était morte, neuf jours que Jeannie avait ramené ce bébé à la maison et huit jours que Robert s'était avéré l'étoile devant laquelle elle avait fait un vœu. C'était le premier jour où Maja ne séjournait pas chez elle à plein temps.

La prochaine fois que Jeannie irait chez Robert – en supposant qu'il l'invite à nouveau –, elle ne partirait pas avant d'avoir vu l'horizon nocturne au-dessus du lac.

Elle pouvait presque voir Nicole entrer dans le petit salon, et faire de son mieux pour ne pas lever les yeux au ciel ou laisser échapper une remarque cinglante sur le fait que tout ceci était typique de ce qu'elle faisait toujours : se précipiter sans réfléchir.

— C'est ta spécialité de t'attirer des ennuis, disait toujours sa sœur.

Quand Jeannie était petite, Nicole lui sifflait cette phrase d'un ton venimeux, généralement quelques secondes avant de lui créer des ennuis. Peut-être y avait-il eu un temps où elle avait joué de mauvais tours à Jeannie.

Et Jeannie se souvenait d'avoir décidé que si elle devait avoir des problèmes, autant les mériter.

Après la mort de leur mère, quand, à dix ans, elle s'était retrouvée sous la garde d'une Nicole de dix-sept ans, celle-ci avait continué à le lui seriner. Mais la haine avait changé, s'était approfondie. À présent Jeannie pouvait regarder en arrière et comprendre la peur que Nicole avait dû ressentir : la peur qui l'avait paralysée le soir où elle avait fait un vœu devant une étoile.

Jeannie avait continué à s'attirer des ennuis. Les fêtes, les garçons, l'alcool... Elle avait poussé sa sœur à bout jusqu'au point de non-retour. Toutes deux avaient été soulagées le jour où elle avait fait son sac et était partie.

Une fois qu'elles s'étaient enfin réconciliées, après que Nicole avait décidé coûte que coûte de fonder une famille, elle avait continué à répéter que Jeannie s'attirait toujours des ennuis. Mais cette fois, elle le disait presque avec tendresse et, au lieu de le prendre comme une attaque, Jeannie avait vraiment entendu ce que Nicole essayait de lui faire comprendre.

Je suis désolée. Je suis heureuse que tu aies été là. Je t'aime.

C'était cette image que Jeannie décida de garder de Nicole. Quelqu'un de compliqué qui faisait de son mieux avec ce qu'elle avait : un père absent, une mère décédée et une petite sœur perturbatrice.

Je suis désolée, répéta Jeannie, espérant que là où elle était, Nicole le savait déjà. *Je suis heureuse que tu aies été là et je fais du mieux que je peux. Je t'aime.*

Son téléphone vibra à nouveau.

Je ne peux pas le permettre.

Typique de cet homme ! S'il avait été là, elle aurait été bien en peine de choisir entre l'étrangler et l'étreindre. Peut-être qu'elle l'aurait à nouveau attaché au lit pour venir à bout de la frustration qu'il lui inspirait.

C'était un homme très inspirant.

Trois jours s'étaient écoulés depuis leur déjeuner. Trois jours depuis que l'inatteignable, l'intouchable Robert Wyatt s'était laissé toucher. Depuis qu'il lui avait tendu les mains et qu'elle l'avait chevauché en silence. Depuis qu'il avait partagé son secret le plus sombre.

Il avait beaucoup fait pour elle et Melissa, quand tout ce qu'elle avait fait pour lui se résumait à lui servir le parfait manhattan. Elle n'était peut-être pas en mesure de l'aider financièrement mais, bon sang, elle pouvait l'aider à affronter ses démons.

Plus précisément, un démon.

Les ennuis, c'était sa spécialité, après tout. Mais cette fois, ce serait pour la bonne cause. Le plan était simple. Être là pour Robert, venir en aide à sa mère et protéger les braves gens de l'Illinois d'un sale monstre.

Ça allait être une sacrée fête.

Elle déplaça Melissa pour pouvoir écrire plus rapidement.

Robert, je ne suis pas ton employée. Ce n'est pas à toi de *M'AUTORISER* quoi que ce soit. Laisse-moi être là pour toi. Ce n'est pas une faiblesse d'accepter de l'aide.

Je ne peux pas te demander ça.

Tu ne me le demandes pas.

Ce n'est pas une obligation.

Je viendrai, alors laisse-moi t'accompagner.

Mélissa s'agita, repoussa sa couverture et émit de petits bruits. Maja lui avait expliqué que c'étaient des signes de faim. Jeannie jeta un coup d'œil à l'horloge : pile à l'heure. Comme il était hors de question qu'elle gâche tout, elle ne pouvait pas rester allongée plus longtemps à envoyer des SMS.

Robert. Laisse-moi venir avec toi. S'il te plaît.

Tu ne peux pas porter la robe jaune. C'est une soirée officielle.

Je n'ai rien de plus officiel. À moins que tu veuilles que je porte ma veste et mon nœud papillon ?

Grand Dieu. Je vais te faire parvenir quelque chose. Si nous voulons le faire, il faudra le faire correctement. Il ne doit pas savoir qui tu es.

Je saurai me fondre dans la masse. Promis.

Elle avait gagné la partie. Elle était tout à fait capable de se fondre parmi les invités. Cela faisait des années qu'elle servait des boissons au gratin de la société. Elle connaissait les manières et les sujets de discussion des « un pour cent » les plus riches et elle était capable d'être aussi odieuse et hautaine que les papiers peints de Robert ou aussi froide et distante que Robert lui-même. Elle pouvait tout à fait jouer la comédie, quel que soit le personnage à jouer.

Il ne fallait pas que ce soit un petit mensonge, car c'étaient les plus évidents et faciles à réfuter. Pour entourlouper quelqu'un comme Landon Wyatt, il faudrait un mensonge tellement gros, tellement audacieux et ostentatoire que cela dissuaderait tout le monde de l'interroger sur sa présence au bras de Robert. Plus que d'avoir sa place parmi eux, elle devait carrément s'imposer.

Elle jeta un coup d'œil au livre sur sa table basse. *To Dare a Duke*. Hum.

Évidemment, tout dépendrait de sa tenue. Dieu seul savait ce que Robert allait lui envoyer cette fois.

Finalement, un petit mot apparut sur l'écran de son téléphone, qui lui arracha un grand sourire.

Merci.

Alors ? C'était si difficile ?

Samedi à 18 heures.

Je t'attendrai.

Il ne répondit pas, mais c'était inutile. Il l'avait remerciée. Pour Robert, cela revenait à se tenir devant la fenêtre de sa chambre avec une radiocassette diffusant des chansons d'amour des années 1980.

Melissa s'agita avec plus d'insistance et Jeannie se leva. Il fallait qu'elle nourrisse le bébé, vérifie sa couche, et ensuite ?

Ensuite, elle se préparerait pour samedi soir.

Elle avait rendez-vous avec le célibataire le plus canon de Chicago et elle avait le sentiment qu'elle verrait les étoiles avant la fin de toute cette aventure.

12

Robert n'était pas nerveux car un Wyatt n'était jamais nerveux. L'anxiété était signe d'incertitude, et un Wyatt avait toujours confiance en lui.

Donc le sentiment de malaise, les mains moites, l'envie de vomir, tout cela n'avait rien à voir avec les nerfs. Il n'avait aucune inquiétude sur le déroulement de la soirée, ni des pièges qu'il avait posés ni du fait que cela allait se dérouler sous le regard du public. Il était sûr de pouvoir emmener sa mère et s'occuper de Landon.

Il était tout simplement excité à l'idée de découvrir ce que les stylistes avaient prévu pour Jeannie, voilà tout. Kelly avait envoyé une équipe de trois personnes : cheveux, maquillage et vêtements. Il était impatient de la voir parée à fréquenter son monde.

Mon Dieu, comme elle lui manquait.

Une semaine s'était écoulée depuis qu'il l'avait emmenée chez lui. Sept jours depuis qu'il s'était laissé réconforter par une tierce personne. Pendant tout ce temps, il s'était concentré sur une seule mission : préparer le terrain pour éliminer la menace que représentait Landon Wyatt.

Le fait qu'elle lui manque était une sensation plus familière à présent, une sensation qu'il savait reconnaître. C'était ce même sentiment qui l'avait déstabilisé, le soir où il ne l'avait pas trouvé au Trenton. La fébrilité qui l'avait saisi après qu'il l'avait ramenée chez elle après leur rendez-vous.

Rendez-vous. Comme si ce mot pouvait décrire de près ou de loin l'après-midi qu'ils avaient passé ensemble. Un simple déjeuner n'aurait pas fait de lui un autre homme.

Mais elle l'avait changé.

Le plus étrange dans tout cela, c'était que oui, effectivement, elle lui manquait, et pas seulement pour sa franchise ou sa façon de lui adresser des SMS.

Mais grâce à ce qu'elle avait fait – à ce qu'il l'avait laissée lui faire –, il avait accompli quelque chose qu'il avait toujours cru au-delà de ses capacités.

Les rapports sexuels avec Jeannie avaient été différents. Si différents qu'il avait pu vivre l'instant présent. Avait-elle la moindre idée de la nouveauté que cela représentait pour lui ? Bien sûr que non. Il s'était perdu dans la morsure de la soie sur sa peau, de son poids contre lui, de son corps chaud, souple et silencieux. Peut-être trop silencieux, mais après cette période marquée par de faux gémissements et de vrais cris, le silence avait été une bénédiction.

Elle lui avait offert quelque chose de nouveau, de réel. Il l'avait regardée prendre son plaisir, accepter son corps dans le sien et le serrer en elle. Elle avait été nature, honnête, et une semaine après, il en voulait toujours plus.

Ce qui était fâcheux.

N'en avait-il pas la preuve, ce soir ? Elle l'avait tellement affaibli qu'il s'était laissé convaincre de la présenter à ses parents.

Il avait bien peur d'être en train de perdre le contrôle, car Robert Wyatt n'aurait jamais accepté. La présenter à Landon n'était pas simplement une mauvaise idée, cela comportait des risques réels pour Jeannie. Pour eux deux.

Reginald se gara devant la petite maison et, en dehors de sa nervosité, le reste s'apaisa en lui. Il était trop tard pour faire marche arrière, de toute façon. Les dés étaient jetés. Le photographe de presse et les gardes étaient déjà en place. Kelly, l'assistant de Robert, avait trouvé un avion qui attendait de décoller.

Et puis Robert avait engagé une infirmière : une jeune femme célibataire dotée de qualifications impressionnantes, de références exceptionnelles, d'un passeport valide, désireuse de voir le monde, accablée par une dette impressionnante après un prêt étudiant et affublée d'une sœur qui n'avait aucun moyen de payer ses études supérieures. Elle était plus que disposée à déménager dans un pays étranger durant six à douze mois, moyennant le salaire et la prime à la signature que Robert lui offrait.

Peut-être que tout se déroulerait comme prévu, ce soir. Il convaincrait sa mère de partir avec lui et, idéalement, ils révéleraient le véritable visage de Landon Wyatt au monde entier.

Il leur fallait juste une distraction.

Jeannie allait-elle vraiment jeter un verre de vin au visage de Landon ? Bien sûr que oui. La question à se poser était plutôt de savoir ce qu'elle ferait d'autre.

C'était de la folie.

Reginald lui ouvrit sa portière. Il contempla la scène devant lui. Parfait. Le jardin avait été taillé, de nouveaux arbustes y avaient été plantés. Les peintres devaient intervenir après les couvreurs, la semaine prochaine.

Il sourit presque en gravissant les marches. La maisonnette de Jeannie était petite et modeste, mais quelque chose dans le fait de monter ces trois simples marches lui plaisait, dans la façon dont sa porte s'ouvrait avant même qu'il puisse sonner, dans le fait de la voir…

Soudain, le temps se figea. Sa respiration, son cœur, ses pas, tout s'arrêta.

— Robert, déclara cette déesse souriante, je t'attendais.

Oh ! Seigneur. Il dut se rattraper à la rambarde pour ne pas trébucher.

— Jeannie ?

La déesse continua de sourire tout en arquant un sourcil, puis il distingua Jeannie sous le maquillage spectaculaire, les longs cheveux et la robe.

— Alors ? demanda-elle.

Était-ce un sourire narquois ? Il ne pouvait en être certain, car il était trop occupé à contempler cette robe. Elle fit un petit tour sur elle-même.

— Qu'est-ce que tu en penses ?

Il s'accrocha au chambranle de la porte. Une vague de désir pur et intense le submergea, le mettant presque à genoux. Il avait vu son corps couvert uniquement de sous-vêtements en dentelle rose, vu la mince bande de pilosité noire qui couvrait son sexe, regardé avec fascination les caresses de ses doigts tandis qu'il s'efforçait de s'enfoncer au plus profond de son corps, se fondre en elle.

Mais il ne l'avait jamais vue de la sorte.

Sa barmaid avait disparu, complètement transformée. Ses cheveux courts avaient été ramenés en forme de couronne autour de sa tête, loin du style épuré qui était habituellement le sien. Ses yeux étaient sombre et mystérieux, et ses lèvres d'une teinte plus sombre que la robe rouge. Des diamants pendaient à ses oreilles et un énorme pendentif larme en diamant était niché entre ses seins, à peine retenus par le décolleté en forme de V qui lui descendait presque à la taille. Le reste de la robe se moulait autour de ses hanches et de ses jambes d'une manière qui ne pouvait qu'être qualifiée d'indécente.

Elle était audacieuse et scandaleuse et, plus important, complètement méconnaissable. Parfaite.

— Hum, fit-elle avec une petite moue. Je crois que je t'ai laissé sans voix. C'est assez différent de ton silence habituel.

Elle se passa la langue sur la lèvre supérieure et Robert dut ravaler un gémissement.

— Oui, ajouta-t-elle en fredonnant presque. C'est tout à fait différent.

Il reconnaissait à peine sa voix. Elle prononçait ses voyelles différemment et se tenait plus droite. Peut-être était-ce la robe ?

Maja sortit de la chambre du bébé.

— Vous voyez ? dit-elle à la manière d'une grand-mère. Je vous avais dit que ça marcherait.

Jeannie fit un grand sourire, et il la retrouva, sa Jeannie.

— J'avais peur que la robe soit trop... Sans parler des pendentifs en diamants, expliqua-t-elle, comme si Robert lui avait posé la question. Les stylistes en avaient aussi apporté une en noire, continua-t-elle. Mais...

— Mais cette couleur..., ajouta Maja qui tenait le bébé dans ses bras. Le rouge allait de soi, conclut-elle, triomphante. La couleur de la chance.

— Oui, réussit-il à acquiescer sans savoir comment.

Jeannie se tourna vers lui et elle fut à nouveau différente. Il n'aurait su dire comment, mais c'était un fait.

— Et toi, dit-elle, en s'avançant vers lui avec un déhanché indécent, c'est un sacré smoking que tu portes là, Robert.

Elle tendit la main et rajusta sa cravate.

Il hocha la tête, ce qui n'était probablement pas la bonne réaction, mais tout ce qu'il avait en stock. Qu'est-ce qu'elle lui avait envoyé par SMS, déjà ?

Qu'elle saurait se fondre dans la masse. Par Dieu, ce n'était pas se fondre, cela.

— Allez-y maintenant, ordonna Maja en prenant un petit sac à main noir à strass sur la table basse pour le tendre à Jeannie. Amusez-vous bien. Je resterai là de toute façon, alors…

Elle laissa sa phrase inachevée et Robert réalisa que la nourrice leur donnait la permission de ne pas rentrer à la maison. Parfait. Il la payait pour faire plus que l'habituel travail demandé, non ?

Il acquiesça à nouveau, réussissant cette fois à retrouver son impétuosité habituelle. Jeannie lissa les revers de sa veste, et son contact lui envoya des décharges à travers la poitrine. Puis elle leva un sourcil et il lut du défi dans ses yeux.

— Merci, ajouta-t-il.

Maja inclina la tête en signe de reconnaissance.

Jeannie lui adressa un sourire radieux et il lui fallut puiser dans les derniers restes de sa volonté pour ne pas la prendre dans ses bras et ruiner son rouge à lèvres. Cette fois, il la toucherait et verrait son corps complètement nu à la lueur des chandelles. Il voulait sentir ses mains sur lui, la goûter, poser les lèvres sur toutes les parties de son corps, sur sa peau et à l'intérieur d'elle.

Au diable le manhattan parfait. C'était d'elle qu'il était ivre à jamais.

— Nous devrions y aller, murmura-t-elle de cette voix étrange.

— Oui.

Il reconnut à peine sa propre voix. Elle se retourna et revint, virevoltante, vers Maja.

— Sois sage ce soir, ma chérie, gazouilla-t-elle en caressant la tête de Melissa. Je t'aime.

Il dut à nouveau saisir le chambranle de la porte. Cette démonstration d'affection toute maternelle était pour lui quelque chose de nouveau et de réel, et il ne savait pas quel sens lui donner. Il y avait quelque chose de très juste dans la façon qu'avait Jeannie de regarder le bébé avec tendresse.

Puis elle se retourna vers lui, un sourire sensuel.

— On y va ?

— Oui, répéta-t-il.

— Amusez-vous bien ! leur cria Maja.

S'affairant en silence, Cybil appliqua une généreuse couche de fond de teint sur son visage et son cou. Lupe, sa femme de chambre, l'étala sur son dos et ses épaules afin de couvrir les contusions. Elles n'avaient pas encore disparu et si Landon voyait la moindre trace de sa violence...

Le plus simple aurait été de pouvoir porter un ensemble avec veste. Mais Landon lui avait choisi une robe à cape d'un bleu profond qui, bien sûr, n'avait pas d'épaules. Élégante et sophistiquée, mais avec un décolleté et des épaules dénudées.

Lupe termina le maquillage et commença à la coiffer d'un haut chignon à la française. Elles travaillaient en silence. En théorie, Lupe ne parlait pas très bien anglais, ce qui rendait la conversation difficile. En réalité, Cybil avait appris depuis longtemps à ne plus faire confiance au personnel.

Ce soir, elle allait revoir Bobby. Il venait, c'était confirmé. Il serait là. Elle reverrait son fils en chair et en os, constaterait par elle-même qu'il se portait bien et qu'il était, osait-elle l'espérer, heureux. Elle serait alors confortée dans l'idée qu'elle l'avait protégé en restant et en tenant Landon éloigné de lui.

Elle espérait que Bobby lui avait pardonné son départ. Qu'il avait compris qu'elle avait agi pour le protéger.

Elle l'espérait.

Mais elle ne laissa rien paraître de cet espoir. Aucune lueur d'excitation ne dansa dans ses yeux tandis qu'elle regardait le reflet de Lupe s'affairer dans le miroir. Elle s'était résignée à son rôle d'hôtesse à l'occasion du gala, rôle qu'elle était capable de jouer sans effort. Elle était préparée à se comporter comme l'épouse d'un politicien et à faire de grands sourires pendant que son mari mentirait comme un arracheur de dents sur l'intérêt qu'il portait à cet État, à cette ville et aux millions de personnes dont il pourrait améliorer – ou ruiner – l'existence. Après tout, cela faisait des années qu'elle s'entraînait.

Et si Bobby lui offrait à nouveau un abri…

Il était hors de question qu'elle aille chez lui et qu'elle risque à nouveau la vie de son fils. Mais il en était certainement conscient et il ne commettrait sûrement plus la même erreur.

Mon Dieu, pria-t-elle, *s'il vous plaît, ne me laissez pas répéter cette folie.*

Il devait bien exister une solution.

— Tu es sûr de respirer ? lui demanda Jeannie alors que la voiture se faufilait dans la circulation du centre-ville.

Elle caressa les doigts de Robert, qui lui serrait la main vraiment fort. Elle lui avait expliqué le personnage qu'elle comptait jouer ce soir et elle voyait bien qu'il n'était pas tout à fait d'accord. Comment le lui reprocher ?

C'était de loin la chose la plus folle qu'elle ait jamais faite.

— Oui, répondit-il après un long moment. Je vais bien.

— J'en doute. Est-ce qu'il y a un plan de prévu ? insista-t-elle. Parce que je peux improviser, mais ça me paraît le genre de situation où un plan serait une bonne idée. Et le partager, une encore meilleure, ajouta-t-elle après quelques secondes.

Il serra sa main plus fort et elle prit sur elle pour ne pas haleter.

— Reginald sera garé près de l'entrée de service au sous-sol, moteur en marche. Il y a un ascenseur de service à l'arrière, à côté des toilettes. Au bout d'un petit couloir, expliqua-t-il avant de se racler la gorge avec nervosité. Si je réussis à la faire descendre, nous partirons sans délai.

Elle réfléchit à ses propos tout en jouant avec le lourd pendentif en diamant. La pierre à elle seule valait probablement plus que ce qu'elle gagnait en un an, sans parler des boucles d'oreilles ou de la robe. Une robe Valentino ! Le tissu et les diamants qui l'ornaient coûtaient facilement trente à quarante mille dollars. Mieux valait ne pas trop y penser, sinon elle ferait une crise de panique.

Mais ce soir, elle ne paniquerait pas. Elle allait valser dans ses bras, comme si cette fichue salle lui appartenait et si pour cela il lui fallait trois stylistes, des diamants et une Valentino, alors soit.

— Donc je dois... disons, distraire ton père pendant que vous filez tous les deux à l'aéroport ?

— Mon Dieu, non, tu restes avec moi.

Il libéra sa main et, choqué, ajusta ses boutons de manchettes.

— Tu ne dois en aucun cas rester seule avec lui. Jamais.

Elle leva presque les yeux au ciel.

— Je suis capable de me débrouiller, Robert. Je repousse les ivrognes et j'évite les mains baladeuses depuis mon adolescence. Ne t'inquiète pas.

— Tu ne dois pas te retrouver seule avec lui, Jeannie, martela-t-il d'une voix dangereusement calme et d'autant plus menaçante. Jamais.

— D'a... D'accord. Mais dans ce cas, comment savoir qu'il ne nous suivra pas ?

— Il ne voudra pas faire de scène. Son but à cette soirée est de faire son show.

Elle réfléchit sur les options.

— Et admettons – je lance ça au hasard – que je puisse me retrouver seule avec ta mère ? Comme, par exemple, en allant aux toilettes. Dans ce cas, tu pourrais rester derrière pour surveiller ton père et je la conduirais à la voiture.

En supposant que Mme Wyatt parte avec elle. Une parfaite étrangère. Mais se retrouver en tête à tête avec la mère de Jeannie serait un jeu d'enfant. Il lui suffirait d'un verre. De préférence quelque chose qui tache.

L'expression de Robert refléta le doute.

— Reginald sait où il doit se rendre. Tout le reste est prêt. Emmène-la et pars.

Il se pencha alors et lui effleura la joue.

— Sois prudente. Je... Je ne supporte pas l'idée qu'il puisse t'arriver quelque chose.

— Écoute-moi, espèce de tête de mule, répliqua-t-elle. Tout ira bien. C'est pour toi que je m'inquiète.

Il était déjà dans tous ses états. Une personne lambda ne l'aurait pas remarqué, mais elle, si. Sa voix était rauque et il recommençait à ajuster ses manchettes.

— Si l'occasion se présente, promets-moi de la saisir. Envoie-moi deux SMS à la suite, pour que je sache que tu es parti et que je puisse filer. Fais-moi confiance, Robert, et ne t'inquiète pas.

— Je suis un Wyatt, répliqua-t-il sévèrement, comme si c'était le remède à tous les maux. Nous ne nous inquiétons jamais.

La voiture s'arrêta devant un bâtiment situé à côté du Magnificent Mile. Les traits durs de son visage s'adoucirent et les coins de ses lèvres se relevèrent de manière imperceptible.

— Prête à t'incruster à la fête ?

Elle sourit.

— Et comment !

Reginald leur ouvrit la portière. Son visage habituellement jovial n'était qu'un masque vide de toute expression. Robert aida Jeannie à descendre de la voiture, puis plaça les doigts dans le creux de son bras.

— Soyez prêt, murmura-t-il alors qu'ils avançaient.

Reginald hocha vivement la tête avant de refermer la porte derrière eux.

Une foule attendait pour passer la sécurité : une véritable mer noire – smokings et robes noirs. Jeannie se sentit soudain heureuse d'avoir opté pour le rouge. Son rôle consistait à créer une diversion et avec cette tenue, elle se démarquait autant qu'une sirène. Rien que ses seins moulés dans cette robe étaient presque une œuvre d'art et, vu le prix du vêtement, il y avait intérêt.

Elle redressa les épaules, releva le menton et tenta de prendre un air blasé quand Robert se fraya un chemin à travers la foule. Un homme aux cheveux clairsemés, affublé d'une tête de fouine, se tenait debout devant la queue.

Robert se pencha vers elle.

— Alexander, le fidèle assistant de Landon, lui murmura-t-il à l'oreille.

Elle acquiesça, se pressant contre lui. « Fidèle » ? En d'autres termes, quelqu'un à qui il ne fallait pas faire confiance. Paraître glaciale et désapprobatrice fut un jeu d'enfant, puisque c'était exactement ce qu'elle ressentait.

Quand la fouine aperçut Robert, il lui fit signe et s'écria :

— Docteur Wyatt ? Par ici.

Quelqu'un dans la file protesta, mais Robert se retourna, défiant les éventuels protestataires d'un regard glacial. Jeannie essaya de l'imiter.

La foule se tut en un instant devant le visage mécontent de Robert. Quelque part, le flash d'un appareil photo crépita.

Ce qui tomba à pic, car elle avait besoin de se rappeler qu'elle n'était pas ici en compagnie de Robert, un homme compliqué et torturé qui s'occupait d'enfants et de bébés malades. Non, elle était ici en compagnie du Dr Robert Wyatt, de la famille Wyatt de Chicago, célibataire milliardaire et l'un des plus puissants et plus dangereux hommes de cet État.

L'heure était venue de prendre possession de la salle.

Elle promena son regard sur l'assemblée, comme si elle n'éprouvait rien d'autre qu'un ennui profond. Alexander les conduisit à travers la foule et leur fit monter un escalier en colimaçon. Elle les suivit à grand-peine sur les sandales noires à lanières que la styliste lui avait choisies, et essaya de se caler sur les longues enjambées de Robert.

Même sans connaître les invités, elle devinait leurs réactions tandis que Robert et elle continuaient leur progression. Les gens se figeaient et les fixaient à leur passage, mais dans leur sillage, des murmures perceptibles se faisaient entendre.

N'y avait-il pas eu des rumeurs de dispute entre les Wyatt père et fils ? Quelle ineptie qu'un Wyatt se salisse les mains en exerçant la médecine. Et qui était-elle ?

Seigneur, est-ce qu'elle s'était vraiment embarquée là-dedans ? L'affaire dépassait le simple fait de s'incruster à un gala. Elle s'apprêtait à jouer un tour à la personne capable d'inspirer une peur bleue à Robert.

Elle redressa le dos. Haut les cœurs !

— Par ici, déclara Alexander.

Il jeta un coup d'œil à Jeannie qui le toisa du regard, le mettant au défi d'émettre le moindre commentaire sur sa présence.

Il s'en abstint et les conduisit auprès d'un homme séduisant, presque aussi grand et bien bâti que Robert : Landon Wyatt entouré de sa cour, un milliardaire candidat au poste de gouverneur, véritable ordure que peu de personnes connaissaient vraiment. Les hommes en smoking et les femmes glamour qui l'entouraient riaient de ses blagues, flûte de champagne à la main, pierres scintillantes au cou, aux poignets et aux oreilles. Ils ressemblaient tous à des chacals. Dieu merci, elle n'en avait croisé aucun au Trenton.

À côté de Landon se tenait une femme d'âge mûr, élégante et souriante. Tout en parlant, elle touchait régulièrement le bras ou l'épaule de son mari, comme si elle devait lui faire savoir à tout moment où elle se trouvait, et fut la première à apercevoir Alexander qui se frayait un chemin jusqu'au cercle restreint. Bien que la foule soit trop bruyante pour pouvoir l'entendre, Jeannie sentit physiquement la brusque inspiration de la femme et vit tout l'espoir qui se refléta dans ses yeux.

Alexander tira sur la manche de Landon Wyatt et désigna Robert du menton. Landon se tourna alors vers sa femme et, en un instant, le visage de celle-ci ne refléta plus aucune émotion.

Quant à Wyatt, Jeannie n'aurait pas imaginé autrement un vieux roi faisant l'honneur de recevoir un dignitaire étranger dans sa salle du trône.

— Ah, le voici. Robert, mon garçon, comment vas-tu ?

Jeannie sentit la tension dans le bras de Robert. *Dis quelque chose*, lui ordonna-t-elle mentalement.

— Père, réussit-il à articuler, avant de se tourner vers Cybil. Mère.

Il se racla la gorge tout en remuant le bras et Jeannie comprit que si elle n'y était pas pendue, il aurait ajusté ses boutons de manchettes.

C'était précisément pour cette raison qu'elle avait tant insisté pour venir ce soir. Robert pouvait être véhément et effrayant – aucun doute là-dessus –, mais en affrontant son père face à une foule, il se pétrifia.

Le regard de Landon la parcourut.

— Qu'avons-nous donc là ? Je n'avais pas compris que tu viendrais accompagné, fils.

Jeannie laissa deux secondes à Robert pour répondre, mais, voyant qu'il ne disait rien, elle fit un pas en avant.

— Comment allez-vous ? dit-elle avec l'accent britannique le plus distingué.

Elle libéra le bras de Robert et tendit la main à Landon, paume vers le bas.

— Lady Daphne FitzRoy. Charmée.

— Lady FitzRoy ? répéta Landon avec une grimace, comme s'il flairait instinctivement le mensonge.

— Des FitzRoy de Londres, voyons, précisa-t-elle en soupirant, les yeux plissés avec dédain.

Les romances historiques qu'elle lisait depuis des années portaient enfin leurs fruits. Toutes ces scènes de bal, ces répliques cinglantes et ces ducs et duchesses étaient sur le point de se révéler vraiment payants.

— Mais évidemment, j'oublie comment vous êtes, vous les Américains. Peut-être avez-vous entendu parler de mon frère ? Le duc de Grafton ?

Car rien ne mobilisait plus l'attention d'un tyran qu'un bon vieux rappel de sa place dans la chaîne alimentaire.

Et cela fonctionna à merveille. Les narines de Landon Wyatt s'évasèrent, ses pupilles s'obscurcirent et, durant un bref instant, Jeannie comprit pourquoi Robert était terrifié par cet homme. Elle se sentit comme un petit lapin sur le point de se faire dévorer par un loup.

Sauf qu'elle n'était pas un doux lapin. Elle s'éclaircit la gorge et jeta un regard dédaigneux à sa main tendue.

Wyatt comprit l'allusion et y pressa ses lèvres froides. Jeannie refusa de laisser sa peau la picoter.

— Je ne connais pas les FitzRoy de Londres, admit-il, la voix teintée d'humour. Mais bienvenue ! Tout membre de l'aristocratie fait partie de mes amis. Et, apparemment, ajouta-t-il en jetant un coup d'œil à Robert, des amis de mon fils. Bien joué, Robert.

Avait-elle pensé qu'il ressemblait à un loup ? C'était faux. Plutôt à un serpent aux yeux hypnotisants. Mais non, elle ne se laisserait pas charmer par lui. Libérant sa main, elle se tourna vers la mère de Robert.

— Vous devez être Cybil. Enchantée, déclara-t-elle d'une voix blasée, attentive à ne pas trahir son intérêt pour cette femme.

— Je n'avais pas compris que Bobby – Robert – amènerait une

invitée, répliqua Cybil, le regard partagé entre son fils et Jeannie. Quel... plaisir de faire votre connaissance.

Ses années à observer la clientèle du bar permirent à Jeannie de se rendre compte que Cybil Wyatt portait un fond de teint trop épais et qu'il lui recouvrait également le cou et la poitrine. Cachait-elle des ecchymoses ? Elle tenait son épaule gauche plus haute que la droite et ne souriait que de la moitié de sa bouche, comme si sa mâchoire droite la faisait souffrir.

Apercevant un serveur, Jeannie claqua des doigts avec impatience, tout en s'excusant intérieurement. Les personnes qui procédaient ainsi pour attirer son attention au bar avaient soit trop de glaçons, soit trop peu de liquide dans leur verre.

Le serveur se pressa vers elle, pas le moins du monde offensé par son impolitesse. Jeannie prit deux verres du plateau et en tendit un à Robert.

— Est-ce du champagne ou cette imitation américaine dont vous semblez si fiers ? demanda-t-elle.

Elle sentit physiquement les gens reculer. Bien. Elle les avait choqués, ce qui signifiait qu'ils ne pourraient plus la quitter du regard.

— Le champagne est français, je vous le certifie, répondit Cybil avec un petit rire. Le vin blanc pétillant n'est pas du tout la même chose, n'est-ce pas ?

Elle tourna le regard vers son mari, puis fit un pas de côté.

— C'est bon de te voir, dit-elle avec sincérité en serrant le bras de son fils. Je suis heureuse que tu sois venu.

— Moi aussi, répondit-il, une inquiétude manifeste dans le regard, avant de se ressaisir. Daphne était curieuse de voir comment fonctionne la politique en Amérique.

Elle balaya ce commentaire d'un geste de la main tout en avalant la moitié de son verre. Il fallait qu'elle ait l'air ivre d'ici peu.

— Il exagère, bien sûr. La politique et les politiciens sont d'un tel ennui.

Les parasites hoquetèrent en entendant cette insulte éhontée, mais Jeannie refusa de trembler. Elle ne céderait pas d'un pouce. Elle comptait retenir l'attention de Wyatt en prétendant évoluer dans des sphères d'influence placées bien au-delà des siennes. Elle redressa donc les épaules, refusant de paraître désolée.

Après un instant interminable, Wyatt éclata de rire et rapidement, tout le monde l'imita.

— Ah, cet humour pince-sans-rire anglais, s'esclaffa-il tout en refermant une main semblable à une menotte autour du poignet de Jeannie pour l'attirer vers lui.

Ce qui était loin d'être un endroit sûr, mais eut l'avantage de les écarter de Cybil et Robert.

— Parlez-moi de vous, duchesse, ajouta-t-il d'un ton ouvertement moqueur.

— Oh ! je ne suis pas duchesse. C'est ma belle-sœur qui l'est. Vous pouvez vous adresser à moi en tant que Lady FitzRoy, expliqua-t-elle sèchement.

— *Milady*, capitula Wyatt, avec un rictus censé être un sourire.

Soit, il jouait le jeu, mais Jeannie savait qu'il n'avait pas encore décidé si elle était légitime ou non.

— Dites-moi tout.

— Que voulez-vous savoir ? demanda-t-elle.

Elle termina son champagne et claqua des doigts vers le serveur, qui s'empressa d'échanger son verre contre un autre plein.

— Grafton, mon frère, remplit son rôle à la Chambre des lords, mais comme je l'ai dit, il est terriblement ennuyeux. Si responsable.

Elle fit la moue en signe de dégoût, tout en ôtant un fil invisible sur l'épaule de Wyatt où ses doigts s'attardèrent.

— Dites-moi : pour quelle raison se présente-t-on aux élections ? Surtout quelqu'un d'une envergure aussi considérable que la vôtre ? La fonction publique est tellement publique. Je n'aurais pas cru que cela puisse intéresser un homme avec des talents… tels que les vôtres. Tout comme travailler, murmura-t-elle en jetant un regard dédaigneux à Robert, et assez fort pour que tout le monde l'entende. Dans un hôpital, pour l'amour de Dieu !

Cette saillie marcha à merveille. Wyatt rejeta la tête en arrière et éclata d'un rire brutal aux dépens de son fils. Un frisson de terreur parcourut Jeannie, mais elle sourit et arqua un sourcil. Elle vit alors la réponse à sa question précédente dans les yeux de Wyatt : il adorait le pouvoir et, comme toute personne sous l'emprise d'une drogue, il en voulait plus.

Mais en bon politicien, il déclara :

— Comme vous le savez, la famille Wyatt est assez aisée.

Elle haussa à nouveau l'épaule avec dédain, comme si l'état de milliardaire ne lui inspirait que mépris.

Les pupilles de Wyatt se dilatèrent. Il s'amusait bien. Parfait.

— Je ne brigue pas le poste de gouverneur pour moi-même, vous comprenez. J'ai tout ce que je pourrais souhaiter.

Le regard de Wyatt se posa sur ses seins et elle réprima un frisson.

— Il est temps que je m'occupe des braves gens de l'Illinois. Ils méritent mieux et, après m'être occupé de mon entreprise durant si longtemps, je suis le seul à pouvoir mettre de l'ordre dans ce grand État.

Les chacals flagorneurs éclatèrent en applaudissements. Les flashs crépitèrent.

Jeannie fit à nouveau signe au pauvre serveur, car Lady Daphne FitzRoy était une garce et une alcoolique. Elle échangea son verre à moitié vide contre un verre plein et but une grande gorgée. Il fallait qu'elle donne l'impression d'être soûle.

Elle sentit le regard de Robert sur elle et refusa de poser les yeux sur lui.

13

— Viens avec moi, dit Robert à voix basse en se servant du rire de la foule pour masquer ses mots.

Il parlait sans regarder Cybil, les yeux rivés sur Jeannie – ou plutôt Lady FitzRoy. Il n'en revenait pas que les gens puissent gober ce niveau d'âneries, mais même Landon semblait totalement sous le charme. Ou du moins sous le charme de ses seins.

— ... Dans un hôpital, pour l'amour de Dieu, répéta Jeannie en titubant vers Landon.

Combien avait-elle bu ? Mis à part le vin au déjeuner du week-end dernier, il ne l'avait jamais vue boire jusque-là.

Tout le monde riait à ses dépens à lui, Landon encore plus fort que les autres.

— Je peux te protéger, insista-t-il auprès de sa mère alors que le regard prédateur de Landon se concentrait sur Jeannie.

Celle-ci avait juré qu'elle saurait se débrouiller seule et il devait admettre qu'elle faisait sacrément diversion. Sa mère lui serra brièvement le bras.

— C'est trop dangereux, souffla-t-elle avec le sourire qu'il détestait car c'était un masque, un mensonge. Il te pourchassera. Il te retrouvera.

Comme la dernière fois. Elle ne le dit pas, mais ce n'était pas nécessaire.

Sa mère avait une mine horrible. La façon dont elle se tenait... Comment se faisait-il que personne ici n'ait remarqué la souffrance dans son regard ? Ses épaules qui n'étaient pas à la même hauteur ? Est-ce que ce salaud lui avait encore brisé les côtes ?

Landon Wyatt allait payer pour tout.

Sa vue se brouilla de rouge tandis qu'il fixait son père et Jeannie. Celle-ci tenait une autre flûte de champagne et l'agitait tout en parlant, ce qui en envoyait partout et faisait reculer les invités redoutant d'en recevoir. Puis elle en prit une autre longue gorgée et laissa presque tomber la flûte. Un serveur vigilant la rattrapa avant qu'elle touche le sol, et Jeannie se saisit d'un autre verre.

Landon lança un regard narquois à son fils, puis glissa le bras autour de la taille de la jeune femme et la rapprocha de lui afin de lui murmurer quelque chose à l'oreille.

L'estomac de Robert se retourna. Il était censé protéger les personnes qui comptaient pour lui. Il n'était plus un enfant, forcé de rester immobile à regarder, impuissant, Landon maltraiter des femmes, au nom des bienfaits de la pédagogie.

Mais les choses étaient différentes à présent. Jeannie n'était pas une escort-girl rémunérée, elle savait à qui elle avait affaire.

Fais-moi confiance, lui avait-elle dit. Avait-il le choix ?

Elle regarda Robert avec un sourire mauvais. Puis son regard passa à sa mère et revint vers lui, les yeux cette fois un peu écarquillés. Il eut la nette impression qu'elle essayait de lui dire quelque chose.

— Il ne te retrouvera pas, glissa-t-il à sa mère en cachant sa bouche derrière son verre.

Tout était programmé pour ce soir, il ne pouvait plus rien arrêter. Il avait juste besoin de s'assurer que Cybil ne serait pas près de Landon quand les pions commenceraient à tomber. L'idée que ce monstre rejette la faute sur elle, quand tout s'effondrerait, lui était insupportable.

— Il ne pourra pas gagner, mais j'ai besoin que tu viennes avec moi.

Elle garda le silence sans le regarder, pendant ce qui lui parut durer un siècle. Elle rit poliment de quelque chose de grossier que Jeannie avait dit – à propos de Robert, probablement, mais il n'écoutait pas.

— Quand ?

Il en fut si soulagé qu'il faillit pleurer.

— Ma voiture t'attend. Jeannie ou moi t'y emmènerons.

Cela attira son attention. Elle se tourna pour lui faire entièrement face, ce qui était une grave erreur. Ce n'était jamais une bonne idée de tourner le dos à Landon Wyatt.

— Qui ?

— Ma cavalière.

Les joues de sa mère s'empourprèrent, comme si elle était embarrassée que quelqu'un d'autre connaisse leur honte.

— Ah, laissa-t-elle échapper avant de se tourner vers Landon au moment même où Jeannie s'éloignait de lui.

Celle-ci prit une autre longue gorgée de son champagne et tint le verre tellement incliné que près de la moitié du contenu se déversa au sol.

— Mais j'ignore notre hôtesse ! s'écria-t-elle avec un épouvantable accent britannique.

Robert n'arrivait pas à *croire* que les gens gobent ce numéro. Comment pouvait-elle être la même personne qui mixait des boissons derrière le bar du Trenton, l'attendant avec le manhattan parfait et une oreille compatissante ? Comment pouvait-elle être la femme qui avait noué une cravate en soie autour de ses poignets et enroulé son corps presque nu autour du sien ?

Elle était tellement plus que la somme de ces moments.

Et elle était en train de se diriger droit vers sa mère et lui, prélevant au passage une autre flûte de champagne. Les amis de Landon, de riches hommes de pouvoir, ricanaient à la vue de cette supposée lady qui se donnait ainsi en spectacle.

— Savez-vous, commença Jeannie d'une voix nettement pâteuse à présent, qu'à mon avis c'est un très bon champ... Oups !

Elle trébucha en avant, éclaboussant le buste de Cybil Wyatt ainsi que la manche et le visage de Robert.

Il faillit éclater de rire. « *Oups !* » Elle avait prévu cette interjection dès l'instant où elle avait déclaré qu'elle l'accompagnerait. Seigneur, il n'avait encore jamais connu une femme telle que Jeannie.

Elle vacilla dangereusement sur ses talons et sa robe glissa presque de ses épaules, manquant d'exposer ses seins.

— Oh ! très chère, lança-t-elle avec un rire hystérique qui rendait son accent encore plus horrible. Oh ! j'ai ruiné votre jolie robe. Oh ! quel dommage, elle était si belle. Grafton sera si mécontent. Oh !

vous ne lui direz rien, n'est-ce pas ? ajouta-t-elle en prenant un air terrifié tout en serrant le bras de Cybil.

Celle-ci regarda autour d'elle, affolée. Le vin dégoulinait de son menton et descendait le long de sa poitrine, faisant couler son fond de teint qui colorait déjà son corsage de rigoles couleur chair.

Un silence gêné s'abattit sur l'assistance. Les gens ne savaient pas s'ils devaient rire, offrir leur aide ou autre. Une autre série de flashs se déclencha, rappelant à tous que cette suite d'événements malheureux était enregistrée.

Landon Wyatt lança alors à son fils un regard qui promettait les pires souffrances. Robert ne broncha pas et soutint ouvertement son regard, puis il essuya l'alcool de son menton. Jeannie avait assurément fait un excellent travail en créant une pagaille aussi monstrueuse.

— Non, non, protesta sa mère en retrouvant sa voix et saisissant la main de Jeannie avant qu'elle commence à étaler le cosmétique. Mais pourquoi n'irions-nous pas faire un tour aux toilettes, vous et moi ? Je suis certaine que vous vous sentirez mieux, une fois rafraîchie.

Elle regarda son mari, quêtant son autorisation. Le blanc qui suivit fit grincer Robert des dents. Ce serait la toute dernière fois que Cybil Wyatt demanderait la permission de son mari pour quoi que ce soit, se promit-il.

Landon hocha la tête.

— Peut-être qu'il est temps pour nous de dire au revoir à la duchesse, déclara-t-il avant de se tourner vers la foule. Je suppose que les Britanniques ne tiennent pas l'alcool.

— Elle par contre, je voudrais bien la tenir, murmura quelqu'un.

Robert ne vit pas qui avait parlé, mais il se refusa à réagir.

Lourdement appuyée contre Cybil, Jeannie se laissa conduire vers les toilettes, tout en expliquant à quel point Grafton serait contrarié.

Elle avait clairement raté sa vocation d'actrice. Robert éprouva une étrange fierté devant cette performance, aussitôt suivie d'un sentiment de peur lorsqu'il surprit le regard de Landon sur les deux femmes. Il le reconnut immédiatement. C'était un regard qui pouvait paraître anodin et inexpressif, accompagné d'un infime retroussement des lèvres. Presque amical.

Un frisson lui parcourut l'échine et il dut enfoncer les ongles dans ses paumes pour ne rien laisser paraître, car les fois où il lui avait vu cette expression – surtout accompagnée d'un sourire – comptaient parmi les pires moments de sa vie. Et comme dans un cauchemar, le sourire de Landon s'élargit.

Peu importait que Jeannie soit méconnaissable, physiquement ou par son comportement. Elle était en danger car elle avait embarrassé Landon devant ses amis, ses donateurs et les caméras. Elle aurait tout aussi bien pu se peindre une grosse cible rouge dans le dos. Quant à lui-même, il était tout autant dans le pétrin pour avoir amené la célèbre lady FitzRoy à la fête.

C'était déjà assez grave, mais quand Landon découvrirait que Jeannie avait pris la fuite avec sa femme…

Les poumons de Robert se figèrent. La situation empira encore quand Landon se tourna vers la foule. Son regard se posa alors sur Robert et il lui adressa un sourire narquois.

C'était Robert, le responsable de cette situation. Il avait accepté que Jeannie l'accompagne, qu'elle joue le rôle d'une aristocrate éméchée. C'était à lui d'assurer la sécurité de la jeune femme. Un trou béant s'ouvrit dans son estomac lorsqu'il réalisa ce que cela signifiait.

Il devait se tenir aussi loin d'elle que possible. Plus de rendez-vous pour déjeuner, plus de soirées au Trenton. Même si elle retournait au travail, il ne pouvait la mettre en danger en franchissant à nouveau les portes du restaurant.

Cela pouvait sembler un peu mélodramatique, mais tant que Landon Wyatt détiendrait le pouvoir et aurait les moyens de l'exercer, il représentait une menace. Robert l'avait toujours su. C'était pour cette raison qu'il avait prévu d'envoyer sa mère à l'autre bout du monde. Landon était une menace pour Robert, pour sa mère et maintenant pour Jeannie.

Cette soirée serait donc décisive.

Il lutta contre l'envie de regarder son téléphone. Si tout se déroulait comme prévu, Reginald se mettrait en route d'ici deux minutes pour l'aérodrome privé situé au nord de la ville, là où un avion et son équipage les attendaient.

Le sourire de Landon se fit légèrement plus affable, quand Robert sentit un autre filet de champagne lui couler du menton.

— Tu t'es fait avoir toi aussi, hein, mon fils ? dit-il en riant comme un père compatissant.

— Je n'aurais pas dû la laisser boire, répondit Robert sachant que Landon ne pourrait qu'être d'accord. Je suis désolé pour ce désagrément.

Combien de secondes s'étaient-elles écoulées ? Une minute ? Étaient-elles encore dans l'ascenseur ? Landon le fixa durement, puis sa physionomie se fit soudain joyeuse.

— Va faire un brin de toilette, mais je t'attends ici de pied ferme. Je vais faire mon discours dans quelques minutes et les caméras seront braquées sur nous.

— Je ne raterai cela pour rien au monde, déclara Robert qui parvint à coller un semblant de sourire sur son visage.

Cela dut faire l'affaire, car les gens émirent des murmures de sympathie. À peine avait-il fait trois pas, que son téléphone vibra. Jeannie. *Dieu merci.*

Dans la voiture. Pars. On t'attend. Vite. Trente secondes

Doux Jésus, cette femme.

Robert se mit à courir.

— Bouclez votre ceinture, déclara la femme en rouge, qui n'avait pas l'air particulièrement ivre, pas plus que britannique.

— Qui êtes-vous ? demanda Cybil, étonnée de réussir à parler.

Tout cela était bien réel. Elle se trouvait vraiment dans une voiture, en compagnie d'une inconnue qui l'avait traînée dans un ascenseur, puis poussée dans une voiture. Et elle se laissait faire, car l'alternative à ce potentiel enlèvement était de rester avec Landon.

— Une amie de votre fils, lui répondit-on.

Puis la femme en rouge passa la tête par la fenêtre et parla au chauffeur.

— Trente secondes ! cria la fausse lady. Juste quelques secondes de plus !

Le chauffeur lui répondit quelque chose, mais le pouls de Cybil battait si vite dans ses oreilles qu'elle ne comprit pas un mot.

Landon allait être tellement furieux. En agissant ainsi, Bobby se mettait en première ligne, ce que Cybil avait toujours tenté de lui épargner. Et pour quelle raison ? Pour elle ?

— Je ferais mieux d'y retourner, marmonna-t-elle en tâtonnant à la recherche de sa ceinture de sécurité.

— Je suis désolée, madame Wyatt, mais c'est impossible, déclara la femme en rouge qui posa une main ferme sur la boucle. Et je m'excuse d'avoir ruiné votre jolie robe.

L'étrange créature tourna ensuite la tête et l'étudia avec une franchise déconcertante.

— Il s'en prendra à Bobby, plaida Cybil, la voix brisée.

Elle tira sur les mains de la femme pour les retirer de la ceinture de sécurité. La panique lui emplissait la bouche d'un goût métallique.

— Il va faire du mal à mon fils ! Je dois le protéger !

— Robert est un homme adulte, répliqua l'étrangère avec fermeté, mais sans violence. Bobby est capable de se protéger, ainsi que vous, à condition que vous lui fassiez confiance.

La voiture se mit en marche.

— Cinq secondes de plus ! cria la femme au chauffeur.

— Il a dit d'y aller maintenant ! répliqua celui-ci.

— Que se passe-t-il ? demanda Cybil.

Elle détestait sa voix faible, d'en être réduite à supplier une inconnue pour obtenir des informations.

À sa grande surprise, la femme l'enlaça.

— Vous allez quelque part où vous serez en sécurité. Croyez-moi, votre mari ne pourra jamais vous retrouver.

La voiture se remit à rouler juste au moment où la portière du passager s'ouvrait. Pensant qu'il s'agissait de Landon, Cybil poussa un cri tandis que la femme en rouge la protégeait de son corps. Mais ce fut Bobby, son Bobby, qui grimpa dans la voiture et claqua la portière. Il cria au chauffeur de se dépêcher et aida la femme assise en face.

Bobby s'assit à côté de Cybil et la prit dans ses bras.

— Mon fils, s'exclama-t-elle en ruinant aussitôt sa veste de smoking avec ses larmes et son fond de teint mêlé de champagne.

— Je te tiens, maman, lâcha-t-il d'une voix étouffée, tout en la serrant contre lui. Tu es en sécurité maintenant.

— Mais toi, non.

Elle sanglota car Landon allait le détruire. Il les détruirait tous.

— Pourquoi, Bobby ? Pourquoi prendre autant de risques pour moi ?

— Il est plus fort que vous le pensez, lui assura la femme d'une voix douce. Parce que c'est ainsi que vous l'avez élevé.

Cybil reprit alors le contrôle de ses nerfs. Après des années de pratique, c'était devenu une seconde nature chez elle.

— Qui êtes-vous ? demanda-t-elle.

La femme lui adressa un sourire sincère et doux et un sentiment d'espoir inconnu se logea dans sa poitrine. Bobby avait-il trouvé quelqu'un ?

La femme prit alors la parole et anéantit ses espoirs.

— Je suis sa barmaid.

14

— Tu en es sûr ? demanda Cybil alors que Robert la guidait dans les étroites marches de l'avion.

— Certain. Nous parlerons quand tu voudras et, dans quelques mois, je viendrai te rendre visite, expliqua Robert en l'installant dans son siège. Il ne nous séparera plus.

Sa mère se mit à pleurer doucement.

— Ne le laisse pas te faire du mal, le supplia-t-elle, d'une voix étonnamment égale malgré ses larmes. Je ne pourrais pas me le pardonner si…

Robert posa un baiser sur sa joue indemne.

— Je ne suis plus un petit garçon, maman. Je te promets que j'ai la situation bien en main. Concentre-toi sur ton rétablissement.

Il fit signe à l'infirmière d'avancer.

— Voici Bridget. Elle restera avec toi tout le temps.

Sa mère acquiesça, l'air paniqué. Elle regarda alors par la fenêtre et sembla se calmer. Robert suivit son regard et vit Jeannie debout près de la limousine, la jupe gonflée par le vent.

— J'espère que tu sais ce que tu fais, murmura-t-elle.

— Ne t'inquiète pas.

Landon Wyatt n'avait aucune idée de ce qui allait lui tomber dessus. La disparition de sa femme n'était que le premier domino qui tombait.

Cybil se tourna vers lui. Elle prit une profonde inspiration et acquiesça.

— D'accord. Mais, Bobby, promets-moi de saisir ta chance si tu trouves le bonheur et de t'y accrocher.

Elle lui serra la main avec une force surprenante. En y pensant, elle avait toujours été plus forte qu'elle ne le laissait paraître.

— Sois heureux, Bobby, lança-t-elle en regardant encore une fois Jeannie. Porte-toi bien et sois heureux. C'est tout ce que j'ai toujours voulu pour toi.

Robert dut déglutir plusieurs fois avant de retrouver l'usage de la voix. Il avait eu droit à un peu de bonheur durant un petit moment. Il allait devoir s'en contenter.

— C'est ce que je veux pour toi aussi.

Cybil lui répondit par un regard sévère, mais adouci d'un sourire.

— D'accord, je le jure, lui promit alors Robert.

Il l'embrassa avant de la quitter et fit une dernière fois le point avec Bridget. Puis il descendit les marches et rejoignit Jeannie. Après cette nuit, il n'aurait plus la possibilité d'aller la retrouver chaque fois qu'il aurait besoin d'elle.

Comment était-il supposé continuer sans son soutien ?

Mais il ne pouvait s'offrir le luxe d'aimer Jeannie, pas avant que Landon soit derrière les barreaux ou six pieds sous terre. Et pas avant d'être certain qu'il n'avait pas laissé des instructions qui mettraient Jeannie ou sa mère en danger.

Jeannie glissa sa main dans la sienne et, durant un bref instant, l'espoir grandit dans sa poitrine. Elle avait bien dit qu'elle l'attendrait, non ? S'il avait la certitude qu'elle serait là pour lui une fois l'affaire réglée avec Landon, il serait heureux d'attendre.

Mais ce ne serait pas juste pour Jeannie. Elle avait une vie, un bébé dont s'occuper et un travail qui lui plaisait. Il était un client, un bienfaiteur, et peut-être un amant, mais cela ne faisait pas d'elle sa propriété.

Robert savait ce que Landon aurait dit : que Jeannie appartenait à Robert et qu'un Wyatt prenait ce qui lui plaisait.

Oui, c'était ce que Landon Wyatt aurait fait.

Ce qui était exactement la raison pour laquelle Robert devait laisser Jeannie partir.

Alors que l'avion commençait à rouler, Robert aperçut le visage bouleversé de sa mère, baigné de larmes. Elle leva la main et Robert lui retourna son petit signe.

Jeannie s'appuya contre lui, épaule contre épaule, et ils restèrent ainsi, à regarder en silence l'avion qui décollait.

Ça y était. Sa mère était libre et tout le reste se mettait en place. Alors pourquoi était-il paralysé ? Parce que bouger le rapprocherait de la fin de cette soirée. De la fin du temps qui lui restait avec Jeannie.

Il n'était pas sûr d'être assez fort pour agir de façon raisonnable.

— Monsieur ? demanda Kelly en s'avançant. Voulez-vous les dernières nouvelles ?

Robert hocha machinalement la tête, mais se tourna vers Jeannie.

— Tu m'attends ?

Non, il n'était pas assez fort. Pas encore en tout cas.

Les doigts de sa cavalière se resserrèrent autour de sa main. Elle était tout près de lui – et encore plus lorsqu'elle leva son autre main et lui caressa la joue de son pouce.

— Bien sûr.

Puis elle embrassa l'endroit qu'elle venait de caresser et laissa ses lèvres s'y attarder. Son souffle sentait le champagne et le parfum à l'orange qu'elle portait toujours.

Il devait la laisser partir. Il le *devait*. Et si elle n'écoutait pas – car c'était Jeannie, après tout –, alors c'est lui qui devrait se tenir à l'écart.

Il enroula un bras autour de sa taille et la serra fort, inspirant profondément son parfum. Chaque instant passé était un souvenir qu'il mettait de côté, un aperçu du bonheur qu'il conservait pour plus tard.

Il avait promis, après tout.

— J'attendrai dans la voiture, lui murmura-t-elle à l'oreille.

Mais il ne pouvait pas la laisser partir. Pas tout de suite. Encore un instant, c'était tout ce dont il avait besoin. Il ne devait pas l'amener chez lui, car Landon pouvait s'y rendre à tout moment, empli de rage et de haine. Et Maja était chez Jeannie, sans parler de Melissa.

— Après ça, murmura-t-il contre sa tempe, je t'emmènerai voir les étoiles.

Il sentit un tremblement d'excitation la traverser.

— Depuis ta terrasse ? demanda-t-elle, pressée contre lui.

C'était la promesse de plus qu'un simple moment ensemble. Elle tendit la main et tira sur le bout de son nœud papillon. Le geste suffit à lui donner une érection aussi dure que de la pierre.

— Cela me plairait. Mais je n'ai aucun autre souhait à formuler.

Il secoua la tête.

— Tu mérites plus qu'une étoile. Tu les mérites toutes.

Ce serait son cadeau d'adieu pour elle. Le ciel nocturne et toutes ces étoiles pour faire des vœux.

Elle tira sur le nœud tout en s'éloignant de lui. La soie noire entre ses doigts, son sourire entendu dans cet éclairage tamisé... Il eut envie d'oublier Landon, sa revanche, les rachats d'entreprise et tout le reste, tout mis à part Jeannie et lui et le désir qui existait entre eux.

Elle tourna les talons. Après lui avoir lancé un dernier regard par-dessus son épaule, elle se dirigea vers la voiture où Reginald l'attendait. Ce ne fut qu'une fois la portière refermée qu'il put à nouveau respirer.

Il se tourna alors vers Kelly et le trouva absorbé à regarder partout, sauf Robert, la limousine et Jeannie, évidemment.

— Tout se passe comme prévu ? demanda-t-il en ajustant ses manchettes.

Il se sentait nu, sans son nœud papillon, ce qui avait été probablement le but.

Du moins, l'un des buts.

— Oui. Le photographe déclare que Landon est toujours à la galerie, bien qu'il retarde le début de son discours et qu'il se montre de plus en plus agité, commenta Kelly avant de lui tendre son téléphone. Voulez-vous voir les photos ?

— Non.

Moins Landon prendrait de place dans l'esprit de Robert, mieux cela vaudrait.

— Est-ce que les avocats ont été informés ?

Un avocat pour le divorce, d'autres envoyés par le bureau du procureur et plusieurs pour les anciennes employées victimes d'agressions sexuelles de la part de Landon. En à peine quelques jours, ils avaient retrouvé quatre anciennes femmes de ménages et six anciennes employées de Wyatt Medical prêtes à témoigner. Comme quelques plaintes dépassaient le délai de prescription, c'était Robert qui finançait les poursuites civiles, les autres ayant été transmises aux autorités. Le nombre réel de victimes était sans doute quatre fois plus élevé, avaient-elles immédiatement confirmé.

— Oui. Le juge doit être en train de signer le mandat de perquisition en urgence au moment où nous parlons.

— Excellent. Les gardes sont en place ?

L'un d'eux était posté chez Jeannie, au cas où Robert aurait laissé un indice. Les autres, y compris deux policiers en dehors de leur service – dont l'un lui était extrêmement reconnaissant d'avoir pu fêter les six ans de son fils après une opération réussie d'une valve cardiaque – surveillaient sa maison.

— Oui. La comptabilité a déjà constaté de très grandes… discordances entre les rapports du service financier de Wyatt Medical et le fonds de campagne de Landon, déclara Kelly en refermant son portfolio. Êtes-vous toujours partant ?

C'était ce qui détruirait totalement et méthodiquement son père, pièce par pièce.

Il sourit presque. Il était un Wyatt, après tout, et les Wyatt exigeaient le respect. Ils n'hésitaient pas, ne doutaient jamais et répondaient à l'offense par la domination, se montrant destructeurs si nécessaire.

Ce n'était pas assez d'humilier publiquement Landon. Il fallait en finir. C'était aussi simple que cela.

Et Robert était la seule personne capable de le faire, car Landon avait fait de lui quelqu'un de cruel, dur et sans pitié.

Alors il acquiesça. Landon Wyatt ne se verrait accorder aucune pitié de la part de son fils unique.

— Alors allons-y, déclara Kelly, tendu.

Kelly était un bon garçon, pas le genre d'hommes élevés pour se livrer à des manipulations retorses. Robert appréciait que son assistant ne soit pas à l'aise avec la situation, mais également qu'il fasse ce qui lui était demandé.

— Je serai peut-être… injoignable pendant quelques heures, déclara Robert, luttant contre l'envie de toucher son col de chemise. Mais tenez-moi informé.

Il crut voir les joues de Kelly se colorer.

— Oui, monsieur.

Robert acquiesça à nouveau et se tourna vers la voiture. Une image de Jeannie en train de froncer les sourcils en signe de défi lui apparut alors. Il se retourna.

— Kelly ?

— Monsieur ?

— Merci. Je sais que tout ceci ne fait pas partie de vos attributions habituelles, mais… j'apprécie tout ce que vous avez fait pour ma mère et moi. Merci.

Alors ? Était-ce si difficile ? Le rire de Jeannie résonna dans son esprit.

Non, ça ne l'était pas. En fait, cela devenait de plus en plus facile.

— Oh. Bien. Euh, de rien ?

Kelly semblait tout aussi confus de recevoir ce compliment que Robert l'avait été en le dispensant.

— Où allons-nous, monsieur ? demanda Reginald, les yeux brillants.

— À la plage, répondit Robert d'un ton résolu, car il était un Wyatt et que le temps des tergiversations était terminé. Emmenez-nous voir les étoiles. S'il vous plaît.

Reginald hocha vivement la tête et lui ouvrit la portière. Une fois à l'intérieur et complètement seul avec Jeannie, Robert put enfin respirer.

Il fut accueilli par les senteurs de champagne, d'orange et de Jeannie, et sentit ses épaules se détendre.

— Alors ? demanda-t-elle en s'approchant instantanément et en se blottissant contre lui.

Sans même en avoir conscience, il passa le bras autour de ses épaules pour la serrer fort. Il pouvait à présent la tenir sans hésiter, sans vaciller. Elle lui avait donné cela.

— Tout va bien, murmura-t-il.

Ce qui serait encore le cas durant une heure ou deux.

— Parfait, répondit-elle en glissant la main sous sa veste de smoking.

Elle défit son gilet et posa la main sur son ventre. Ce simple contact accéléra son pouls. Elle réussissait à l'émouvoir très facilement à présent.

Elle s'assit sur ses genoux sans le lâcher, ses seins effleurant son torse. Son parfum chaleureux lui emplit les sens. Il pouvait s'enivrer d'elle. Peut-être l'était-il déjà.

— Quelles sont les règles ?

Ici, dans la pénombre de sa voiture, rien d'autre n'existait. Juste elle et lui. Une femme qui était restée à ses côtés dans l'un des moments les plus difficiles de sa vie et qui pourtant voulait encore de lui. Pas de sa fortune ou de son nom, mais juste de lui.

C'était incroyable.

Il aurait souhaité pouvoir lui donner tellement plus. Mais il n'avait que cette nuit à lui offrir.

— Comme la dernière fois, répondit-il.

Cette fois, ce n'était pas parce qu'il craignait de la blesser, mais parce qu'il avait besoin d'être contenu pour ne pas oublier qu'elle ne lui appartenait pas.

Si seulement c'était le cas. Mais ça aurait été trop dangereux. Pas maintenant. Peut-être…

Les lèvres de Jeannie se plissèrent, mais il ne sut dire si c'était de déception.

— Tends les mains.

La dernière fois, il s'était perdu en elle, mais sans perdre le contrôle. Il n'était pas devenu l'homme que Landon exigeait de lui. Ce soir, Robert n'avait jamais été aussi proche de devenir cet homme, ce Wyatt, mais c'était nécessaire, important et aussi… troublant qu'il ait cela en lui.

Il était capable d'agir mal, même si c'était pour une bonne cause.

Pas vis-à-vis d'elle en revanche. Jamais.

Il faisait confiance à Jeannie, et ce soir plus que jamais. Il avait besoin d'elle une dernière fois et ensuite, il la laisserait partir.

Jeannie lui fit lever les bras puis se glissa sur ses genoux. Sa chaleur se répandit immédiatement en lui. Elle ne portait pas de culotte, réalisa-t-il avec un soubresaut.

— Jeannie, gémit-il tandis qu'elle lui baissait les bras afin d'enrouler les poignets autour de son cou.

Car cela comptait comme une caresse et il en avait réellement besoin. *Une dernière fois*, se répéta-t-il. Ce n'était rien de plus que cela.

— Chut.

Son poids parfaitement à sa place sur les genoux de Robert, elle s'activa sur son pantalon. Il ouvrit la bouche pour lui dire où se trouvaient les préservatifs – dans la poche de sa veste –, mais elle tendit le bras et saisit le petit sac que Maja lui avait passé. Des tas de préservatifs en jaillirent.

— Tu es bien préparée, constata-t-il en respirant de plus en plus vite.

Elle prit un emballage pour le déchirer.

— La chance sourit à ceux qui sont bien préparés. Maintenant, tais-toi.

Elle dut se rattraper à sa veste au moment où la voiture tourna et il sentit la force de ses cuisses quand elle serra ses jambes. Elle était forte. Dieu, comme il aimait cela. Le désir le submergea. Elle l'avait déjà attaché. Jusqu'où irait-elle ?

Elle déroula le préservatif et il retint son souffle quand elle caressa son membre durci par le désir.

— Ou bien quoi ? s'entendit-il demander les dents serrées.

Elle le serra un peu plus fort.

— Ou bien je te toucherai, murmura-t-elle en lui effleurant le lobe de l'oreille de ses lèvres, emprisonnant sa douloureuse érection entre eux. Lentement.

Comme pour entériner ses propos, elle referma la main sur son membre lubrifié par le préservatif et la fit descendre. Il en eut le souffle coupé et se serra contre elle. C'était trop – beaucoup, beaucoup trop – et pourtant pas assez.

— Oui, comme ceci, murmura-t-elle. Et plus fort encore.

Elle serra davantage et descendit avec une lenteur affolante. Un gémissement lui échappa, car elle le touchait et qu'il la laissait faire. C'était quelque chose de nouveau. Il n'avait jamais été aussi excité de sa vie.

— Ensuite..., continua-t-elle en pressant son sexe contre son membre, ensuite je te toucherai ici.

Sa main glissa plus bas et souleva ses testicules, les serrant doucement tout en soulevant les hanches pour se caresser avec le bout de son membre.

— Jeannie, gémit-il, impuissant face à elle.

— Et ensuite...

Elle recula, les bras de Robert toujours autour de son cou. Il était indifférent à tout, sauf à la façon dont sa main le serrait, le tourmentait, le ramenait à la vie.

Elle sourit, espiègle.

— Et ensuite, je m'arrêterai, dit-elle en retirant la main.

Malgré son habitude de contrôler ses émotions et ses réactions, il ne put s'empêcher de gémir.

Le sourire de Jeannie était celui de la victoire.

— Tu acceptes de te taire ?

Il acquiesça, incapable de quoi que ce soit d'autre.

— Dieu merci, lâcha-t-elle en prenant appui sur ses genoux et se plaçant au-dessus de son sexe.

Après quoi, elle se laissa tomber sur lui, le prenant en elle jusqu'à ce qu'il perde presque tout contrôle.

— Contente-toi d'être, souffla-t-elle, en haletant de plus en plus vite. Contente-toi d'être avec moi, Robert.

C'était peut-être risqué, mais il devait le lui dire.

— Toujours.

Elle serait toujours ce souvenir parfait, cet instant merveilleux où il était l'homme dont elle avait besoin et où elle était tout pour lui.

Une dernière fois.

La voiture s'arrêta un peu brusquement et elle dut s'agripper à sa veste. Robert la plaqua contre lui de ses mains liées et, à cet instant, il souhaita n'avoir pas insisté pour qu'ils gardent leurs vêtements car il aurait voulu la voir dans sa glorieuse nudité, sentir son corps contre le sien.

Il ne voulait pas se contenter d'une part d'elle. Il la voulait en entier.

Une dernière fois.

Tout en gloussant, elle recula, mais il l'en empêcha. Il la maintint contre son torse, sentant ses mamelons se durcir à travers le mince tissu de sa robe, alors qu'elle se levait et se laissait retomber sur lui.

Il avait besoin de la toucher. Jamais il n'avait eu aussi ardemment besoin de quelque chose de sa vie. Il réussit à remuer ses poignets afin de saisir la tête de Jeannie et à enfoncer les doigts dans ses cheveux.

— Robert, soupira-t-elle doucement alors qu'il inclinait sa tête vers la sienne. Que...

— Embrasse-moi.

Ce n'était pas une supplication, car un Wyatt ne suppliait jamais, mais ce n'était pas un ordre non plus.

— J'ai besoin que tu m'embrasses pendant que je suis en toi.

Il sentit un frisson le parcourir, puis les lèvres de Jeannie se posèrent sur les siennes. Leurs langues se touchèrent, se retirèrent et se touchèrent à nouveau, tandis qu'elle le chevauchait et qu'il la serrait dans ses bras. Il n'oublierait jamais ce moment. Peu importait ce qui se passerait dans une heure ou le lendemain ou le mois prochain, personne ne pourrait lui retirer ce moment.

Elle bougea de plus en plus vite, cherchant la délivrance et la seule chose qu'il pouvait faire, c'était de se retenir et d'attendre qu'elle atteigne l'orgasme.

Quand elle rejeta la tête en arrière, les lignes de son cou se tendirent et il fit la seule chose à sa portée : il se pencha et enfouit le visage entre ses seins. Le pendentif en diamant lui heurta le nez, mais il n'y prêta pas attention. Il l'embrassa à cet endroit et plongea en elle tout en se laissant aller.

Il se laissa aller.

Mais comment pourrait-il la laisser partir, elle ?

15

Jeannie sentit les adieux se profiler quand Reginald ouvrit la portière de la voiture, après ce qui lui parut un temps anormalement long. Sans doute pour leur laisser le temps de réajuster leurs vêtements.

Un homme attentionné, ce Reginald. Robert devrait l'augmenter.

Mais il s'était inquiété pour rien, car après le plus fabuleux orgasme de sa vie, Robert l'avait soulevée doucement, puis s'était boutonné. Dans un silence complet.

Oui. Des adieux se profilaient clairement.

Robert l'aida à sortir de la limousine, puis avec un incroyable « Merci, Reginald », il lui fit perdre pied. Littéralement.

— Robert ! s'écria-t-elle alors qu'il la soulevait.

— Tes chaussures ne sont pas faites pour le sable, expliqua-t-il, comme s'il n'y avait rien de plus à dire.

Elle éclata de rire, mais serra les bras autour du cou de Robert et posa la tête sur son épaule.

Il émit un son guttural, apparemment heureux.

S'il vous plaît, pria-t-elle, *laissez-le être heureux*.

Il la porta sur la plage sans rien ajouter. Elle ne connaissait pas cet endroit, mais ce devait être au nord de Chicago. Elle vit les lueurs orange de la ville au sud, mais au-dessus du lac, il n'y avait que...

— Les étoiles, souffla-t-elle.

Des centaines, des millions, peut-être.

Il avança d'un pas lent, salissant ses chaussures vernies dans le sable.

— Où allons-nous ?

— Loin de la lumière, répondit-il, toujours aussi mystérieux.

Le ciel nocturne s'étendait devant elle, vaste et infini. La lune était absente et seules les lumières scintillantes permettaient de distinguer l'eau du ciel.

— C'est beau, soupira-t-elle.

Tant d'étoiles. Si seulement elle pouvait formuler tout autant de souhaits.

Mais son vœu avait déjà été réalisé, et même plus. Elle disposait d'une nourrice et d'une femme de ménage, et savait à présent comment s'occuper de Melissa. Elle avait un avocat qui travaillait à obtenir un accord avec l'hôpital afin que sa nièce ne manque jamais de rien.

Et elle avait eu entre les mains l'homme le plus incroyable, le plus complexe, compliqué et parfait de Chicago. Non, elle n'émettrait pas de souhait avec une autre étoile. Si elle avait appris une chose au fil des ans, c'était à ne pas pousser la chance trop loin.

Après de longues minutes de silence, Robert la reposa par terre. Elle glissa une main dans la sienne et s'appuya contre lui. Une brise soufflait du lac et, malgré la chaleur estivale, elle frissonna. Il faisait toujours plus frais au bord de l'eau.

— Tiens, dit-il d'un ton bourru, ôtant sa veste et la drapant sur ses épaules.

— Merci.

La fine laine sentait son odeur, sombre et épicée, avec juste un soupçon de champagne et d'orange. Leurs odeurs mêlées. Il passa un bras autour de ses épaules et la serra contre lui.

— Robert ? dit-elle, les genoux tremblants, pressée de lui poser la question avant de ne plus en avoir le courage. As-tu déjà été amoureux ?

— Non.

Il n'avait même pas hésité. Le mot était sorti comme un coup de feu et elle en eut mal pour lui.

Puis il se pencha et pressa la joue contre ses cheveux.

— Du moins… pas encore.

Bon sang, il n'allait visiblement pas lui faciliter la tâche.

— Et toi ? demanda-t-il quand elle garda le silence.

Et voilà qu'il inversait les rôles.

— Plusieurs fois.

— Que s'est-il passé ?

Elle haussa les épaules.

— J'étais jeune et stupide. Parfois..., hésita-t-elle avant de déglutir afin de faire passer la boule soudain fichée dans sa gorge. Parfois, on tombe amoureux de la mauvaise personne et on ne s'en rend pas compte jusqu'à ce que quelque chose change. Et parfois...

Elle cligna des yeux et se concentra sur les étoiles. Leurs lumières, pleines d'espoir et scintillantes face aux moments les plus sombres, vacillèrent. Ce devait être la brise.

— Et parfois, termina-t-il à sa place, songeur, on tombe amoureux de la bonne personne au mauvais moment.

Elle dut encore cligner des yeux. Satané vent.

— Je ne veux pas que ça soit le mauvais moment, protesta-t-elle. Ce n'est pas le mauvais moment et tu n'es pas la mauvaise personne.

— Non, finit-il par répondre.

Mais elle le connaissait trop bien. Elle entendit dans sa voix la douleur, la confusion, la perte et l'amour, mêlés en cette unique syllabe. Visiblement, il ne lui fallait pas plus de trois malheureuses lettres pour avoir le cœur brisé.

— Robert, écoute-moi, insista-t-elle.

Leur histoire venait tout juste de commencer ! Il y avait tellement plus entre eux. Tellement plus qu'un manhattan parfait et une fausse lady.

— Je...

— Non.

Encore ces trois malheureuses lettres. Elle commençait vraiment à haïr cette syllabe. Il prit son visage en coupe.

— Je ne te demanderai pas cela.

— S'il te plaît, murmura-t-elle. Nous pouvons...

Il secoua simplement la tête, puis se pencha pour l'embrasser. Un baiser d'adieux.

— Demande-le-moi, lui murmura-t-elle à l'oreille. S'il te plaît, Robert. Demande-le-moi.

Il la fixa, le front appuyé contre le sien.

— Je dois te protéger, Jeannie. J'empêcherai qu'il vous soit fait le moindre mal, à toi ou à Melissa.

— Tu ne me feras jamais aucun mal. Je le sais.

Devant son silence, elle perdit tout contrôle. Au diable les règles qu'il avait fixées. Elle enfonça les doigts dans ses cheveux et posa les lèvres sur les siennes, le mordillant et le suçant, lui montrant tout ce qu'il pourrait y avoir de plus entre eux, si seulement il lui faisait confiance.

Si seulement il se faisait confiance.

Il rompit le baiser, haletant, et la reprit dans ses bras. Le chemin de retour fut atroce, silencieux et beaucoup trop court, car il avait pris sa décision et qui était-elle pour le faire changer d'avis ? Elle n'était personne.

Juste sa barmaid. Une lady factice, une complice volontaire, une oreille compatissante et une épaule sur laquelle s'appuyer. Rien de plus.

Elle n'allait pas pleurer. Maudit vent.

Ils finirent par revenir à l'endroit où Reginald et la limousine les attendaient. Cette fois, Robert lui ouvrit la portière et l'aida à prendre place. Mais au lieu de la suivre, il referma.

— Robert ! s'écria-t-elle presque, au bord de l'hystérie.

N'allait-il pas lui faire au moins de vrais adieux ?

Bien sûr que non, car parler n'était pas le point fort du Dr Robert Wyatt. Elle entendit Reginald prendre place derrière le volant, puis la voix étouffée et distante de Robert.

— Ramenez-la chez elle.

— Oui, monsieur.

La voiture démarra et elle baissa la vitre.

— Robert ! J'attendrai, cria-t-elle tandis que la voiture se mettait à rouler. J'attendrai ! répéta-t-elle.

La brise souffla et elle n'en était pas certaine, mais elle crut l'entendre prononcer « Voilier ».

Maudit soit-il.

Mais à quoi s'était-elle attendue ?

— Vous rentrez tôt. Comment s'est passée votre soirée ? demanda Maja depuis la chaise longue, Melissa endormie contre sa poitrine.

La pièce sentait le citron et chaque surface était aussi scintillante que le sommet de la tour Chrysler.

Grâce à Robert. La bonne personne au mauvais moment.

— Bien, répondit Jeannie d'un ton sourd.

Car oui, c'était le mauvais moment. Il était sur le point de partir en guerre contre son père et elle devait apprendre à devenir une mère. Elle ne pouvait attendre de Robert qu'il paye éternellement la facture d'une maison rutilante et de nourrices à temps plein.

Le visage de grand-mère de Maja se plissa d'inquiétude.

— Est-ce que tout va bien, ma chérie ?

— Bien, répéta Jeannie.

Elle baissa les yeux sur ses sandales, la robe Valentino qui avait coûté Dieu sait combien et le lourd pendentif en diamant qui, lui, avait certainement coûté trop cher.

Robert était la bonne personne et elle était amoureuse de lui.

Par contre, le Dr Robert Wyatt, milliardaire célibataire et célèbre chirurgien, était la mauvaise personne. Pour quelqu'un comme elle. Parce qu'elle ne faisait pas partie de son monde.

Comme elle détestait les adieux !

— Mon petit ?

Jeannie leva les yeux et vit Maja qui se tenait devant elle.

— J'ai décidé de retourner travailler dans deux semaines. Je ne sais pas combien de temps vous allez pouvoir me garder Melissa, mais… si vous pouviez au moins m'aider à organiser un autre mode de garde avant de partir… Quelque chose qui serait dans mes moyens.

Parce qu'elle ne serait pas en mesure de garder Maja, Rona, Reginald ou aucun d'entre eux.

Maja lui parut fatiguée sous la lumière tamisée.

— Je suis payée pour trois mois, ce qui nous laisse assez de temps pour faire des projets. Je suis désolée que ça n'ait pas marché avec votre beau docteur, ajouta-t-elle après un soupir, la déception se lisant sur son visage.

Avait-il jamais été à elle ? Ils avaient été comme… cette tenue. Comme Lady Daphne FitzRoy. Une illusion.

— Moi aussi, renchérit-elle en se mettant à pleurer. Moi aussi.

16

Robert appela un taxi, ce qui était une première pour lui. Le temps que le chauffeur arrive, il s'était ressaisi. Il avait fait le bon choix. Jeannie était peut-être contrariée pour le moment, mais il ne doutait pas qu'une femme aussi expérimentée et intelligente qu'elle comprendrait à la lumière du jour que cela valait mieux ainsi.

Elle avait emporté sa veste, mais son gilet sentait légèrement l'orange.

Mon Dieu, qu'il était fatigué ! Fatigué de s'occuper de Landon, de s'inquiéter pour sa mère, d'être dans le contrôle. Fatigué d'être Robert Wyatt.

Contente-toi d'être avec moi, lui avait soufflé Jeannie. De toutes les choses qu'elle lui avait offertes, c'était peut-être son plus beau cadeau.

Mais peu importait son épuisement, sa nuit ne faisait que commencer. Kelly lui envoya un SMS juste au moment où la voiture atteignait Lake Shore Drive.

Il est chez vous.

Bilan ?

Le discours a été un désastre. Les médias sociaux se demandent s'il était sous l'emprise de la drogue. Visiblement contrarié. Il tape à votre porte. N'a rien cassé.

N'intervenez pas encore.

Bien, monsieur.

Robert se concentra sur sa respiration. Lente. Ferme. Parfum d'orange. Tout se déroulait comme prévu. Landon s'était rendu compte que sa femme, son fils et une femme inconnue, faisant partie ou pas de la noblesse, avaient tous disparu de la soirée de lancement de sa campagne. Comme Robert l'avait espéré, Landon n'avait pas très bien pris la nouvelle.

Il comptait à présent sur la phase suivante. Il n'eut pas à attendre longtemps.

Il vient de lancer une jardinière contre votre porte. L'alarme retentit.

Attendez qu'il entre. Et faites-le arrêter.

Parce que c'était la partie infaillible de son plan. Robert avait beau financer les poursuites civiles et fournir aux enquêteurs fédéraux les rapports de financement, Landon était un salaud insaisissable et l'argent avait le dernier mot.

Cependant, une entrée par effraction serait plus difficile à réfuter. Surtout avec des vidéos de surveillance, le témoignage de policiers et un fils qui refuserait de laisser tomber les poursuites.

Le chauffeur tourna dans la rue de Robert.

— Vous pouvez me laisser ici, déclara-t-il en sortant cent dollars de son portefeuille.

Il ne connaissait pas les usages concernant les pourboires, mais rares étaient les personnes qui refusaient du liquide.

— Eh... Quand tu veux, mec ! Tu vas avoir une excellente notation avec ça !

Robert n'avait aucune idée de ce dont l'homme parlait, mais cela lui était égal. En sortant de voiture, il entendit le hurlement de son alarme, ainsi que les sirènes au loin, le tout entrecoupé des cris furieux de Landon Wyatt.

— Enlevez vos mains de moi ! Savez-vous qui je suis ?

— Que se passe-t-il ? s'enquit Robert, l'innocence et la sollicitude incarnée. Père ? Que fais-tu ici ?

— Où est-elle ? hurla Landon en le regardant.

— Du calme, mon gars, dit l'officier qui le retenait.

Robert reconnut l'officier Hernandez, dont il avait dernièrement réglé le solde impayé d'une intervention.

Les mains de Landon étaient menottées derrière son dos, ce qui fit presque sourire Robert, car c'était une vision dont il pourrait bien ne jamais se lasser.

— Où est qui ?

— Tu le sais très bien, espèce de bon à rien. Où est-elle ?

Robert leva les yeux vers sa maison éteinte et la scruta de manière théâtrale

— Il n'y a personne chez moi. Je viens juste d'arriver.

Kelly s'approcha furtivement et Robert repéra les journalistes, les caméras allumées et les enregistrements vidéo.

— Ma cavalière ne se sentait pas bien et je l'ai ramenée chez elle. Je ne pense pas que nous nous reverrons, ajouta-t-il à l'attention du public.

Landon se jeta en avant avec un grondement, ce qui obligea le deuxième officier à user de la force pour le retenir. Son père se retrouva agenouillé au milieu du trottoir.

— Vous allez me le payer, gronda-t-il, les yeux exorbités. Quand j'en aurai fini avec vous, vous souhaiterez tous ne jamais être nés !

Les officiers voulurent le relever, mais Robert leur fit signe de reculer. Il s'accroupit alors devant son père qui se débattait et posa une main sur son épaule, le forçant à se rasseoir – car c'était ce que ferait un Wyatt : dominer et contrôler.

Ce que Robert exigeait, c'était le respect, mais pour le moment, il choisit d'inspirer de la peur. Les yeux du vieil homme s'écarquillèrent de surprise et ses muscles se crispèrent sous la main de son fils.

— Qu'est-ce que tu crois faire ?

Robert se pencha, afin de ne pas être entendu du public.

— Tu ne la reverras plus jamais.

— Je la retrouverai, aboya Landon avec un rire carrément hystérique.

Pas étonnant que tout le monde au gala se soit demandé s'il n'était pas sous l'emprise de la drogue. Le plan de Robert fonctionnait à la perfection.

— Tu ne pourras pas la cacher. Tu n'as jamais pu le faire. Elle est à moi ! Et une fois que je l'aurais retrouvée, je mettrai aussi la main sur ta duchesse, qui qu'elle soit, et je la ferai payer. Je meurs d'impatience. Penses-tu qu'elle criera ton nom avant de mourir ?

Il se lécha les lèvres et tenta à nouveau de se relever.

Robert se força à demeurer impassible, mais il serra davantage l'épaule de Landon, l'obligeant à rester à genoux.

— Sais-tu à quel point il me serait facile de te faire monter à bord d'un bateau et de te jeter au milieu du lac ?

Difficile de garder une voix mesurée, mais vu la façon dont Landon se raidit – de peur, espéra Robert –, il se dit qu'il avait réussi.

— Mais je vais m'abstenir, parce que tu mérites bien pire qu'une mort rapide et facile, continua-t-il en serrant davantage l'épaule du vieil homme, qui finit par s'incliner sous la pression. Tu auras beau chercher, tu ne les retrouveras jamais.

Toute sa vie, Robert avait vécu dans la peur de cet homme. Mais finalement, prendre le contrôle n'était pas si difficile. Il était un Wyatt, après tout.

— On parie ? dit Landon.

Sauf que toute trace de menace avait disparu de sa voix. Il ressemblait à présent à un homme qui commençait à se rendre compte qu'il avait commis une grave erreur tactique.

Ce qui était bien le cas.

— Tu seras divorcé, traîné en justice, arrêté et jugé, et je veillerai à ce que tu sois reconnu coupable d'agression sexuelle, détournement de fonds, financement frauduleux d'une campagne électorale, effraction d'un domicile privé et Dieu sait quoi d'autre que mon équipe est en train de découvrir en ce moment même.

C'était lui qui était aux commandes à présent. Il se força à regarder Landon dans les yeux. Au tour de Landon de trembler face à une force qu'il ne pouvait dominer.

— Et nous n'avons même pas encore interrogé Alexander. Mais cela viendra.

— Monsieur ? le coupa Kelly en s'éclaircissant la voix. Excusez-moi de vous interrompre, mais je viens d'être informé qu'Alexander Trudeau a été arrêté pour blanchiment d'argent.

Difficile à dire sous la lumière jaune des lampadaires, mais Robert crut voir Landon pâlir.

— Tu saisis ? lui demanda-t-il en souriant.

— Fils de pute, vociféra Landon qui recommença à se débattre. Tu me le paieras.

— Tu essayeras de te venger, mais tu seras trop occupé par tes procès et les poursuites en justice. J'imagine que cela marque la fin de ta carrière politique, n'est-ce pas ? En un claquement de doigts. Et tu sais pourquoi, *papa* ?

Landon le foudroya du regard, mais Robert ne sentit pas la panique habituelle lui brûler le ventre. Il sourit à nouveau et cette fois avec sincérité.

— Parce que c'est comme ça que tu m'as élevé. J'espère que tu es content de ce que tu as créé.

Il lâcha l'épaule du vieil homme, avec le sentiment d'avoir atteint son but.

Ce n'était pas fini, loin de là. Mais tout avait été dit.

Libéré de l'emprise de Robert, Landon se releva.

— Je vais te tuer ! hurla-t-il. Je tuerai cette chienne et cette pute sous tes yeux et ensuite je te détruirai !

Robert fut sur le point de lui envoyer son poing dans la figure, mais l'officier Hernandez et son partenaire intervinrent. L'un d'eux dégaina son arme.

— Inutile, officier, déclara Robert.

Landon se redressa et afficha un sourire de victoire, mais Robert ajouta alors :

— Si vous voulez le maîtriser, utilisez le taser.

Cette fois, Landon hurla de rage, mais Robert se contenta de sourire. Mon Dieu, comme cela faisait du bien de sourire.

Comme cela faisait du bien de gagner.

Les policiers conduisirent Landon qui se débattait vers leur voiture. Alors qu'ils refermaient la portière sur ce qui avait été l'homme le plus puissant de Chicago, Robert ajusta ses boutons de manchettes et se redressa. L'ère de Landon Wyatt était révolue.

Il y eut beaucoup de dépositions à faire ensuite. Robert confirma qu'il aimerait porter plainte et que oui, son père était coléreux, mais que non, il n'avait jamais proféré de menaces de mort auparavant et que oui, peut-être une ordonnance restrictive serait-elle une bonne chose.

Il récupéra les images de vidéosurveillance, s'entretint avec des avocats et des juges et commença à faire circuler la rumeur selon laquelle Cybil Wyatt avait été sur le point de quitter Landon, que celui-ci l'avait convaincue de rester durant la campagne, mais qu'après cela...

Et même lorsque l'aube pointa sur le lac Michigan, Robert ne s'arrêta pas : il y avait tant à faire. Il devait contacter les membres du conseil d'administration de Wyatt Medical et s'assurer que sa mère avait bien atterri à Los Angeles, puis redécollé vers sa nouvelle destination. Il dut ensuite faire ses visites à l'hôpital. Il ne pouvait pas s'arrêter.

Parce que sinon, il penserait à Jeannie. Et s'il pensait à elle, il ne serait peut-être pas capable de tenir ses distances, alors que la situation était toujours dangereuse. Ce n'était pas encore fini, bon sang.

« Voilier. »

17

— Il ne va pas revenir maintenant que tu es de retour, j'espère ? demanda Miranda alors que Jeannie soulevait la caisse de verres à vin propres. Si c'est le cas, je ne m'occupe pas de lui.

— Il ne viendra pas. Est-ce que tu peux te pousser ? C'est lourd.

Franchement, Miranda ne pouvait-elle pas la laisser un peu tranquille ?

D'ailleurs, ce serait bien si tout le monde au Trenton pouvait la laisser un peu tranquille pour son premier soir. Bien sûr, il y avait eu un gâteau et quelques cadeaux pour le bébé, mais est-ce que quelqu'un l'avait interrogée sur Melissa ? Non. Il n'y en avait eu que pour Robert. L'avait-il contactée après avoir quitté le bar ? Savait-elle quelque chose au sujet de la guerre sans merci à laquelle se livraient les Wyatt père et fils, par presse et tribunaux interposés ? Ou, pire, que pensait-elle de cette mystérieuse « duchesse » qui était apparue au bras de Robert lors du gala et qui avait disparu juste avant que la situation dérape ?

Robert avait laissé sur elle une marque bien plus forte qu'elle ne l'imaginait, car elle avait perfectionné son regard glacial. Au moins, elle pouvait attribuer sa mauvaise humeur au bébé. Pauvre Melissa qui portait le chapeau !

Mais elle n'allait pas trop mal dans l'ensemble. Les choses étaient toujours difficiles après une rupture.

Elle était sur le point de revenir par la porte battante qui séparait la cuisine du bar lorsque celle-ci s'ouvrit brutalement et la percuta. Elle jongla avec la caisse de verres, mais réussit à ne pas la laisser tomber.

— Mais qu'est-ce que…

— Il est là ! s'exclama Julian, paniqué, en s'avançant si vite qu'il lui rentra à nouveau dedans.

Elle posa la caisse sur un plan de travail, car ses mains s'étaient mises à trembler.

— Qui ? murmura Miranda, livide et paniquée.

— Lui ! Wyatt !

— Respire, lui conseilla Jeannie.

Que faisait-il ici ? Il lui avait pourtant précisé que c'était terminé entre eux et qu'il comptait la protéger, ou quelque chose de ce genre, en restant à l'écart.

— Doit-on appeler la police ? demanda Julian, les mains crispées sur sa poitrine.

Elle leva les yeux au ciel.

— Mais enfin, bien sûr que non. Je m'en occupe.

Elle prit une seconde pour se ressaisir, ce qui ne fut pas chose aisée, car non seulement elle devait faire face à la peur panique de Miranda et Julian, mais en plus, un silence total s'était abattu sur l'établissement.

Elle poussa la porte battante et se retrouva dans la ligne de mire du Dr Robert Wyatt, assis à sa place habituelle. Quand il la vit, ses yeux se plissèrent et – oh surprise – il ajusta ses manchettes.

Il était venu pour elle. Dire qu'il n'y avait pas eu une seule étoile dans le ciel la nuit dernière. Pas même un avion, qu'elle aurait pu considérer comme une étoile. Mais elle avait espéré en dépit de tout que Robert reviendrait un jour reprendre son siège habituel, commanderait un manhattan et lui adresserait ce sourire presque imperceptible en lui disant que c'était parfait.

Que c'était le bon moment.

Mais elle vit plus que cela. Elle le vit s'agiter, pianoter sur le comptoir.

Incroyable. Non seulement Robert faisait une apparition surprise, mais en plus, il était nerveux. Quelle importance après tout : il était venu pour elle. À moins que quelque chose ait mal tourné ? À cette idée, son estomac se serra. Et s'il avait juste besoin d'une oreille compatissante et d'un verre ?

— Alors ? lança Julian derrière la porte. Les flics ?

— Non, voyons !

Elle se dirigea vers le bar, sous le regard intense de Robert qui la dévisageait.

— Robert, dit-elle avant de grimacer. Docteur Wyatt, comme d'habitude ?

— Jeannie.

Depuis qu'elle connaissait cet homme – des années maintenant –, chaque mot qu'il prononçait la rendait soit plus amoureuse de lui, soit lui brisait le cœur.

Mon Dieu, faites qu'il ne lui piétine pas le cœur. Elle n'aurait pas la force d'en endurer plus.

Puis il sourit. De ce petit mouvement imperceptible des lèvres. Les mains toujours tremblantes, elle versa le manhattan dans un verre avant d'y ajouter un zeste de citron. Il lui fallut ses deux mains pour ne pas le renverser quand elle plaça la boisson sur le bar.

— Tu es ici pour boire quelque chose ? réussit-elle à articuler, fière de garder une voix égale.

— Non, répondit-il sans même regarder son verre. Je suis là pour toi.

Elle en eut le souffle coupé.

— Moi ? couina-t-elle.

— Nous, corrigea-t-il.

Avant qu'elle puisse assimiler le sens de cette malheureuse et unique syllabe, il baissa les yeux sur une tablette qu'elle n'avait pas remarquée, posée sur le comptoir à côté de lui.

— Regarde.

Son cœur se mit à battre la chamade, mais elle ne dit rien de plus, le laissant prendre son temps.

Il tapota l'écran et afficha la photo d'un... un manoir ?

— Robert ?

S'il lui avait acheté une immense maison par culpabilité ou quelque chose du genre, elle allait devoir lui fixer des limites. Melissa et elles n'avaient pas besoin de manoir.

— Je l'ai acheté depuis une société écran, il n'y a donc aucun nom sur les documents, juste par sécurité, expliqua-t-il en continuant à tapoter pour faire apparaître d'autres images de la magnifique demeure. Cet endroit surplombe le lac et il y a un chemin qui mène à une petite plage privée.

D'autres photos défilèrent. S'agissait-il d'une piscine intérieure ?

— La maison offre une vue dégagée sur le ciel nocturne et la pollution lumineuse ne noie pas les étoiles, ajouta-t-il avant d'afficher un sourire victorieux. Je m'en suis assuré.

— Robert, balbutia-t-elle, à peine capable d'articuler. Qu'est-ce que c'est ?

Il se redressa avant d'ajuster ses manchettes.

— Ma mère t'adresse ses remerciements pour ton aide. J'ai mis ma maison à son nom pour qu'à son retour, elle puisse pleinement profiter des plafonds tapissés.

Oh ! bon sang !

— Tu as... renoncé à ta maison ?

Il acquiesça d'un bref signe de tête. Mais quand il commença à rajuster ses manchettes pour la troisième fois, elle tendit la main et prit les siennes. Derrière elle, quelqu'un haleta. Probablement Miranda.

— Robert, murmura-t-elle. Dis-moi ce qui s'est passé.

Une expression suppliante apparut sur son visage, puis disparut, remplacée par sa froideur impériale.

— Je ne veux pas que tu m'attendes, grommela-t-il.

Cela n'avait aucun sens. Il se passait quelque chose, quelque chose en rapport avec ses manchettes bien droites, et elle ne saisissait pas.

— Je t'attendrai, répliqua-t-elle. Quel que soit le temps que ça prendra, je t'attendrai.

Il secoua la tête.

— Non, laisse-moi finir.

Il prit une profonde inspiration, puis, miracle des miracles, entrelaça ses doigts aux siens.

— Je devais rester loin de toi parce que Landon a encore beaucoup de pouvoir et que s'il apprenait qui tu es, tu serais en danger et tu...

Le cœur de Jeannie s'emballa.

— Tu comptes beaucoup pour moi, avoua-t-il.

— Oh ?

Il n'était pas le seul à pouvoir utiliser des monosyllabes lors d'une conversation.

Il baissa les yeux sur leurs mains.

— Je n'ai jamais été amoureux, alors je ne suis pas certain qu'il s'agisse de cela. Mais j'ai besoin de toi. J'ai besoin de te voir tous les jours pour pouvoir te parler et que tu puisses me faire rire, me toucher et me faire du… bien. Je me sens mal sans toi et j'ai essayé. J'ai essayé, répéta-t-il, avec colère.

Non, elle imaginait mal le Dr Robert Wyatt échouer à quoi que ce soit. Ses yeux se mirent à la brûler et, cette fois, il n'y avait pas de brise à incriminer.

— Mais ensuite, j'ai compris qu'en restant loin de toi pour te protéger, je continuais à le laisser gagner puisque je l'autorisais à dicter ma conduite, et tu sais quoi ?

Pourquoi y avait-il un stupide bar entre eux ? Pourquoi n'était-il pas dans ses bras pour cette… cette déclaration d'amour ? Parce que c'était bien de cela qu'il s'agissait.

Il l'aimait.

Merci, mon Dieu !

— Qu'il aille au diable. Il ne gagnera pas, déclara-t-il d'un ton farouche. Je ne le permettrai pas. Il ne m'empêchera pas d'être avec toi, parce que tu es la bonne personne pour moi, Jeannie Kaufman. Alors je ferai en sorte que ce soit le bon moment.

— Alors tu as acheté un manoir ?

— Pour toi. Toi, Melissa et moi et… nous.

Il la regarda et elle lut de l'amour, de l'inquiétude et de l'espoir dans ses yeux.

— Pour notre famille, ajouta-t-il. Qu'elle s'agrandisse ou pas.

Elle faillit en tomber à la renverse.

— Épouse-moi, conclut-il d'un ton qui ressemblait plus à un ordre. Attends, s'empressa-t-il d'ajouter avant qu'elle ait le temps de lui en faire la remarque. Laisse-moi recommencer.

Il porta ses mains à ses lèvres et lui embrassa les doigts.

— Tu m'as montré ce qu'est l'amour, Jeannie. Et je veux passer le reste de ma vie à le partager avec toi. Nous pouvons nous marier ou pas. Je ne suis pas ton patron et tu n'es pas mon employée ni même ma barmaid. Tu es la femme dont j'ai besoin et j'espère pouvoir être l'homme dont tu rêves.

— Robert ! s'exclama-t-elle en laissant ses larmes couler. Je t'aime aussi, homme compliqué, impossible et merveilleux.

Les semaines écoulées défilèrent devant ses yeux : sa réaction après qu'ils avaient fait l'amour pour la première fois, la façon dont son père les avait traités, sa mère et lui, le fait que toute cette affaire allait faire la une des journaux pendant des semaines et des mois.

— Je veux t'épouser, mais à une condition, ajouta-t-elle.

— Dis-moi, fit-il avec un sourire ravageur. Tout ce que tu veux. Je peux acheter une autre maison ou…

— Je ne t'ai jamais voulu pour ton argent.

Son regard devint intense et elle sentit en réponse un frisson de désir la parcourir.

— Mais je veux que tu voies un conseiller pour t'aider à mettre de l'ordre dans tes… problèmes, car le mariage n'est pas une panacée magique. Tu devras travailler sur certaines choses par toi-même.

Il n'hésita même pas.

— Oui. Bien sûr. Je vais m'efforcer de parler et d'accepter les contacts et… Quoi d'autre ?

Elle se mit à rire et à pleurer en même temps. Robert lâcha alors ses mains et sauta par-dessus le bar. Puis il l'écrasa contre son torse, sa bouche sur la sienne. Les bruits qu'elle entendit étaient sans aucun doute des hoquets, car non seulement il l'embrassait, mais il le faisait en public.

— Autre chose, Jeannie ? murmura-t-il contre ses lèvres. Tout ce que tu veux. Si tu veux travailler dans un bar, je t'en achèterai un. Je t'achèterai celui-ci, si tu veux.

Derrière eux, un cri d'alarme retentit et elle leva les yeux au ciel.

— Nous pourrons faire des projets plus tard, mais est-ce que tu adopteras Melissa ?

— Évidemment, déclara-t-il.

— Pourras-tu simplement être avec moi, Robert ? Dans les bons et les mauvais moments ?

Il posa les mains dans son dos.

— Il n'y a rien que je veuille si ce n'est être avec toi.

— Alors la réponse est « oui » parce que tu es la bonne personne, Robert.

Il sourit d'un air féroce. C'était tout simplement le plus bel homme au monde et c'était elle qu'il avait choisie.

— Tu es la bonne personne pour moi et, dans ces cas-là, il n'y a pas de mauvais moment. Pas si j'ai mon mot à dire. Après tout, je suis un Wyatt. Et bientôt tu en seras une aussi, lui murmura-t-il à l'oreille.

— Parfait, souffla-t-elle.

Parce que ça l'était, en effet.

Épilogue

— Un colis pour vous, Cybil, annonça Bridget tandis que la kinésithérapeute, Anne, effectuait un dernier étirement. Il est sur votre chaise. Je vais vous chercher de l'eau.

— Merci.

Bien qu'épuisée après une séance de sport intense, Cybil lui sourit. Elle aimait être simplement Cybil, l'égale de Bridget. Elle aimait cette villa paisible située à Kauri Cliffs, à l'extrême nord de la Nouvelle-Zélande. Même être déconnectée du monde lui plaisait. Pour résumer, elle n'avait aucune envie de savoir ce qui se passait chez elle, ni ce que tramait son futur ex-mari.

Elle pouvait enfin se concentrer sur elle-même et, grâce à un psychologue et un kinésithérapeute, elle redécouvrait celle qu'elle avait été avant Landon Wyatt et, plus important, celle qu'elle voulait être après lui.

Mais surtout, elle s'habituait à reparler à son fils. Quand il était 13 heures chez elle et 8 heures chez Bobby, il l'appelait. Ils discutaient des progrès qu'elle effectuait et de son travail à lui. Au départ, ils évitaient de parler de Landon, mais au bout de quelque temps, Bobby s'était mis à évoquer Jeannie de plus en plus souvent.

Elle aurait aimé être auprès d'eux pour le mariage, mais une personne nommée Darna avait pris soin de lui diffuser l'intégralité de la cérémonie civile : quatorze minutes en tout.

Pour la première fois depuis plusieurs décennies, elle pouvait respirer à nouveau.

— Voilà, dit Anne en l'aidant à se relever.

Elle vacilla un peu. La séance avait été difficile.

— Assurez-vous de boire beaucoup, d'accord ? On se revoit dans deux jours.

Cybil tapota l'épaule de la jeune femme et se laissa tomber dans son fauteuil, le colis entre les mains.

Elle avait déjà reçu du courrier de la part de Bobby, en général des avis juridiques concernant sa procédure de divorce. Son fils avait embauché un véritable requin en guise d'avocat. Mais cette fois, ça semblait différent.

Ses mains se mirent à trembler, et pas seulement à cause de l'effort physique.

Ah, ses papiers de divorce ! C'était terminé. Elle n'était plus liée légalement à Landon Wyatt et il semblait que la moitié des biens qu'il avait gagnés tout au long de leur horrible mariage lui appartenait désormais. Elle était donc une femme indépendante et riche. Elle n'aurait plus à mendier pour avoir de l'argent ou à porter ce que Landon lui aurait acheté. Elle pouvait faire ce qu'elle voulait.

Dans l'enveloppe se trouvait également la première page du *Chicago Tribune*, avec une note manuscrite :

« Les dépôts peuvent être transférés en toute sécurité et tes revenus seront protégés – R. »

Landon Wyatt était accusé d'agressions sexuelles : plusieurs femmes de ménage et employées avaient porté plainte. Elles étaient représentées, Cybil le savait, par un avocat choisi par Bobby. Et voilà qui était nouveau : Wyatt Medical avait éjecté Landon du poste de P-DG, et il faisait également l'objet d'une enquête de la part de la COB pour délits d'initiés et fraudes dans le cadre d'une campagne électorale. Apparemment, Alexander, son assistant, s'était mis à table. Tous ses amis l'avaient abandonné et ses aspirations politiques avaient été réduites à néant. Sa honte était totale et, s'il ne tenait qu'à Bobby, Landon passerait plusieurs années en prison.

Quel soulagement ! Elle voulait savourer ce moment, cette liberté permanente.

Une autre enveloppe couleur crème tomba alors du paquet et elle en eut le souffle coupé. Elle avait conscience de pleurer en lisant le document imprimé, mais cela lui était égal.

LE DR ROBERT WYATT ET JEANNIE KAUFMAN
ONT LE PLAISIR D'ANNONCER LEUR MARIAGE

LORS D'UNE CÉRÉMONIE PRIVÉE, LE 12 OCTOBRE.
ILS SONT ÉGALEMENT FIERS D'ACCUEILLIR
MELISSA NICOLE WYATT DANS LA FAMILLE.

Il y avait également un mince livret relié : l'album de mariage ! Quand elle ouvrit la première page, une note manuscrite s'en échappa.

J'ai tenté le bonheur. C'est grâce à toi.

— Bobby, soupira-t-elle.

Il avait toujours été un garçon si attentionné. Dieu merci, Landon n'avait jamais réussi à détruire sa bonté.

Elle parcourut l'album, cherchant avidement tout signe de bonheur.

La première photo montrait Bobby et Jeannie se tenant côte à côte. Bobby souriait à son épouse. Il souriait ! Comme cela faisait du bien de voir son fils à ce point en paix, éprouvant cette même paix qu'elle commençait à ressentir.

Elle reconnut à peine en Jeannie la femme qui l'avait soustraite à Landon, grâce à une coupe de champagne bien envoyée. La vraie Jeannie arborait un sourire plus éclatant, avait des yeux plus gentils et semblait carrément douce dans sa magnifique robe en dentelle rose clair.

Cybil passa tendrement un doigt sur l'image. Bobby aurait besoin de quelqu'un d'audacieux et de suffisamment fort pour résister à sa personnalité, d'une femme qui comprendrait pourquoi il était ainsi, mais qui ne le prendrait jamais en pitié. Si c'était le cas de sa barmaid, alors c'était la femme parfaite pour lui.

La deuxième photo montrait Bobby et sa nouvelle épouse tenant un bébé. À peine âgée de quelques mois, la fillette était enveloppée dans une couverture moelleuse et souriait à Bobby depuis les bras de Jeannie. La main de son fils était posée si tendrement sur la joue du bébé que les yeux de Cybil s'embuèrent à nouveau.

Une note avait été collée sur la photo.

Nous l'amènerons bientôt. R.

— Tout va bien ? s'enquit Bridget, inquiète, tout en posant le plateau de thé. Vous pleurez !

— Je suis grand-mère, annonça Cybil en lui montrant l'album. Regardez !

— Oh ! fit Bridget, soudain mélancolique. Ils ont l'air si heureux !

Heureux. C'était un rêve chéri depuis si longtemps, un rêve qui avait aidé Cybil à tenir durant les sombres années qu'elle avait vécues.

— Vous savez quoi ? reprit-elle en tamponnant ses larmes. Je crois bien que vous avez raison.

KATY EVANS

Insolent patron

Traduction française de
MORGANE FROGERE

PASSIONS

HARLEQUIN

Titre original :
BOSS

Ce roman a déjà été publié en 2020.

1

Ma devise en tant que femme a toujours été simple : impose-toi où que tu sois. Ce matin, en pénétrant dans les bureaux de Cupidon, café dans une main et portfolio dans l'autre, les têtes se tournent aux cliquetis de mes talons rouges sur le sol en linoléum. Mes employés lèvent les yeux de leurs tâches avec des sourires nerveux. Ils savent que dans des jours comme celui-ci, je brûle de me mettre au travail, et que des têtes tomberont si je n'obtiens pas exactement ce que je veux.

— Réunion autour de la table de conférence, tout le monde, dis-je aussitôt. Le briefing du matin commence dans deux minutes.

Ben, le responsable du service technique, qui n'assiste qu'aux réunions importantes de mon équipe de design, est le premier à s'avancer vers moi. Il tient un café à la main et paraît soudain penaud en constatant que j'en ai déjà un. Ses joues s'empourprent, contrastant avec ses cheveux couleur paille.

— Je ne savais pas si tu aurais le temps d'aller t'en chercher un…

Je lui souris tout en posant mes affaires sur la table de conférence.

— On dirait un café crème allégé.

— C'est ton préféré.

J'en prends une gorgée et lui souris.

— Il n'y a jamais trop de café. Merci.

— C'est quand tu veux.

Je bois une longue gorgée et soupire de satisfaction en savourant le liquide chaud. La journée va être longue, et tout coup de pouce est le bienvenu.

Aujourd'hui, j'ai besoin que tout se déroule à la perfection.

Pendant que mon équipe s'installe lentement autour de la table de conférence, je mets l'écran mural en marche. Tout le monde me regarde avec de grands yeux.

Observez et apprenez, me dis-je, *voici comment on travaille.*

— Très bien, puisque tout le monde est présent, commençons. Comme vous le savez tous, nous travaillons sur la modernisation de la marque. Est-ce que quelqu'un peut me dire ce que je recherche avec le nouveau design ?

Personne ne répond.

Je pousse un soupir. Mon Dieu. J'ai parfois l'impression d'être une sorte de baby-sitter.

— Je t'écoute, Ellie, puisque personne ne veut prendre la parole.

Je regarde Ellie Mason, ma meilleure amie depuis le collège. Elle m'a suivie à Cupidon lorsque j'ai décroché l'emploi de mes rêves et que j'ai dû augmenter les effectifs de mon équipe. Je n'ai jamais regretté d'avoir à la fois une meilleure amie et une designer de talent.

— La couleur de l'application est essentielle pour attirer le public que nous visons, commence-t-elle en se lançant dans un discours préparé et réfléchi. Cupidon est avant tout une application de rencontres destinée aux jeunes. Les couleurs sombres utilisées sur la page d'accueil et la messagerie peuvent parfois les rebuter. Il nous faut donc des couleurs accrocheuses afin d'attirer l'œil.

— Très bien, Ellie. Dieu merci, quelqu'un m'écoute ici, dis-je, ce qui provoque les rires de l'assemblée. Donc sachant cela, que me proposez-vous ? Laissez-moi voir.

Chacun commence à fouiller dans son porte-documents à la recherche de dossiers qui auraient déjà dû être posés sur la table depuis cinq minutes.

— Est-ce que vous êtes sérieux ?

Je ris avec une pointe d'incrédulité, avant de leur adresser un regard désapprobateur.

Tim, le plus jeune membre de mon équipe, me tend enfin un modèle qui présente un contraste de couleurs primaires. Je me mords l'intérieur de la joue tout en étudiant l'idée.

— Ce n'est pas mal, Tim… Sauf que les couleurs primaires ne plaisent qu'aux enfants. C'est une application de rencontre. Nous ne tenons pas à voir des enfants de sept ans sortir ensemble, n'est-ce pas ?

Tim rit et semble un peu gêné. Je souris gentiment en essayant de masquer mon exaspération, avant de regarder le reste de l'équipe. J'espère une meilleure proposition et sens déjà mes nerfs sur le point de lâcher. Alastair veut que les couleurs soient décidées aujourd'hui, et pour être franche, moi aussi. Après un rapide coup d'œil sur les autres travaux, j'en extrais les meilleures idées.

Malheureusement, il n'y a rien d'extraordinaire. Ellie cependant me remet quelque chose de bien et sourit en me tendant son portfolio avec un regard plein d'espoir. Je ne lui retourne pas son sourire car j'essaie de ne jamais faire de favoritisme, du moins pas au bureau.

Une fois toutes les idées présentées, je passe aux miennes.

— Il nous faudrait plutôt quelque chose de ce genre.

J'actionne la télécommande de l'écran mural pour leur montrer les teintes rouges et grises que j'ai choisies.

— Des couleurs unisexes, frappantes et dénotant la passion. C'est voyant, avec un impact durable et intemporel, et ça peut plaire à tout le monde.

L'équipe regarde les images avec intérêt et je me retiens de leur faire remarquer que c'est ainsi qu'ils auraient dû travailler. Ellie voit le sentiment de frustration se peindre sur mon visage et émet un sourire narquois, tout en s'adossant à sa chaise, visiblement amusée.

Je m'applique à la foudroyer du regard.

Toute une matinée de perdue pour quelque chose d'aussi simple.

Formidable.

— Prenons les idées d'Ellie et les miennes comme point de départ et peaufinons la palette de couleurs. Vous en choisirez chacun trois d'ici la fin de la journée afin que nous puissions prendre une décision finale. Est-ce que c'est clair ?

L'équipe hoche la tête avec enthousiasme, dynamisée par ma présentation. Alors qu'ils retournent à leur bureau pour commencer à travailler, je lance à Ellie un regard noir à la hauteur de ma frustration ; mon équipe réussit toujours à me mettre de mauvaise humeur les jours les plus importants. Ellie désigne mon café.

— Nourris le monstre grincheux qui est en toi, dit-elle avec un sourire.

Ma meilleure amie sait bien sûr que la caféine est nécessaire à ma santé mentale.

Je la regarde de travers une dernière fois et termine ma deuxième tasse de café. Il est 10 heures et je suis déjà épuisée. Au moins, je sais que l'équipe choisira probablement ma proposition. Cela peut sembler prétentieux, mais je sais que mes idées sont toujours les meilleures. Ce n'est pas pour rien si Cupidon m'a remarquée à l'âge de vingt ans, et si je suis passée chef de département après seulement quatre ans – quatre ans d'enthousiasme sans faille, de dévouement et de travail acharné. Je porte l'équipe de design à moi toute seule et je mérite de la reconnaissance pour cela.

Ben s'approche tandis que je range mes affaires.

— Merci d'être venu, Ben. Je t'informerai de la décision finale afin que tu puisses commencer à travailler de ton côté.

— Bien sûr, dit-il. Que fais-tu après le travail ce soir ?

Je me sens un peu triste de lui avouer que je prévois de rentrer et de réchauffer le plat à emporter chinois de la veille. Être une cuisinière médiocre est un de mes grands regrets, car j'adore la bonne nourriture.

— Je pense que je vais passer une soirée tranquille.

Comme si d'habitude j'étais du genre à sortir et faire la fête, plutôt que de regarder *Grey's Anatomy* à la télé en pyjama.

— Oublie ça. Nous devrions...

La porte du bureau s'ouvre pour laisser entrer Alastair Walker – le P-DG de Cupidon ; la seule personne de qui je prends mes ordres ici.

— Comment se passe la matinée, ma chère Alexandra ? demande-t-il avec cet accent britannique dont il n'a jamais tout à fait réussi à se départir, même après avoir vécu une dizaine d'années à Chicago.

Il ajuste son élégant costume tout en entrant avec nonchalance. C'est un homme particulièrement séduisant pour son âge, dont les cheveux gris et les légères rides n'amoindrissent en rien son physique énergique.

En le voyant, Ben se recule rapidement.

— Elle avance tranquillement, dirons-nous, dis-je en souriant.

À l'arrivée d'Alastair, tout le monde se redresse. Je suis contente que mon équipe sache comment se comporter en présence du grand patron. Mais mon propre sourire faiblit lorsque je remarque l'homme de grande stature aux cheveux noirs qui s'avance à ses côtés.

Un homme jeune... et très séduisant.

Il porte un costume gris foncé et une cravate rouge nouée négligemment. Ses cheveux sont nonchalamment ébouriffés et sa mâchoire est couverte de chaume.

Nos regards se croisent et ma bouche se dessèche. Je suis soudain complètement abasourdie. Je n'ai jamais vu un homme aussi beau et dégageant un tel flegme.

Ses cheveux sont bouclés et ses yeux d'un marron clair presque ambré. Il est doté d'un corps à damner une sainte, grand, avec de larges épaules parfaitement moulées dans sa veste déboutonnée.

Je ne sais pas ce qu'il fait avec Alastair, mais je sais que c'est l'homme le plus beau que j'aie jamais vu de ma vie.

— J'aimerais vous présenter à tous mon plus jeune fils, le mouton noir de la famille, annonce Alastair en donnant une tape sur le dos du jeune homme.

Les lèvres de ce dernier se courbent en un sourire amusé, mais je remarque que ses yeux brillent de quelque chose ressemblant à du défi au mot « mouton noir ».

Un sentiment d'empathie me saisit tandis que je le regarde s'avancer.

— Kit Walker, dit-il d'une voix riche et grave.

Son regard s'arrête sur moi et mon cœur se serre lorsque nous nous fixons.

— Et voici l'arme secrète de Cupidon, Alexandra Croft, continue Alastair.

Kit soutient mon regard et me tend une main.

Respire, Alex !

— Un mouton noir et une arme secrète. Voilà une combinaison bien dangereuse, dit-il d'un ton bas et taquin.

Je souris et ajoute :

— Les deux sont facilement sous-estimés.

Je tends également la main, heureuse de trouver ma voix ferme. Sa paume est chaude, ses yeux brillent de curiosité et d'amusement – et d'autre chose... Quelque chose semblable à du respect.

Il semble intrigué par mon commentaire, destiné uniquement

à lui indiquer que je comprends sa frustration vis-à-vis de son père. Je ne pense pas que mes parents attendaient de moi que je me retrouve là où je suis.

— Ravie de faire votre connaissance, Kit.

— Tout le plaisir est pour moi.

Il s'exprime avec un accent britannique reversant qui devrait être interdit aux États-Unis.

Je réalise alors que nous sommes en train de nous fixer, et je retire ma main, gênée que mon équipe m'ait surprise en train de le dévorer des yeux. J'ai entendu différentes histoires au sujet du plus jeune fils d'Alastair et aucune n'est positive, mais maintenant que je vois ce physique de play-boy, je veux bien croire que toutes sont vraies.

— Pourquoi ne pas tous vous présenter à mon fils pendant que je discute avec Mlle Croft ? propose Alastair à l'équipe. Ben, on se voit plus tard à l'informatique ?

— Oui, monsieur.

Ben adresse un signe de tête à Kit qui l'imite en retour, puis mon ami me serre le bras dans un geste de réconfort avant de retourner à son étage.

Kit le regarde disparaître avec une expression intriguée, puis son regard revient vers moi ; curieux et pénétrant. Je me ressaisis et suis Alastair dans son bureau.

Ne te retourne pas, Alexandra. Tu n'as jamais laissé un homme te distraire et tu ne vas pas commencer aujourd'hui.

Mais je ne peux pas me débarrasser de la sensation de picotement dans ma main, à l'endroit où Kit Walker m'a touchée.

2

Alastair ouvre la porte de son bureau, et me fait signe d'entrer.

— Asseyez-vous.

Je lisse mon tailleur, légèrement inquiète. Je laisse rarement place à la nervosité dans ma vie. D'habitude, je fais les choses selon mes conditions, ce qui me permet de me sentir rassurée. Mais cette rencontre mystérieuse m'a troublée. Tout à coup, j'ai peur que mon travail puisse être en jeu.

Ne sois pas stupide, Alexandra, cet endroit s'effondrerait sans toi.

Alastair s'esclaffe à la vue de mon expression et traverse la pièce pour s'installer derrière son bureau.

— Ne soyez donc pas inquiète, Alexandra. Vous savez combien je vous apprécie. Asseyez-vous donc.

Soulagée, je m'installe et affiche un pâle sourire tout en essayant de retrouver mon calme.

Alastair pose les mains sur le bureau et entrelace ses doigts.

— Ce n'est pas facile à dire. Nous travaillons ensemble depuis un bon moment déjà et vous êtes l'une de mes meilleures employées. C'est pourquoi vous en êtes la première informée… Je pars, Alex.

Je me redresse, soudain alarmée.

— Que voulez-vous dire ?

Alastair éclate d'un petit rire.

— Je pensais que vous seriez heureuse de vous débarrasser de moi.

— Bien sûr que non !

Comment mon patron peut-il partir ? Partir où ?

— Je vous taquine, Alex, répond Alastair en me regardant avec tendresse.

Il sirote un peu de thé apporté par son assistant John avant de continuer :

— Je ne comprends pas pourquoi vous êtes si surprise. Tout le monde doit bien prendre sa retraite un jour, même les bourreaux de travail comme vous.

— Évidemment. Mais vous êtes encore…

— Jeune ? termine-t-il à ma place avant de s'esclaffer à nouveau. Une des choses que j'adore chez vous, c'est que vous êtes drôle sans le faire exprès. Êtes-vous en train de me dire que vous n'avez rien vu venir ?

— Bien sûr que non. Vous ne nous avez donné aucun indice.

Alastair agite la main avec dédain.

— Eh bien, je vous le dis maintenant. En fait, vous êtes la première personne informée. J'annoncerai officiellement mon départ à la retraite à la fin de la semaine.

Je résiste à l'envie de me ronger les ongles, sans pouvoir m'empêcher d'être anxieuse. La nouvelle direction pourrait tout changer. Je me plais ici, et cela en partie parce qu'Alastair est britannique et qu'il a opté pour un style de management décontracté. Il a emménagé ici il y a plus de vingt ans, en compagnie de sa première épouse, une riche Américaine, et est resté même après son divorce. C'est un patron agréable et très facile à vivre qui me laisse gérer mon service comme je l'entends. S'il part, à quels autres changements faudra-t-il s'attendre ?

— Qu'est-ce que cela implique pour nous ? Et pourquoi me le dire à moi ?

— J'y viendrai dans un instant. J'ai en fait un service à vous demander.

— Tout ce que vous voudrez.

Et je le pense vraiment. C'est Alastair qui a fait de moi ce que je suis. Il a misé sur moi et je n'aurais jamais pu aller aussi loin sans lui. Je ferai avec plaisir tout ce qu'il me demandera.

— Je vous en parle en premier parce que vous êtes une personne responsable. Je sais que vous assumez de nombreuses tâches ici, peut-être même plus que moi. Je reconnais volontiers être trop paresseux pour m'impliquer davantage dans cette entreprise. C'est la vérité, reconnaissez-le. Je suis également un homme à femmes, et j'ai démarré cette entreprise pour tenter de faire entrer les rencontres amoureuses dans l'ère de l'informatique. Je n'aurais jamais imaginé que ce serait un tel succès, et que nous serions parmi les trois leaders du marché. C'est en partie grâce à vous, Alex.

J'affiche un petit sourire.

— Vous avez vous-même été un patron formidable. Deux mariages, deux divorces, deux fils à élever, et de plus... vous êtes une personne charismatique. Vous n'êtes pas sans savoir que votre présence est requise à chaque soirée événementielle organisée par la ville.

Alastair rit un peu plus fort que nécessaire et pose les mains sur le bureau.

— C'est vrai. Disons que j'ai grandi – mon personnage a mûri – en même temps que cette entreprise. Je vous ai toujours vue comme ma petite protégée, celle qui pourrait un jour m'aider à prendre en charge cette entreprise. Mais bien sûr, il y a d'autres héritiers dans l'histoire.

Je comprends qu'il parle de ses fils. Je sais que son aîné est un prodige à la tête d'une entreprise de médias et que Kit est le fêtard, qui a vécu en Thaïlande durant trois ans.

— William a son propre empire à gérer, m'explique-t-il, comme s'il lisait dans mes pensées. Et Kit... Il revient de Thaïlande et il est temps qu'il entre dans le monde des affaires.

Il s'adosse à son siège et continue :

— Kit n'a absolument aucune expérience, mais pour être franc, je ne vois pas cela comme un frein. Vous étiez également inexpérimentée quand je vous ai embauchée, et voyez jusqu'où vous êtes allée. Kit...

Il fronce les sourcils comme s'il réfléchissait à la façon de le formuler.

— Le problème c'est sa personnalité. Il n'est pas encore fait pour la vie en entreprise. Kit est comme son vieux père à son âge : oisif, sans but et immature. J'ai bien peur que cela coule dans nos veines... Et on ne peut pas dire que sa mère a contribué à améliorer notre lignée.

Tout le monde sait qu'Alastair a épousé sa deuxième femme, une strip-teaseuse rencontrée lors d'un voyage à Londres, uniquement parce qu'elle était enceinte de Kit. Alastair s'est ensuite séparé d'elle assez rapidement.

— Mais Kit est jeune, il peut encore changer, contrairement à moi. Je pense qu'avec quelques conseils avisés il pourrait s'avérer très doué. De toute façon, il semble avoir envie de prendre le relais.

Évidemment, me dis-je.

Soyons honnêtes, quel homme refuserait de prendre la direction d'une entreprise de plusieurs milliards de dollars et ses centaines d'employés ?

— Il est intelligent, Alex, poursuit mon patron, les sourcils froncés comme s'il sentait ma réticence. Il est également d'un calme olympien et pourrait exceller ici. Je suis déterminé à lui offrir une chance et je ne supporterais pas de le voir échouer et qu'il ternisse le nom de la famille. Il a tellement de potentiel.

Je me mords les lèvres pour calmer mon malaise grandissant. L'idée d'avoir pour responsable quelqu'un d'aussi inexpérimenté ne me plaît pas du tout. Mais que puis-je faire ? Je dois prendre sur moi et faire avec, comme je l'ai toujours fait. Ce travail représente tout pour moi.

— Alors, que puis-je faire pour vous aider à vous sentir plus à l'aise avec cette... transition ?

Alastair s'esclaffe.

— Droit au but, comme toujours. En fait, Kit pourrait avoir besoin d'un mentor, mais il ne voudra jamais l'accepter. Il n'aime pas qu'on lui dise ce qu'il faut faire. Je continuerai à faire des allées et venues pendant sa prise de fonction, pour garder un œil sur lui. Mais je ne peux pas être ici tout le temps. Je veux que vous le guidiez.

Guider ce séduisant play-boy qui va bientôt commencer à jouer au patron ? Pire encore... *Mon* patron ? Mon estomac se noue à la perspective.

— Pourquoi ce silence, Alex ? Mon petit prodige qui a toujours un commentaire à faire n'a plus de mots ? demande-t-il en haussant les sourcils. N'oubliez pas que vous venez tout juste d'accepter de faire n'importe quoi pour moi.

Je soupire et m'incline avec un petit sourire :

— Je crois bien que je me suis tiré une balle dans le pied, n'est-ce pas ?

— Je suppose que oui, répond-il avec un sourire.

Je déglutis, inquiète. Je sais que je n'ai pas d'autre choix que d'accepter. Mais je connais les hommes comme Kit ; ils sont arrogants. Ils se débrouillent souvent très bien pendant leurs études, réussissant les examens avec un minimum d'effort, et ils se sentent prêts à conquérir le monde, mais sans jamais vouloir travailler car ils n'y sont pas habitués.

Je suis radicalement différente, préférant les études à la fête. Mes parents étaient de gros travailleurs perfectionnistes qui n'avaient que peu de temps à m'accorder, et ils m'ont transmis cela.

Le travail a toujours été, et continue d'être la religion de mes parents, au point que nous ne nous téléphonons que pour Noël et les anniversaires – et nous parlons surtout de travail. Je n'ai que ma petite sœur, Helena, que je me suis efforcée d'inscrire dans une des meilleures universités, grâce – encore une fois – à mon dur labeur. Elle en est à son deuxième semestre à Stanford et nous en sommes toutes les deux très fières.

Mes parents ont toujours pensé qu'on ne naît pas travailleur, mais qu'on le devient. De ce fait, ils nous ont très peu aidées financièrement, depuis la fin du lycée. Ils pensent que c'est formateur. Mais moi je pense qu'Helena, qui est très intelligente et espère une carrière dans la technologie, mérite la meilleure éducation universitaire.

C'est pourquoi ce travail est si important pour moi. Réaliser mes propres rêves me permet d'aider ma sœur à réaliser les siens.

Un homme comme Kit ne comprendra jamais ce que se sacrifier pour quelqu'un d'autre signifie. Un homme qui a clairement profité de la vie et de tous les plaisirs possibles avant même de songer à travailler. Lui servir de baby-sitter me paraît compliqué, et je n'ai pas étudié si durement pour endosser ce genre de responsabilités. Je n'aime pas du tout cette idée.

À moins que mon travail n'en dépende, bien sûr.

— Que voulez-vous que je fasse ?

— Soyez juste un guide pour lui. Une fois qu'il aura confiance en vous, il verra peut-être à quel point vous travaillez dur et souhaitera peut-être suivre vos traces. Observez-le, formez-le et… faites-moi des rapports.

— Quel genre de rapports ?

— Sur la façon dont il se débrouille. C'est son héritage qui est en jeu. Je veux être sûr que mon fils le mérite. Et j'espère, pour être honnête, qu'inspiré par vous il se révélera encore plus doué que moi.

Je serre étroitement mes doigts sur mes genoux pour contenir mon sentiment d'appréhension. Je déteste l'idée d'être le nouveau juge de son fils, mais j'aime trop Cupidon pour le laisser tomber entre de mauvaises mains.

— Et si mon rapport n'est pas… ce que vous espérez ?

— Alors vous l'aiderez à changer. Pour le bien de la société.

Après avoir lâché cette bombe, Alastair se lève.

— Laissez-moi l'appeler.

— Alastair, attendez…

L'idée de revoir Kit Walker alors que j'essaye encore d'y voir clair ne me va pas du tout.

Alastair est déjà à la porte, pour convoquer son play-boy de fils par l'intermédiaire de son assistant.

— John, appelez mon fils, voulez-vous ?

Deux minutes plus tard, trois petits coups légers et décontractés sont frappés à la porte. Kit n'attend même pas qu'Alastair l'invite à entrer. La porte s'ouvre, et… oui.

Le plus jeune fils d'Alastair est toujours l'homme le plus séduisant que j'aie jamais vu.

Alastair retourne derrière son bureau.

— Entre, Kit. Alex et moi étions en train de discuter de toi et de la Thaïlande.

Kit appuie son épaule contre le chambranle de la porte et pose son regard sur moi.

— Ça devait être passionnant, dit-il doucement avec ce doux accent britannique.

Qu'est-ce que c'est censé vouloir dire ?

— Avez-vous déjà quitté Chicago, Alex ? demande-t-il en s'avançant vers le bureau de son père.

— Je préfère Alexandra, ou mademoiselle Croft, dis-je, tout en levant le menton avec dédain.

Alastair éclate de rire et Kit hausse les sourcils.

— Très bien, *mademoiselle* Croft, murmure-t-il avec une étincelle espiègle dans le regard. Une autre instruction à me délivrer avant que je prenne mes fonctions ici, derrière ce… cet imposant… bureau ?

Est-il en train de se moquer de moi ? Est-ce qu'il nous a entendus, ou est-il simplement plus intelligent qu'il n'en a l'air et connaît les intentions de son père ?

Je me hérisse, presque tentée de le mettre en garde.

Vous feriez bien de surveiller vos arrières ! Cet endroit est réservé aux personnes qui connaissent la valeur du travail et qui ne perdent pas leur temps comme vous à courir après les femmes !

Mais je n'en fais rien.

Cependant, enhardie par ce qu'Alastair vient de me demander, je réplique :

— C'est juste que votre père m'a toujours fait confiance pour agir au mieux dans l'intérêt de mon équipe… et j'attends la même courtoisie de votre part, monsieur Walker.

— Je préfère Kit, réplique-t-il en souriant. Et je ferai de mon mieux pour vous accorder autant de liberté que mon père, mademoiselle Croft.

Il m'adresse à présent un sourire renversant, aussi éblouissant que son séduisant visage.

Mon corps réagit aussitôt. Je sais qu'il joue avec moi, et je commence à penser que cet homme est bien plus qu'un beau visage ; comme l'a dit Alastair, il est intelligent, fier et a visiblement un sixième sens.

Seigneur, aidez-moi. La journée va être longue, ainsi que le mois… et pire encore… l'année, si cet homme décide de rester. Je réponds par un sourire crispé et hoche la tête.

— Parfait alors. Est-ce que vous voulez bien m'excuser à présent ? Certaines personnes ici vont devoir se remettre au travail.

J'essaye de prendre un ton léger, même si Alastair sait que je suis une bosseuse et que je m'adonne rarement aux bavardages quand je suis au bureau. Il acquiesce et je sors, le dos bien droit, les épaules raides, faisant mine de ne pas voir le regard de Kit Walker posé sur moi.

— N'est-ce pas l'homme le plus séduisant…, me susurre Angéla, la plus exubérante de mon équipe, aussitôt que je reviens à mon étage.

— Retourne travailler, dis-je sèchement.

Tout le monde lève les yeux.

Je me dirige vers mon bureau en me demandant comment ce séduisant play-boy gâté arrive à appuyer sur des boutons en moi que je ne me connais même pas. Du moins, pas jusque-là.

3

Cela fait une semaine qu'Alastair m'a annoncé la nouvelle, et je me prépare en ce moment pour sa fête de départ à la retraite. Il a loué un hôtel de luxe sur Michigan Avenue où plus de trois cents employés se réuniront pour fêter l'événement.

— Je n'en reviens toujours pas que le fils cadet d'Alastair soit aussi beau, déclare Ellie. Et je n'arrive pas à croire qu'Alastair t'ait demandé de l'aider à lui apprendre les ficelles du métier.

Je lui adresse un sourire narquois tout en me brossant les cheveux.

— C'est génétique. Alastair est très beau lui aussi. Il a deux fils de deux mariages différents et une multitude de liaisons pour témoigner du pouvoir de séduction des mâles Walker.

Je me fais un rapide chignon et finis de me maquiller. Je suis peut-être designer, mais me coiffer n'a jamais été mon fort. Je termine mon maquillage en veillant à bien mettre en valeur mes yeux bleu-vert, et mon teint clair.

Pourquoi suis-je aussi nerveuse à l'idée de cette soirée ?

Est-ce parce que Alastair quitte l'entreprise ? Ou parce que *Kit* prend sa place ?

— Tout cela me fait peur, Ellie. Je veux dire… Pourquoi Alastair pense-t-il que j'ai la capacité de transformer un play-boy en un patron modèle et entrepreneur ? C'est vraiment ridicule.

— Mais tu as tout de même remarqué la façon dont vous avez tous les deux pratiquement illuminé la pièce lorsque vous vous êtes vus ?

Je suis aussitôt saisie d'un petit picotement à la pensée de revoir Kit, et tente de repousser le souvenir de notre première rencontre, mais ma nervosité augmente. Je me passe en revue dans le miroir, désireuse que tout soit parfait.

Mes heures passées à la salle de sport ont porté leurs fruits et je rentre à nouveau dans ma petite robe noire qui moule mes hanches et met en valeur ma modeste poitrine et mon ventre plat. Je fais très professionnelle dedans, et c'est ce dont j'ai besoin ce soir.

Je vaporise un peu de parfum sur mon cou et mes poignets.

— Je ne vois pas de quoi tu parles. Tu t'imagines des choses, et je pense que ça vient de ton nouveau régime à faible teneur en glucides.

J'arrange mes cheveux une dernière fois, et change rapidement de sujet.

— Bon, je suis prête. À toi.

Ellie prend ma place devant la coiffeuse pendant que je choisis mes chaussures.

— Tu ne veux vraiment pas en parler ? Alex, nous sommes amies depuis des lustres, d'avant Cupidon même. Nous avons grandi ensemble. Je te *connais*.

— D'accord, d'accord. Je ne suis sortie avec personne depuis deux ans et je suppose que j'ai été frappée par la beauté de cet homme et par son magnifique – ne le nions pas – accent britannique, dis-je en enfilant mes talons rouges préférés. Ça en dit long sur moi, tu ne penses pas ? Qu'un étranger ait pu me troubler à ce point...

Ellie éclate de rire.

— Ça en dit surtout long sur le fait que tu aurais besoin d'une petite *aventure*. Même les bourreaux de travail ont besoin d'un peu de distraction.

— Pas ce genre de distraction et surtout pas avec lui. Mon Dieu, Ellie, il s'est conduit comme un mufle dans le bureau d'Alastair !

Je fais quelques pas pour tester le confort dans mes chaussures avant de continuer :

— Mais je pense que si un homme honnête me demandait de sortir avec lui, je dirais oui.

J'ai peu dormi cette semaine, et je me demande pourquoi ma rencontre avec Kit m'a tant fait réfléchir à mes histoires d'amour – ou à leurs absences, et à combien j'aimerais que cela change.

— Comme qui ?

Je hausse les épaules.

— Je ne sais pas.

Ellie arrange son chignon et s'inspecte dans le miroir.

— Moi si. Le fils d'Alastair.

— Non, pas du tout. Alastair m'a raconté un jour que son fils aîné, William, ressemblait à sa première femme qui était très responsable et qui a divorcé parce que Alastair n'était pas sérieux durant sa jeunesse. Mais si Kit ressemble à son père au même âge ou à sa deuxième épouse strip-teaseuse, je ne le toucherai même pas avec une pincette. Les hommes à femmes ne m'intéressent pas.

Je ris en voyant l'expression déçue d'Ellie.

— Je préfère tout simplement les hommes qui ne sont pas des malappris, Ellie. Comme mon ex-petit ami qui était si facile à vivre. Peut-être *trop* même, au point où j'ai pensé que je lui étais indifférente.

Je saisis les clés de ma voiture et pousse mon amie vers la porte.

— Je sais ce que tu penses. Mais je ne suis pas exigeante. J'ai juste des principes.

— J'ai des principes aussi, mais je sors de temps en temps, tu sais ? Il n'y a rien de mal à reconnaître que tu es une femme et que tu as des besoins.

Je gémis et lui mets en plaisantant une petite tape sur l'épaule avant de démarrer la voiture.

— Arrête ça. Je dois être professionnelle ce soir et ce n'est pas le moment de me morfondre sur mon absence de vie sentimentale.

La vérité c'est que je suis plus nerveuse que je ne le laisse paraître. Cela fait un bon moment que je ne suis pas allée à une fête, surtout à un événement aussi important que celui-ci. Kit sera là, et je dois faire bonne impression. Dois-je me comporter de manière professionnelle ou me forcer à être amicale, même si cela ne me correspond pas vraiment ? Je ne sais pas trop ce qu'Alastair attend de moi.

— Est-ce que tu vas te décider à démarrer ?

Je cligne des yeux, réalisant que je suis assise depuis une bonne minute.

— Incroyable. Alex Croft, complètement étourdie par un homme, commente Ellie en éclatant de rire.

Alors que je me mêle à la circulation, je me frotte les yeux distraitement, puis prie rapidement pour ne pas avoir abîmé mon maquillage.

— Ça n'a rien à voir avec un *homme*. Nous avons à peine échangé quelques mots. C'est juste que cette soirée est importante.

— Je ne t'ai jamais vue aussi nerveuse. Tu veux en parler ?

— Non.

Puis je ris en la voyant froncer les sourcils.

— Tu sais bien que toute cette histoire me rend nerveuse. Moi chaperonner ce… dragueur. Je suis inquiète car après cette soirée d'adieu, il n'y aura plus de retour en arrière possible et nous aurons Kit Walker comme patron.

Ellie soupire rêveusement.

— Une autre raison de se lever le matin avec le sourire. Juste pour le voir au bureau…

— Ellie !

Je gémis, et une part de moi souhaiterait pouvoir être aussi insouciante avec les hommes qu'elle.

Lorsque nous nous garons devant l'hôtel, je prends mon sac à main sur la banquette arrière et passe une minute à me fixer dans le rétroviseur. Ellie fait de même.

— En parlant de rendez-vous galant… Regarde qui arrive juste à temps. Il me semble qu'une personne au bureau t'aime bien.

Je regarde par la fenêtre et aperçois Ben qui se dirige vers nous.

— Bonsoir, Alex. Tu es superbe, dit-il en ouvrant ma portière.

— Je… Ah, merci Ben.

— Non, vraiment, je suis sincère. On dirait que tu ne me crois pas.

— Je, euh, non, je suis…

— Ben, elle sait qu'elle est éblouissante.

Il regarde Ellie en fronçant les sourcils, puis m'adresse ce petit sourire triste. C'est probablement le genre de regard qui fait tomber les filles à ses pieds. Il a un certain charme, non pas que j'y sois sensible ; c'est un ami et c'est ainsi que nos rapports doivent rester.

— D'accord, dit-il distraitement.

J'accepte le bras qu'il m'offre et le laisse nous conduire Ellie et moi à l'intérieur de l'hôtel.

La fête a déjà commencé, même s'il est encore tôt.

Alastair a toujours su organiser les meilleures soirées. La musique et la décoration sont parfaitement dans les tons : modernes, simples mais dynamiques. Quand les invités s'amusent, tout va bien. Je souhaite juste pouvoir me sentir aussi insouciante.

— Alastair sait vraiment y faire pour mettre de l'ambiance. Ses soirées vont me manquer, dit Ben en passant la salle en revue avec admiration pendant qu'Ellie part discuter avec Angela.

Un serveur chargé de coupes de champagne passe devant nous et Ben le remercie en se servant. Le serveur m'en offre une en souriant et je secoue la tête, même si un verre m'aiderait vraiment à me calmer. Mais je me suis toujours dit que je ne faisais pas partie de ceux qui ont besoin d'un verre pour se sentir en confiance.

Je pense que je regrette ce principe en ce moment. Je me tourne vers Ben.

— Où est Kit ? Est-ce que tu l'as vu ?

Il plisse le nez, la moitié de son verre déjà vidé.

— Quelle importance ? Tu le verras plus tard. Allons plutôt nous amuser.

— C'est une fête pour les membres du personnel. Ce n'est pas censé être amusant.

— Tout le monde passe un bon moment.

Il m'indique Tim, assis en compagnie d'une fille de la comptabilité avec trois verres de champagne vides sur la table à côté de lui. Je soupire.

— Je ne peux pas me laisser aller. Pas ce soir.

— Comme tu veux, dit Ben en terminant son verre. Tu viens avec moi ?

Il me désigne le bar et je secoue la tête.

— Je vais attendre ici un moment.

Il hausse les épaules et s'éloigne seul pour s'enfoncer dans les profondeurs de la fête, se servant une autre coupe de champagne au passage. Je me maudis de ne pas être amusante, mais il s'agit de travail pour moi. Je dois me tenir prête.

Je vois Ellie en train de bavarder avec les autres filles et lui souris en faisant signe que j'arrive. Mais d'abord je dois aller aux toilettes. En sortant, des voix masculines à l'accent britannique en provenance du couloir attirent mon attention.

— ... Espérons que pour une fois tu agiras de manière responsable comme ton frère. J'ai demandé à Alexandra de garder un œil sur toi et de me faire un rapport sur tes progrès.

— Je n'ai pas besoin d'être pris en charge par ton animal de compagnie préféré. Je ne suis pas complètement ignorant concernant les affaires.

— C'est vrai. Abandonner tes études pour faire le tour du monde t'a donc appris tout le nécessaire ?

— Je te parle d'instinct. Crois-moi, père, tu peux apprendre des choses dans la rue que tu n'apprendras jamais dans une classe.

— Ça sera ton unique chance, Kit. Ton frère a déjà…

— Je sais que William a réussi. Je n'ai jamais demandé à diriger cette entreprise. C'est toi qui me veux ici, reconnais-le.

— C'est vrai. Alors montre-moi que je n'ai pas eu tort.

— Tu n'as pas eu tort, mais j'apprécierais que tu me laisses jouer avec mes propres cartes sans être obligé de suivre tes traces.

Je m'éloigne lorsque les voix se rapprochent, et me précipite dans la salle de bal.

Aïe. Ça fait mal.

Je ne digère pas d'être appelée *animal de compagnie*. Je ne suis pas *l'animal* d'Alastair. J'aime simplement être agréable à mon patron. Bon sang, j'ai *besoin* de ce travail. Ce n'est pas de ma faute si Kit se voit tout servir sur un plateau d'argent et qu'il ne veut pas que je le surveille pour rendre des comptes à son père. Je me sens irritée contre lui. Ce qui me met également en colère, c'est qu'il soit jeune et beau, et que pendant un instant, le jour de notre rencontre, j'ai pu m'intéresser à lui, alors que cela ne m'était pas arrivé depuis longtemps. J'ai *ressenti* quelque chose ce jour-là, une connexion.

Comme je suis stupide.

Je secoue la tête, puis cherche Ellie du regard. Il y a soudain de grands applaudissements venant de la salle de bal. Alastair doit être sur le point de faire son discours. Essayant d'oublier ce que je viens d'entendre, je pénètre dans la salle et me fraye un chemin à travers la foule pour trouver une place à l'avant. Ce discours compte plus pour moi que je ne le laisse paraître. Le départ d'Alastair m'attriste.

Au moment où j'atteins la scène, les applaudissements s'apaisent. Alastair se tient avec un micro, l'air décontracté et calme comme à son habitude, comme si la conversation de tout à l'heure entre lui et son fils n'avait rien d'extraordinaire.

— Bonsoir à tous. Bienvenus à ma fête de départ à la retraite. Je sais que vous êtes tous ravis de me voir partir et je vois que certains fêtent cela avec tellement d'enthousiasme qu'ils ne se souviendront même plus de cette soirée demain.

Des rires et des acclamations fusent depuis le coin de la pièce. Je soupçonne Tim et Ben qui sont à moitié ivres, mais prie pour que la réputation de notre département soit préservée et que ce soit quelqu'un d'autre.

— À présent, avant que je ne sois moi-même trop éméché…

Alastair fait une pause face aux nouveaux éclats de rire.

— … j'aimerais adresser mes remerciements.

Je scrute la salle pour voir si je peux repérer Kit mais la foule est trop dense pour y voir grand-chose.

— Merci à mon ami de confiance et directeur financier Erin Gough, continue Alastair. À Ben, sur le plan technique. Nous n'arriverions à rien sans vous, Benny ! Et j'aimerais remercier tout particulièrement mon équipe de designers. Pour une application telle que Cupidon, il faut une vision, et ma plus fidèle collaboratrice m'a aidé à concrétiser mon idée.

Il finit par me repérer dans la foule et me fixe de ses yeux couleur ambre, identiques à ceux de Kit.

— Merci infiniment, Alexandra Croft, d'avoir travaillé si dur pour que mon rêve devienne réalité.

Je rougis alors que la foule applaudit. J'ai toujours su qu'Alastair m'appréciait beaucoup, mais ça fait plaisir d'entendre son éloge. Il me fait un clin d'œil en remettant son microphone sur le support, puis le reprend. Cela veut sûrement dire qu'il est sur le point de présenter son fils. La nervosité me gagne à nouveau. Mais je dois garder mon calme. Tout cela ne me ressemble pas du tout.

— Bien que je parte à la retraite, je prévois de venir faire un tour de temps en temps, histoire de voir comment se passent les choses. Il y aura bien sûr une nouvelle direction et c'est avec un grand honneur que je vous présente mon successeur ce soir. J'espère que son entrée dans la nouvelle ère de Cupidon me remplira de fierté.

Ça y est. Nous y voilà.

— S'il vous plaît, faites un accueil chaleureux à ma fierté et ma joie, mon fils, Kit Walker !

Des applaudissements retentissent autour de moi, mais mes sens sont submergés à la vue de l'homme qui monte sur scène.

4

Je n'en reviens pas, mais en voyant Kit s'approcher du micro, mes mamelons se mettent à picoter. Est-ce possible qu'il soit encore plus beau que dans mes souvenirs ? Ses cheveux sont savamment ébouriffés, sa cravate desserrée et le dernier bouton de sa chemise est ouvert.

Il commence à parler avec ce bel accent britannique et je m'efforce de ne pas me laisser happer par le timbre profond de sa voix.

S'il y a bien une chose que j'ai apprise dans mon travail de designer, c'est qu'un bon produit est semblable à un homme bien. Les deux sont rares.

Quand un produit est bon, il est presque impossible de lui trouver un design suffisamment bon pour lui rendre justice, et quand c'est le design qui est trop bon, c'est le produit qui ne tient pas ses promesses. Il en va de même pour les hommes : la personnalité et l'esthétique vont rarement de pair, et je suis certaine que Kit Walker n'échappe pas à la règle.

C'est tellement dommage quand le contenu ne correspond pas à l'emballage.

— Quand j'ai annoncé à mon père que j'étais prêt à me lancer dans les affaires, déclare Kit, il m'a demandé « comment ça les affaires ? ».

Des rires fusent.

— Car voyez-vous, Cupidon est davantage une passion qu'un travail pour mon père. Cette entreprise a été comme une famille pour lui, ce qui m'a toujours rendu jaloux.

Il plaisante avec la foule, décontracté et enjoué, comme s'il venait d'être récompensé meilleur élève. Mais je sais qu'il est arrogant et imbu de sa personne et soudain cela me déplaît. Je n'aime pas non plus la façon dont la foule l'appelle, chacun s'imaginant pouvoir devenir l'ami du nouveau patron. Grand Dieu. Cet homme n'a absolument rien fait pour gagner sa place. Il n'a même pas encore travaillé un seul jour à Cupidon et tout le monde l'aime déjà.

Ou du moins, fait semblant de l'aimer.

— Êtes-vous impressionné par vos équipes à Cupidon, Kit ? lance l'un des hommes les plus bruyants.

— Je dois avouer que je suis impatient de travailler avec d'aussi belles personnes, réplique-t-il joyeusement tandis que son attention se reporte sur Erin de la comptabilité qui lui fait de grands signes comme si sa vie en dépendait.

Celle-ci lui sourit en rougissant, et je me sens sincèrement gênée pour elle. Je n'aimerais pas être surprise en train de tomber aussi ouvertement en pâmoison devant lui. Mais aussitôt je me sens rougir en repensant au jour de notre rencontre, et à l'idée que j'affichais peut-être la même expression énamourée qu'Erin.

— Je dois admettre qu'hériter de Cupidon me rappelle d'autres premières fois. La première fois que j'ai fait du vélo, j'ai fini avec une cicatrice. Je peux faire des erreurs…

Il marque une pause et tourne son regard vers moi, comme si pendant tout ce temps il savait exactement – *exactement* – où je me trouvais parmi la foule. Puis d'une voix basse, il continue.

— En fait, je vais certainement commettre des erreurs, mais au final, je compte bien réussir. Je vais amener Cupidon vers une nouvelle ère : de meilleurs services, un design plus accrocheur, un meilleur slogan… Nous allons faire aimer à tout le monde les rencontres en ligne, même à ceux qui n'utilisent pas notre application.

Cela suscite de vifs applaudissements. Je n'arrive pas à croire que mon nouveau patron provoque toute cette effervescence. Il n'a jamais occupé d'emploi de sa vie et il dirige à présent l'une des plus grandes entreprises de Chicago. Pour moi qui travaille depuis l'âge de seize ans, c'est une pilule amère à avaler.

Je repense sans cesse à la façon dont il m'a regardée quand il a parlé de faire des erreurs, et je me demande pourquoi Alastair s'est senti obligé de lui révéler que je serais son espionne.

Embarrassée et mal à l'aise, je sens soudain une main sur mon épaule et me retourne. Ben se tient derrière moi, le regard éméché et affichant un sourire suffisant.

— On dirait qu'il a hâte de travailler avec toi, chuchote-t-il.

Son haleine empeste l'alcool. Je détourne le visage, contrariée. J'ai besoin de sortir et de rassembler mes esprits.

— J'ai besoin d'un peu d'air.

— Vous partez déjà, mademoiselle Croft ?

Je me retourne et vois que Kit a les yeux rivés sur moi. Il repousse ses cheveux de son visage et bien que le geste soit décontracté, son regard ne l'est pas du tout. La lueur de défi que j'y vois me cloue sur place.

Sur la défensive, je lui lance un regard noir alors qu'il sourit lentement et lève un sourcil.

— La fête ne fait que commencer. Restez donc et profitez.

Ses yeux glissent vers Ben, puis de nouveau vers moi et il me regarde comme si je lui appartenais. Je décide que je peux moi aussi jouer à ce petit jeu et le fixer ; toute la nuit s'il le faut. Il n'aura pas le dessus sur moi.

Le sourire de Kit ne fait que s'élargir et il se dirige d'une démarche décontractée vers la gauche. Nous sommes à présent face à face, à quelques mètres de distance. Je dois reconnaître que ce jeu de puissance est la partie la plus excitante de la soirée jusque-là.

— Je vous présente Alexandra Croft, la femme du jour, dit-il doucement. J'ai beaucoup entendu parler de vous.

À sa façon de le dire, je me sens à la fois complimentée et exposée aux yeux de tous. Je déglutis, partagée entre l'envie de le foudroyer du regard et quitter la pièce ou soutenir son regard et le remettre à sa place. Qu'est-ce qu'Alastair a bien pu lui dire à mon sujet ?

Kit s'assoit à l'avant de la scène et sourit, la respiration amplifiée par le micro.

— J'espère que vous vous amusez ce soir, Alex, dit-il, avec une lueur espiègle dans son regard ambré. J'ai hâte de travailler avec vous et… d'*apprendre les ficelles* du métier. Triples applaudissements pour Mlle Croft.

À nouveau des applaudissements fusent çà et là, mais cette fois je ressens un changement dans l'ambiance. Personne ne peut ignorer la tension entre Kit et moi. Il me sourit une dernière fois avant de se lever et de retourner au centre de la scène.

— Je pense que vous m'avez assez entendu pour ce soir. Et si on allait prendre un verre ?

Tout le monde applaudit sauf moi. Je dois être la seule à ne pas l'aimer et à voir clair dans son jeu. Ses yeux ambrés et ses sourires séducteurs ne me trompent pas. Je vois sous la surface et je n'aime pas ce qu'il y a. Soudain, j'aimerais être n'importe où sauf ici, pourvu que cet individu arrogant ne s'y trouve pas.

Je me dirige vers les toilettes et m'asperge le visage d'eau, sans me soucier de faire couler mon mascara. Kit m'a tellement énervée que je me sens capable de tout.

Je suis passée de rêver à l'embrasser, à vouloir lui rabattre son caquet. Il est doué et il sait parfaitement manier les gens. Les femmes rient de ses plaisanteries, même quand elles en sont la cible, car tout le monde sait que les femmes aiment les mauvais garçons, non ? Mais pas moi.

Après m'être remaquillée, je retourne dans la salle dans l'espoir de trouver Ellie et de rentrer à la maison. À la place, ce sont Ben, Alastair et Tim que je vois au bar. Je m'avance vers eux.

— Alastair, pouvons-nous parler un instant ?

Il hoche la tête et me guide vers une table inoccupée à proximité.

— Quelque chose ne va pas ?

— En toute honnêteté ? Non. Je suis… préoccupée par toute cette affaire. Votre fils sait-il que je suis censée vous faire des rapports sur ses… progrès ?

Je connais la réponse, mais je ne peux tout de même pas lui avouer avoir surpris leur conversation.

Alastair pose une main sur mon bras et me regarde droit dans les yeux.

— Bien sûr, Alex. C'est mon fils, il doit savoir que je compte surveiller chacun de ses mouvements. Pourquoi ? Vous n'allez pas me laisser tomber maintenant, n'est-ce pas ? demande-t-il taquin en m'adressant un léger sourire.

— Je ne suis pas quelqu'un qui baisse les bras facilement. Mais je me sens mal à l'aise d'être confrontée à mon nouveau patron de cette manière.

Le visage d'Alastair s'adoucit.

— Je comprends, Alex. Mais ne voyez pas cela ainsi. C'est l'erreur qu'il commet lui aussi. Vous jouez dans la même équipe, et c'est la raison pour laquelle j'ai demandé votre implication. Vous pouvez l'aider.

Je secoue la tête avec colère.

— Non. Je ne suis vraiment pas sûre de pouvoir l'aider, ni même qu'il ait besoin de moi.

— Ah. Vous êtes simplement en train de reculer devant un défi, déclare Alastair en s'éloignant calmement. Je m'attendais à mieux de votre part, Alex.

— Alastair, je ne pense pas en être capable. Je ne sais pas si je peux travailler avec quelqu'un qui ne prend pas le travail autant au sérieux que moi et je ne suis pas sûre…

De pouvoir m'entendre avec votre fils, quand je vois cette lueur hostile dans son regard.

Je suis passée de la fille capable de le comprendre lors de notre première rencontre, à son ennemie en l'espace d'une semaine. Je déteste cela, et je déteste me sentir physiquement attirée par lui, quel que soit le mur à présent érigé entre nous.

Alastair soupire en retirant une carte-clé de sa poche.

— Si vous avez besoin de respirer, montez dans la suite que j'ai louée et prenez le temps de réfléchir. L'endroit est à vous. Je sais que vous verrez les choses différemment dans une heure ou deux.

— Je ne pense pas. S'il vous plaît, demandez cela à quelqu'un d'autre, Alastair.

— Votre entêtement causera votre perte, Alex.

Il soupire et pour la première fois, je lui vois une expression fatiguée.

— Pensez-vous que cela me plaise de voir mon fils réagir ainsi ? Je vous demande de m'aider, comme vous le feriez pour un vieil ami. Si vous ne vous en sentez pas capable, c'est que vous n'êtes pas la personne que je pensais.

Alastair laisse la carte-clé sur la table et s'éloigne, me laissant seule parmi cette mer de gens qui s'amusent. Il me tarde de rentrer à la maison. Mais Alastair a raison. Je ne suis pas quelqu'un qui abandonne facilement. Je ne peux pas laisser un héritier anglais irresponsable ruiner ma carrière. Je prends donc la carte et me dirige vers la chambre d'Alastair pour me calmer.

5

La chambre d'Alastair s'avère être un penthouse. J'imagine qu'il n'y a rien de surprenant à ce qu'il ait loué la meilleure suite de l'hôtel, et c'est gentil à lui de me la laisser, mais je suis toujours mécontente de lui. Aucune quantité de lits à baldaquin ni de tapis luxueux ne peut m'aider à me sentir mieux face à la tâche qu'il m'a confiée. Même la vue panoramique de Chicago n'arrive pas à m'arracher un sourire ce soir.

Je me couche sur la douce couette, soudain épuisée, et ferme les yeux en essayant de repousser mon irritation.

Ce travail compte énormément pour moi et je ne veux pas que l'attitude de Kit gâche tout. J'aimerais que les choses restent comme avant, mais je n'ai pas d'autre choix que de m'adapter au changement.

Je décide de faire quelques recherches sur lui, chose que je ne fais jamais, mais après tout je ne sais absolument rien de lui. C'est un électron libre et je n'aime pas les électrons libres. Je le déteste, et je déteste encore plus le fait d'être attirée par lui. Le moins qu'on puisse dire, c'est que nous avons pris un mauvais départ.

Je me connecte aux médias sociaux, et parcours ses profils sur mon téléphone. Il est présent partout, sur toutes les plates-formes imaginables, et il n'est pas du genre à garder ses profils privés. En voyant ses dizaines de milliers de followers, je serre les dents et tente de trouver des éléments positifs.

C'est presque impossible. Plus je regarde ses publications, plus je sens la colère me gagner. Sur toutes les photos, Kit a au moins deux filles légèrement vêtues pendues à ses bras qui le regardent avec adoration, comme si elles venaient de gagner à la loterie, juste parce qu'il a décidé de leur accorder un peu de son temps.

Par contre lui n'est abonné qu'à une poignée de profils, dont quelques mannequins. Je lève les yeux au ciel et repose mon téléphone. Mes recherches n'ont fait que me donner plus de raisons de ne pas l'aimer. Je ne peux effacer le souvenir de son regard ambré posé sur moi et du défi que j'y ai vu, ainsi qu'autre chose que j'ai du mal à déchiffrer.

Je me lève et me dirige vers le mini-réfrigérateur où se trouvent des bouteilles de rosé, ainsi que des petites vodkas. J'hésite. Ce soir j'ai brisé tous mes principes – depuis l'instant où je me suis laissé dresser contre mon nouveau patron par son propre père. Je prends une bouteille de vodka et la bois d'un trait, puis redescends avant de trouver une raison supplémentaire de faire marche arrière.

La fête bat son plein. J'aperçois Ellie sur la piste de danse en compagnie de Tim et je songe à aller la voir. Ce serait un tel soulagement de lui confier mes inquiétudes sur la mission qui m'a été confiée, mais je ne veux pas gâcher sa soirée avec mes jérémiades.

À mesure que la vodka fait son effet, j'ai de plus en plus de mal à distinguer les choses. Je balaye la pièce à la recherche de Kit, mais il n'est nulle part. J'aperçois son père, puis un écriteau indiquant la sortie vers l'arrière de la salle. La porte est légèrement entrouverte et je m'y dirige, pour respirer une bouffée d'air frais.

La sortie donne sur un parking derrière l'hôtel. Je ne suis même pas surprise d'y trouver Kit en compagnie d'une femme que je ne connais pas, assise sur le capot d'une voiture. Ils discutent, têtes rapprochées. Je le regarde se pencher et je pense qu'ils vont s'embrasser, mais Kit récupère simplement son téléphone derrière elle, sur le capot. Il le range dans sa poche arrière tandis qu'elle penche la tête et tend la main pour lui caresser le bras. Elle se met alors à glousser comme s'il lui chuchotait quelque chose d'intime à l'oreille.

Venir ici était une erreur. Je suis sur le point de retourner à l'intérieur quand la fille m'aperçoit. Elle me désigne et Kit se retourne. Au moment où nos yeux se croisent, mon estomac fait un salto.

La fille glisse en bas de la voiture et se redresse à côté de lui, prenant son bras pour tenter d'attirer son attention.

Kit ne semble pas le remarquer. Il lui dit quelque chose et elle passe devant moi pour entrer à l'intérieur. Il lui a probablement promis de la rejoindre plus tard, et cette pensée me rend encore plus furieuse.

Mon cœur bat la chamade en le voyant se diriger vers moi. Je reste immobile, attendant qu'il soit à quelques centimètres, ce qui m'oblige à tendre un peu le cou pour le regarder dans les yeux.

Je fais un mètre soixante-deux et Kit fait plus d'un mètre quatre-vingts.

— Vous passez une bonne soirée, mademoiselle Croft ?

— Pas autant que vous visiblement.

Kit s'esclaffe et cherche une cigarette dans sa veste.

— Est-ce que vous fumez ?

— Absolument pas.

À ma grande surprise, il remet la cigarette dans sa poche.

— Je les garde pour les offrir aux gens. Par politesse, voyez-vous ?

Je me tortille, prise de court. Je m'attendais à retrouver cette lueur de défi dans son regard, mais je ne vois que de la curiosité.

— Vraiment ? Provoquer un cancer du poumon chez les gens, vous appelez cela de la politesse ?

Le sourire de Kit faiblit un peu. Il fronce les sourcils, visiblement perplexe.

— Vous vouliez me voir ?

— Je suis sortie prendre un peu l'air.

Mais je trouve encore plus difficile de respirer ici en sa présence, que parmi la foule. Kit glisse les mains dans ses poches avec désinvolture et s'appuie contre le mur du bâtiment. Ses yeux ambrés restent rivés sur les miens, l'expression douce mais ferme, et je prie pour qu'il n'ait pas remarqué à quel point je suis nerveuse.

Je sens que nous pensons tous les deux à la conversation que j'ai surprise. Est-ce uniquement pour cette raison que je suis nerveuse ?

— Pensez-vous vraiment pouvoir me tenir la bride, mademoiselle Croft ? finit-il par me demander.

C'est une simple question, sans aucune agressivité, comme s'il était sincèrement perplexe que j'aie pu même envisager l'idée.

— Ce n'est pas ma faute si votre père veut garder un œil sur vous.

— Je n'ai jamais occupé un véritable emploi jusque-là et cela le préoccupe, dit-il avec décontraction, comme s'il était tout à fait normal de l'admettre. Mais avec la description que mon père a faite de vous, je pensais que vous seriez…

Je croise les bras.

— Oui ?

— Différente.

— Comment cela différente ?

— Je pensais que vous seriez ennuyeuse, dit-il avec un sourire narquois et une étincelle diabolique dans le regard. Mais vous ne l'êtes pas. Les mots pour vous décrire seraient plutôt : intéressante, amusante et éblouissante.

Mes joues s'empourprent, non pas d'embarras, ou parce que je fonds pour cet idiot, mais parce que je suis en colère qu'il s'imagine pouvoir me parler ainsi.

— Nous nous connaissons à peine, dis-je brusquement.

Kit feint la surprise.

— Oh, je suis désolé. Vous aurais-je offensée avec mon compliment ?

— Je dirais plutôt que c'est un faux compliment.

Il secoue la tête.

— Je n'ai jamais eu l'intention de vous blesser.

— Vous avez beaucoup à apprendre. Vous ne devriez pas parler de cette manière à vos collègues.

— De quelle manière ?

Je finis par m'emporter.

— Comme s'ils étaient vos jouets. Ne vous imaginez pas que je ne vous vois pas venir quand vous dites que je suis éblouissante. Cela fonctionne peut-être pour cette fille avec qui vous étiez… en train de… flirter, mais pas avec moi.

— Elle s'amuse plus que vous en tout cas.

— Vous êtes exaspérant.

Kit me sourit.

— Pas aux yeux de tous. Je sais simplement comment vous agacer. Je peux lire en vous comme dans un livre ouvert.

Je prends une profonde inspiration et lisse ma robe.

— Écoutez, monsieur Walker…

— Kit, corrige-t-il.

— Kit.

En prononçant son nom, je sens une vive rougeur me remonter

le long du cou. Cela paraît si intime de le prononcer alors que nous sommes seuls.

Un sourire diabolique se dessine sur ses lèvres. Je vois qu'il pense une fois de plus à quel point je suis un livre ouvert. Je me sens rougir de plus belle.

— Écoutez, Kit. Nous n'avons pas à être amis, je dois juste être polie. Je n'aime pas devoir faire des rapports sur vous auprès de votre père, mais il me l'a demandé et, comme il a toujours été très gentil avec moi et qu'il reste mon patron, j'ai accepté. Il n'y a rien de personnel contre vous. Il m'a dit de ne pas vous considérer comme un ennemi et que nous devrions… travailler ensemble, pour que cette passation de fonction se déroule sans heurts. Est-ce clair ?

L'éclat amusé de son regard s'estompe progressivement à mesure que je parle. Il ouvre la porte pour que je puisse rentrer.

— Cristallin, mademoiselle Croft. J'ai hâte *d'apprendre les ficelles* du métier.

— Rien ne me ferait plus plaisir que de vous les enseigner, dis-je en ignorant son ton teinté de sarcasme.

En passant, je heurte accidentellement son épaule musclée et rougis, à l'image de ces filles en pâmoison de son compte Instagram. Je continue d'avancer, sans un regard en arrière même si je sens son regard me suivre.

J'exhorte mon corps à se ressaisir. Si je suis dans cet état maintenant, qu'est-ce que ça sera en travaillant avec lui ? Il me déconcerte et je n'aime pas ça. Je n'aime pas non plus sa façon de voir le travail comme un jeu, alors que pour moi c'est très sérieux.

De plus, sa personnalité calme et charismatique me met mal à l'aise. Et surtout, il me fait m'interroger sur ce que ce serait d'être le genre de fille à s'asseoir sur le capot d'une voiture et de flirter avec un homme qui lui plaît.

Je rejette le sentiment de solitude qui m'assaille soudain, et redresse les épaules. Je suis Alexandra Croft, et c'est ce que je suis.

6

Je ne suis pas peu fière et nullement surprise, le lendemain en arrivant au travail, quand tout le monde a la gueule de bois, sauf moi ; je suis fraîche comme une rose.

Après un café et un croissant, j'ai même fait un saut à la salle de sport avant de me rendre au bureau. Je regarde mes collègues se traîner comme des escargots, comme s'ils allaient s'effondrer de fatigue.

— J'ai entendu des personnes parler de la nuit dernière, dit Ellie en s'approchant de moi, avant la réunion du matin.

Je secoue la tête et me détourne pour allumer mon ordinateur.

— Quelque chose à propos de Kit et d'une femme sur le parking, ajoute-t-elle.

— Ils ne faisaient que parler, même si elle espérait manifestement plus.

Ellie se perche sur le bord de mon bureau.

— Vraiment ? Les gens pensent que c'était toi, en fait. Ils vous ont vus parler à l'extérieur.

J'en ai presque le souffle coupé. J'ai toujours méprisé la fraternisation au travail. Ça ne mène à rien de bon et je m'y refuse absolument.

Je réalise alors que tout le monde nous regarde. Mes collègues tendent l'oreille pour essayer d'écouter notre conversation. Je m'efforce de ne pas rougir. Comment ont-ils pu me confondre avec une petite rien du tout, sortie d'on ne sait où... Une groupie de Kit Walker.

— Ce n'était pas moi et je conseille à toute personne qui souhaite conserver son travail de cesser de répandre des rumeurs, dis-je à voix haute.

Je regarde alors Angela qui baisse la tête et dont le visage se décompose. Je ne plaisante pas et elle le sait. C'est la plus bavarde de l'équipe et je suppose que c'est elle qui a lancé la rumeur.

— J'ai juste..., commence Angela.

— Je me fiche de savoir si médire sur le nouveau patron est amusant ou pas. Si j'entends encore quelqu'un lui manquer de respect, il devra m'en répondre. Tu ne parlerais jamais de cette façon d'Alastair, et Kit mérite le même respect. Tous ceux qui comptent agir différemment auront une sérieuse conversation avec moi à propos de leur place dans cette entreprise. Est-ce clair ?

Tout le monde hoche la tête en silence, et l'effervescence est complètement gâchée. Mais cela m'est égal. Je ne laisserai pas les gens parler ainsi de moi. Kit aime peut-être ternir sa réputation jour après jour, mais pas moi.

Je me lève, prête à affronter quiconque penserait le contraire.

— Suis-je la seule ici à m'inquiéter du design à terminer d'ici vendredi prochain ? Il ne nous reste plus qu'une semaine et le nouveau patron passera aujourd'hui pour voir l'avancement de notre travail.

La vue de mes collègues qui répondent mollement et se traînent vers leurs postes de travail me met encore plus en colère. Je tape un grand coup sur mon bureau, ce qui les fait sursauter comme des zombies qu'on vient de réveiller.

— Bon, aucun de vous n'est en état de travailler. Il est hors de question que mon équipe se présente dans un tel état. Vous allez tous rentrer chez vous. Maintenant. Je vous verrai lundi matin pour une réunion plus que nécessaire. Reposez-vous, hydratez-vous, et apportez-moi le meilleur de vous-même.

Je me dis qu'il est peu probable que Kit vienne travailler, étant donné que tout le monde semble avoir trop bu la nuit dernière. Je doute qu'il se soit déjà réveillé avant midi de toute sa vie.

Les employés se lèvent, rassemblent leurs affaires en pilote automatique et commencent à sortir un par un en silence. Je suis sur le point de m'asseoir quand je remarque que Ben se tient près de la porte et nous écoute.

Ses yeux sont rouges, et il a une ecchymose sur le front. Il a essayé de la cacher sous ses cheveux, mais je la vois à travers sa frange blonde. Je me mets à rire tandis qu'il se laisse tomber sur une chaise.

— Que t'est-il arrivé ?

Il gémit, et appuie son front contre un clavier d'ordinateur.

— Rien.

— Allez, raconte.

Il soupire dramatiquement.

— J'ai perdu contre Tim en faisant le poirier.

— Ce n'est pas ma faute ! couine Tim qui est à peine en meilleur état. C'était ton idée.

— Eh bien, il va quand même falloir revenir en pleine forme lundi, Tim. Commotion ou pas, dis-je gaiement. Et toi, Ben ? Qu'est-ce qui t'a pris ?

— Ce n'est pas si grave..., affirme Ben d'un ton maussade tout en massant son front douloureux. Mais tu as raison. Il n'y a aucune excuse à se comporter de manière improductive, ajoute-t-il d'un ton sarcastique. Je ne peux pas rentrer vu que j'ai ma propre équipe à gérer, mais maintenant que tu as un peu de paix et de calme, j'espère que tu passeras une bonne journée.

— Toi aussi.

Je me tourne vers mon bureau tandis qu'Ellie entre et m'embrasse sur la joue.

— Merci, tu es la meilleure des patronnes.

Je gémis.

— Sors d'ici, Ellie, et s'il te plaît, ne me mets pas sur la sellette lundi.

— Promis ! dit-elle en sortant.

Ben attend toujours près de la porte. Il semble vouloir dire quelque chose, mais finit par partir sans un mot, me laissant seule avec mes pensées dans un bureau vide.

Savourant le fait d'avoir le bureau pour moi toute seule, je mets une douce musique et travaille la majeure partie de la journée dans le silence.

Je finis petit à petit par me calmer et me convaincre que les rumeurs du bureau ne sont rien de grave et que cela n'a rien de personnel vis-à-vis de moi. En fait, je suis sûre que la personne qui en est à l'origine n'avait pas l'intention d'être méchante, mais plutôt de se livrer à de petits commérages inoffensifs. Sortir avec le nouveau patron séduisant doit sûrement être considéré comme un triomphe. Mais moi, je ne supporte pas l'idée.

Peut-être parce que je sais qu'avoir une aventure avec Kit ne m'apportera rien d'autre qu'un cœur brisé et ruinera une réputation qu'il m'a fallu tant d'effort pour construire. J'accorde beaucoup d'importance à être vue comme une femme intelligente et capable de gravir les échelons grâce à ses compétences et à son mérite, plutôt qu'en couchant.

Quoi qu'il en soit, je ne veux pas que des choses inappropriées soient dites dans mon dos. Je tiens à préciser à tout le monde que je n'étais pas cette femme et que leur nouveau patron mérite autant de respect qu'Alastair.

Je me souviens de notre conversation sur le parking et je dois admettre qu'il y a quelque chose chez lui. Je n'arrive pas à le sortir de mon esprit.

Il est 15 heures et je suis toujours plongée dans mes pensées, lorsque Kit fait irruption dans le bureau. Il porte un costume gris parfaitement coupé et il est si beau que j'en cligne des yeux. Je me redresse un peu.

— Bon après-midi, mademoiselle Croft.

— Bonjour, dis-je en me concentrant sur l'écran de mon ordinateur même si je n'ai rien tapé depuis une demi-heure.

Soudain l'air semble chargé d'électricité. Kit arpente lentement la pièce, regardant autour de lui avec confusion.

— Ce n'est pas aussi animé que ce à quoi je m'attendais… Où est le reste de l'équipe ?

— Je…

J'hésite et mon ventre se noue. Je n'aurais jamais pensé un seul instant que Kit viendrait travailler aujourd'hui.

— Je les ai renvoyés chez eux pour la journée.

Il fronce les sourcils et j'ai envie de rentrer sous terre devant son air agacé. Mais mon expérience des affaires m'a appris qu'une fois une décision prise il faut s'y tenir.

— Et pourquoi les avez-vous renvoyés chez eux ? demande-t-il avec une expression ironique.

— Ils n'étaient pas en état de travailler et j'ai préféré les laisser récupérer.

— Vous ne pouvez renvoyer des employés chez eux comme ça, Alexandra.

Je déglutis. Alastair ne m'a jamais mise sur la sellette de cette manière.

— Je... Je l'ai pourtant fait.

— C'est *mon* travail.

Je serre les dents puis lève les yeux en m'efforçant de sourire.

— Votre père m'a appris à gérer mon équipe. Il ne s'est jamais mêlé...

— Hum. C'est ce que mon père vous a dit ?

— C'est ce qu'il m'a *appris*.

Le sourire arrogant de Kit me donne envie de le gifler, mais je reste immobile à l'observer.

— Eh bien, mon père n'est pas là en ce moment et c'est moi le responsable. Faites-les revenir tous.

Mes yeux s'écarquillent.

— La journée se termine dans deux heures. Je ne vais pas les faire revenir de tous les coins de la ville. De toute façon, ils sont hors d'état aujourd'hui. Ils ne sont pas à la hauteur et je ne veux pas que nous rendions un travail négligé.

— C'est à moi de décider s'ils sont hors d'état. Ramenez-les.

Je m'adosse à mon fauteuil, choquée mais obstinée.

La colère de Kit augmente et son sourire suffisant disparaît à la seconde.

— Est-ce que vous ne m'avez pas entendu, ou est-ce que vous faites semblant d'être sourde, mademoiselle Croft ?

Je secoue la tête.

— J'ai pris une décision et bien qu'elle ne vous plaise peut-être pas, je dois m'y tenir. C'est mon équipe et d'habitude...

— Votre équipe travaille pour moi. Dans *mon* bureau, dans *mon* immeuble.

— Je suis désolée si vous n'aimez pas ma façon de faire, dis-je hérissée. Voyez cela avec votre père si vous le souhaitez, mais j'ai fait ce que je pensais être le mieux. Je vous présente mes excuses pour le désagrément que vous subissez, mais ils seront de retour lundi.

Kit est furieux à présent. Je le devine à son front plissé, à ses lèvres pincées et à ses mains crispées.

Prends ça, Kit. Maintenant tu sais ce que ça fait.

— Vous marchez sur une corde raide, Alexandra.

Sa voix est grave et voluptueuse, ce qui me surprend un peu. C'est la première fois que je sens en lui le besoin de dominer. Un frisson me parcourt, mais je n'ai pas peur.

En fait, c'est le contraire.

Comment cela peut-il m'exciter ?

Je sens une sensation de chaleur se propager dans mon corps quand il pose les mains sur mon bureau. Il se penche en avant, les yeux couleur d'or, et le corps vibrant d'une énergie toute masculine.

Je croise son regard et serre les cuisses sous le bureau.

— Mon père vous a appris beaucoup de choses qui ne s'appliqueront plus à l'avenir. Ne croyez pas que vous pouvez faire pression sur moi sous prétexte que vous êtes sa préférée, dit-il d'une voix grave qui me donne la chair de poule.

Ma respiration est légèrement tremblante. Il finit par se reprendre alors que nous continuons à nous affronter du regard. Sa colère est remplacée par quelque chose de calme mais de tout aussi féroce. Je tente de l'apaiser.

— Je pense que nous avons pris un mauvais départ.

— Continuez à me pousser et vous comprendrez ce que *mauvais* veut dire.

Avant que je puisse lui répondre, Kit sort du bureau en claquant la porte. Je remarque alors la chaleur brûlante entre mes jambes, ma nuque qui picote et mes mamelons qui pointent effrontément contre ma chemise.

Qu'est-ce que cet homme a fait de moi ?

Quelques heures après, je suis toujours grandement préoccupée par mon altercation avec Kit. Pourtant, lorsque je téléphone à Alastair pour lui faire mon premier rapport, et que je m'excuse de ce qui s'est passé, il semble ravi.

— Félicitations, Alex. Vous avez mis en évidence les qualités de manager de mon fils.

Je soupire.

— Ce n'était pas mon intention. Je me sens vraiment mal à ce sujet.

— Quant à moi, je ne pourrais pas être plus heureux. Refaites-moi un rapport bientôt.

Je soupire et me masse les tempes avant d'éteindre mon ordinateur et ranger mon bureau. Je rentre seule à la maison, me prépare des pâtes, envoie des SMS à ma sœur et essaye d'oublier que cette journée a existé.

Et plus tard, alors que je me couche et mets en forme mon oreiller, je ne peux m'empêcher de me demander si j'ai provoqué mon nouveau patron de manière délibérée ; si je me suis vengée de lui pour m'avoir provoquée, et à plus d'un titre.

7

Je passe mon week-end à penser à Kit. Dieu sait pourquoi. C'est comme s'il était gravé dans mon esprit.

C'est d'autant plus irritant que je ne l'aime pas. Du moins, une part de moi ne l'aime pas – disons quatre-vingts pour cent. Mais l'autre vingt pour cent ressent tout autre chose. Cet homme me donne des papillons dans le ventre. Je ne sais pas comment décrire les sentiments qu'il m'inspire, mais je n'aime pas ce que je ne peux pas contrôler, et c'est précisément le cas avec lui.

Je ne peux m'empêcher de ressasser notre dispute ; une dispute où il avait raison. Je nous ai ridiculisés tous les deux en refusant de rappeler l'équipe. Je sais que je l'ai humilié, et je vais devoir partir du bon pied cette semaine si je ne veux pas perdre mon emploi.

Aujourd'hui, Kit viendra examiner notre travail et décider du design final. Je déteste savoir que la décision lui appartient. Je n'ai pas besoin de lui pour me dire si je suis douée dans mon travail ou pas – je sais déjà que je le suis. Néanmoins, il me faut son feu vert, donc aujourd'hui, je me comporterai au mieux. J'ai tellement besoin que tout se passe bien, que je pourrais même lui présenter mes excuses.

Je ne suis pas dans mon humeur habituelle, et le fait d'avoir dû renoncer à mon café à cause de l'interminable queue n'arrange rien. Je ne suis jamais complètement réveillée sans caféine, mais aujourd'hui, je vais devoir m'en passer.

Quand j'arrive au bureau, mon équipe est déjà au travail. Tim lève les yeux et me sourit en guise de salutation.

— Bonjour, Alexandra.

— Bonjour, Tim. C'est bon de vous voir tous déjà ici et en pleine forme. Je suis contente que vous soyez dans un meilleur état d'esprit, et ça sera le cas pour moi aussi.

— Bien dit, patron.

Je me retourne et vois Ellie entrer. Elle sourit comme si de rien n'était et se dirige vers son siège.

— Écoutez-moi tous. Le patron doit venir examiner les trois derniers modèles. Nous allons lui en mettre plein la vue, d'accord ?

Tim m'acclame, ce qui fait rire le reste de l'équipe. Je lève les yeux au ciel, mais je suis contente d'avoir retrouvé notre clown de service. La journée ne va pas être facile, mais l'excitation de mon équipe me rappelle que même dans les moments difficiles on peut toujours trouver une raison de sourire.

Nous sommes au milieu de l'après-midi et nous avons tout passé en revue à plusieurs reprises, quand j'ai enfin le courage d'appeler Kit. Assise dans mon mini-bureau, j'essaie de rassembler l'énergie nécessaire pour l'affronter. Il a déjà prévu de venir voir notre travail, mais ou il a oublié ou il nous fait délibérément faux bond. J'ai l'impression que c'est la deuxième option. Il veut probablement que je l'appelle et lui quémande un peu d'attention. C'est pathétique.

Je compose le numéro du P-DG ; numéro qui appartenait à Alastair.

— Ouais ? répond finalement Kit.

Je fronce les sourcils.

— Est-ce de cette façon que vous saluez la préférée de votre père et bientôt la vôtre ? dis-je d'un ton taquin.

— C'est de cette façon que je compte répondre chaque fois que je verrai votre nom sur l'afficheur de l'appareil, mademoiselle Croft. Comment puis-je vous aider ?

Je me raidis, choquée, et réponds rapidement :

— Vous étiez censé venir voir notre travail et prendre une décision sur le rendu final de l'application.

— Vraiment ? Ainsi donc votre équipe est de retour ? Sommes-nous certains de ne pas vouloir leur faire prendre quelques jours supplémentaires, juste pour être sûrs qu'ils sont en état de travailler ?

Je me mords l'intérieur de la joue et reste calme, consciente qu'il essaie de me rendre folle. Je ne veux pas qu'il ait le moindre sentiment de pouvoir sur moi.

— Nous sommes prêts, monsieur. Nous vous attendons pour vous montrer notre présentation.

— Ça va être *passionnant*, réplique Kit sarcastique. Je serai en bas dans deux minutes.

Il raccroche sans dire au revoir. Je sais pertinemment qu'il ne sera pas là dans deux minutes ; son petit jeu va consister à me faire attendre. Mais je souris et retourne sur la plate-forme de travail pour parler à mon équipe.

— M. Walker sera bientôt là. Soyons prêts à faire la présentation d'ici une vingtaine de minutes.

Comme je m'y attendais, Kit arrive en retard, mais lorsqu'il cherche une réaction sur mon visage, il ne reçoit qu'un sourire poli. *Prends ça*. Je sais que c'est puéril, mais je suis déterminée à l'éblouir aujourd'hui.

Peut-être que je culpabilise pour notre affrontement de vendredi ou que j'essaye juste de rentrer dans ses bonnes grâces. Je n'aime pas perdre le contrôle et il m'a déjà prise au dépourvu plusieurs fois. Mais je suis déterminée à garder mon sang-froid.

Ce serait quand même bien que mon cœur reçoive lui aussi le message. Au lieu de cela, il me donne un petit coup en voyant Kit arpenter la pièce.

Celui-ci choisit de m'ignorer, conscient que son retard ne m'a pas mise en colère.

— Commençons, d'accord ?

Ma peau picote à sa voix et je maudis son magnifique accent britannique. Même Ellie, de l'autre côté de la pièce, le regarde comme s'il était la spécialité du chef.

Tandis que je lui montre les croquis sur l'écran d'affichage, Tim pousse timidement vers lui un portfolio comportant le design que nous lui présentons.

— Nous avons réduit le nombre à trois modèles.

Ignorant l'écran mural, Kit prend le portfolio.

Je souris. Ma proposition est placée à la fin. Le meilleur pour la fin, comme on dit. Kit ouvre le dossier avec désinvolture et feuillette les pages. Il y a là des semaines de travail comportant études de marché, palettes de couleurs et modèles de polices. Mais je suppose que pour quelqu'un comme Kit, qui n'a aucune expérience de l'entreprise, ce ne sont que des jolies couleurs sur une page.

Il laisse échapper un long soupir comme si rien de tout ceci ne lui plaisait. Mon cœur se fige. Et s'il ne choisissait pas ma proposition ?

Il repose le dossier sur la table, visiblement indifférent au fait qu'il est en train de rejeter le dur travail de toute une équipe.

— Qui a conçu ça ?

Il lève les yeux et me regarde. J'y vois le défi, mais aussi de l'intelligence… Beaucoup d'intelligence.

— Ce sont les designs d'Ellie, d'Angela et de moi qui ont été choisis. Si vous regardez l'écran mural, vous remarquerez que les couleurs sont plus visibles…

Je m'acharne frénétiquement sur la télécommande, mais Kit ignore les images qui défilent. Il me regarde dans les yeux et sourit.

— Je m'attendais tout de même à mieux de la part de la « meilleure » équipe de designers de Chicago.

Je cligne des yeux.

— Excusez-moi ?

— Vous êtes excusée… pour le moment. Mais j'attends plus de vous et votre équipe, mademoiselle Croft.

— Il n'y a aucun problème avec ces dessins.

— Il y en a beaucoup, au contraire.

— Comme quoi ?

— Comme le sex-appeal ? Toutes ces couleurs sont fades. Si c'est tout ce que vous avez à me proposer, autant nous en tenir au design actuel. Au moins il est érotique.

Angela glousse, ce qui aggrave encore la situation. Je ne peux pas laisser mon équipe se pâmer devant cet homme quand ils sont censés prendre mon parti.

— Si vous lisez l'ordre de mission que votre père m'a envoyé, vous saurez que nous essayons de nous éloigner de ce type de design. Un grand nombre de nos utilisateurs sont de jeunes adultes et nous devons rendre le site plus accessible aux…

— Tout cela est très bien, mademoiselle Croft, mais c'est moi qui décide. Je vous le dis, ces dessins sont ennuyeux. Ils ne seront pas vendeurs. Il faut tout reprendre.

Kit nous tourne le dos et se dirige vers la sortie, me montrant à nouveau son côté dominant. J'en ai presque le souffle coupé. Je n'arrive pas à croire qu'il nous ait descendus aussi impitoyablement.

Je regarde son large dos, ses cheveux noirs, et chaque parcelle de moi voudrait lui insuffler un peu de bon sens... ou bien lui faire autre chose. Quelque chose qui apaiserait la tension sexuelle insensée qui vibre entre nous chaque fois que nous nous chamaillons ou que nous nous retrouvons ensemble ; chaque fois que ces superbes yeux ambrés et perspicaces fixent les miens.

Je repose la télécommande et le suis, cherchant désespérément à lui faire entendre raison.

— Vous ne vous rendez pas compte de ce que vous dites. Mon équipe a travaillé dur pour ce résultat. Vous ne pouvez rejeter comme ça tout notre travail.

Kit s'arrête et sourit. Il retourne à la table et prend le dossier, parcourant à nouveau les feuilles, puis hoche la tête à quelques reprises et je me demande si, par miracle, il a réellement changé d'avis. Il arrive à mon design et le sort pour l'examiner attentivement. Je sens mon cœur battre à tout rompre.

Puis, je le vois le remettre en place et son regard se poser sur moi. Un frisson brûlant me parcourt le dos.

— Ce n'est pas assez bon.

Ma proposition se retrouve rejetée sur la table, indésirable.

— Mon père attend de moi que je l'épate, mademoiselle Croft. Et... j'attends de vous que vous m'épatiez également. Reprenez depuis le début.

8

Cela fait trois jours que Kit a rejeté les croquis sur lesquels nous avions travaillé si durement. Je ne l'ai pas revu depuis. Le bureau a été calme et morose. Toute l'équipe est écrasée par ce rejet. Mais je ne peux m'empêcher de penser que le pire est passé. La façon dont il a soulevé mon travail pour le laisser retomber paraissait si personnelle. Si nous n'étions pas en guerre jusque-là, nous le sommes certainement à présent.

Ellie est venue chez moi ce soir pour tenter de me remonter le moral, mais je n'arrive pas à me concentrer sur le film qu'elle a choisi. Ce n'est pas du tout mon genre ; un thriller avec un héros irritant qui me rappelle constamment pourquoi je n'arrive pas à m'entendre avec la plupart des hommes. Je le regarde détruire sa ville natale à l'aide de balles et de bombes, et je me demande si tous les hommes sont comme ça. Kit l'est certainement. Il doit être du genre à laisser des ruines derrière lui. Je pourrais cracher du feu en ce moment : il y a cette chaleur horriblement intense en moi, comme si j'étais sur le point d'exploser.

Je m'enfonce profondément sur le canapé, souhaitant qu'il m'engloutisse, afin d'en finir avec cet état de fureur permanente que je ressens depuis l'arrivée de Kit.

— Allez, Alex, ce n'est pas si grave, dit Ellie.

Je soupire et plonge la main dans le bol de pop-corn placé entre nous.

— Je n'arrive pas à décolérer et à croire qu'il faut abandonner des semaines de travail pour cet idiot.

— Écoute, je sais ce qui s'est passé, mais soit tu fais quelque chose soit tu oublies.

— Que suggères-tu que je fasse ?

— Parles-en à Alastair. Aucun patron ne devrait s'autoriser à traiter ses employés de cette manière.

Je soupire à nouveau et ramène mes pieds sous moi.

— Oui, eh bien, je ne suis pas vraiment un modèle. Moi non plus, je ne suis pas toujours une bonne patronne.

— Tu l'es, je t'assure.

— Ne me mens pas, Ellie. Je fais pression sur l'équipe et personne n'aime ça. Mais maintenant que Kit me le fait subir, je comprends l'effet que ça fait.

Ellie me donne un coup de coude.

— Arrête de te plaindre. Ça ne te ressemble pas. Mais dis-moi, as-tu remarqué la façon dont Ben te regarde ? Je pense qu'il a le béguin pour toi.

— Quoi ?

Il me faut un moment pour réaliser de qui elle parle.

— Ben ? Je n'aurais jamais... Ben et moi sommes amis. De simples amis.

Je secoue la tête, trouvant l'idée ridicule.

— Je m'inquiète pour toi, dit Ellie. Tu n'es plus toi-même depuis l'arrivée de Kit.

— Ne t'inquiète pas. Je peux parfaitement gérer ça.

— Écoute, Alex, tu es la meilleure à Cupidon et n'importe où ailleurs. Kit ne sait pas de quoi il parle.

Je renifle, mais c'est tout de même agréable d'entendre quelqu'un le dire. Au moins, ça renforce un peu ma confiance en moi.

— Merci.

— Il ne croit peut-être pas en toi, mais je te jure que moi si. Je me fiche de savoir s'il est le patron. Son avis ne compte pas.

— Tu es la meilleure, Ellie. Merci pour tes encouragements.

Je lui souris et nous continuons à piocher dans le bol de pop-corn.

— Que penses-tu qu'Angela et les autres filles voient en lui ?

— En qui ?

— Kit, évidemment, dis-je. Elles passent leur temps à le draguer effrontément.

Ellie lève les yeux au ciel.

— Comme si tu ne le savais pas ! Il a ce petit quelque chose indéfinissable. Il est craquant, et bien sûr, Angela court après tous les hommes dans son genre. Elle est comme ça, c'est tout.

— Mais tout le monde ne parle que de lui, même après ce qui s'est passé. Je les ai entendus dans la salle de pause. Ils ne font que discuter des filles avec qui il sort ou de la couleur de ses costumes. Angela a semblé si fière de découvrir qu'elle buvait la même marque de café que lui.

Nous rions toutes les deux. C'est tellement stupide que ça en est comique.

— Ce n'est pas possible de s'exciter pour une chose pareille, dit-elle.

— C'est exactement ce que je me suis dit, et je ne comprends pas. Cet homme est impossible. Alors pourquoi toutes les femmes tombent en pâmoison devant lui ?

— Maintenant, qui essaye de se convaincre que le nouveau patron ne lui plaît pas ?

Je soupire.

— C'est toi qui m'as parlé des rumeurs à la soirée d'Alastair. Je ne veux pas perdre Cupidon et je suppose que c'est pour cette raison que j'ai été si déterminée à détester Kit. Une part de moi aimerait qu'Alastair soit toujours là ; le sécurisant et gentil Alastair.

— Alastair veut profiter de la vie. Il le mérite après toutes ces années à travailler. Il ne reviendra pas, Alex.

— Je sais bien. Je pense que je n'ai pas d'autre choix que d'en prendre mon parti et d'essayer de bien m'entendre avec Kit. C'est vrai que les femmes sont folles de lui, mais à partir de maintenant, si son super-pouvoir est d'être irrésistible, le mien sera d'y être complètement insensible.

9

J'ignore combien de temps cela prendra pour assainir la situation avec Kit, mais je me tiens debout devant son bureau, prête à essayer. J'ai passé une partie de la nuit à réfléchir à la situation, et je suis arrivée à la conclusion que mon amour pour ma sœur et la nécessité de lui venir en aide financièrement, ainsi que ma passion pour mon travail et cette entreprise, l'emportent sur ma haine ou l'étrange réaction chimique déclenchée par sa présence. C'est la raison pour laquelle je dois rester et faire amende honorable, même si cela signifie céder face à un homme que je ne supporte pas.

Je prends une profonde inspiration et toque à la porte de son bureau. En entendant un rire féminin, je comprends qu'il a de la compagnie.

— Est-ce que ça peut attendre ? crie Kit.

Je ravale ma colère et affiche mon plus beau sourire.

— Non, ça ne peut pas.

Le silence se fait à l'intérieur. Je serre mes mains l'une contre l'autre et pince les lèvres. J'envisage toutes sortes de choses se passant là-dedans ; avec Kit, tout prend une tournure grivoise.

Un instant plus tard, la porte s'ouvre sur un Kit qui ne sourit pas. Il appuie son bras contre la porte pour la maintenir ouverte et me fixe intensément. Je lui retourne son regard, espérant qu'il ne remarque pas à quel point je suis nerveuse.

Puis il ouvre complètement la porte et laisse le passage à une femme d'âge mûr, vêtue d'un tailleur. Je rougis en réalisant qu'ils n'étaient probablement pas en train de batifoler comme je le pensais.

— Merci encore une fois de m'avoir accordé de ton temps, Kit, et salue ton père de ma part, dit la femme.

Celui-ci sourit gentiment et hoche la tête, puis se pousse pour me laisser passer.

— Entrez, mademoiselle Croft.

Je m'exécute en humant l'odeur de son eau de Cologne, ce qui rend mes poumons avides d'une autre bouffée. Une fois assise, je lève les yeux vers lui.

— Je suis surprise de vous voir... vous adapter si bien à tout ceci.

À ma grande surprise, Kit ne s'énerve pas. Il rit et s'assied, les pieds sur le bureau. Sa bonne humeur me paraît être un début prometteur, mais ensuite, je me renfrogne en me souvenant de la raison de ma visite. Je ne suis pas venue pour faire ami-ami. Je suis ici pour le travail.

— Comment puis-je vous aider, Alex ?

Je remarque qu'il semble moins soigné que d'habitude. Sa voix donne l'impression qu'il a fumé et ses yeux sont rouges du manque de sommeil. Apparemment, occuper un emploi à temps plein ne l'empêche pas de faire la fête. J'essaye de paraître décontractée.

— Je ne veux rien en particulier, mais j'aimerais trouver un moyen de résoudre nos différends.

J'ai besoin que cet entretien se déroule en douceur. Je sais que je m'aventure sur un terrain glissant et je ne peux pas me permettre le moindre faux pas.

— Je pensais que nous pourrions peut-être déjeuner ou dîner, un jour où vous seriez libre...

Les lèvres de Kit se courbent en un sourire malicieux.

— En supposant que je sois libre.

— Et alors ? Faites de moi votre priorité, lui dis-je, effrontément. Je *suis* une des employées les plus importantes de votre entreprise. Je pense que nous aurions tout intérêt à prendre le temps de faire connaissance.

— Pourquoi ne pas faire cela ici ? demande-t-il, amusé par ma réplique.

Son regard se fait plus doux, comme s'il envisage l'idée que nous puissions être amis plutôt qu'ennemis.

Je hausse les épaules, désireuse de le voir à l'extérieur du bureau afin de sortir un peu de nos rôles officiels. Nous avons peut-être pris un mauvais départ, mais je suis persuadée que passer un moment détendu pour discuter comme des personnes normales, et pas seulement comme un patron et son employée, pourrait grandement nous aider.

— J'aimerais simplement que nous puissions nous voir quelque part en dehors du travail, afin de nous sentir tous les deux moins stressés et plus ouverts. Mais ne vous méprenez pas, mes intentions sont purement professionnelles. Nous allons être amenés à travailler en étroite collaboration et, comme vous avez rejeté mes idées pour le projet, j'aimerais connaître vos suggestions.

— En parlant de ça...

Je l'interromps, les yeux posés sur le bureau plutôt que sur son visage.

— Non, tout va bien. Je voudrais juste que l'on discute dans un cadre moins formel, peut-être en dehors des heures de bureau. Je pense que cela soulagerait en partie... cette tension.

Kit sourit lentement, et ses yeux brillent d'une lueur d'intelligence.

— Est-ce vraiment ce que vous voulez ?

— Je suis certaine qu'il n'y a aucun sous-entendu dans votre question. Mais oui. C'est ce que je veux.

— D'accord. Va pour un dîner.

Je cale aussitôt mon agenda sur mes genoux.

— Où voudriez-vous que l'on se retrouve ? Êtes-vous libre ce soir ?

Kit s'esclaffe.

— Pour cela, mademoiselle Croft, il aurait fallu demander plus tôt. Certains ont des projets le vendredi soir, vous savez.

Mon cœur se serre légèrement.

— Oh... Eh bien, dites-moi quelle date vous conviendrait.

Kit sourit et retire ses pieds du bureau avant de se lever, les mains dans ses poches, les vêtements toujours aussi froissés, mais adorable en plus d'être beau à couper le souffle.

— Je pense être libre lundi soir.

— Aucun rendez-vous galant prévu en début de semaine ? Comme c'est inhabituel, dis-je pour le taquiner.

Je sais que je pousse le bouchon, mais il faut bien que je me venge.

Heureusement, il ne semble pas déconcerté par ma remarque et sourit tout en s'appuyant contre son bureau.

— Le lundi est un jour de la semaine. C'est le vendredi qui est réservé à faire la fête. À vrai dire, je reçois ce soir.

— Comme c'est charmant, dis-je, tout en notant le dîner de lundi.

— Vous devriez venir.

— Non merci, dis-je un peu trop vite.

Ce n'est pas que je n'aime pas les fêtes, au contraire. Mais je ne sais pas si j'ai envie de participer à l'une des siennes... chez lui – qui est à la fois si beau, séduisant et décontracté après une semaine de travail. Les années passées avec Alastair m'ont appris que les Anglais aiment faire la fête, mais je ne suis pas là pour ça : ma priorité numéro un c'est le travail.

— Allez, venez... La moitié de votre département sera là.

Je lève soudain les yeux.

— Ils étaient déjà invités ?

Kit sourit.

— Je pensais que ça ne serait pas votre truc.

Je ferme mon agenda avec un bruit sec, et me lève. Ce n'est pas vraiment que je sois fâchée, mais je suis déçue que personne de mon équipe ne m'en ait parlé. J'ai l'air d'une idiote maintenant. Je lève le menton et lui adresse un sourire plat.

— Vous avez vu juste. Non merci.

— Attendez ! dit Kit alors que je lui tourne le dos.

Est-ce le désespoir que je perçois dans sa voix ?

— J'aurais dû vous inviter plus tôt. J'aimerais que vous veniez.

— Vraiment ? Parce que nous sommes de si bons collègues ?

Je ne peux m'empêcher de penser que s'il ne m'a pas invitée c'est parce qu'il se prépare à me licencier.

— Parce que nous devrions faire des efforts pour mieux nous entendre. J'ai accepté votre dîner, alors faites-moi plaisir en venant ce soir. Je suis certain que vos collègues aimeraient vous voir venir.

Je doute qu'ils s'en soucient, mais il n'a pas tort. Il a accepté ce dîner à mes conditions ; j'ai gagné cette bataille. Je n'ai donc pas vraiment le choix. C'est mon nouveau patron après tout, et je veux vraiment que nous nous entendions bien.

Je fais la moue et prétends être indécise, ne serait-ce que pour le voir inquiet. Je parie que ce n'est pas souvent qu'une femme lui dit non.

Pourquoi est-ce que l'idée d'être la première à le faire me procure un tel plaisir ? Malheureusement, je ne peux pas prolonger ce plaisir mesquin plus longtemps.

Je finis donc par hocher la tête et déclare d'un ton que je veux léger :

— D'accord. Je verrai si je peux caser cela dans mon emploi du temps chargé.

La bouche de Kit se fend d'un sourire espiègle.

— Ah, oui, vous avez un emploi du temps tellement *chargé* ce soir.

Je rougis, mais essaye de garder mon calme.

— Mon engagement envers Netflix est très important pour moi.

— Visiblement.

Ses yeux sont rieurs et taquins, mais je n'ai pas le sentiment qu'il se moque de moi. On dirait plutôt qu'il plaisante.

Soudain nos rapports semblent plus détendus. Peut-être parce que nous sommes seuls, ici, dans son bureau, dans un endroit où il se sent en contrôle. Mais après cet entretien, j'ai l'intention de reprendre les choses en main.

Je me retourne pour partir, mais Kit me prend le bras.

— Alex. Pouvez-vous attendre un moment ?

Il est plus près que nous ne l'avons jamais été. Mon souffle se coupe de surprise, mais je me ressaisis et lève le menton en gardant une expression neutre. Kit ne sourit plus. Son visage fatigué prend une expression plus intense, et je discerne presque de la tristesse dans son regard. Même ainsi il me donne envie de le dévorer, et je me déteste d'avoir ce genre de sentiments.

— Je voulais juste vous dire… Je suis désolé pour la façon dont je vous ai traitée l'autre jour. Je sais que je vous ai blessée… et je m'en excuse.

Je bats des cils, surprise. Je ne m'attendais pas à cela.

— Est-ce votre père qui vous a demandé de dire ça ?

— Non, je ne lui ai rien dit. C'est uniquement moi.

Il se passe une main dans les cheveux, et ce n'est qu'à ce moment que je remarque qu'il tient toujours mon bras avec son autre main. Il cherche dans sa poche et quand il en retire un papier, je comprends immédiatement de quoi il s'agit.

C'est une photocopie fraîchement imprimée – bien que légèrement froissée – de ma proposition de design pour la page principale du site. Je me libère pour étudier la feuille ; elle est couverte de notes, vraisemblablement celles de Kit, et je vois en un coup d'œil qu'elles sont réfléchies et constructives.

— À ce soir, mademoiselle Croft, dit-il doucement en m'ouvrant la porte.

Je pars encore plus partagée qu'à mon arrivée, et remplie de questions : qui est le vrai Kit ? Celui qui détruit en un instant le travail des autres ? Ou l'homme que je viens de rencontrer dans son bureau ?

10

— Rappelle-moi à nouveau pourquoi tu m'obliges à faire du shopping avec toi ?

— Parce que tu es une super amie et que je te l'ai demandé. OK, je t'ai *suppliée*. Et je ne supplie jamais.

Ellie et moi faisons les magasins depuis plus d'une heure. Même si j'adore être bien habillée, je déteste le shopping.

Je déteste passer des heures à chercher, vérifier les prix, me tortiller dans tous les sens par manque de place dans les cabines d'essayage exiguës, et affronter les queues interminables en caisse.

Habituellement, je fais mes achats en ligne, ce qui me permet d'essayer les vêtements dans le confort de ma maison et d'éviter les pires aspects du shopping.

Mais aujourd'hui, j'ai été obligée de sortir. La soirée chez Kit est pour ce soir et je dois me trouver quelque chose de renversant à porter.

Ce n'est pas juste une soirée chez mon patron ; c'est l'occasion de montrer ma valeur.

Quel est le meilleur moyen de s'infiltrer dans le cerveau d'un séducteur ? Une jolie robe qui dévoile juste ce qu'il faut.

Bon d'accord. Peut-être que si je veux être époustouflante, c'est aussi à cause du petit frisson que j'ai ressenti en quittant son bureau tout à l'heure, mais je n'ai pas l'intention d'aller plus loin. Mon ego exige simplement que je lui fasse ressentir la même chose.

Je choisis une robe argentée et la tiens contre moi.

— Que penses-tu de celle-ci ?

— Hum… Laisse-moi voir…

Ellie fait semblant de réfléchir en se tapotant le coin de la bouche.

— Je pense que tu seras torride là-dedans. Comme avec toutes les autres robes que tu as choisies.

Je jette la robe sur mon bras tendu, par-dessus mes autres choix.

— Il faut que je sois renversante.

— Pour une fête entre collègues ?

— Celle-ci est différente.

— Pourquoi ? Parce que ton patron n'est plus un vieil homme ? Essayerais-tu de l'impressionner ?

— Tout à fait. Il n'est pas comme son père. Lui avait un peu plus de classe.

— Alors tu vas aller à l'encontre de tout ce en quoi tu crois ? Tu vas boire et porter une robe courte, juste pour impressionner un homme que tu n'apprécies même pas ? Pour quoi faire ? Tu veux une augmentation ? Admets-le, tu aimerais qu'il se fasse jeter d'ici… Ou bien qu'il te jette sur son bureau…

— Ne sois pas ridicule ! dis-je sèchement.

J'essaie de ne pas être perturbée par ses propos. Elle ne comprend pas. Je ne cherche pas à attirer l'attention de Kit pour le séduire. Je veux simplement lui prouver que je peux faire partie de son monde… Et ensuite, je l'intégrerai au mien ; à mon monde de travail, bien sûr. Il n'est question que de travail.

Je récupère encore quelques robes.

— Écoute, j'ai réussi à impressionner Alastair autrement. Je ne cours pas après Kit. J'essaie juste de faire appel à sa personnalité spécifique.

— Qui est ? me taquine Ellie.

— Celle d'un coureur de jupons benêt ?

Nous nous retournons toutes les deux et voyons Ben derrière nous, un sourire aux lèvres.

— Ben ? Que fais-tu ici ?

Il nous salue d'un signe de tête, les yeux rivés sur moi.

— Alors… Tu craques pour lui, comme toutes les filles du bureau ? Je pensais que tu étais différente, Alex.

Il sourit comme s'il me taquinait, mais ses mots me déroutent.

— Dis donc, je pensais que tu aimais bien Kit ? lui demande Ellie.

— Qu'est-ce qui t'a donné cette impression ? dit-il en nous emboîtant le pas.

— Tu le suivais partout comme un petit toutou à la dernière fête.

— C'est peut-être ma façon d'impressionner le patron. Tout le monde n'a pas besoin de porter des robes moulantes pour ça.

Je le toise de haut en bas, me demandant ce qui lui prend de se comporter ainsi.

— C'est certain. Je ne pense pas que Kit serait impressionné de te voir en robe ?

Ben bafouille quelque chose pour se défendre mais je me mets à rire.

— Je plaisante, Ben. Détends-toi.

Je lui souris et il semble se calmer. Je me tourne alors vers le vendeur, et lui montre le nombre d'articles que je compte essayer. Il sourit en hochant la tête.

— Si vous le souhaitez, nous disposons d'un espace devant les cabines où votre petit ami et votre amie peuvent s'asseoir ?

Je me retourne vers Ben, comprenant que le vendeur parle de lui.

— Oh ! nous ne sommes pas...

Ben rougit. Je pose mes vêtements sur une chaise dans la cabine, et referme le rideau.

— Écoute, dit Ben, la voix légèrement étouffée par le rideau, je veux juste savoir si tu es sous son charme comme tout le monde.

— Pourquoi penses-tu cela ? demande Ellie.

— Parce qu'elle s'efforce de l'impressionner pour une soirée sans importance. Il ne l'a même pas invitée. L'idée lui est venue après coup.

Ses paroles me font mal. Pourquoi est-ce qu'il se comporte comme un mufle ? Et comment sait-il que je n'ai pas été invitée dès le départ ? Je laisse ma robe glisser au sol en essayant de ne pas mordre à l'hameçon.

— Cet homme est mon patron, et à moins de quitter mon emploi et de trouver un autre travail, je dois essayer de faire preuve de politesse envers lui. Tu le comprends n'est-ce pas ? Je ne suis pas ta chef, mais tu as aussi une équipe qui essaye de se faire bien voir de toi, non ?

— C'est différent.

— En quoi est-ce différent ?

— Eh bien, nous sommes amis. Nous nous entendons tous bien à Cupidon.

— Et si ce soir se passe bien, Kit et moi serons également amis, dis-je en enfilant une des robes. Ou quelque chose qui ressemble à de l'amitié.

— Je ne te comprends pas du tout, grommelle Ben.

— Il n'y a rien à comprendre. Je fais juste mon travail.

— Quelque chose a changé. De quoi s'agit-il ?

Je ne veux pas lui parler de mon entretien d'aujourd'hui avec Kit. Je retire la première robe, pas convaincue par l'effet, et prends la suivante. Comment formuler cela ? Comment lui dire que j'ai senti un changement chez Kit ? Pas un énorme changement, mais assez pour que je ne le déteste plus. Et d'ailleurs, pourquoi est-ce qu'il m'interroge ?

— Alex ? Est-ce que tu m'ignores ?

— Est-ce que tu pourrais laisser tomber le sujet ? intervient Ellie.

Je décide de répondre à Ben, au nom de notre amitié.

— Je ne m'intéresse pas du tout à lui. Il est juste mon patron et je dois faire appel à ses bons sentiments, s'il en a. Qu'est-ce qui est si difficile à comprendre ?

— D'accord, d'accord. Pas besoin d'être susceptibles toutes les deux.

Je lève les yeux au ciel, exaspérée. C'est Ben qui a interrompu notre expédition shopping et a commencé cet interrogatoire. J'enfile une autre robe, m'attendant à ce qu'elle soit trop criarde. Mais quand je me vois dans le miroir, je suis presque sûre que c'est la bonne.

C'est la robe argentée, aussi brillante que mes cheveux roux. Elle est courte, mais pas trop ; parfaite pour être portée avec des talons.

Je pivote sur moi-même et la robe scintille dans le miroir. Elle plonge un peu à l'avant, dévoilant juste ce qu'il faut pour attirer l'œil, mais pas assez pour que les hommes passent la soirée à lorgner mes seins. Je décide de demander l'avis d'Ellie et de Ben. J'ouvre le rideau et sors la tête.

— Qu'est-ce que vous en pensez ?

Ellie halète et acquiesce immédiatement. Ben lève les yeux de son téléphone et sa mâchoire s'en décroche. Je ris de son expression.

— Je la prends alors. Mission shopping terminée. Merci de votre aide à tous les deux.

Quand je sors de la cabine, Ben s'est ressaisi.

— Finalement...

Je l'interromps.

— On se voit à la soirée ?

— À plus tard, dit-il avec un signe de tête.

Après avoir réglé la robe en y ajoutant une pochette assortie, Ellie et moi nous dirigeons vers le parking.

— Il craque vraiment pour toi.

— Tu es déterminée à me trouver quelqu'un, n'est-ce pas ? J'aime bien Ben. Nous sommes bons amis. Mais il n'y aura jamais rien de plus entre nous.

Sur le chemin de la maison, je me souviens de la façon dont Ben m'a regardée dans cette petite robe argentée, et je souris.

Je ne peux m'empêcher d'espérer que la robe fasse le même effet sur Kit.

11

Debout devant mon miroir plein pied, je m'imagine tout ce qui pourrait mal tourner ce soir : la robe, la fête et la soirée dans son ensemble. Je n'ai plus du tout envie d'y aller.

La robe que j'avais trouvée sexy et unique me paraît à présent de mauvais goût. Que va penser Kit si je ressemble à une roulure étincelante ?

Je m'examine de près. Est-ce qu'une femme d'affaires porterait cela à une fête ? Suis-je ridiculement trop habillée – ou au contraire ? Je me suis tellement observée que je ne suis plus capable de le dire.

Mon esprit revient sans cesse à Kit. Pourquoi est-ce que je me soucie de ce qu'il pense ? Un million de signaux d'avertissement clignotent dans ma tête. Je me préoccupe trop de cet homme. Il est mon patron et rien d'autre. Alors, pourquoi est-ce soudain si important pour moi de lui plaire ?

Je repousse mes cheveux en arrière et cherche dans mon reflet l'expression de confiance que j'y vois habituellement. Pendant un instant, j'ai l'impression de regarder une étrangère ; une étrangère terrifiée.

Respire, Alex.

Mais il est hors de question de faire marche arrière, alors je prends mes clés et sors. Je roule jusqu'à la demeure de Kit sur la Gold Coast, de plus en plus nerveuse.

Mon estomac se contracte en voyant sa maison au loin. Je sais déjà qu'aussitôt arrivée j'irai me prendre un verre, et cela en dépit de toutes mes règles.

Il m'en faudra même peut-être plusieurs pour venir à bout de cette soirée.

Je me gare dans une énorme allée circulaire, au milieu d'un million d'autres voitures.

On dirait que je suis en retard, et pourtant je suis pile à l'heure. Je réalise soudain à quel point Kit est devenu populaire à Cupidon. Est-ce pour cela qu'il est si important pour moi d'entrer dans ses bonnes grâces ? Je ne sais pas.

J'éteins le moteur et m'adosse au siège en faisant des exercices de respiration, lorsque je vois Ben sortir de sa voiture, un peu plus loin. Il me remarque et s'approche, l'air détendu. Je descends de ma voiture.

— Bonsoir.

— Tu portes la robe.

Je ris.

— Évidemment. Je l'ai achetée pour l'occasion. On y va ?

Je m'efforce de me calmer en entrant à l'intérieur. Dans l'immense hall d'entrée, je vois beaucoup de visages familiers, mais aucune trace de Kit ni d'Ellie. Elle voulait prendre sa propre voiture, et maintenant je me demande si j'aurais dû insister pour que nous venions ensemble.

Un serveur portant un plateau chargé de flûtes de champagne passe devant moi. Je prends un verre et en avale le contenu aussi vite que possible. Je surprends alors Tim et Angela qui me regardent de l'autre côté de la salle et chuchotent. *Qu'ils parlent*, me dis-je. *J'ai des problèmes plus graves*. Pour être honnête, le champagne commence à me monter droit à la tête.

Je me fraye un chemin dans la grande demeure, prenant quelques flûtes au passage afin de me donner du courage pour la soirée à venir.

Au moment où je sors par la porte qui mène à la piscine extérieure, j'ai déjà vidé mon troisième verre de champagne, ce qui est un record pour moi.

De ce côté, il y a de la batterie et de la basse. Plusieurs salariés de Cupidon sont en maillot, dans la piscine éclairée en rose par des lumières sous l'eau. Kit ne m'avait pas dit que c'était une *pool party*.

J'ai un peu la tête qui tourne à présent. Je cherche Kit et le vois prélassé sur une chaise longue, un cocktail à la main et encadré par deux femmes fraîchement sorties de la piscine. Elles rient de ses blagues, et sont si pitoyablement suspendues à ses lèvres, que j'en renifle de dédain.

Quelque chose d'épais et de visqueux se met à couler dans mes veines : la jalousie.

Je déteste ce sentiment, et je déteste n'avoir jamais été jalouse au sujet d'un homme jusqu'à présent.

« Très bien. Visiblement il sait être drôle », me dis-je en me dirigeant vers lui d'un pas mal assuré.

Quelques têtes se tournent à mon passage, mais je ne sais pas si c'est pour ma tenue ou de voir que je ne suis pas dans mon état habituel.

J'espère que c'est la première possibilité, mais je parie plutôt sur la seconde.

Kit me voit approcher et sourit lentement en se mordant la lèvre. Les femmes lui tournent toujours autour, mais il ne les écoute plus. Je garde la tête haute, sans sourire.

Au moins la robe fait son petit effet.

J'ai enfin toute son attention. Il agite une main dédaigneuse vers les deux femmes et se lève alors que je m'arrête à côté de sa chaise longue.

— Si vous voulez bien nous excuser, mademoiselle Croft et moi devons discuter affaires, dit-il, sans même les regarder.

Elles se lèvent à contrecœur, mais je suis trop occupée à soutenir son regard pour me soucier d'elles.

Il m'étudie de la tête aux pieds, le regard affamé. J'ai la tête qui tourne, et ma robe argentée me paraît soudain une taille en dessous par rapport au moment où je l'ai achetée.

Kit me salue par une poignée de main.

— Bonsoir, mademoiselle Croft. Vous êtes magnifique.

Mon estomac fait une embardée.

Il ne m'avait encore jamais dit ça, mais ce qui me remue le plus, c'est la sincérité dans son regard.

— Comment allez-vous ?

— J'avoue avoir connu mieux, dis-je incapable de faire taire entièrement ma jalousie.

J'émets soudain un hoquet et me couvre la bouche, surprise. Kit sourit.

— Vous avez visiblement pris quelques verres de champagne ?

— Un ou deux... Je vais même en prendre un autre.

— En êtes-vous certaine ? Vous n'êtes pas ce qu'on appellerait une fêtarde.

— Ce soir, je suis tout ce que je veux.

Est-ce mon imagination ou ai-je du mal à articuler ? Kit penche la tête vers moi.

— Vraiment ? Vous m'avez déjà l'air un peu... pompette.

— Je suis une adulte, Kit. Si je veux boire un verre, je suis libre de le faire.

Je n'ai pourtant pas l'impression d'agir en adulte en ce moment. Je ressemble plutôt à un bambin qui n'arrive pas à obtenir ce qu'il veut.

Je secoue la tête et tends la main vers le seau à glace pour me verser un verre de champagne. Kit me regarde en souriant, et je ne peux m'empêcher de penser que ce nouveau moi pourrait bien l'avoir impressionné. Je lève innocemment mon verre vers lui.

— À la vôtre.

Il lève un sourcil et affiche un sourire canaille. Ben apparaît à ce moment et salue Kit avant de se tourner vers moi.

— Bonsoir, étrangère.

Il sourit et me tire vers lui, visiblement ivre. Les filles de tout à l'heure en profitent aussitôt pour entourer à nouveau Kit. Je regarde Ben en fronçant les sourcils, mécontente qu'il interrompe mon tête-à-tête avec Kit parce que...

Je n'en ai aucune idée. Peut-être parce que je venais à peine de le détourner de ces filles !

— Tu passes un bon moment, Alex ? me demande Ben.

Son haleine empeste le rhum... et la menthe. C'est presque comme s'il s'était préparé pour ce moment. Tout à coup, mon cœur s'effondre car je sais ce qu'il se passe.

— J'ai besoin de... Kit. J'ai besoin de lui parler.

J'essaie de me détourner, étourdie par le champagne. Ben se tourne vers moi avec un sourire timide.

— Il peut attendre, non ?

C'est le genre de sourire à faire craquer certaines femmes, mais qui me confirme que les choses sont sur le point de s'écrouler. Les lèvres de Ben s'avancent, et quand je détourne la tête, sa bouche heurte ma joue. Je halète, à la fois surprise et gênée. Ben se recule, le visage empourpré.

Comment cela a pu arriver ?

Je cherche mes mots mais Ben garde le silence. Ses lèvres ne forment plus qu'une ligne impitoyable.

— C'est bien ce que je pensais... Une fichue plaisanterie, murmure-t-il finalement.

Sur ce, il disparaît à l'intérieur avant que je puisse l'interroger sur son comportement scandaleux. Je touche mes lèvres, me demandant ce qui se serait passé si je n'avais pas tourné la tête à temps. Mais qu'est-ce qui a bien pu lui traverser l'esprit ? Lui aurais-je donné l'impression de souhaiter une chose pareille ? Non, nous travaillons simplement ensemble, et plus important : je suis son amie.

Mais le pire dans tout ça, c'est que *Kit nous regarde*.

Mon cœur se serre en prenant conscience du silence qui m'entoure. Je lève la tête et croise son regard ambré. Il affiche une expression que je ne lui avais encore jamais vue jusque-là. Les femmes lui parlent, mais c'est comme si personne d'autre que moi n'existait.

Il fait un pas en avant, l'expression emplit de passion, tendue et possessive.

— Tout va bien Alex ?

Sa voix est d'un calme mortel, son souffle sent l'alcool et le café. Je respire son eau de toilette et le désir monte en moi.

— Je vais on ne peut mieux.

Je tends la main pour lui prendre son verre et le vide d'un trait.

— Je ne me suis jamais sentie aussi bien, patron, dis-je en lui souriant.

Il m'observe avec un intérêt manifeste, avant de lancer un rapide regard à la silhouette de Ben qui s'éloigne. Mon cœur se met à battre plus vite.

— Ne faites pas ça, dis-je dans un murmure.

Son regard revient vers moi.

— Faire quoi ?

— Me regarder avec cette expression possessive et séductrice.

J'ai déjà assez de mal à garder les idées claires auprès de vous, alors ne compliquez pas les choses.

La surprise que je lis sur son visage n'a pas de prix. Ses yeux prennent une lueur diabolique

— Vraiment ?

— Tout à fait !

Je vacille légèrement en lâchant un « oups », et lui saisis le bras pour me stabiliser.

— Waouh, vous êtes en forme, dis-je en souriant, consciente de la fermeté de ses muscles.

Il me prend le coude pour m'aider à recouvrer mon équilibre, et me demande, le regard malicieux :

— Pourquoi ne pas vous asseoir, mademoiselle Croft ?

Je hoche la tête et me laisse conduire vers la chaise longue. Plus rien ne compte à part la façon dont il me regarde en ce moment.

Mon regard tombe sur la montre de Kit. Il est minuit.

Pourquoi suis-je en train de tenir le poignet de mon patron ? Les dernières heures passées me paraissent floues et il me faut un moment pour comprendre que je suis en train de parler. Mon cerveau a visiblement quelques secondes de retard sur ma langue.

— Je travaille dur, vous savez, dis-je en levant un regard trouble vers Kit.

— C'est évident.

— Et voilà que vous débarquez et me piétinez.

Je balbutie, incapable de maîtriser le flot de paroles qui se déverse de ma bouche. Comment est-ce que cette conversation a commencé ?

— Est-il possible que vous preniez cela trop à cœur, mademoiselle Croft ?

— Oh ! mais je vous assure que c'est bien une affaire de cœur.

Réalisant soudain ce que je viens de dire, je secoue la tête avec frustration.

— Ce n'est pas ce que je voulais dire, bon sang.

— Je suis sûr que tout le monde a compris ce que vous vouliez dire.

Tout le monde ? Je lève les yeux et vois qu'une petite foule s'est rassemblée pour m'entendre parler. La main pressée contre mon front, je comprends que les choses ne se passent pas comme prévu.

— Venez par ici, Alex, allons parler de cela en privé.

Kit ne semble pas fâché. Il se lève en me tenant par le coude et me guide vers une alcôve ombragée derrière la *pool house*.

— Vous devez absolument m'écouter pour une fois. C'est une première pour vous n'est-ce pas ? Vous n'avez pas l'habitude d'être défié. Eh bien, je suis là, Kit, et je vais vous montrer ce que c'est que de mettre quelqu'un au défi.

Je m'attends à présent à ce qu'il éclate de colère, mais Kit semble plus amusé qu'autre chose. Ma main est toujours agrippée à son poignet, tandis que son autre main à lui tient mon coude pour m'aider à garder mon équilibre.

— Y a-t-il quelqu'un pour vous raccompagner ?

— Me raccompagner ?

Mon cœur se serre à l'idée qu'il veuille me renvoyer chez moi, alors que je me sens si bien près de lui. Je ne m'étais jamais sentie aussi heureuse.

— Je ne partirai pas tant que nous n'aurons pas résolu ce problème, monsieur Walker, dis-je comme si je m'adressais à un enfant.

— Je pense que je vois votre amie… Ellie, c'est bien ça ?

Comme à travers un brouillard, je vois Ellie s'approcher.

— Bonsoir. Alex, *Alex* ?

Elle me regarde bouche bée.

— Euh… Est-ce qu'il y a un problème ? demande-t-elle à Kit.

— Votre amie est légèrement… pompette. Pouvez-vous la raccompagner chez elle ?

Je regarde Kit et remarque son expression fermée, comme s'il se retenait de révéler un secret. L'idée qu'il veuille se débarrasser de moi me hérisse.

— Je ne rentrerai pas. Je suis venue avec ma propre voiture et je ne partirai pas sans elle.

Comment peut-il être si beau et si dur à la fois ? Je pensais pourtant que nous passions un bon moment !

— On pourra venir chercher ta voiture demain. Allez, viens, Alex, me dit Ellie en tendant la main.

Je secoue la tête en serrant le poignet de Kit encore plus fort.

— Pas encore, Ellie ! J'ai une *passionnante* conversation avec notre nouveau patron, et il m'*écoute* enfin, dis-je d'un ton enjoué. Il me reste encore à lui expliquer qu'on ne doit jamais piétiner ainsi le dur labeur de ses employés...

Mon amie enfouit son visage dans ses mains et se met à rire.

— Alex ! Mon Dieu, je suis désolée, Kit. Elle ne boit jamais, alors quand ça arrive...

— Ce n'est rien, dit mon patron de son bel accent britannique.

— Mon Dieu, même votre accent est sexy.

Les yeux d'Ellie s'écarquillent.

— Alexandra !

Je cligne des yeux et entends le rire rauque et incrédule de Kit retentir. Il se penche plus près de mon oreille.

— D'abord vous me haïssez et la seconde d'après vous aimez ma voix. Il va vraiment falloir vous décider, mademoiselle Croft, ne croyez-vous pas ?

Il me regarde, les yeux pétillants de malice. Je me tourne vers mon amie, implorante.

— Ellie, accorde-moi une petite demi-heure.

Je ne veux pas partir ; je veux l'embrasser et qu'il continue à me taquiner et à me regarder de cette manière. Soudain, je le désire comme je n'ai jamais rien désiré de ma vie.

Ellie semble inquiète.

— Je vais la raccompagner chez elle, lui dit Kit.

Un silence gênant s'installe. Kit me regarde avec une expression protectrice et j'ai soudain l'esprit plus clair. Une part de moi sait que cet instant marque un tournant dans notre relation : mon patron vient de proposer de me raccompagner chez moi.

Cela me paraît être un début ; un bon début.

— Merci Kit, j'aime bien votre compagnie. C'est très rafraîchissant et revigorant de discuter avec vous.

J'ajoute sur un ton de confidence :

— Ben a essayé de m'embrasser.

Kit plisse le regard.

— Je sais.

— Je vous le dis pour que vous sachiez que si vous essayez... à vous je ne tendrai pas la joue.

— *Alex*, s'exclame Ellie paniquée à présent.

Elle s'avance et chuchote quelque chose à l'oreille de Kit. Il acquiesce et passe mon coude à Ellie. Soudain ma vision se brouille. J'essaie de revenir vers Kit mais tout se met à tourner autour de moi.

Je trébuche et me sens tomber, mais je ne touche pas le sol. Des bras puissants me saisissent et le monde s'obscurcit autour de moi.

12

Je me réveille avec une forte migraine et aucune idée de l'endroit où je me trouve.

Je m'assois malgré ma tête qui tourne et regarde autour de moi ; je suis dans une immense chambre qui n'est certainement pas la mienne. La décoration sobre et masculine me fait rapidement comprendre que je dois être chez Kit. Je gémis en retombant sur l'oreiller. Cette matinée est un rappel brutal de la raison pour laquelle je ne bois jamais.

Allongée dans le noir, j'essaie de mettre de l'ordre dans mes pensées, inquiète de tout ce dont je ne me souviens plus. Des fragments de la nuit passée me reviennent ; des souvenirs épars semblables à des lames, qui transpercent ma migraine. Je me souviens de Ben essayant de m'embrasser, d'avoir rejoint Kit vêtue de ma robe scintillante, et quand je baisse les yeux, je vois que je la porte toujours.

Pire encore, je me souviens d'avoir crié sur Kit. Moi, une bosseuse responsable, j'ai crié sur mon patron, en parlant de « défi ». J'imagine toutes les personnes qui m'ont vue me ridiculiser.

Mon Dieu ! Pourquoi ai-je fait cela ?

Et après cela...

Oh non !

Ai-je bien dragué mon patron ?

J'étais censée rentrer dans ses bonnes grâces, mais tout ce que j'ai réussi à faire, c'est d'avoir la garantie de me faire licencier. *Bien joué, Alex.*

Je suis une idiote absolue. Je n'arrive même pas à croire qu'il m'ait laissée rester chez lui après mon comportement.

Est-ce... Est-ce lui qui m'a rattrapée, quand je me suis évanouie ?

La chaleur me monte aux joues en me souvenant de ses bras autour de moi. Chaque parcelle de mon corps m'affirme que c'est bien Kit qui m'a rattrapée. Kit qui m'a peut-être... *portée dans sa chambre ?*

Submergée par une autre vague d'humiliation et d'embarras, je reste allongée dans le noir pendant un certain temps avant d'entendre frapper à la porte.

Kit passe sa tête à l'intérieur, impassible et sérieux, mais pas vraiment en colère.

— Est-ce qu'on se sent d'humeur tendre ce matin, mademoiselle Croft ?

Je ferme mes yeux.

— Je suis vraiment désolée.

— Cela arrive aux meilleurs d'entre nous, Alex. Asseyez-vous. Je vous ai apporté un verre.

Il ferme la porte derrière lui et rejoint le lit.

J'aurais bien envie de le manger... De le dévorer même. Mais je ne *devrais* vraiment, vraiment pas avoir de telles pensées, même s'il est la seule chose pour laquelle je semble avoir de l'appétit.

— Je ne pense pas pouvoir supporter le café en ce...

— Ce n'est pas du café. C'est quelque chose de mieux, m'assure Kit.

Je me sens tellement humiliée que j'aimerais juste me cacher sous les couvertures et ne jamais en sortir, mais je sais que je dois lui faire plaisir. Je marche sur une très fine ligne entre emploi et licenciement magistral.

Je soulève les oreillers derrière moi et m'y adosse. Heureusement, Kit n'allume pas la lumière, ce qui me va parfaitement : premièrement, mes yeux sont extrêmement sensibles, et deuxièmement, je ne veux pas qu'il me voie dans cet état.

Une autre vague d'embarras me submerge. S'il y a bien une personne que je voulais impressionner hier soir, c'était mon patron. Et voilà où j'en suis.

Il me tend un verre rempli de quelque chose de clair et de pétillant. Je plisse le nez.

— Est-ce une vodka limonade que vous êtes en train de me proposer ?

Kit s'esclaffe doucement. Le bruit me fait mal à la tête, mais c'est plutôt agréable de l'entendre rire si légèrement après ce qui s'est passé la nuit dernière.

— Non, je ne suis pas sadique, Alex.

— Pardon. J'ai juste pensé…

— Faites-moi confiance, c'est de la limonade additionnée de sucre. Ma mère m'en faisait quand je ne me sentais pas bien. Cela fonctionne à merveille pour la gueule de bois.

— Oh.

Me penchant en avant, je sirote la boisson aigre-douce en essayant de me rappeler si ma mère faisait quelque chose de semblable pour moi. La réponse est non.

C'est bon, et durant un instant j'ai même l'impression que mon mal de tête s'améliore. J'observe Kit tout en m'interrogeant sur sa relation avec sa mère.

— Est-ce que vous la voyez souvent ?

— Elle est repartie à Londres. Donc non. Mais on se parle. Je m'assure qu'elle aille bien.

Il me regarde avec curiosité, puis incline la tête de côté et rétrécit les yeux.

— Et vous ?

Sa voix rauque me rappelle notre intimité de la veille, quand j'étais si près de lui. Je jette un coup d'œil à mon coude en me souvenant de son contact, et secoue la tête en priant pour qu'il ne voie pas le rose me monter aux joues.

Ressaisis-toi, Alex.

— Mes parents… En fait ma sœur et moi avons pratiquement grandi seules. Nos parents sont entièrement dévoués à leur travail. Je suppose que c'est eux que vous devez remercier pour mon éthique professionnelle et mon dévouement envers Cupidon. C'est une bonne leçon qu'ils m'ont apprise.

— Dois-je donc attribuer toutes vos autres qualités à vous seule ?

Je rougis de la tête aux pieds, secrètement frustrée qu'il réussisse à m'irriter aussi facilement.

— Quelle nuit…, ajoute-t-il d'un ton suffisant.

Je fronce les sourcils, agacée de le voir aussi beau, alors que je ne ressemble à rien.

— Écoutez, si vous êtes venu vous délecter de ma misère, je m'en vais tout de suite.

— Allons, Alex. Vous devez admettre que c'était drôle.

— Drôle ? Vous pensez que me jeter ivre au cou de mon patron, c'est drôle ?

— Disons que si je suis capable d'en voir le côté drôle, je pense que vous devriez pouvoir en faire autant.

— Vous êtes exaspérant !

— Et vous pensez que vous ne l'êtes pas ? J'aurais pu vous licencier sur-le-champ, Alex. Mais je suis prêt à fermer les yeux parce que je sais que ce sont des choses qui arrivent. Et je sais que vous ne le pensiez pas.

— Détrompez-vous...

Kit s'esclaffe en secouant la tête.

— Disons que vous ne pensiez pas tout ce que vous disiez, dit-il doucement.

Son regard se fait alors plus intime.

— Vous ne plaidez vraiment pas votre cause. D'accord, vous le pensiez, ou du moins en partie. Au moins vous avez été honnête.

— Vraiment ?

Kit hausse les épaules.

— Bien sûr. Je comprends, et je vous pardonne. J'admets que je peux parfois être insupportable.

Il fait une pause et sourit, presque pour lui-même.

— Vous trouvez mon accent sexy.

— Je n'ai pas dit ça !

— Oh, allez, Alex. Je pensais que vous aviez le sens de l'humour...

— Oui, mais quand c'est drôle.

Il me lance un regard sévère.

— Puis-je vous rappeler que je suis venu ici avec une offre de paix ?

— Vous parlez de la *limonade* ? C'est ça votre *offre de paix* ?

— Je pensais que le fait de venir à ma fête signifiait que vous vous étiez calmée. Mais visiblement non. Vous avez passé la soirée à rire et à plaisanter, et vous avez changé au dernier moment. Vous avez dit que j'étais arrogant, impoli, autoritaire et déraisonnable...

Vous ne m'avez rien épargné. Regardez-vous dans le miroir, Alex, et vous constaterez que vous êtes toutes ces choses et plus encore. Mais me voilà quand même là, prêt à vous laisser le bénéfice du doute.

Je suis un peu choquée. Je ne m'attendais pas à ce qu'il soit aussi blessé par des paroles prononcées sous l'effet de l'alcool. Mais au-delà de la colère, je vois une telle vulnérabilité dans son regard. Je me rends compte qu'il a vraiment été touché par mes propos. Il n'a pas tort ; je *suis* toutes ces choses et il a raison de me traiter d'hypocrite. Prise de remords, je cherche un moyen de le calmer.

— Écoutez, je suis désolée, lui dis-je avec sincérité.

Il hausse les épaules.

— Ce n'est rien, mais je tenais à mettre les choses au clair.

— Oui. Oui, bien sûr.

Kit sourit et l'éclat malicieux revient dans son regard. Toute trace de tristesse a disparu si rapidement que je me demande si je ne l'ai pas rêvée.

— Vous apprendrez à m'apprécier. J'en suis certain.

Il s'assied au pied du lit et pose amicalement une main sur mes pieds, à travers la couette. Je remue les orteils contre sa paume et tente un demi-sourire.

— Je ne forcerai pas trop ma chance à votre place.

Je baisse les yeux et admire sa grande main hâlée. Il prend mes pieds, et la chaleur de son contact me fait oublier mon mal de tête.

Tout à coup, je me souviens qu'il m'a rattrapée quand je suis tombée la nuit dernière, et j'en suis troublée.

— Merci de m'avoir empêchée de tomber hier soir, dis-je d'une petite voix.

— Je vous empêcherai toujours de tomber, Alex.

Il dit cela de façon si naturelle, comme s'il n'y avait aucun doute dans son esprit. Son regard s'assombrit et devient indéchiffrable, puis soudain il regarde sa main, comme s'il n'avait pas réalisé que son pouce caressait mes pieds à travers le tissu. Il se lève aussitôt.

— C'est ce que je fais de mieux, Alex. Forcer ma chance, je veux dire. Êtes-vous apte à rentrer chez vous ou dois-je vous appeler un taxi ?

— Un taxi serait peut-être mieux.

Je ne me sens pas du tout en état de conduire.

— Je suppose que le dîner de lundi tient toujours ?

Mes joues me brûlent et mes mamelons se dressent si fort à travers mon soutien-gorge que c'en est douloureux. Je suis heureuse d'être cachée sous la couette.

Mon Dieu. La dernière chose que je souhaite est de passer plus de temps avec Kit, en particulier avec l'effet qu'il me fait. Cependant, je ne vais pas laisser tomber une occasion de mettre les choses à plat avec lui. Je dois aller jusqu'au bout.

— Je serai là.

— Je suis libre ce soir, si vous l'êtes.

Je croise son regard, le souffle coupé. Je ferais mieux de m'en tenir au lundi ; nous le devrions tous les deux. Et pourtant je murmure :

— Je suis libre aussi.

Ses yeux brillent de manière inattendue et un bref sourire se dessine au coin de ses lèvres.

— Parfait. Alors à ce soir.

Je le regarde sortir de la chambre et je l'entends parler au téléphone dans le couloir.

C'est étrange, mais à la seconde où il part, je souhaite le voir revenir pour rester auprès de moi.

13

Je rentre en taxi, mortifiée. D'une certaine manière, je me sens encore plus mal depuis que j'ai parlé à Kit. Peut-être est-ce parce qu'il a été si agréable et que je ne sais plus vraiment où j'en suis. Il n'était sûrement pas obligé d'être si gentil avec moi, après la façon dont je me suis comportée hier soir. J'appuie ma tête lancinante contre la vitre froide du taxi, toujours aussi souffrante, tandis que Chicago défile à toute vitesse devant mes yeux.

Lorsque la voiture s'arrête devant mon appartement, je paye le chauffeur, même si Kit a insisté pour régler la course. Je ne veux plus rien lui devoir. C'est déjà assez qu'il m'offre une seconde chance. Je soupire en sortant de la voiture.

Tout cela me dépasse.

Il n'est dans ma vie que depuis quelques semaines, et je suis déjà complètement retournée. Au moins ce soir je pourrai saisir ma chance de parler travail et d'apaiser les choses entre nous. Ce dîner remet la balle dans mon camp.

Une fois chez moi, j'appelle pour changer la réservation et envoie les détails par SMS à Kit. J'ai réservé dans mon restaurant italien préféré, Chez Luciano, un petit endroit tranquille où j'étais déjà allée avec son père. Celui-ci avait apprécié, alors j'espère que son fils sera tout aussi enthousiaste. Comme tout repose sur cette soirée, les choses doivent se dérouler à la perfection.

Je prends une longue douche chaude, enfile un pantalon de jogging – chose rare pour moi – et m'écroule devant la télévision qui repasse une ancienne sitcom. Mais je ne suis pas très concentrée ;

mon esprit retourne sans cesse à la fête. À chaque minute, je me crispe en me souvenant de quelque chose de bête que j'ai dit ou fait.

Ma gueule de bois disparaît vers 16 heures et je me mets à surfer sur Internet et à consulter mes réseaux sociaux. Je repense à Ben en me demandant ce qui a bien pu lui prendre. Je suis en colère contre lui, mais étant donné que nous avions tous trop bu, et que j'ai moi aussi fait des choses que je regrette, vis-à-vis de Kit, je ne peux pas vraiment le blâmer. Je suis prête à lui pardonner, mais je reste inquiète. Et si ce stupide baiser marquait la fin de notre amitié ? Ben serait-il si imbu de lui-même qu'il ne supporterait pas d'être éconduit ?

Je crois deviner que oui.

Je soupire tout en continuant à faire défiler les pages. Je like distraitement quelques photos postées par la famille, les amis et les collègues, et m'arrête quand je trouve ce que je cherche.

Ben a posté une photo il y a moins d'une heure, où on le voit avec une dizaine de personnes. Je reconnais les visages souriants de Tim et d'Angela, mais c'est tout. La photo a été prise aujourd'hui, à l'occasion d'un déjeuner en ville. Je ressens malgré moi un pincement au cœur de ne pas avoir été invitée.

Je fixe l'image un moment, jusqu'à ce que le visage souriant de Ben devienne flou, puis je relis la légende encore et encore, laissant la douleur s'enfoncer en moi.

Rappelle-toi toujours qui sont tes vrais amis !

Mes yeux se remplissent de larmes, mais je les essuie furieusement. Inutile de me sentir affectée à cause de cet idiot. Je n'ai rien fait de mal. C'est lui qui est contrarié parce qu'il n'arrive pas à supporter qu'une femme lui dise non.

Je laisse tomber mon téléphone sur le canapé et décide d'aller me préparer, tout en repensant à Kit et à la façon dont il s'est occupé de moi ce matin. Non, Kit n'est pas mon ami, et oui, il peut parfois être terriblement arrogant, mais au moins, il ne me punit pas. Il en aurait tous les droits, contrairement à Ben, et pourtant, il fait preuve de compréhension.

J'en ai plus qu'assez. J'ai commis beaucoup d'erreurs ce week-end, mais éconduire Ben n'en a certainement pas été une.

J'aperçois mon visage morose dans le miroir et relève le menton d'un air de défi. Je n'ai pas besoin de perdre mon temps avec des hommes de son genre. Je dois me préparer pour mon dîner.

J'arrive en avance Chez Luciano, mais Kit m'attend déjà. J'ai mis une tenue plus confortable ce soir : une petite robe noire et mes escarpins rouges préférés. Je remarque que Kit a fait un effort lui aussi. Il porte un élégant costume et une chemise repassée dont seul le bouton du haut est ouvert ; l'image parfaite d'homme d'affaires que son père attend de lui. Ensemble, nous formons un couple parfait : élégants et professionnels. Personne ne se douterait que je criais après mon patron la nuit dernière et qu'il existe des tensions entre nous.

— Bonsoir, Alex, murmure Kit en me proposant son bras. On entre ?

Je l'accepte avec un sourire professionnel, tout en essayant de calmer les palpitations de mon ventre.

— Allons-y.

Tandis que nous sommes conduits à notre table, je sens les yeux de Kit rivés sur mon dos, comme s'il me détaillait.

Est-ce que cela me plaît ?

Peut-être un peu.

Un peu *trop* même.

Je repousse cette idée ridicule et m'exhorte à rester concentrée. Je ne suis pas ici pour flirter ou être courtisée. C'est une réunion de travail.

Kit tient ma chaise et je lui adresse un signe de tête gracieux.

— Vous allez me tuer avec cette robe, Alex.

Pour une fois, il ne semble ni obséquieux ni particulièrement dragueur. Il est simplement aimable. Mes joues s'empourprent.

— C'est très gentil à vous, mais la flatterie ne vous mènera nulle part.

Kit m'adresse un sourire.

— Qui a dit que j'essayais d'aller quelque part ?

— Oh ! je suis sûre que vous avez toujours une destination en tête.

— Ce n'est pas le cas ce soir. Discutons simplement, d'accord ?

Je hoche la tête en me concentrant sur le menu, les joues toujours brûlantes. À présent que nous sommes en dehors du bureau, j'ai conscience d'être en compagnie d'un très bel homme. Un homme qui sait me rendre folle, et qui est capable de me faire rougir par un simple compliment.

C'est évidemment la raison pour laquelle les femmes tombent si facilement à ses pieds, et je déteste me dire que je les comprends parfaitement.

Le serveur revient avec un bloc-notes.

— Désirez-vous du vin ?

Kit m'interroge du regard et je lui réponds par un signe de tête affirmatif. Je suis déjà en train d'enfreindre mes règles, mais un petit verre ne peut pas me faire de mal.

Après avoir pris note de nos entrées, le serveur nous laisse en tête à tête. J'ai déjà préparé un petit discours pour le nouveau design que je compte proposer.

— J'ai beaucoup réfléchi à vos critiques sur nos propositions et j'ai beaucoup aimé les suggestions que vous avez inscrites dans les marges. J'ai dû apporter pas mal de changements car le cahier des charges est complètement différent à présent, mais je pense que vous serez satisfait cette fois.

Kit me regarde en silence, puis avance sa chaise.

— J'en suis ravi.

Un sourire se dessine sur ses lèvres.

Des lèvres dont j'aurais aimé être embrassée la nuit dernière.

Je repousse l'idée.

— Nous avons pris un mauvais départ, poursuit-il. Vous aviez raison à propos de moi ; je peux être arrogant. Je vous ai rabaissée pour renforcer ma propre position, et… j'ai rejeté vos idées par dépit – même si je continue à penser que vous êtes capable de beaucoup mieux.

Je bats des cils plusieurs fois, me demandant si je ne suis pas en train de rêver.

— Pardon ?

— Regardons les choses en face… Vous êtes la meilleure dans ce domaine. Mais je sais que vous pouvez faire mieux.

Je rougis.

— Kit… Je ne sais pas quoi dire. Je vous remercie et je suis heureuse que vous m'ayez poussée.

Il me regarde d'un air contrit avant de répondre :

— Je suis content de ne pas vous avoir découragée. Je vais étudier vos dernières modifications et nous oublierons ce mauvais départ. D'accord ? Il ne manque pas grand-chose pour que je donne mon accord final.

— Absolument. Marché conclu.

— Merci Alex. Je vous avoue que j'ai bien plus d'enjeux que l'avenir de la société dans cette affaire. Je suis déterminé à prouver à mon père que je peux réussir, et si vous acceptez… j'aimerais que nous travaillions en étroite collaboration afin que vous m'appreniez ce qui est nécessaire. Qu'en pensez-vous ?

J'en reste sans voix. Il veut que je l'aide ? Est-il sincère ou essaye-t-il à nouveau de me provoquer ? Ou bien il a peur que je fasse un rapport défavorable auprès de son père ? Mais quand j'étudie son visage, il semble sincère.

Voyant qu'il attend une réponse, je soutiens son regard et prends une profonde inspiration.

— Je pense qu'il faudra beaucoup d'entraînement pour un homme tel que vous, mais je vais voir ce que je peux faire.

Je le taquine bien sûr et lui souris pour lui prouver.

Il s'adosse nonchalamment à son siège.

— Excellent. Dans ce cas, je suppose qu'il est temps que nous fassions connaissance.

— Je suppose que oui.

Je le regarde avec curiosité avant de poursuivre :

— Ce que vous venez de dire sur le fait de prouver votre valeur auprès de votre père… Y a-t-il une raison particulière qui pourrait lui faire penser que vous n'êtes pas apte à diriger l'entreprise ?

— Il croit que je suis exactement comme lui, et il voudrait que je sois plutôt la copie de mon frère aîné.

J'en grimace presque, mais Kit le dit avec beaucoup de recul, comme si c'était sans importance.

— Est-ce que vous êtes en contact avec votre frère ?

— Bien sûr. Pourquoi cette question ?

Je hausse les épaules.

— Je ne sais pas. Je me demandais simplement si vous étiez en compétition tous les deux.

— Évidemment que oui. Nous sommes deux mâles en pleine santé. Il veut être le meilleur et moi aussi.

Kit se penche alors en avant, une étincelle démoniaque dans le regard.

— J'admets qu'il a quelques années de longueur d'avance sur moi concernant les affaires, et de toute façon c'est un tel maniaque que je n'ai aucune envie de lui ressembler. Mais je serai heureux de leur prouver à lui et à mon père que je suis mon propre maître.

— Vous semblez déterminé.

Je souris, mais cela m'inquiète de trouver Kit de plus en plus irrésistible à chaque minute.

— Est-ce que cela signifie que vous me prenez enfin au sérieux, Alexandra ?

Il m'adresse un clin d'œil et mon estomac plonge agréablement. Je ris et hoche la tête.

— Il est temps que vous me parliez de vous à présent.

Il fait semblant de tenir un micro devant sa bouche, comme le ferait un journaliste.

— Je suis donc sur le tapis rouge en compagnie de Mlle Alexandra Croft, qui représente Cupidon, pour leur première comédie romantique. Mademoiselle Croft, quels sont vos espoirs et vos rêves ?

Je secoue la tête en éclatant d'un petit rire.

— Eh bien, dîner avec mon patron sans avoir envie de le tuer serait déjà un bon début.

— Pourquoi cela, mademoiselle Croft ? Est-ce un horrible patron ou est-ce juste que vous le trouvez trop parfait ? Et pensez-vous que vous réussirez à travailler pacifiquement ensemble à l'avenir ?

— Je dois dire qu'il s'est montré raisonnablement charmant ces derniers temps, donc je suppose que la réponse est oui, dis-je avec un sourire espiègle.

Je suis surprise de voir à quel point j'apprécie ce petit jeu.

— Mon Dieu, Alex. Si je ne vous connaissais pas mieux, je dirais que cela ressemble à du flirt.

Je me penche en avant. Nos visages n'ont jamais été aussi proches, et mon cœur bat la chamade.

— Alors c'est une bonne chose que vous me connaissiez mieux.

Kit sourit et continue en baissant le ton.

— Mademoiselle Croft, vous êtes ce que la plupart des hommes qualifieraient de « coriace ». Comment fait-on pour capturer votre cœur ? Êtes-vous une adepte de la méthode classique dîner-vin ?

— Je crois en l'importance d'apprendre à connaître progressivement les goûts de chacun, sans forcer. Cependant, il y a certaines choses que j'apprécie lors d'un rendez-vous galant…

— Telles que ?

— Les roses.

— Ah, c'est classique.

— Mais pas les roses rouges.

Kit s'adosse à son siège, sans me quitter des yeux.

— Vraiment ?

Terminé le jeu ; il semble vraiment intéressé par ma réponse.

— Les noires sont plus à mon goût.

— J'aurais dû m'en douter. Pourquoi les noires ?

Je souris.

— Parce qu'elles sont aussi sinistres que belles.

Il m'étudie avec attention.

— Vous avez donc un côté sinistre ?

— Pas vraiment. Je pense que j'ai l'air plus dure que je ne le suis en réalité.

Mes joues sont brûlantes à présent. Sa voix à lui est douce, presque tendre.

— Finalement, je m'en doutais un peu.

J'éclate de rire.

— Je n'arrive pas à déterminer si c'est un compliment ou une insulte.

Un lent et diabolique sourire apparaît sur ses lèvres.

— Les meilleurs commentaires sont toujours un peu des deux, d'après mon expérience. Des roses noires… Vous êtes pleine de surprises, Alexandra Croft.

— Eh bien, vous ne pouvez nier qu'elles sont intéressantes. Je veux dire, elles sont magnifiques à regarder, et leur couleur sombre rend leur parfum vif et irrésistible encore plus agréable à respirer.

Le serveur revient avec le vin et remplit nos verres. Kit a toujours les yeux rivés sur moi quand je lève mon verre pour porter un toast.

— Au fait de se surprendre constamment, dit Kit.

Il est tard quand nous quittons le restaurant. J'ai bu deux verres de vin et je glousse pour un rien, mais je ne sais pas si c'est l'alcool ou la présence de Kit qui me rend si joyeuse. Il passe son bras sous le mien alors que nous nous dirigeons vers la station de taxis d'un hôtel situé à quelques pas de là. Je m'accroche à lui pour ne pas trébucher.

— Je ne pense pas que l'alcool soit votre point fort, mademoiselle Croft.

— Je suis entièrement d'accord avec vous. Je me sens comme Bambi nouveau-né. Je ne fais que trébucher.

— La prochaine fois, nous nous en tiendrons à l'eau.

Je m'arrête pour le regarder.

— La prochaine fois ?

Kit semble soudain nerveux, et je vois un muscle sur sa mâchoire tressauter. Il lâche ma main et se frotte la nuque en jetant un coup d'œil autour de lui avant de revenir à moi. Son regard est soudain sombre et indéchiffrable. Il me prend à nouveau la main, et se met à parler lentement, comme si chaque mot avait son importance.

— Je me disais qu'en tant que collègues nous pourrions recommencer. Je pense même que nous devrions le faire. Ça serait uniquement pour le travail, bien sûr. Qu'en pensez-vous ?

Il attend ma réponse, le regard déterminé et les sourcils froncés.

— Le travail, dis-je doucement, comme si je testais le mot sur ma langue.

Cette soirée ne m'a pas semblé être du travail. C'était amical et amusant... Comme le début d'une histoire.

Cela faisait si longtemps que je n'avais pas ressenti quelque chose... d'aussi agréable.

Un taxi s'arrête et Kit m'ouvre la portière avec un sourire discret qui fait fondre mon cœur. Il est tellement mieux ainsi que quand il joue au play-boy. Voilà le vrai Kit, j'en suis convaincue.

— Jusqu'à la prochaine ? demanda-t-il, d'une voix basse et rauque, à l'accent encore plus prononcé.

Il me regarde avec une telle intensité que j'en ai le souffle coupé, et sans que je sache pourquoi : impulsion, désir, bonheur, le vin, la soirée ou sa présence tout simplement, je me rapproche et lui embrasse doucement la joue. L'engourdissement apporté par le vin me fait sourire contre le chaume de sa mâchoire carrée.

— Jusqu'à la prochaine.

Je me recule et vois son expression abasourdie, tandis que je réalise, effarée, ce que je viens de faire.

Est-ce que je viens d'embrasser Kit ?

Pourquoi ai-je fait cela ?

Il m'observe avec ce magnifique sourire dans le regard, et je m'humecte les lèvres, nerveuse d'avoir franchi une nouvelle ligne. Je cherche à me détourner, quand il lève la main et prend ma joue dans sa paume. Basculant mon visage vers le haut, il se penche pour poser lui aussi un baiser sur ma joue. Je halète de surprise tandis qu'il frotte son nez contre le mien avant de poser un autre baiser sur mon autre joue.

Tremblante de la tête aux pieds, et submergée par le désir, j'en ai la respiration coupée. Je me dis que c'est peut-être dû à l'effet du vin, bien que je sache qu'il n'en est rien. Il me caresse encore de sa bouche et pose un dernier baiser sur mon front.

— Bonne nuit.

La gorge sèche de désir, je me retourne, cherchant désespérément à m'éloigner de lui et de ce qu'il me fait ressentir. Je monte rapidement dans le taxi et donne l'adresse au chauffeur. Alors que la voiture s'éloigne, mes yeux croisent ceux de Kit et nous nous fixons jusqu'à ce qu'il soit juste un point au loin.

Mon estomac est complètement sens dessus dessous et quelque chose de nouveau coule dans mes veines ; quelque chose qui n'y était pas avant. Kit sentait si bon quand je l'ai embrassé. J'espère qu'il n'a pas remarqué que j'avais arrêté de respirer, et que la seule bouffée que j'ai prise était dans l'espoir de humer son odeur.

14

Comment se débrouille Kit ? Est-il à la hauteur de son potentiel ? J'attends toujours un rapport.

Je cligne des yeux dans la pénombre de ma chambre, ce dimanche matin, en voyant le SMS d'Alastair.

Que dois-je lui répondre ? Kit n'a pas cessé de me surprendre jusque-là, et je suis également gênée d'avoir passé la nuit à faire des rêves érotiques sur mon nouveau patron.

Il dépasse vos attentes. Déterminé à n'apporter que de bonnes choses à Cupidon.

Impressionnée ? Je vous avais bien dit qu'il valait mieux que sa réputation…

Nous verrons.

Nous referons un nouveau point bientôt.

Je pousse un soupir nerveux et repose mon téléphone sur la table de nuit. Je frémis chaque fois qu'Alastair me contacte, et j'essaye d'éluder ses interrogations, mais tout cela me met mal à l'aise. Alastair attend un rapport complet, mais je ne veux pas jouer les espionnes. Même si Kit devait commettre une erreur… Je me dis, après la soirée de la veille, que je pourrais l'aider à surmonter les difficultés. Plus j'apprends à le connaître, plus je l'admire. Sa contribution au design de l'application n'était pas mauvaise et même plus que bien. Il est allé droit à l'essentiel. Il souhaite autant que moi la réussite de son entreprise, voire plus. Il a hâte de faire ses preuves auprès de son père, et soudain j'espère vraiment qu'il réussira. Cela me rend-il partiale et inapte à remplir ma mission auprès d'Alastair ? Le baiser de la nuit dernière brouille-t-il mon jugement ?

Je soupire en pressant la joue contre mon oreiller et ferme les yeux en blâmant Kit Walker de ne pas pouvoir me rendormir.

J'ai pu récupérer ma voiture, et lundi, probablement pour la première fois de ma vie, je suis déchirée à l'idée d'aller au bureau. D'un côté, je meurs d'envie de revoir Kit, même si je m'en veux de ressentir cela, d'un autre je ne suis pas pressée de m'occuper de cette histoire avec Ben.

Cupidon était un endroit où je me sentais en sécurité, acceptée, voire admirée. Mais aujourd'hui, je m'y rends avec la certitude que je serai embarrassée de voir Ben. De plus, j'ai bien conscience d'être un peu trop attirée par mon patron.

Aussitôt que j'entre dans le bureau, Tim et Angela se mettent à applaudir. Je gémis en me souvenant du fiasco chez Kit. Tim m'adresse même un salut ridicule de la main histoire d'en rajouter.

J'essaie de ne pas lever les yeux au ciel, mais je ne peux pas dire que je ne l'avais pas vu venir, et je ne peux m'en prendre qu'à moi-même de m'être ridiculisée de la sorte.

— Bravo, Alex ! On sait enfin qu'elle est capable de se lâcher ! crie Tim.

Je les arrête en riant, avant de me forcer à reprendre mon sérieux. Ce week-end n'avait vraiment rien de drôle.

Une fois tout le monde présent, je commence la réunion et annonce la décision de Kit de conserver notre proposition précédente, mais avec les nouvelles couleurs qu'il propose : gris anthracite et or. Tous semblent heureux et partent vaquer à leurs occupations l'air enjoué. Mais quand Ben arrive vers midi, l'ambiance dans la salle se glace.

— Où étais-tu ? Nous avons travaillé sur le nouveau design… Et ça nous aurait aidés que tu sois là.

— J'avais un rendez-vous, dit-il vaguement.

Il ment et je le sais. Je lui lance un regard sceptique.

— Allez, Alex, dit Ben avec lassitude. C'était un rendez-vous, d'accord ?

Peut-être pense-t-il que je serai incapable de signaler son absence ou de tenter de le faire licencier, mais en ce moment, je suis à deux doigts de faire quelque chose de radical.

— Est-ce que je peux te parler en privé, Ben ?

Il hausse les épaules, comprenant que ce n'est pas une question mais un ordre.

Nous prenons le chemin de mon bureau sous le regard de mon équipe. Je ferme la porte, et commence sans lui laisser le temps de s'asseoir.

— Quels que soient tes problèmes avec moi, Ben, laisse-les à l'extérieur du bureau. D'abord, tu arrives en retard à une réunion programmée, et maintenant tu me manques de respect devant mon équipe. Ce n'est pas très professionnel.

Ben rit durement.

— Je suis désolé, d'accord ?

Je le regarde les yeux étrécis, surprise de le voir aussi contrarié. Il continue.

— C'est juste que... Pourquoi veux-tu sortir avec un homme comme lui alors qu'il y a quelqu'un qui t'attend ici et qui vénère le sol que tu foules ? Pourquoi ne vois-tu pas qu'il finira par te quitter, comme il le fait toujours ?

— Pour la dernière fois, je ne suis pas...

— Qu'a-t-il de plus que moi ? Je suis quelqu'un de bien, Alex, et tu ne m'as jamais donné l'occasion de te le montrer.

Je sens la moutarde me monter au nez. Pour qui se prend-il ?

— Tu veux mon avis, Ben ? Je pense que je connais ton problème. Tu n'es pas aussi gentil que tu crois, dis-je calmement, en essayant de garder une voix égale. Tu as essayé de t'imposer à moi, et comme je ne partageais pas tes sentiments, tu as décidé de me punir en ne venant pas à cette réunion, alors que tu sais que j'ai besoin de ton aide et de ta participation. Je ne pense pas que ce soit moi le problème, Ben, mais toi.

Il me regarde sans rien dire pendant un long moment tandis que je bous de colère et de frustration.

Il détourne finalement le visage, ses lèvres formant une ligne sinistre. Peut-être que je suis allée trop loin, mais il fallait que les choses soient dites.

Je me redresse, lisse ma veste de la main et me dirige vers la porte.

— Je pense que nous devrions nous remettre au travail à présent.

— Alex, attends.

Je me retourne, prête à lui laisser dix secondes.

— Je suis désolé pour ce que j'ai fait. Sa façon de te regarder m'a rendu jaloux, et j'ai voulu te revendiquer. Mais avant que tu te fâches, Alex, comprends bien que j'avais trop bu. Alors… S'il te plaît, crois-moi, je suis vraiment, vraiment désolé. Ton amitié compte pour moi, ainsi que notre relation de travail. Et je t'apprécie.

Je l'étudie, prenant note de son regard empli de regrets.

— C'est beaucoup mieux, dis-je, avec plus de douceur.

— Cela ne se produira plus, Alex. Mais je te considère toujours comme mon amie et j'espère que c'est réciproque.

— Évidemment, Ben. J'apprécie ton amitié et j'espère que tu sais la valeur que j'y attache.

Il sourit tristement, hoche la tête et nous quittons mon bureau. Je me rends ensuite à la salle de pause pour me préparer un café, toujours préoccupée par cette discussion.

— Bonjour, Alex.

Kit se tient devant la porte, vêtu d'un élégant costume.

— Bonjour, Kit.

Je souris en me souvenant soudain d'avoir embrassé cette mâchoire carrée. Il n'est pas rasé de près aujourd'hui et ses traits anguleux sont couverts de chaume, ce qui le rend encore plus beau.

Il sourit légèrement, tout en parcourant ma silhouette du regard et appuie l'épaule contre le chambranle de la porte.

— Est-ce que vous avez passé un bon week-end ?

— Très agréable, je vous remercie. Et vous ?

Il fronce les sourcils sans me quitter du regard.

— Tout va bien par ici, Alex ?

Je me force à hocher la tête.

— Bien sûr. La routine habituelle.

Je ne dénoncerai pas Ben. Nous avons fait la paix et je suis certaine qu'il était sincère.

Kit s'avance, prend une tasse derrière moi et se sert un café qu'il recouvre d'un couvercle pour le mettre de côté. Sa proximité m'enivre.

— Votre équipe ne vous pose pas de problèmes ?

— Rien que je ne puisse régler seule, et vous voulez savoir quelque chose ?

Il hausse un sourcil interrogateur.

— L'équipe est emballée par le nouveau design.

Ses yeux s'assombrissent un instant, comme s'il s'attendait à ce que je dise autre chose.

— Excellente nouvelle, dit-il en buvant une gorgée de café. Ben vient juste d'arriver... ?

— Je...

Comment le sait-il ?

— Oui c'est vrai.

— Il n'est pas venu à la réunion ce matin ?

Ce n'est pas une question mais une affirmation.

— Non.

Je ne mentirai pas à Kit, pour rien ni pour personne. Je n'en reviens pas qu'il soit au courant d'une chose pareille, et encore une fois je me rends compte que malgré son air nonchalant et détendu rien ne lui échappe.

— Il a dit qu'il avait un rendez-vous. Tout est réglé.

— Je suis heureux de l'entendre. Je vous parlerai du design tout à l'heure, mademoiselle Croft.

— Très bien, monsieur Walker, dis-je d'un ton léger et narquois.

Mais tandis que je me dirige vers la porte, une pensée me fait haleter.

Est-ce de la jalousie que je viens de voir dans le regard de Kit ?

15

Jeudi soir, je reçois un SMS de Kit m'invitant à dîner chez lui vendredi pour « discuter travail ». Il appelle peut-être cela du travail, mais j'ai appris que rien n'est aussi simple avec lui.

Évidemment, il est hors de question que j'accepte. Pas après notre dernière soirée qui ressemblait tellement à... à autre chose.

Je suis terriblement attirée par lui et je dois garder mes distances. Donc, la première chose que je ferai ce matin sera de décliner poliment et en personne son invitation.

Et je jure que ce n'est pas une excuse pour le revoir.

Après tout, je suis mal à l'aise et nerveuse à l'idée de me retrouver en tête à tête avec lui, et je déteste me sentir ainsi car je n'ai jamais éprouvé cela en présence d'Alastair.

Mais là c'est différent... parce que c'est Kit. Cet homme sait si bien comment me faire réagir.

En arrivant au bureau, je suis accueillie par les applaudissements de mes collègues, toujours aussi ravis que je me sois laissée aller le week-end dernier. Ils font ça tous les jours depuis une semaine. Ce sont vraiment des enfants parfois.

— Bravo Alex ! applaudit Tim.

— Formidable ! À quel sujet ?

— Parce que tu t'es amusée le week-end dernier et que tu as dit ses quatre vérités au grand patron...

— Par pitié, arrête de me le rappeler *tous les jours*.

Je lève les yeux au ciel, mais intérieurement, je ris aussi fort qu'eux.

Kit n'arrive qu'après 9 heures. J'attends jusqu'à 10 heures pour ne pas avoir l'air trop pressée, puis prends la direction de son bureau, consciente des yeux d'Angela qui me suivent.

En entrant chez lui, la première chose que je remarque, ébahie, c'est qu'il porte des lunettes et que je ne l'ai jamais vu aussi beau.

— Bonjour, Kit, dis-je en me ressaisissant.

— Bonjour, Alex. J'étais en train de passer en revue quelques rapports sur les dépenses. Êtes-vous venue m'empêcher de mourir d'ennui ?

Je souris.

— En fait… Je suis juste venue vous dire que je ne pourrai pas venir ce soir.

Il hausse un sourcil.

— Vous avez d'autres projets ?

— Non… Je ne suis pas sûre que ce soit une bonne idée, après la semaine dernière. Je ne veux pas que les gens au bureau se fassent des idées fausses.

Kit n'en semble pas perturbé.

— Allons, Alex. C'est juste un dîner professionnel.

Je rougis.

— Je sais mais… notre dernier dîner était…

Plus comme un rendez-vous galant pour moi, me dis-je.

Kit ôte ses lunettes et se lève. Il s'approche de moi, une lueur taquine dans le regard.

— En tant que patron, j'exige votre présence.

Il plaisante visiblement. J'affiche un sourire malicieux.

— Alors, renvoyez-moi.

— Nous dînerons tôt. Venez juste pour une heure.

— Je ne crois pas…

— Allons, Alex. Vous avez accepté de m'aider, et je veux voir le design final. Dois-je en conclure que vous n'étiez pas sincère ? Je vous promets de ne pas vous garder longtemps.

Je fléchis.

Je déteste l'admettre, mais je me sens totalement vulnérable en présence de Kit. Surtout depuis que nous nous entendons bien. Je ne peux plus nier mon attirance pour lui, et je ne veux pas que des rumeurs au bureau compliquent davantage les choses.

Aller manger chez lui ne fera qu'ajouter de l'huile sur le feu, même s'il ne s'agit que d'un dîner professionnel.

J'ai un million de raisons pour ne pas y aller, mais au fond, j'aimerais passer plus de temps avec lui. Je lui ai proposé de l'aider, et je sais que discuter travail dans un lieu privé plutôt que dans un restaurant est plus indiqué – en particulier lorsque des secrets d'entreprise doivent être évoqués.

Mes bonnes résolutions s'envolent en même temps que le soupir que je pousse.

— Je pense qu'une petite heure ne peut pas faire de mal...

Kit sourit avec suffisance avant de regagner sa chaise.

— Je savais que vous finiriez par accepter.

— Disons que je tiens à garder mon travail.

Il sourit avec une expression espiègle ; l'image parfaite du garnement fauteur de trouble.

— Juste une heure et je pars. On est d'accord ?

— Tout ce que vous voudrez, mademoiselle Croft, du moment que vous venez.

Je hoche la tête et quitte le bureau. Une fois dehors je prends une profonde inspiration et repars le sourire aux lèvres. La perspective de voir Kit ce soir a grandement amélioré ma journée.

Je suis à deux doigts de devenir folle à force de changer de tenue. J'ai passé plus de temps à me préparer que je ne vais rester chez Kit. Ce n'est pas souvent que je cherche à plaire, mais ce soir, je tiens vraiment à ce qu'il me trouve belle.

C'est ridicule. Ce n'est qu'un dîner professionnel après tout, pas un rendez-vous galant.

J'imagine qu'il veut juste discuter travail en privé. Peut-être qu'après m'avoir vue si réceptive lors de notre dernier dîner, il pense que la meilleure façon de m'amadouer est de m'offrir un bon repas.

Je gémis en consultant ma montre. Je dois être là-bas dans une demi-heure et il me faudra autant de temps pour y arriver. Je finis par opter pour une simple robe bleu marine, décidant qu'elle fera l'affaire. Au moins, elle est sobre et élégante. La dernière chose que je souhaite, c'est que mon patron pense que je me fais belle pour lui, même si c'est le cas.

Je finis de me coiffer et de me maquiller à la hâte et quitte la maison sans me regarder dans le miroir de peur de me raviser.

Durant tout le trajet, mon cœur bat au même rythme rapide que la musique diffusée à la radio. Cela ne me ressemble pas. Je ne suis généralement pas le genre de fille qui stresse pour un dîner de travail.

Pourquoi faut-il que Kit soit finalement quelqu'un de bien ? Cela, ajouté à son physique représente une combinaison fatale qui complique tout pour moi. J'aimerais tellement pouvoir le haïr à nouveau, mais en toute honnêteté, ce que je ressens en ce moment est beaucoup plus excitant.

Lorsque je m'arrête dans l'allée, je ne vois qu'un seul véhicule garé : un Range Rover blanc.

La voiture de Kit, j'en suis certaine.

J'attends quelques minutes dans la voiture, espérant presque qu'il m'envoie un SMS pour tout annuler, avant de me décider à sortir et m'avancer vers la porte d'entrée.

La dernière fois, la musique était si forte qu'on l'entendait de l'extérieur. Ce soir tout est si calme et paisible qu'on dirait un endroit complètement différent.

J'hésite avant de frapper. Mes sentiments semblent toujours plus intenses quand je suis seule avec lui et cela m'est si étranger que j'ignore quelle attitude adopter.

J'expire et me force à sortir de ma torpeur. Je ne vais tout de même pas rester ici toute la nuit. Je frappe à la porte avant de changer d'avis.

J'attends, mais il n'y a aucune réponse. Je commence à penser que tout ceci est une farce ; tout le monde au travail va se moquer de moi en l'apprenant.

Au bout de quelques minutes, je commence à fulminer. J'aimerais pouvoir rentrer chez moi, mais quelque chose m'empêche de faire demi-tour. Je suis confuse et intriguée.

Pourquoi Kit me demanderait-il de venir pour ne pas m'ouvrir ? Serait-ce une plaisanterie ? Mais pourquoi maintenant, alors que nous sommes enfin sur la bonne voie ?

Je suis sur le point de faire demi-tour quand il me vient à l'idée de tourner la poignée de porte. Celle-ci s'ouvre lentement avec un cliquetis. Mon cœur fait une petite embardée tandis que j'entre, troublée par toute cette histoire. Puis, je regarde autour de moi et vois quelque chose d'incroyable.

La pièce entière est remplie de roses noires.

16

Ébahie, le cœur battant la chamade, je regarde la quantité incroyable de fleurs qui se trouvent là. Je m'approche lentement du vase le plus proche et caresse doucement les pétales d'une rose noire ; ce sont des vraies. Elles *sont* réelles. Je lève les yeux et vois mon reflet dans le miroir.

Toutes mes bonnes résolutions commencent à fondre comme neige au soleil. Cet homme joue de mon cœur comme sur une guitare, et tout ce que je veux, c'est qu'il continue cette mélodie insensée.

Je le remarque alors, vêtu d'un costume noir et les cheveux humides d'un bain récent. Sa mâchoire est crispée et, bien qu'il soit debout, les jambes écartées et les bras croisés, il semble fébrile, comme s'il s'inquiétait de ma réaction.

Mon cœur fond aussitôt. Visiblement je ne suis pas la seule à être émue.

— Je suis heureux que vous soyez venue, dit-il finalement sans me quitter des yeux.

Je regarde autour de moi, incapable de croire qu'il se soit donné tout ce mal.

— Kit… En quel honneur ?

— Il s'avère que les roses noires… les roses noires *naturelles*… ne poussent que dans un village en Turquie. Il m'a donc fallu un peu de temps pour les faire venir.

Il s'avance lentement vers moi, et un sourire se dessine sur ses lèvres.

— J'avais envie de donner un ton créatif à cette soirée pour fêter votre nouveau design.

Je ne sais quoi dire. Mon cœur bat la chamade et je suis étourdie. C'est trop et je ne suis pas sûre d'être prête.

Kit s'arrête à quelques pas de moi, visiblement nerveux. Qu'est-il arrivé à M. Calme, Froid et Réfléchi ? Mais je n'en mène pas large moi non plus ; mes jambes tremblent en ce moment.

— J'ai envie de toi, me dit-il doucement.

— Moi aussi.

Ma voix me paraît vulnérable et je ne la reconnais pas.

Ses narines se dilatent sous l'effet de mon aveu. Son doigt descend le long de mon sourcil vers ma joue, puis mon menton, s'y attardant avant de continuer vers ma nuque.

Il écarte le col de ma robe et appuie ses lèvres contre ma peau, la parsemant de baisers. C'est insoutenable. Tout mon corps s'enflamme d'un désir ardent et ma peau me brûle partout où ses lèvres se posent.

Il descend jusqu'à ma mâchoire, laissant une traînée de minuscules baisers comme des murmures qui me caressent la peau. Ses mains se posent sur mes hanches et j'ai envie de m'effondrer contre lui. Mais je me retiens car l'instant est bien trop tendre et j'ai peur de tout gâcher en bougeant, comme lorsque l'on se réveille d'un beau rêve.

Je passe les mains autour de son cou et rapproche son visage du mien. Nous restons ainsi quelques instants, sans nous toucher, avec pour seul bruit notre respiration lourde.

— Kit… Pourquoi est-ce que tu as fait tout ça ?

Je ne veux pas interrompre ce moment, mais je dois savoir.

Il caresse mon nez du sien pour me forcer à le regarder.

— Je voulais t'offrir quelque chose de spécial et passer un moment seul avec toi.

Mon estomac plonge agréablement et je ne peux m'empêcher de sourire. Kit me caresse la joue et continue :

— Je sais que nous n'avons pas pris un bon départ, mais pendant tout ce temps…

— Je sais.

Je sais parce que j'ai ressenti la même chose. Aussi fou que cela puisse paraître, je commence à me dire que c'était écrit.

Quand ses lèvres se posent sur les miennes, je soupire contre sa bouche. Il me presse contre la porte et ses mains explorent chaque parcelle de mon corps. Sa langue caresse la mienne, d'abord tendre, puis rapide et exigeante à mesure que je m'abandonne.

Quand il me mordille l'oreille, je halète et m'effondre contre lui. Il s'arrête un instant et nous nous fixons, figés. Le monde autour de nous disparaît ; il ne reste plus que lui. J'essaie de me souvenir de mes expériences passées ; ai-je jamais ressenti cela ?

Jamais.

— C'est une belle nuit…, chuchote Kit. Veux-tu qu'on s'installe dehors ?

Je hoche la tête, toujours hébétée. Ses gestes retrouvent leur douceur. Je me détache de lui, et aussitôt son corps me manque.

Il a envie de moi, me dis-je. Je suis étourdie, étonnée et emplie de désir pour lui.

Lentement, Kit me prend la main et me conduit à travers la maison. L'air frais estival rafraîchit ma peau brûlante, et me fait du bien, mais j'ai l'impression que la température va continuer à grimper.

Le soleil couchant se reflète sur la piscine. C'est un cadre romantique dans lequel je n'aurais jamais imaginé me retrouver un jour. Kit se tourne vers moi, les yeux brillants. Il se recule pour s'asseoir sur une chaise longue, puis me fait signe du doigt d'approcher. Son désir ne fait aucun doute, mais je veux garder le contrôle de la situation. Au travail il est peut-être mon patron, mais ici la situation est différente.

Je secoue la tête.

Il m'observe avec curiosité alors que je retire mes chaussures et avance de quelques pas dans sa direction. Je laisse ma main remonter lentement le long de mon corps en m'effleurant la poitrine et les jambes. Ma main droite saisit la fermeture Éclair de ma robe, et la tire lentement vers le bas. Kit m'observe, les yeux rivés sur mon corps.

Je laisse tomber ma robe au sol avec un petit sourire, et me tiens devant lui, ne portant rien d'autre qu'un string noir. J'entends sa respiration saccadée alors que mes doigts s'avancent vers le sous-vêtement en dentelle, et plongent lentement sous le tissu.

Après des années de vie amoureuse désastreuse, j'ai appris à me faire plaisir comme je le mérite. Je suis déjà humide quand mes doigts se posent sur mon sexe. Sans me quitter du regard, Kit retire sa veste et commence à déboutonner sa chemise.

Je m'approche de lui et m'installe sur ses genoux, la main toujours enfouie entre mes jambes. Il gémit quand je commence à onduler contre lui. Une de ses mains se pose sur mes seins pour me pincer les tétons entre le pouce et l'index, tandis que l'autre guide mes hanches pour me faire adopter un rythme plus soutenu.

Soudain, me prenant par surprise, il me fait basculer sur le dos avec un sourire malicieux, et embrasse ma poitrine avant de descendre le long de mon corps.

— Je ne peux pas te laisser faire tout le travail.

Son regard ambré posé sur moi, et sans me quitter des yeux, ses dents se referment sur mon string et le tirent le long de mes jambes, dévoilant ainsi ma main toujours posée contre ma toison bouclée. Kit écarte mes jambes et embrasse mes cuisses. Ma respiration s'accélère et mon corps se tend de désir.

Je sens alors sa langue chaude glisser le long de mon sexe, et je ferme les yeux, éperdue de plaisir. Un long gémissement m'échappe quand il taquine mon clitoris et un frisson me parcourt l'échine. Ses mains maintiennent alors mes hanches en place tandis qu'il continue de m'embrasser et de me lécher. Je ne suis pas habituée à ce genre d'intimité, mais j'adore ça. Je serre sa tête entre mes cuisses pour le rapprocher davantage, mais il ne s'en plaint pas. Les mouvements de sa langue se font de plus en plus précis et impitoyables, et ses doigts s'enfoncent avec possessivité dans la chair de mes hanches.

En un rien de temps, il m'emmène au paroxysme du plaisir. Le premier orgasme me submerge et je gémis, la tête renversée en arrière. Mais Kit ne me laisse aucun répit. J'entends sa ceinture tomber au sol avec un cliquetis et je me mets à trembler quand il se dresse au-dessus de moi.

— J'ai envie de toi, dis-je d'un ton rauque.

Je tends la main pour ouvrir le reste des boutons de sa chemise et contempler son torse avec admiration, avant de me pencher en avant et lécher un mamelon, d'abord taquine, puis affamée en entendant son gémissement rauque.

Fébrile, il retire son pantalon et son boxer, révélant ainsi son membre impressionnant.

Je passe ma langue sur mes lèvres, tandis qu'il se positionne entre mes cuisses. Le jeu est terminé ; nous brûlons tous deux de désir. Il récupère un préservatif dans la poche de son pantalon et le déchire avant de l'enfiler. Je gémis quand il entre en moi, et gémis encore plus fort quand il se retire.

— Kit, dis-je, la voix haletante.

— C'est ça, Alex. Ma belle et forte Alex, dis-moi ce que tu veux.

— Je te veux toi.

Ma main libre descend le long de son dos, et mes ongles le griffent lorsque notre rythme s'accélère.

Je comprends très vite que Kit est un expert en la matière. Il continue son fougueux va-et-vient, insatiable, sans me quitter des yeux à mesure que le plaisir monte en moi. Son expression se fait triomphante quand mon regard se brouille par la montée du plaisir, mais il garde un rythme impitoyable et puissant.

Des étoiles explosent alors devant mes yeux et je jouis si violemment que je crie son nom sans en avoir conscience. Il gémit mon nom en retour, les lèvres près de mon oreille, la voix basse et rauque.

J'écarte un peu plus les jambes. C'est comme s'il ne voulait jamais s'arrêter. Je halète à chacun de ses coups de reins, qui n'ont à présent plus rien de doux. Il m'embrasse alors avec une égale ferveur, et soudain saisit mes cheveux et les tire doucement en arrière, fermement mais sans jamais me faire mal. Il m'embrasse durement, et j'aime ça. Je voudrais qu'il ne s'arrête jamais.

Je le repousse soudain sur le dos et le chevauche. Le corps musclé de Kit est maintenant sous moi et je suis à califourchon sur lui. Je ne me suis jamais sentie aussi libérée.

Il serre la mâchoire et ses yeux brillent en prenant en coupe mes seins que le mouvement de va-et-vient fait rebondir. Ses mains s'emparent ensuite de mes hanches pour m'encourager à augmenter la cadence.

Nous nous regardons comme si plus rien au monde n'existait. Les yeux de Kit s'assombrissent et ses paupières se ferment à moitié. Un léger grondement s'échappe de sa poitrine, et ses mains se crispent sur mes hanches tandis qu'il s'abandonne à l'orgasme.

Il est si beau ainsi ; moite de sueur, le visage crispé par la passion alors qu'il est profondément enfoui en moi. Je ferme alors les yeux, tandis que je sens mon corps se tendre à nouveau. Il passe une main entre nos corps pour presser mon clitoris du pouce, et soudain sa caresse combinée à la passion de notre amour me fait atteindre mon troisième orgasme.

Quand j'ouvre enfin les yeux, je vois le torse sculptural de Kit qui monte et descend au rythme de sa respiration. Ses mains sont toujours posées sur mes hanches, possessives, fortes et douces à la fois, et il m'adresse un sourire magnifique.

Il est toujours en moi et nos corps ne font qu'un. Mon cœur me fait mal et en même temps j'ai l'impression de voler dans les cieux.

Quelques instants plus tard, Kit me fait basculer et me cale contre lui, un bras protecteur passé autour de mes épaules. Je voudrais pouvoir rester ainsi pour toujours.

— Honte à moi, dit-il d'une voix basse et rauque.

Il me regarde d'un air contrit, une boucle brune lui barrant le front, mais affichant un sourire suffisant très masculin.

— Vous méritez un lit, mademoiselle Croft.

— Je ne veux pas de lit... mais si tu insistes.

Je gémis et m'étire un peu dans ses bras, puis passe amoureusement mes doigts le long de ses épaules musclées.

— Viens, alors. Rentrons.

Il me soulève comme une petite fille et j'éclate de rire quand il me fait plonger jusqu'au sol pour ramasser mes vêtements, avant de me porter jusqu'à sa maison.

— Un vrai gentleman.

Je pose nos vêtements sur mes genoux et noue mes doigts derrière son puissant cou. Je ne me souviens pas de la dernière fois où je me suis sentie aussi chérie.

L'idée de n'avoir jamais été aussi heureuse me rend perplexe. Les sentiments que je ressens sont si forts que je ne sais même pas comment les nommer. Il y a la nervosité et la culpabilité pour ce que je viens de faire avec mon patron, mais pourtant il y a aussi un sentiment plus fort : la liberté. Quelque chose que je n'avais jamais ressenti auparavant.

Kit me regarde avec une expression enjouée.

— Il te reste beaucoup de choses à savoir sur moi, et que tu devras apprendre par toi-même plutôt que d'écouter les potins du bureau.

— Comme quoi ?

— Comme...

Il marque une pause, le front plissé par la réflexion.

— Je suis chevaleresque.

— Vraiment ? Comment cela a-t-il pu échapper aux ragots ?

Un sourire se dessine sur ses lèvres.

— Je n'avais pas encore trouvé la bonne personne qui fasse ressortir ce trait de caractère en moi.

Je ris à nouveau.

Il m'emporte à la cuisine et me dépose sur l'un des tabourets alignés devant le comptoir, puis disparaît pour revenir un instant plus tard, vêtu d'un bas de pyjama noir en soie et avec un peignoir blanc pour moi.

Je m'en couvre et fais mine de ne pas regarder sa silhouette athlétique et la façon dont son torse et ses muscles ondulent lorsqu'il s'active pour sortir des verres et des couverts.

— Que fais-tu ?

— Je ne t'ai quand même pas invitée à dîner pour te laisser mourir de faim, dit-il en sortant une bouteille de vin blanc du réfrigérateur.

— Mon Dieu, tu sais cuisiner ?

Je regarde la bouteille de vin qu'il me présente, impressionnée par son choix. Kit sort deux assiettes garnies du tiroir-réchaud à côté du réfrigérateur.

— Non, dit-il en souriant. Mais j'ai d'excellentes compétences pour recruter les meilleurs cuisiniers.

Les yeux pétillants de malice, il m'indique du menton la table à manger. Je m'y installe et il y pose les assiettes, avant de prendre la chaise à côté de moi.

Nous dînons des pâtes les plus délicieuses que j'aie jamais mangées. Je passe le repas à rire et à lui lancer des regards sensuels par-dessus mon verre. Pourquoi cet homme fait-il ressortir ce côté en moi ?

Je me sens tellement détendue que je pourrais rester ici en sa compagnie pour toujours. Une douleur résonne aussitôt dans mon cœur car je sais que c'est impossible. Ce n'est qu'un moment volé qui ne durera pas.

Je m'efforce cependant de savourer cette soirée, riant de ses plaisanteries, et lorsque nous abordons le sujet de Cupidon et de ses projets pour l'entreprise, je réalise que je l'admire et que je l'ai peut-être mal jugé. Derrière son attitude désinvolte et sa façade de fêtard, se trouve quelqu'un de gentil à l'esprit vif. J'aime son sens de l'humour et le respect dont il a fait preuve vis-à-vis de moi, ainsi que son attitude face à son père. Je parie qu'il fera lui-même un excellent père un jour, et je suis immédiatement surprise d'avoir songé à cela. Mais l'image d'un magnifique petit Kit trottinant me fait sourire.

— Pourquoi ce sourire, mademoiselle Croft ?

Je m'étrangle de rire – hors de question de lui avouer à quoi je pensais.

— Vous êtes très surprenant, monsieur Walker. Il semblerait que vous soyez enfin sur le point de faire amende honorable à l'âge de… ?

— Vingt-sept ans.

— Ah, dis-je en hochant la tête.

— Pourquoi « Ah » ?

— J'ai vingt-quatre ans, mais j'ai bien plus d'expérience que toi.

Kit se penche, le regard vif, la voix grave et suggestive :

— Expérience de travail, peut-être, mais de la vie, je n'en suis pas si sûr. Sexuellement, je suis certain d'avoir des décennies d'avance sur toi, petit chat.

— Kit Walker ! Tu ne vas quand même pas te plaindre de ce qui vient de se passer entre nous.

Je m'empourpre tout en prononçant ces mots, ce qui le fait à nouveau sourire malicieusement.

— Pas un seul instant. Sauf que…

Il se recule.

— Sauf que quoi ?

Sa voix tombe d'un décibel.

— Je n'en ai pas fini avec vous, mademoiselle Croft.

C'est avec fébrilité que je termine de dîner, désireuse de sentir à nouveau ses mains sur moi et de me mettre à nue pour cet homme – mon patron.

Kit porte les assiettes à l'évier, puis revient et entrelace ses doigts aux miens pour me conduire dans sa chambre.

17

Je me réveille seule dans un grand lit, et il me faut quelques instants pour reconnaître l'endroit où je me trouve : la *chambre de Kit*. Soudain la nuit dernière me revient.

Souriante, je me lève et me précipite sous la douche. Je passe cinq minutes à fantasmer sur la veille tout en me savonnant, puis sors et m'enveloppe dans une serviette.

Mes vêtements sont soigneusement pliés sur la table de chevet. Je m'habille rapidement, prends mes hauts talons et descends pieds nus. Kit est au salon, torse nu et penché sur un ordinateur portable. À la vue de ses cheveux ébouriffés mon cœur se met à battre plus fort. Je meurs d'envie de passer les doigts dans ses boucles.

Il lève les yeux de son ordinateur et me sourit.

— Bonjour, Alex, dit-il en se levant. Est-ce que tu as faim ? Je pense qu'il est presque l'heure de déjeuner...

Tout en parlant, il me détaille de la tête aux pieds avec un regard approbateur.

Je rougis, peu désireuse de partir déjà, et pose mes chaussures par terre.

— Bonjour. Oui. Je suis affamée. Je pourrais nous cuisiner quelque chose ? De la soupe peut-être ?

— Ça m'a l'air bien.

J'essaie de ne pas regarder son torse nu et me concentre sur le contenu de son réfrigérateur. Je sors les ingrédients nécessaires en essayant de rester calme. Heureusement, j'ai trouvé de quoi préparer une bonne soupe de légumes.

Kit s'approche de moi et m'observe avec curiosité.

— Tu sembles nerveuse. Pourquoi ?

Sa voix est un murmure bas et rauque qui me fait dresser les poils de la nuque.

Je secoue d'abord la tête, puis acquiesce pour confirmer ses soupçons. Comment lui avouer que je n'arrête pas de penser à lui ? Que je le désire comme je n'ai jamais rien désiré de ma vie ?

C'est impossible.

Je n'arrive même pas à me l'avouer à moi-même.

— Je suppose que je suis un peu perdue.

Kit semble réfléchir à mes propos.

— Oui, moi aussi. Mais ça ne sert à rien de fuir, n'est-ce pas ?

Je hausse les épaules timidement.

— Je pense que non.

— Il y a beaucoup de choses dont nous devons parler... Je voudrais pouvoir mettre l'application en bêtatest la semaine prochaine. Demande aux personnes de ton équipe de se créer un profil pour tester la messagerie...

Je me tourne vivement vers lui, enthousiaste.

— J'adore cette idée !

Je suis tellement excitée que je ne tiens plus en place. Les joues rouges, je lui souris.

— Pourquoi n'avons-nous encore jamais pensé à cela ?

— Je sais... Ça nous aidera à relancer le public avec plus d'assurance... et à éviter les bugs.

— Je suis vraiment enthousiaste.

— Moi aussi.

Kit me prend dans ses bras et je le laisse faire ; j'ai besoin qu'on m'aide à croire que tout cela est réel, mais j'ai conscience qu'il n'est sûrement pas judicieux d'aspirer autant à me blottir dans les bras de mon patron.

Et pourtant je reste là, incapable de m'éloigner. Kit Walker me tient dans ses bras puissants et je veux que tout cela puisse durer.

Nous nous sourions tandis que je me recule et lève les yeux vers lui.

— Téléchargeons l'application. J'allais t'en parler hier soir mais nous avons été distraits par quelque chose de bien plus intéressant.

— On peut déjà la télécharger ?

— Tout à fait, dit-il en sortant son téléphone. Je l'ai ici. Nous devons encore modifier le design, mais l'aspect technique est plus ou moins terminé. Tiens. Je t'envoie le lien par SMS.

Je prends mon téléphone, clique sur le lien et télécharge l'application.

En attendant, nous nous amusons en nous taquinant et en créant nos profils. Kit choisit un KW et je prends AC.

— Envoie-moi un cœur, me dit-il.

Je m'exécute et mon application émet un tintement.

KW vous a envoyé un cœur.

Je souris.

— Maintenant, envoie-moi un message, dit-il.

Je lui envoie un simple mot.

Essai

Il lit mon message, les sourcils froncés pensivement comme s'il espérait autre chose, puis sourit avec ironie et range son téléphone.

— Une fois la phase bêtatest terminée et les problèmes corrigés, nous la mettrons en ligne, me dit-il.

Je lui adresse un grand sourire et range à contrecœur mon téléphone.

— Je suis impatiente.

Je me détourne pour continuer à préparer ma soupe, soulagée de n'avoir jamais rien dit de négatif au sujet de Kit auprès d'Alastair. Tout va pour le mieux. Nous ne savons peut-être pas où cette relation nous mène, mais nous sommes des adultes consentants et, tant que nous ne mélangerons pas vie privée et vie professionnelle, nous trouverons peut-être le temps de le découvrir.

Mon cœur bat joyeusement à cette pensée.

Je me dirige vers l'évier pour laver les légumes, suivie par Kit. Il m'observe comme s'il n'avait jamais vu une femme cuisiner.

— Je fais ça d'habitude quand je suis malade.

— Où as-tu appris à cuisiner ? Avec tes parents ? Maman n'a jamais cuisiné pour moi et Alastair est nul.

Je me mets à rire.

— Qui cuisinait pour toi ? Ta nounou ?

En le voyant acquiescer, je décide que je cuisinerai pour lui chaque fois que cela sera possible.

— Comme je te l'ai dit, il n'y a pas de travailleurs plus acharnés que mes parents. Mais même s'ils passaient leur vie au boulot, nous n'avions tout de même pas les moyens de payer une nourrice. Je m'occupais donc de ma sœur Helena quand nous étions enfants. Malheureusement, je ne suis pas une très bonne cuisinière. Mais j'ai au moins essayé. J'ai en quelque sorte appris à lui cuisiner des choses saines.

Je le regarde par-dessus mon épaule avant d'ajouter :

— Ton frère n'a jamais cuisiné pour toi ?

— Pas vraiment. Nous ne sommes pas si proches. De plus, William est un perfectionniste coincé, et même si je sais qu'il sait cuisiner, je doute qu'il ait jamais fait cela pour qui que ce soit. Il est tellement strict qu'on le surnomme l'homme de pierre. Il ne supporte rien à part le travail et de vivre selon les règles. Alors que moi…

Il penche la tête sur le côté.

— J'adore enfreindre les règles, ce qui le rend fou.

J'éclate de rire.

— Vous avez l'air d'être complètement à l'opposé tous les deux.

— Nous sommes très différents, concède Kit. Sa mère est une mondaine. La mienne… papa l'a rencontrée au Platinum. Un club de strip-tease à Londres.

Un sourire ironique se dessine sur ses lèvres mais qui ne cache pas l'amour qu'il ressent visiblement pour elle.

Je n'ai jamais parlé aussi ouvertement à quelqu'un à propos de ma famille, et je sens que Kit n'est pas non plus du genre à s'ouvrir facilement sur le sujet.

Il se crée en cet instant entre nous une intimité qui n'existait pas jusque-là. Je pousse la confession.

— Parfois, je me surmène. Je pensais avant que c'était une bonne chose, mais d'avoir vu depuis toujours mes parents vivre de cette manière… et aussi de t'avoir rencontré… je ne sais pas. Jusque-là c'était effrayant car je n'avais personne pour m'arrêter, et je me ménage rarement à cause de ma sœur, Helena.

— Comment cela ?

— Je paie ses études. Mes parents nous ont encouragées à nous débrouiller seules après le lycée. Ils pensent que les gens ne donnent le meilleur d'eux-mêmes que s'ils y sont obligés. Mais Helena est ma sœur, et je veux lui offrir toutes les chances de réussir. Je suppose que c'est la raison pour laquelle je suis une telle bosseuse, moi aussi. Je n'y peux rien, j'ai été élevée comme ça, et c'est dans mes gènes.

Je lui souris avant de continuer.

— Tu ne me connais pas depuis assez longtemps pour m'avoir vue travailler dans un état chronique d'insomnie pendant un grand lancement.

— C'est vrai ça ? Tss tss tss. On ne peut pas permettre une chose pareille ma belle. Visiblement mon père et moi te faisons travailler trop dur.

Son regard protecteur me fait rougir et j'ai presque envie de remettre mes défenses en place. Je ne suis pas habituée à être aussi vulnérable et ça fait du bien de s'ouvrir. Peut-être même trop.

— Mais j'adore ça. Ne me rends pas les choses *trop* faciles et ne me traite pas comme si j'étais fragile, sinon je deviendrai folle. Crois-moi, tu n'as aucune envie de me voir folle.

Je lui tire la langue, joueuse. Kit s'esclaffe.

— Ma petite rousse qui crache du feu, dit-il en frottant son nez contre mon oreille.

Je souris timidement au mot « *ma* », et glisse la tête sous son bras pour sortir les assiettes.

— Je te dois une soupe étant donné que tu m'as apporté la limonade de ta mère. Je pense que c'est ce jour-là que j'ai compris que je t'aimais plus que je ne le voulais.

Je rougis en réalisant ce que je viens d'avouer à voix haute.

— Je ne t'ai pas apporté de la limonade pour que tu me fasses de la soupe, Alex.

Mon sourire moqueur faiblit devant son ton grave. Je me tourne vers lui.

— Je sais. Tu as été gentil avec moi ce jour-là. Je me souviens d'avoir pensé quand je t'ai vu devant cette porte : « Oh non, il est là pour jubiler. » Mais tu essayais simplement de m'aider. C'est une des nombreuses choses que j'ai appris à admirer et à… apprécier chez toi.

Aimer chez toi, me parvient un petit murmure choquant depuis mon subconscient.

Kit garde le silence sans me quitter des yeux. Puis il change de sujet.

— Tu es sexy quand tu cuisines...

Sa voix est rauque et mon cœur se met à battre plus fort. J'essaie de le prendre à la légère, bien que son simple contact me mette dans tous mes états.

— Je ne fais que couper des légumes...

— Peut-être que j'adore simplement tout ce que tu fais.

Il pose les mains sur ma taille et je laisse échapper un petit halètement alors que son visage se rapproche du mien. Mon cœur s'emballe et mes yeux se posent sur ses lèvres. Je l'embrasse désespérément, griffant de mes mains tout ce que je peux atteindre. Nous titubons ensemble, nos membres enchevêtrés, et je me sens à nouveau vivre.

Il me serre contre lui et je l'embrasse avec abandon, de tout mon être, avant de le pousser sur une des chaises de la cuisine. Il me sourit quand je m'assieds à califourchon sur lui et se penche en avant pour m'embrasser avec fougue, d'une faim égale à la mienne.

Je me frotte contre son érection, brûlante de désir pour lui. Ses mains agrippent mes fesses et me guident tandis que j'ondule contre son bassin. Il gémit et fait passer ma robe par-dessus ma tête. Ses lèvres affamées se posent sur mes seins nus et sa langue chaude et douce explore ma peau. Je ne peux m'empêcher de gémir. Il s'arrête et fait glisser ses mains le long de mon corps, m'examinant d'un regard affamé.

— Mon Dieu, Alex..., murmure-t-il.

Il me touche avec douceur et délicatesse, comme s'il me faisait l'amour pour la première fois. Mais ce n'est pas ce que je veux pour le moment.

— Tu n'as pas besoin d'être si gentil avec moi.

Il m'adresse alors un sourire diabolique, et je frissonne d'anticipation. Soudain il me soulève et prend la direction de l'escalier.

Nous tombons ensemble sur le lit et je sens son sexe se presser contre moi tandis qu'il se place lentement entre mes cuisses pour me faire languir.

— Je ne vais pas tenir longtemps si tu continues à faire ça, lui dis-je.

Il me sourit malicieusement.

— Dis-moi s'il te plaît.

Je fronce les sourcils et décide de prendre les choses en main. Kit se laisse renverser sans protester et quand je le chevauche, ses mains saisissent immédiatement mes seins.

— Alors, c'est comme ça que tu prends les choses…

Je hoche la tête effrontément.

Il me regarde, éperdu de désir, puis se redresse et glisse un doigt en moi. C'est un geste auquel je ne m'attendais pas, mais c'est loin de me déplaire. Je tressaille et tandis que nos yeux se croisent, il ajoute deux doigts de plus, et les suce lentement, ses yeux rivés aux miens.

Folle de désir, je pose une main sur son torse pour le faire se rallonger.

— Des préservatifs ? dis-je, le souffle court.

Il étend le bras pour sortir un paquet de sa table de nuit. Je déchire l'emballage et le fais glisser le long de son membre, puis me positionne sur lui en caressant doucement son sexe. Il frissonne, sans jamais me quitter des yeux.

— Je m'attendais à être mis plus à contribution…

Je lui souris, nue au-dessus de lui. Je me sens belle ; je me sens moi-même.

— Ton tour viendra.

Avant qu'il puisse ajouter quoi que ce soit, je m'enfonce d'un coup. Il gémit de plaisir. Cela fait longtemps que je ne me suis pas sentie aussi libérée, mais avec lui ça me vient naturellement.

Kit se redresse pour me guider, les mains posées sur mes fesses, et explorer mon corps de ses lèvres.

— C'est si bon, dis-je en haletant. S'il te plaît ne t'arrête pas. S'il te plaît.

— Chut Alex… Je continuerai aussi longtemps que tu le voudras.

Son ton est presque amusé. Il me renverse alors sur le dos et bloque mes mains au-dessus de ma tête. Quand il s'enfonce en moi à nouveau, je vois des étoiles et m'abandonne totalement en criant son nom.

Son érection me remplit si complètement que je me sens étirée et possédée. Notre rythme s'intensifie à l'approche de notre apogée, et son nom quitte mes lèvres dans un gémissement, tandis que je l'entends gémir « Alex » d'une manière qui me fait chavirer complètement.

Après cela, Kit et moi restons allongés l'un contre l'autre.

— Je sens qu'avec toutes ces distractions je vais devoir renoncer à l'idée de faire une soupe.

Kit enfouit son nez dans mon cou.

— Mais ça valait vraiment le coup.

Ses lèvres se referment sur les miennes et je ferme les yeux en soupirant.

18

Je n'ai pas cessé un seul instant de penser à lui, depuis que je suis rentrée chez moi dimanche après-midi.

Alastair m'envoie un message dans la soirée.

Alex, pouvez-vous me faire un rapide bilan ?

Je lis son SMS et soupire. J'aimerais pouvoir l'ignorer mais je sais que c'est la dernière chose à faire. Je ne veux pas faire de rapports sur Kit ; je suis en train de tomber amoureuse de lui. J'ai appris à admirer son sens des affaires, mais ce que nous faisons ensemble ne serait certainement pas du goût d'Alastair.

Je compose son numéro et lui fais un petit briefing ; que Kit m'a donné des directives pour le nouveau design et que nous avons appliqué les modifications.

— Ses suggestions vous ont donc plu ? demande Alastair, l'air satisfait.

— Beaucoup. Nous ferons des tests cette semaine, une fois que Kit aura validé le résultat.

— Excellent ! Excellent ! Je savais que vous réussiriez, Alex. Je sais qu'il est difficile à gérer, mais vous en êtes capable.

Je souris avec tendresse.

— Il est… têtu, oui. Mais il y a de l'espoir.

— Bien. Rien d'autre ?

— Non, rien du tout.

Après un petit silence, Alastair ajoute :

— Alex ?

— Oui ?

— Ce n'est pas pour rien que vous avez toujours été ma préférée. Je sais que je peux toujours compter sur vous.

— Merci, Alastair.

Je raccroche, le cœur douloureux. Je suis un imposteur et je trahis la confiance d'Alastair en couchant avec Kit. Je trahis mes propres valeurs. Je me transforme en admiratrice de Kit, et je ne peux m'empêcher de me demander si je ne vais pas finir par regretter tout ceci…

Je suis nerveuse en arrivant au travail lundi. Kit doit donner sa validation pour le design, et je ne sais pas ce qui se passera quand nous nous verrons. Était-ce une aventure d'une nuit ? A-t-il pensé à moi comme j'ai pensé à lui ?

J'essaie de repousser mes préoccupations et après avoir déposé mon sac à main, je tape des mains pour attirer l'attention de tous.

— Bonjour. Kit passera aujourd'hui pour valider notre travail. Revoyons cela une dernière fois, d'accord ?

Nous nous réunissons autour de la table.

— Est-ce que Ben est là ? J'ai organisé cette réunion…

— Je suis là, répond Ben depuis la porte.

Je le regarde s'avancer en souriant, heureuse que nous ayons pu tourner la page.

Ellie s'approche de moi.

— Il s'est passé quelque chose ?

Sa voix juste assez forte pour que moi seule puisse l'entendre.

Je fais semblant d'être surprise.

— Pourquoi me demandes-tu ça ?

Elle se tapote le coin des lèvres en affichant un sourire.

— Parce que tu as rougi en prononçant le nom de Kit, et que tu n'as répondu à aucun de mes messages ce week-end.

— Tu délires. J'étais occupée à préparer cela, dis-je en saisissant vivement la télécommande.

Je meurs d'envie de parler à quelqu'un – n'importe qui – de ce qui s'est passé avec Kit. Une part de moi préfère rester prudente et ne pas trop espérer, mais une autre s'inquiète de me voir développer des sentiments pour mon patron et d'avoir couché avec lui.

Je n'aurais jamais cru être un jour ce genre de fille.

Je réfléchis sur ce que je pourrais répondre, quand je sens une agitation dans la pièce.

— Bonjour.

Je relève la tête au ton grave et masculin de Kit. Angela se met à glousser et le reste de l'équipe trépigne d'excitation autour de la table.

Il est… à croquer, vêtu d'un costume noir et d'une cravate parfaitement nouée. Je n'arrive pas à croire que ce soit la même personne rencontrée il y a quelques semaines à peine.

— Bonjour. Mademoiselle Croft.

Ses yeux ambrés s'arrêtent sur moi et mon souffle se coupe, car dans son regard si intime et perçant, je vois se refléter tout ce que nous avons fait ensemble.

— Avez-vous passé un bon week-end ?

Il s'adresse à toute l'équipe, mais je sens que c'est à moi que la question est posée. Je prends donc mon ton le plus professionnel pour lui répondre :

— Merveilleux à vrai dire. Nous commençons cette semaine avec de bonnes nouvelles : le nouveau design est prêt à être validé.

Kit est si proche que nos épaules se touchent presque. Il se recule et croise les bras en fixant l'écran. L'arrière-plan anthracite et le lettrage doré chatoyant ont vraiment du punch. Le style est intemporel et élégant.

— J'ai ajouté les flèches à la dernière minute. Est-ce que cela vous plaît ?

— Tout à fait. J'aime beaucoup ce que je vois, dit-il en tournant son regard vers moi. Excellent travail.

Le soulagement dans la salle est palpable. Durant la demi-heure qui suit, nous discutons du bêtatest, du plan de lancement et des détails de la programmation qu'il faudra voir avec Ben.

Une fois la réunion terminée, Kit prend ma main et la presse doucement.

— Bien joué.

Je bats des cils et jette un rapide coup d'œil autour de moi, priant pour que personne n'ait vu son geste, et expire nerveusement en comprenant que ce n'est hélas pas le cas.

— Tu m'accompagnes jusqu'aux ascenseurs ?

Je hoche la tête, consciente de la présence de Ben dans les parages. Est-ce qu'il nous suit ?

— On se retrouve ce soir chez moi, dit Kit.

Il presse la flèche du haut, et se retourne en me souriant. Mon cœur tambourine de joie, puis mes yeux s'écarquillent lorsque je comprends que Ben nous a entendus.

— Oui, ce soir pour euh... parler boulot... ?

Kit hoche la tête et je souris en le regardant monter dans l'ascenseur. Mon cœur bat de plus en plus fort à l'idée de le revoir.

Ben s'éclaircit la gorge.

— Alors je suppose que vous êtes amis maintenant ?

— Oui, et c'est une bonne chose. C'est important de tous nous entendre.

— Bien sûr.

Son expression est amicale, et je suis une fois de plus heureuse que nous ayons pu dépasser si aisément nos différends. Si seulement ce qui se passe entre Kit et moi pouvait être aussi simple.

Je passe la journée à travailler, dans un état de fébrilité incroyable. C'est plus fort que moi, mais chaque fois que je pense à l'invitation de Kit, mon corps se met à frissonner. J'essaie de me concentrer sur l'envoi des fichiers au département technique afin qu'ils puissent tout préparer pour le lancement.

À 15 heures, comme je n'ai aucune nouvelle de Kit, je décide de lui envoyer un SMS pour avoir des détails au sujet de la soirée.

Quel est le plan pour ce soir ? Quand et où devons-nous nous retrouver ?

Chez moi à 19 heures ? Apporte ton maillot de bain. Ou rien du tout si tu préfères.

Vous êtes trop direct, monsieur Walker.

Un homme est en droit d'espérer, mademoiselle Croft.

Je souris et remets mon téléphone dans mon sac. Je suis tellement excitée que le reste de la journée se passe en un rien de temps.

Une fois chez moi, après ma douche, j'applique sur mon corps ma crème à la vanille et à la poire qui sent délicieusement bon. Je prends ensuite mon maillot de bain et le range dans un petit sac, et me demande si je devrais rajouter mon pyjama. Non, pas question. Ce serait trop évident.

Je me sèche rapidement les cheveux et les coiffe de manière décontractée, puis choisis une petite robe d'été blanche, simple mais coquette. Satisfaite, je verrouille ma porte et prends la direction de chez Kit.

Il est au téléphone quand j'arrive. Il porte toujours son costume, et sa veste est jetée sur le canapé du salon. Son regard s'éclaircit en me voyant.

J'ai fait un bon choix avec cette robe blanche.

— Je dois y aller, papa, murmure-t-il en me faisant signe d'entrer. J'ai de la visite, mais je suis content que tu approuves notre travail.

Alastair semble demander quelque chose, et Kit rapproche le téléphone de son oreille.

— Mlle Croft ?

Ses sourcils se haussent lentement, et il me regarde calmement en me parcourant de la tête aux pieds.

— Nous nous entendons à merveille, dit-il.

Après avoir raccroché, il vient vers moi d'une démarche hésitante, presque timide. Il met les mains dans ses poches et me sourit.

— Si on allait à la piscine ?

— Je suis partante. Est-ce qu'il y a un endroit où je peux me changer ?

— La chambre d'amis, le *pool house*... ou ma chambre.

Encore une fois, son sourire est presque nerveux, mais suffisamment malicieux pour me rendre également nerveuse.

— Va pour le *pool house* !

J'emporte mon sac pour me changer et enfile un petit bikini noir attaché par des rubans rouges. Je me regarde quelques minutes dans le miroir.

— D'accord, Alex. Détends-toi. Ce n'est pas une situation de vie ou de mort. Sors et amuse-toi.

Je sors en plissant les yeux sous le soleil couchant. Kit est allongé sur une chaise longue, dans un maillot bleu turquoise, les cheveux délicieusement ébouriffés par le vent. Il porte des lunettes de soleil, ce que je regrette, car j'aimerais vraiment voir l'expression de son regard.

Je m'arrête au bord de la piscine, ne sachant pas quoi faire. J'ai soudain terriblement envie de me couvrir.

— Alors, Walker ? dis-je d'un ton narquois. On nage ou on nage ?

Sans attendre sa réponse je saute dans la piscine en faisant une bombe.

Ce n'est pas très sexy, mais au moins, je ne suis plus exposée à son regard pénétrant.

En remontant à la surface, je sens des éclaboussures. J'ouvre les yeux sous l'eau et vois le corps athlétique de Kit qui se dirige vers moi après un plongeon. Il me rejoint et passe les bras autour de moi.

Je halète en remontant à la surface et ris aux éclats. Kit repousse mes cheveux en arrière, un sourire aux lèvres alors que nous nous regardons.

Il est magnifique, et si proche. Je vois l'eau qui coule de ses cils, son nez et ses sourcils. Je voudrais embrasser chaque goutte, le lécher, le laper.

— Salut toi, dit-il de son accent britannique.

Je souris, timide, nerveuse, heureuse et emplie de désir. Je l'asperge sur une impulsion et il esquive en éclatant de rire.

— Oh ! tu veux jouer à ça ?

Il se jette alors sur moi et m'attaque comme un requin. Je me mets à nager aussi vite que possible pour lui échapper, mais il est bien trop rapide. Il me cloue contre le rebord de la piscine et penche sa tête vers la mienne.

Nos lèvres se joignent. Sa langue caresse la mienne et je frissonne. Il incline la tête et approfondit son baiser, comme s'il avait attendu cela toute la journée.

— Ça fait des heures que j'ai envie de faire ça, dit-il d'une voix rauque.

— Depuis quand… ?

Je veux connaître la réponse. J'en ai autant besoin… que de l'air que je respire.

Il passe un pouce humide sur ma joue et descend jusqu'à mes lèvres.

— Depuis que je t'ai vue pour la première fois, ma magnifique et fougueuse mademoiselle Croft.

Il entrecoupe ses paroles de baisers et de coups de langue, tandis que je gémis de plaisir.

Nous passons la soirée à nous voler des baisers, nager, nous reposer sur les chaises longues et organiser un concours de plongée où nous nous évaluons l'un et l'autre. Mon esprit de compétition se réveille et je donne le meilleur de moi-même. Il semble surpris que je sache plonger, et pas seulement faire des bombes.

Prends ça, sexy Kit Walker !

Toujours dans la piscine, nous sirotons des boissons qu'il nous apporte du bar en plein air et parlons de l'application et de la date de lancement. Quand Kit me rapproche de lui et recommence à m'embrasser, je me décide à l'interroger.

— Que sommes-nous en train de faire, Kit ?

— Que veux-tu dire ? dit-il en fixant mes lèvres, comme s'il voulait les dévorer.

— Je veux dire... Que faisons-nous ? Est-ce que ça porte un nom ? Nous ne pouvons pas sortir ensemble... Pas sans que tout le monde le sache. Alors que sommes-nous en train de faire ?

— Nous pouvons parfaitement sortir ensemble, Alex.

Il fronce les sourcils, confus, comme s'il n'aimait pas l'idée que je puisse penser le contraire, et prend mon visage en coupe.

— Qu'ils aillent au diable, si ça ne leur plaît pas, dit-il avec une expression féroce. Nous sommes des adultes et nous pouvons faire en sorte que cela n'interfère pas avec le travail.

— Ce n'est pas aussi simple, Kit. Et puis, admettons que nous sortions ensemble. Et ensuite ? Que se passera-t-il quand nous nous lasserons l'un de l'autre ? Est-ce que tu me licencieras quand tu voudras me quitter ?

— Qu'est-ce qui te fait penser que je me lasserai de toi...

Il détourne le regard, la mâchoire serrée comme si la pensée le dérangeait, puis il me regarde et me caresse doucement le visage pour me forcer à lever la tête.

— Je te veux, Alex. Je te veux plus que tout...

Sa respiration est lourde, et son regard intense me pénètre le cœur.

— Moi aussi je te veux. Mais j'ai juste... peur.

— N'aie pas peur. Pas de moi en tout cas.

Il m'aide à sortir de l'eau et me dépose sur la chaise longue, puis retire adroitement mon bikini.

— Mon Dieu, Alex, regarde-toi, grogne-t-il en passant les mains sur mon corps.

Je gémis son nom et me cambre contre lui. Impatiente, je l'embrasse et le repousse sur la chaise longue afin de le chevaucher.

Il gémit quand je le prends en moi et que j'entame un mouvement de va-et-vient, insatiable, incapable d'étancher ma soif et mon désir pour lui ; incapable de décider si me donner à cet homme est une décision que je regretterai un jour.

Plus tard, il m'amène enfin dans sa chambre, et alors que je me sèche, il se tient derrière moi, une serviette nouée autour des hanches, et étudie son téléphone.

— Nous sommes supposés mettre cette chose en version test, dit-il en me regardant grimper sur le lit, complètement nue.

Je hoche la tête et prends mon téléphone. Un message de Kit me parvient.

Tu es belle sur mon lit.

Je le regarde. Il sourit, lève un sourcil et continue à taper.

Ma gorge se serre d'émotion et je croise son regard.

— Je me sens belle, et j'ai l'impression que je pourrais m'y habituer. C'est ce qui me fait peur.

Il s'avance en se débarrassant de sa serviette. Nous nous retrouvons allongés à nous embrasser en silence, laissant nos corps se charger de la conversation.

Chaque murmure brûlant me consume. Ses paroles et caresses sont emplies de désir. Et en ce moment volé où rien d'autre n'existe que lui, je pourrais jurer que Kit Walker est lui aussi en train de tomber amoureux de moi.

19

Malgré mon excitation et le fait que je ne cesse de penser à lui, je n'ai plus de nouvelles de Kit durant le reste de la semaine.

Je le vois au bureau, mais uniquement pendant les réunions. Aucune caresse volée cette fois.

Lors de notre réunion du vendredi avec mon équipe, je le surprends en train de m'observer avec un froncement de sourcils. Mais il ne fait aucun geste pour me toucher ni me sourire.

Que se passe-t-il ?

Alors que nous levons la séance, Ben me demande de les rejoindre, lui, Angela et Tim pour prendre un verre. Kit, qui est occupé à étudier un document que nous lui avons imprimé, lève aussitôt la tête.

Consciente de son regard, je réponds à Ben que je suis occupée et celui-ci quitte la pièce, visiblement contrarié. En voyant Kit sourire, je me sens soudain irritée contre lui. Dans l'après-midi, alors que je rentre chez moi, heureuse que la semaine soit terminée, je me demande ce qu'il se passe.

Est-ce déjà terminé ? Je suis furieuse et surtout blessée. Une pensée surgit du fond de mon esprit et me suit sans répit : J'aurais dû m'en douter.

Lundi je m'habille avec soin. Je veux être parfaite. Je veux regarder Kit droit dans les yeux et trouver un indice sur ce qu'il se passe entre nous.

Je sais que quelque chose cloche, aussitôt que j'arrive au travail.

En entrant dans la salle, j'ai l'impression que tout le monde est nerveux. Je le suis soudain moi aussi, étant donné que *j'ai* effectivement toutes les raisons de l'être : j'ai couché avec le patron, et pas juste une fois.

De plus je n'ai aucune nouvelle de lui depuis une semaine : pas un SMS ni un mot.

Comment quelqu'un peut-il tout simplement oublier d'appeler après une nuit comme celle que nous avons partagée ? La façon dont il me touchait… comme s'il me *chérissait*, comme s'il partageait mes sentiments. Et les fleurs provenant de Turquie, lors de notre première nuit !

Mais je me dis que lorsque l'on couche avec un milliardaire, il est difficile de reconnaître un geste spectaculaire. Ce n'était probablement qu'une peccadille pour lui de se faire livrer ces fleurs ; à peine une brèche dans son compte en banque.

Angela frappe doucement à ma porte. Elle n'est pas comme d'habitude ; elle ne sourit pas et paraît tendue. Je fronce les sourcils, sentant la peur s'insinuer en moi.

— Tout va bien, Angela ?

Elle ne dit rien et referme doucement la porte derrière elle.

— Le patron veut te voir.

— D'accord…

Elle se mord nerveusement les ongles.

— Il semblait… énervé.

Je secoue la tête avec confusion.

— Pourquoi est-ce que tout le monde est à cran ?

— Je ne sais pas. Peut-être parce que… tu l'es toi aussi ? Tu sembles stressée et Ben aussi, ainsi que Kit. Je suis tombée sur lui dans l'ascenseur et il m'a dit d'aller te chercher. Il veut te voir dans son bureau immédiatement.

— Pourquoi penses-tu qu'il est en colère ?

— Je ne sais pas. Il était juste… pas comme d'habitude. Ce n'est pas le Kit calme et agréable que nous connaissons et aimons tous.

Mes mains tremblent lorsque je ferme mon navigateur.

— Merci Angela. J'y vais.

Je suis perplexe. Qu'est-ce qui pourrait démonter l'homme le plus indémontable que j'aie jamais rencontré ?

Les choses se compliquent encore lorsqu'en sortant de mon

bureau j'entends un brouhaha juste devant ma porte et vois Alastair qui vient vers moi.

La peur me retourne le ventre. Quelque chose me dit que sa présence ne signifie rien de bon.

— Alexandra. Pouvons-nous parler ?

— Oui, Alastair… bien sûr. Ou devrions-nous parler… Kit voulait me voir…

Je me hâte de le suivre vers les ascenseurs.

— Le bureau de Kit me convient.

Je hoche la tête nerveusement, en me mordant l'intérieur de la joue. Une fois que nous sommes arrivés, Alastair se dirige vers le fond du couloir. Il frappe à la porte de Kit.

— Kit. Nous entrons, mon garçon.

Il ouvre la porte à la volée, et mon cœur se met à tambouriner lamentablement en voyant Kit penché sur son ordinateur, l'air frustré.

Il lève un regard sombre et troublé. Mon cœur s'effondre.

Que se passe-t-il ?

Il paraît surpris en voyant son père, et la tension de son visage se transforme en stupéfaction.

— Papa ?

Son regard croise le mien et j'y vois la confusion. Je me sens si coupable de ce que nous avons fait que je n'arrive plus à respirer calmement.

Il semble si sérieux. L'homme qui me tenait dans ses bras il y a à peine une semaine a disparu.

— Kit, vous vouliez me voir, dis-je après m'être raclé la gorge.

Il jette un coup d'œil à son père, la mâchoire serrée et le regard étréci.

— Mais oui, montre-lui, dit Alastair comme s'il répondait à sa question silencieuse.

Il indique ensuite la table de réunion.

— Je vais attendre ici.

Je m'approche de Kit et lui demande à voix basse :

— Que se passe-t-il ?

— Mon père et moi avons reçu ce mail, chuchote Kit en me faisant signe du menton de m'approcher plus près.

Je fais le tour de son bureau, essayant de ne pas inhaler son eau de Cologne tandis que je scrute son écran. Il clique sur une pièce jointe.

J'essaie de rester calme et distante, mais lorsque la fenêtre s'ouvre, je ne peux m'empêcher de haleter.

La photo est sombre mais le contenu est clair. C'est une image de Kit et de moi au bord de sa piscine. Nus. Il n'y a aucun doute sur nos identités – Kit tourne le dos, mais son jardin est si reconnaissable que tous ceux qui travaillent ici sauront le reconnaître sans hésitation.

Par contre, mon visage est parfaitement net. Je rougis. Combien de personnes ont vu cela ? Ce n'est pas ma nudité qui me dérange le plus, mais le fait que tout le monde connaisse mon secret, et celui de Kit.

— Je suis vraiment désolé. Je ne sais pas qui nous l'a envoyée, me murmure Kit.

Je remarque à quel point ses yeux ambrés sont sombres et éteints. J'y lis une franche frustration, et alors qu'une part de moi voudrait tendre la main pour le réconforter, je suis tellement blessée et choquée par l'image que je ne peux même pas bouger.

Complètement abasourdie, je regarde à nouveau la photo, puis la ligne d'objet du mail attire mon attention :

Prête à tout pour une promotion ?

Humiliée et nauséeuse, je m'éloigne de l'ordinateur. Je ne veux pas quitter Cupidon. J'ai trouvé une maison dans cette entreprise. Alors que suis-je censée faire quand une photo nue de moi en compagnie du patron circule – envoyée par courrier électronique à mes deux patrons ? Mon estomac se contracte et me fait mal.

Soudain je me fige.

Alastair m'observe. Alastair… que j'ai complètement trahi.

Et qui va me licencier sur-le-champ comme je le mérite.

— Je… Je ne peux pas y croire. Comment quelqu'un a-t-il pu prendre cette photo ? dis-je à Kit alors qu'il se dirige vers la table de conférence.

Je le suis en tremblant de la tête aux pieds.

Une autre personne pourrait peut-être prétendre que c'est un montage photo, mais je ne suis pas idiote. Je travaille dans une équipe de design et les personnes qui travaillent pour moi verront clairement que l'image n'a pas été retouchée.

— Venez par ici, tous les deux, ordonne Alastair, en frappant la table de la main.

La mâchoire de Kit se crispe et il me fait signe d'avancer. Le cœur empli d'effroi, je me force à croiser le regard d'Alastair, incapable d'imaginer que quelqu'un puisse me faire une chose pareille.

Kit prend place à la table et je m'assieds à sa gauche, juste en face d'Alastair. Alastair qui m'aimait et m'adorait… et qui à présent… Je redoute de lever les yeux et d'y lire de la déception.

— Tu n'es pas apte à gérer cette entreprise, déclare Alastair. Et étant donné que cette jeune femme a couché avec toi, elle a également échoué à me faire un rapport honnête sur toi…

Alastair m'étudie rapidement, et son regard habituellement si bienveillant est féroce.

— J'attendais mieux de votre part, Alex.

— Alastair…

Kit m'interrompt.

— C'est ma faute. Je l'ai séduite.

Alastair et moi nous tournons vers lui.

— Elle représentait une gêne pour moi, explique Kit en me regardant. Je ne voulais plus l'avoir sur le dos, alors j'ai décidé de la séduire pour m'en débarrasser.

Je n'arrive pas à en croire mes oreilles. Je bats des cils et mes yeux me brûlent.

— Tout était ma faute, répète Kit en s'adressant maintenant à son père. Alex n'a rien fait de mal. Sa seule erreur a été de me faire confiance et de penser qu'un homme comme moi ne chercherait pas à profiter d'elle.

Brisée de l'intérieur, je m'exclame alors d'une voix froide et dure, complètement à l'opposé de ce que je ressens :

— Ce n'est pas vrai ! Tu n'as pas profité de moi.

Je secoue la tête, incrédule.

— Kit… Comment peux-tu dire une chose pareille ?

Est-ce que tu le penses vraiment ?

Alastair semble pensif et Kit le regarde, dans l'attente de son décret. Je sens mes joues s'échauffer et la pièce me paraît de plus en plus petite et étouffante.

— Tout est ma faute, Alastair, dis-je en murmurant. Je vais

démissionner. Je ne peux pas entacher la réputation de Cupidon, ni la vôtre...

— Tu ne vas nulle part, dit Kit.

— C'est hors de question, renchérit Alastair.

Son téléphone se met à sonner et il décroche.

— Alastair, aboie-t-il dans le récepteur.

Je croise le regard indéchiffrable de Kit. Je suis tellement blessée que je n'arrive même plus à parler, de peur de me mettre à pleurer.

Tandis qu'Alastair écoute la personne à l'autre bout de la ligne, je cherche mes mots.

— Tu essayes de prendre le blâme sur toi, dis-je à voix basse. Mais je ne te laisserai pas faire.

— On parie ? répond-il tout aussi doucement, avec une résolution de fer.

Alastair raccroche.

— C'était le responsable de la sécurité informatique. Je lui ai demandé de retracer le mail. C'était étonnamment facile. Cela vient de Ben Roberts.

Incrédule, je halète :

— Ben ?

Mon monde s'effondre. Comment a-t-il su que j'étais là-bas ?

Puis cela me revient. Ben était avec nous devant l'ascenseur quand Kit m'a donné rendez-vous.

Complètement choquée par la nouvelle, je refuse de regarder la vérité en face.

— Ben est mon ami. Il ne me ferait jamais une chose pareille.

Kit s'adosse alors à son siège, les bras croisés tandis qu'il m'étudie.

— En es-tu si sûre ?

— Certaine. Ben est mon ami !

Les sourcils de Kit se froncent davantage. Il incline la tête, le regard aussi sombre que les ténèbres.

— M'as-tu piégé, Alex ? Est-ce que tu t'es arrangée pour qu'il soit là ? Est-ce que vous envisagiez de me chasser de l'entreprise ?

— Excuse-moi ?

C'est comme si l'éventualité de la chose lui parvenait maintenant à mesure qu'il exprime ses craintes. Il rit avec dégoût.

— Formidable. La seule femme qui a su percer mes défenses cherchait en fait à me piéger.

Il repousse sa chaise et se lève, faisant les cent pas et serrant les poings contre lui.

— Kit, je n'aurais jamais…

Il se retourne et me foudroie du regard.

— Tu continues à le défendre et à le couvrir. Il traînait toujours autour de toi…

Ses traits se durcissent et sa voix se fait plus furieuse à chaque mot. Chaque parole est une claque pour mon orgueil, pour mon cœur et mes espoirs.

Alastair nous observe en silence, puis se tourne enfin vers moi.

— Vous n'avez jamais voulu de mon fils ici, n'est-ce pas, Alex ?

— Alastair…

— J'accepte votre démission. Apportez-la à Kit d'ici à demain soir.

Il recule sa chaise, fermé et inaccessible.

Je reste assise là, clignant des yeux, alors qu'Alastair s'adresse à son fils.

— Tu as trahi ma confiance, Kit. Je reviens au bureau pour surveiller tout ceci de plus près et déterminer si tu es apte à diriger Cupidon. Est-ce clair ?

— On ne peut plus clair, répond Kit fermement.

Je me force à me lever. Mes yeux me brûlent et mon cœur est en lambeaux. Je peux à peine marcher, mais *j'ai hâte* de sortir d'ici. Je me lève lentement, aussi gracieusement que possible, et me dirige vers la porte lorsque la voix de Kit m'arrête.

— Regarde-moi.

20

Je me fige avant de me retourner lentement pour croiser le regard blessé de Kit. Je peux à peine supporter la douleur que j'y vois.

Respire, Alex. Explique-lui !

Je sais qu'il existe une alchimie entre les êtres humains, hommes ou femmes ; des connexions sous-jacentes, des sensations, des *instincts*.

Je sais que parfois nous nous sentons repoussés par des personnes que nous connaissons à peine, mais je n'avais encore jamais expérimenté le contraire ; être viscéralement magnétisé, même si vous ne savez rien de cette personne ou de sa vie. Tout ce que vous souhaitez alors, c'est de vous débarrasser de la distance physique et de vous rapprocher.

Je n'aurais jamais imaginé ressentir un tel abîme – un abîme impossible à combler – lorsque cette personne vous est retirée.

— Je te jure, Kit, que je n'ai rien à voir là-dedans. Penses-tu vraiment que je voulais être humiliée de cette façon ? Devant ton père ? Un homme que j'admire et respecte ? Devant *toi*, alors que tout ce que je voulais, c'était de...

J'inspire afin de me calmer et m'empêcher de continuer. Mais je suis déchirée par la façon dont Kit me regarde, comme si j'étais une étrangère.

— Tu étais contre moi depuis le début, dit Kit avec une colère froide. Tu voulais que je parte d'ici. Tu pensais que ta présence sur la photo t'innocenterait.

— Je ne ferais *jamais* quelque chose d'aussi horrible à qui que ce soit. Jamais. Encore moins à toi ou à moi-même ! C'est vrai qu'au début je ne croyais pas en toi. Je pensais que tu étais paresseux et que tu n'avais aucune expérience professionnelle. Que tu n'étais qu'un play-boy... Mais je n'avais pas complètement tort au fond, n'est-ce pas ? Car tu t'es joué de moi, Kit Walker. Tu viens de dire à ton père...

— J'essayais de porter le blâme et de te tirer d'affaire. Je ne voulais pas te voir partir, ou qu'Alastair te vire, contrairement à toi.

Je halète.

— Alors ce que tu lui as dit était faux ? Ce qui s'est passé entre nous était donc plus qu'un simple jeu de séduction pour toi ? Vraiment ? Si je compte autant pour toi, comment se fait-il que tu n'aies aucune idée de qui je suis ou de mes véritables sentiments !

Je cherche à partir, mais Kit me bloque le passage.

— Je ne sais pas ce que tu ressens, Alex, mais je sais que tu es celle qui protestait le plus bruyamment contre ma présence ici. Pas une seule minute, j'aurais...

— Pourquoi ne m'as-tu pas appelée ?

J'oublie un instant la photo. J'oublie tout sauf la chose qui me fait le plus souffrir. Il serre la mâchoire.

— Je ne voulais pas parler au téléphone... J'allais venir te voir cette semaine, mais après le mail...

Les mots se meurent sur ses lèvres.

— Je sais que tu essayais de me défendre auprès d'Alastair, mais je ne peux m'empêcher de penser que tes paroles étaient en partie vraies et que tu cherchais juste un moyen de me contrôler.

Je prends une profonde inspiration.

— Je regrette de t'avoir rencontré, Kit. Je suis désolée d'avoir cru en tout ceci. Je t'apporterai ma démission demain.

Je quitte alors son bureau, brisée à l'idée qu'il s'imagine que je l'ai trahi. Mais cela me servira de leçon. Une fois que j'aurai rebâti mes défenses, je ne laisserai plus personne entrer, et surtout pas un coureur de jupons comme Kit Walker.

Le lendemain, je finis de ranger mon bureau et de me connecter une dernière fois à mon ordinateur. Personne n'a prononcé un seul mot depuis que j'ai annoncé mon départ. Ils ont tous été choqués et m'en ont demandé la raison. Je leur ai répondu avec un sourire plat que je voulais poursuivre d'autres opportunités.

Ils savent tous que c'est faux, en particulier Ellie. Mais j'ai le cœur tellement brisé que je ne veux même pas en parler. À un moment, j'ai murmuré à ma meilleure amie :

— S'il te plaît, arrête de me demander pourquoi. Tu sais que c'est à cause de Kit.

— Tu as des sentiments pour lui.

J'ai hoché la tête, et c'était suffisant pour qu'elle comprenne.

À l'heure du déjeuner, je quitte calmement le bureau pour retrouver Kit.

Mes mains tremblent à la pensée de ce qui va suivre. Je vais lui remettre officiellement ma démission et quitter cet endroit que j'aime.

Je voudrais pouvoir dire à Kit ce que je ressens. Je voudrais avoir le courage d'être franche et de lui avouer que je l'aime, et que je ne lui ferais jamais une chose pareille.

Mais il n'a pas eu cette liaison avec moi pour entendre un « *je t'aime* » de ma part. Je me tairai donc là-dessus, et j'espère qu'un jour, peut-être dans quelques années, ce sentiment disparaîtra.

Mais la vérité c'est que Kit Walker m'a ouvert mes yeux.

Je n'aurais jamais pensé qu'il puisse y avoir autre chose que le travail dans la vie. Mais à présent mon monde s'effondre, ne laissant derrière lui qu'une illusion de bonheur inaccessible.

J'arrive devant le bureau silencieux de Kit et frappe à la porte sans me laisser le temps de changer d'avis.

— Entrez.

Il lève les yeux des papiers qu'il examine et je vois son beau visage, probablement pour la dernière fois. Il paraît surpris et je me maudis. J'aurais dû appeler avant de venir ; cela nous aurait mieux préparés à ce moment.

— Bonjour... Désolée de passer comme ça, mais je suis prête à partir et je voulais te donner ceci.

Kit se fige et semble avoir du mal à trouver ses mots.

— Non, tu ne me déranges pas. Assieds-toi.

Je m'assois prudemment, ne sachant pas comment procéder. J'entrelace mes doigts et fixe mes genoux.

— Comment vas-tu ? demande-t-il d'une voix grave et basse.

Je déglutis dans l'espoir d'alléger la douleur que je ressens dans ma gorge, mais rien n'y fait.

— Les choses... Les choses ne vont pas très bien pour moi, comme tu le sais. Alors j'aimerais juste en finir rapidement.

Je prends une profonde inspiration, écrasée par le poids de son regard.

— J'ai promis à ton père de t'aider à prendre tes fonctions dans l'entreprise. Je pense avoir fait de mon mieux, mais j'ai laissé mes sentiments personnels dicter mon comportement... et je l'ai trahi. Je sais que tu penses que je t'ai trahi aussi, mais je veux que tu saches que ce n'est pas le cas.

La pièce plonge dans le silence. Je lève la tête et lorsque nos regards se croisent, je ressens presque un crépitement entre nous.

Nous nous regardons fixement quelques instants, puis lentement, le front de Kit se plisse et il se penche vers moi.

— J'ai interrogé Ben hier. Donne-moi un jour de plus, Alex. Ne démissionne pas encore.

— Que veux-tu dire ?

— Je ne veux pas que tu démissionnes pour le moment. Donne-moi un jour de plus.

— Pourquoi ?

— Donne-moi du temps, dit-il sèchement. Pour prouver à mon père et à moi-même que tu es innocente.

Je secoue la tête. Quelle importance ? Je ne suis pas sûre de pouvoir redevenir celle que j'étais avant, quand je détestais encore Kit. Ou de pouvoir continuer comme s'il ne s'était rien passé entre nous.

— Il n'y a plus rien pour moi ici, lui dis-je.

Il se recule comme si je venais de le gifler. J'essaie de reformuler.

— Je ne veux pas dire... Je voulais dire en termes de carrière. J'ai progressé autant que possible et rien ne me fera changer d'avis à présent. Je dois partir après cette photo. J'espère... J'espère que tu pourras me pardonner les problèmes que j'ai causés.

Kit serre la mâchoire et se passe une main sur le visage.

— Si tu n'es plus heureuse ici... Alors bien sûr, tu dois partir. Je sais que les choses n'ont pas été simples depuis mon arrivée. La journée d'hier nous a tous secoués. Mais tu manqueras à l'entreprise.

Il se force finalement à croiser mon regard.

— Tu vas me manquer.

— Tu me manqueras aussi, dis-je le cœur serré.

Kit semble ému.

— Je sais que tu as pris ta décision, Alex, et si tu penses que c'est la meilleure chose à faire, alors soit. Mais j'ai besoin de savoir. As-tu désactivé les notifications de l'application ?

Je fronce les sourcils sans comprendre.

— L'application bêtatest. Tu te souviens que nous devions faire une version de test ? Je t'ai envoyé des messages.

— Oh ! dis-je en baissant la tête. J'admets que je ne les ai jamais consultés.

Kit hoche la tête en prenant une profonde inspiration.

— Je te laisse partir, mais à condition que tu me promettes de vérifier ta messagerie.

Je ne comprends pas pourquoi cela a autant d'importance pour lui, mais si c'est sa condition, je dois l'accepter.

J'accepte en me levant et lui tends la main. Il se lève à son tour et j'essaie vainement de ne pas frissonner à son contact. Je serre les lèvres et essaye de ne pas pleurer. Kit continue de me tenir la main.

— Ce fut un plaisir de travailler avec toi.

Tout est dit. Je hoche la tête, la gorge serrée.

— Ce fut un plaisir de travailler avec toi aussi.

21

Ce soir-là, ma sœur me manque plus que jamais. Je ne l'ai plus contactée depuis le début de ma liaison avec Kit. Je lui envoie un petit SMS.

J'espère que tu vas bien. Tu me manques

Elle répond rapidement.

Je vais bien. En train d'étudier. Tu me manques aussi. On s'appelle ?

Oui !

Pourtant quand elle appelle, je ne peux m'empêcher de la réprimander affectueusement.

— Tu devrais t'amuser un peu et ne pas autant rester chez toi à étudier.

Elle se met à rire, et je souris pour la première fois depuis un long moment.

— Excuse-moi ? C'est toi qui dis toujours qu'il n'y a rien de plus important que le travail, et qu'une fois que j'aurai réussi je pourrai faire tout ce que je veux.

— C'est vrai. Sauf que dernièrement je me suis rendu compte... qu'il n'y a pas que le travail dans la vie.

— Vraiment ?

Je hausse les épaules.

— Eh bien, il y a toi, par exemple. Nous devrions parler plus souvent.

— Nous sommes en contact tout le temps. Qu'est-ce qui te prend ? Où est ma sœur et que lui as-tu fait ?

Je souris affectueusement.

— Il s'est passé quelque chose au bureau récemment. C'était humiliant et tout était ma faute. J'ai fait quelque chose que je n'aurais jamais pensé faire un jour.

— Quoi donc ?

J'hésite un instant, mais Helena a vingt et un ans. Je sais qu'elle est assez âgée pour comprendre, et nous nous sommes toujours tout confié.

— J'ai couché avec mon patron.

— Avec Alastair ?

Je me redresse, choquée, et éclate de rire.

— Idiote ! Non ! Il a laissé la place à son plus jeune fils et Kit Walker est... Il s'est frayé un chemin dans mon cœur. Mais un de mes collègues a divulgué une photo de nous... Helena, c'était affreux. Kit pense que j'ai cherché à l'évincer de l'entreprise.

— Pourquoi voudrais-tu l'évincer ?

— Disons que je n'étais pas très contente lorsqu'il a pris ses fonctions. Je pensais qu'il n'était pas capable de diriger la société.

— Oh ! Alex.

— C'est fini maintenant. Ce n'est plus la peine d'y penser.

— Tu n'as pas couché avec ton patron, tu es tombée amoureuse de lui. Ce sont deux choses totalement différentes.

— Tu as raison. J'ai fait les deux et je ne sais pas lequel est le pire.

— Les deux le sont. Mais les deux *ensemble*...

Elle siffle dramatiquement.

— Comment est-ce que je pourrais te remonter le moral ?

— Entendre ta voix m'aide déjà. Et peut-être que si tu sortais et t'amusais un peu, je saurais que tu es heureuse et je le serais aussi.

— Pas question. Ça ne compte pas. Ça doit être quelque chose pour toi. Tu ne peux pas dire que tu es heureuse parce que les autres le sont. Tu dois construire ton propre bonheur, Alex.

— Je ne peux pas. J'ai tout gâché avec Kit et à cause de ça, j'ai dû démissionner.

J'entends un halètement choqué, et je rajoute précipitamment afin de la rassurer :

— Ne te fais pas de souci ! Je continuerai à t'aider financièrement. Je vais passer des entretiens...

— Alex, ne t'inquiète pas. Si nous pouvons payer l'université, tant mieux, mais sinon, ce n'est pas grave. Je ne veux pas être un fardeau pour toi.

— Tu n'es jamais un fardeau. C'est toi et moi contre le monde entier. D'accord ?

— D'accord.

Elle semble pourtant moins enjouée que tout à l'heure.

— Alex, tu vas trouver quelque chose, me promet Helena. Tu es un génie dans ce que tu fais et n'importe quelle entreprise sera chanceuse de t'avoir. N'importe quel homme aussi.

— Si tu avais vu la douleur dans son regard quand il a cru que je conspirais avec Ben.

— Peut-être que c'est une bonne chose. Peut-être que cela signifie qu'il tient à toi.

Je soupire, refusant de croire que cela puisse être vrai.

Helena poursuit :

— D'accord, je manque d'expérience dans ce domaine. Mais si je venais de démissionner et que mon cœur était brisé, ma grande sœur me dirait que le seul moyen de vaincre mes peurs est d'agir et que cela m'ouvrira la voie vers d'autres opportunités.

Je souris.

— Je suis heureuse d'avoir décidé de te faire entrer à Stanford. Tu es si sage.

Elle rit encore, et c'est un son si charmant qu'une part de moi voudrait piéger cette joie dans un bocal et la garder pour toujours.

— J'en suis très heureuse moi aussi. Je t'aime. Alex... Merci pour tout. Un jour, je te rembourserai intégralement.

— Te voir réussir dans quelque chose que tu aimes me suffit, Helena. Ne t'inquiète surtout pas. Je te tiendrai au courant de mes entretiens. Je t'aime aussi.

Je souris en raccrochant, apaisée par sa voix chaleureuse. Plus tard, je me couche en me demandant ce que je regrette le plus. Perdre mon travail ou ouvrir mon cœur et laisser quelqu'un y entrer ?

Cela fait une semaine que j'ai démissionné. Une semaine à me réveiller avec la sensation que mon monde s'est écroulé. Le travail était tout pour moi, et je me retrouve enfermée dans mon appartement, seule et déprimée. Helena me manque plus que jamais. J'ai épluché les annonces d'emploi, mais je ne pense pas pouvoir aller au bout d'un entretien sans fondre en larmes.

Même mes parents me manquent. J'aimerais que nous soyons plus proches et qu'ils prennent de mes nouvelles de temps en temps.

Kit me manque aussi.

Je pense pouvoir résumer la situation en disant que ma vie est brisée.

Mes collègues étaient tristes de me voir partir. Certains comme Ellie ont même pleuré. Elle m'a contactée cette semaine, me disant que le bureau n'était pas le même sans moi. Elle m'a demandé la raison de ma démission et a mentionné que Ben avait pris des congés après mon départ, mais qu'il était revenu ensuite.

Je n'arrive pas à croire à tous les ennuis que cette liaison a pu me causer et je réalise à présent à quel point j'avais tort de penser que tout irait bien.

Cela m'apprendra.

On est samedi matin et je suis allongée devant la télévision, essayant de trouver un moyen de faire passer le week-end rapidement. Je passe d'une activité à une autre ; je lis, regarde encore la télé, prends un bain moussant, mais ce n'est pas relaxant.

L'après-midi traîne en longueur. Ma nervosité augmente. Je ne peux m'empêcher de penser à Kit, et en même temps, je ne supporte pas le souvenir de sa douleur quand il a cru que j'étais de mèche avec Ben.

Mon Dieu, Ben. J'aimerais le frapper, mais je ne peux pas le blâmer pour tout, parce que c'était bien moi sur cette photo.

J'ai la nausée d'être devenue une de ces femmes qui couchent avec leur patron et dont j'ai toujours eu pitié.

Soudain, je me souviens de ce que Kit m'a demandé à propos de la messagerie de l'application. Je sors mon téléphone et hésite. Est-ce que j'ai vraiment envie de les lire ? Je finis par l'ouvrir, et en reste ébahie.

C'est tellement magnifique, incroyable, pointu et moderne.

Mon cœur s'envole durant un instant.

Je me connecte à ma boîte de réception, curieuse à présent : il y a là au moins une douzaine de messages, tous de Kit.

22

Je parcours les messages en me demandant ce que Kit voulait me faire voir. Il doit y en avoir une vingtaine, et ils ne semblent pas liés au travail.

J'ouvre le premier.

Alex, je veux juste que tu saches que j'ai vraiment apprécié nos deux dernières nuits. J'espère que tu t'es autant amusée que moi.

Je ferme le message. Est-ce qu'il a écrit cela après avoir téléchargé l'application durant ce week-end incroyable ? Mon cœur se serre alors que j'ouvre le suivant.

Est-ce que tu fais quelque chose ce soir ? J'adorerais qu'on dîne à nouveau quelque part ensemble.

Je sens une boule en travers de ma gorge et me demande de quand date celui-ci. Je vérifie et comprends que c'était mercredi, juste après être allée nager chez lui. Donc, il ne m'évitait pas après cette nuit-là – il m'a envoyé un message sans obtenir de réponse. Je consulte le suivant, nauséeuse.

Tu viens de quitter le bureau et je ne sais pas quoi penser de tout ceci. Si tu n'es pas de mèche avec Ben… Alors je suis la plus belle ordure que j'aie jamais rencontrée, et ça me tue.

Je passe au suivant. Celui-ci est plus long et plus détaillé que les autres.

Ben a admis avoir agi seul. Il voulait nous faire du mal à tous les deux. Ta lettre de démission est sur mon bureau et je voudrais la déchirer. Je veux que tu reviennes. Je te veux auprès de moi.

S'il te plaît, viens me retrouver ce soir. On se voit où tu veux, laisse-moi juste te le dire en personne.

Je parcours les messages restants, les larmes coulant le long de mes joues. Chacun des messages contient un fragment de son cœur, qui brise un peu plus le mien.

Je m'essuie désespérément les yeux. J'ai promis de tous les lire, et c'est ce que je vais faire.

Le dernier message date d'aujourd'hui.

Tu as promis de lire tes messages. Est-ce que tu le fais vraiment ? Je deviens fou, Alex. Accepte au moins de me rencontrer pour que je puisse t'expliquer en personne ce que tu représentes pour moi.

Ma main s'attarde sur l'écran, mais je n'ai pas le courage de répondre. Mon cœur vient de se voir pousser des ailes, mais j'ai trop peur pour tendre la main. Je suis trop effrayée pour espérer que Kit soit sincère.

Ellie passe me prendre plus tard dans l'après-midi. Nous décidons de nous rendre en ville.

— Alors, est-ce que tu passes vraiment des entretiens ? demande-t-elle alors que nous regardons la vitrine d'une boutique sur Miracle Mile.

— Je devrais. Je dois soutenir Helena et continuer ma vie.

— Kit est complètement désemparé, tu sais.

Je lève les yeux vers elle.

— Tu ne reviendras vraiment pas ? insiste-t-elle. Il n'avait pas l'air de vouloir te laisser partir.

— C'est trop compliqué, Ellie. Il y a eu une photo de... Kit et moi qui a été envoyée à Alastair. Kit s'est imaginé que j'essayais de l'évincer de l'entreprise. Je ne pouvais pas supporter qu'il me croie capable d'une chose pareille. Et c'est pire pour Alastair... Je l'ai vraiment trahi.

— Je pense qu'ils sont tous les deux malheureux de ton départ. Mais pourquoi ne m'as-tu rien dit ?

— Je ne savais pas comment t'en parler, d'autant plus que c'est Ben qui a envoyé la photo.

— Ben ! Oh, mon Dieu, ce serpent ! s'écrie-t-elle. Pas étonnant qu'il se soit fait virer hier ! Il a été appelé dans le bureau de Kit et d'après Angela il était blanc comme un linge en sortant. Il a pris ses affaires et la sécurité l'a escorté.

— Je vois ça d'ici.

— Il est resté un long moment dans le bureau de Kit, dit-elle avec un petit rire diabolique.

Est-ce là que Kit lui a fait avouer que j'étais innocente ? Mais quelle importance ? Il m'a crue capable du pire et il ne m'a jamais appelée.

Tu sais pourtant qu'il t'a envoyé des messages par l'application de Cupidon.

Je repousse cette idée, quand un SUV familier se garant un peu plus loin attire mon attention.

C'est une Range Rover blanche. La même que le jour où je suis allée chez Kit.

Mon cœur manque un battement quand je vois une silhouette en sortir. Mes paumes deviennent moites et mon corps se contracte de désir.

Je voudrais courir vers lui pour l'embrasser, et en même temps lui frapper le torse pour le mal qu'il m'a fait, avant de l'embrasser encore. Mais je reste là à le regarder alors qu'il s'arrête devant moi, un petit sourire aux lèvres.

— Ellie, dit-il.

— Kit.

Son regard ambré reste rivé sur moi ; des yeux que je n'aurais jamais cru revoir. Ils sont si chaleureux que mon sang se met à bouillonner sous l'effet de la chaleur.

— Alex, murmure-t-il.

Je me contente de hocher la tête.

— Nous faisons du shopping. Je cherche de nouveaux tailleurs pour mes prochains entretiens. J'espère que tu vas bien, Kit. Ça fait plaisir de te revoir.

Je continue mon chemin, mais il m'attrape par le coude.

— Alex, ne pars pas.

Je me fige et regarde sa main chaude et douce.

— Je ne peux pas.

— Alex, regarde-moi.

Je lève les yeux vers sa gorge, ses lèvres, son nez parfait et enfin ses yeux.

— Est-ce que tu as reçu mes messages ? demande-t-il d'une voix pleine d'espoir.

Submergée par l'émotion, je me libère et réussis à articuler un oui.

— Et ?

Il relaisse tomber sa main, attendant avec impatience ma réponse.

— Et c'est trop tard, dis-je en m'éloignant.

— Je t'aime, mademoiselle Croft.

Je me fige. Les mots résonnent dans mon esprit, ma poitrine et mon cœur. Je ris presque quand il m'appelle Mlle Croft, ainsi que je l'avais exigé le premier jour où nous nous sommes rencontrés.

— Ou tu préfères que je t'appelle Alexandra ?

Je me retourne et vois un sourire malicieux se dessiner sur ses lèvres.

— Alexandra Croft... je t'aime. J'ai eu tort et je ne saurais te dire à quel point je suis désolé. J'avais peur des sentiments que j'éprouvais pour toi, et tu sais quoi ?

Mes jambes tremblent alors qu'il fait un pas de plus vers moi.

— J'avais raison d'être inquiet, parce que personne n'avait encore jamais eu cet effet sur moi. Je n'ai jamais désiré, respecté, admiré ou eu besoin d'une femme comme j'ai besoin de toi.

Ses mots finissent par briser mes barrières et je ne peux plus prétendre ne pas ressentir la même chose pour lui.

Kit reste là, l'expression ouverte et les émotions à nu. C'est comme si cela lui était égal que tout le monde l'entende, comme s'il avait besoin d'extérioriser ses sentiments.

Nous nous fixons et une larme glisse sur ma joue.

— Je vais vous laisser un moment, murmure Ellie.

Nous avions tous deux oublié sa présence.

Le regard de Kit est chaleureux, et il me regarde avec une expression possessive. Je vais défaillir et c'est le souffle court que je lui réponds :

— Tu m'as fait du mal.

— Tu m'as fait du mal aussi, murmure-t-il en retour.

— Je ne parle pas seulement du mail. Tu m'as repoussée.

— Je commençais tout juste à admettre que j'avais des sentiments pour toi, Alex, dit-il l'air contrit. Un homme a besoin d'un peu de temps pour se remettre d'avoir été frappé par la foudre.

Je ris doucement, mais mes yeux me piquent toujours.

— Peut-être. Mais tu as chamboulé ma vie, Kit.

— Je sais, et je ferai tout ce qui est en mon pouvoir pour te le faire oublier.

Le silence s'installe et je ne peux m'arrêter de trembler.

— Je t'aime, Alex, dit-il encore.

Il fait un dernier pas en avant, et nos corps se touchent presque.

— S'il te plaît, crois-moi quand je dis que je n'ai jamais voulu te faire de mal. Cette histoire avec Ben m'a déstabilisé. Il était toujours autour de toi et ça me rendait jaloux. La simple idée que toi et lui soyez ensemble, alors que je te voulais uniquement pour moi, me rendait fou. Je l'ai interrogé pendant des heures. Au départ il refusait même d'admettre sa culpabilité, et puis il a avoué avoir agi seul. Il ne voulait pas qu'on soit ensemble. Il te veut et je ne peux pas le lui reprocher. Mais il ne t'aura pas…

Il soulève mon menton et plonge son regard dans le mien.

— Il ne t'aura pas, parce que tu es à moi. Nous sortons ensemble et je te protège. Je suis… fou de vous, mademoiselle Croft.

Une autre larme glisse, celle-ci heureuse.

Après tout ce que nous avons traversé, je n'arrive pas à croire à ce qui m'arrive, et que Kit Walker, ce magnifique Britannique, se tient devant moi et m'offre son cœur.

Je l'aime moi aussi.

Je veux me jeter dans ses bras et le supplier de ne jamais me quitter. Je veux l'embrasser et lui demander de me redire à vive voix tout ce qu'il m'a écrit dans ces messages.

— Ces messages que tu m'as envoyés… Je ne voulais pas y croire parce que j'avais peur qu'ils ne soient pas sincères. J'avais trop mal. J'étais triste que tu doutes de moi… mais tu as raison. Je ne voulais pas de ta présence au départ, mais je t'ai mal jugé. Et après avoir appris à te connaître… Kit, je suis tombée amoureuse de toi… et il n'y a pas de retour en arrière. D'ailleurs je n'en veux pas. Pas si c'est une vie sans toi.

Kit prend mes joues dans ses grandes mains. Il m'embrasse passionnément, comme s'il ne voulait plus jamais me lâcher. Je l'embrasse en retour, comme je n'ai jamais embrassé. Je ferme les yeux et mes larmes coulent quand je comprends que je ne me suis pas trompée. Tout va bien se passer.

Ellie nous accompagne Kit et moi vers le Range Rover, me disant de l'appeler plus tard.

Alors qu'il nous conduit chez lui, Kit me prend la main.

— Nous devons l'annoncer à Alastair, lui dis-je. S'il me pardonne d'avoir trahi sa confiance, il acceptera peut-être de me reprendre…

— Il sait que tu ne conspirais pas avec Ben, et que notre histoire n'était pas qu'une passade. Et de toute façon nous n'avons rien fait de mal, Alex. Il ne demandera pas mieux que de te voir revenir. *Je* veux que tu reviennes ; au bureau et dans ma vie.

Il me regarde alors, l'expression déterminée avant de sourire.

— Ne t'inquiète pas. Nous saurons lui faire comprendre.

Je hoche la tête en me mordillant la lèvre.

Une fois que nous sommes arrivés, Kit fait le tour de la voiture pour m'ouvrir la portière. Nous entrons ensuite chez lui, et je prends sa main pour l'entraîner vers le salon, où je le fais asseoir, brûlante de désir. Amusé, il hausse un sourcil.

— Quelle impatience.

J'éclate d'un petit rire.

— Non, c'est juste que… je voudrais pouvoir te dévorer de baisers.

— Je ne m'y opposerais pas, dit-il en m'attirant sur ses genoux.

Je lève les yeux vers lui. Son visage est bouleversé et ses yeux brillent de désir et de tendresse.

— Tu me rends fou, femme. Viens par ici. Comment est-ce que quelqu'un que je viens de rencontrer peut me manquer à ce point ?

— Je me suis posé la même question.

Il éclate de rire et me serre contre lui, en me caressant le visage du sien.

Mes yeux se remplissent de larmes. Je pensais ne plus jamais connaître ce bonheur et cette euphorie. Je me penche doucement, et pose un doux baiser sur ses lèvres, indifférente à leur goût salé par mes larmes.

— Kit... Essayons de ne pas gâcher tout cela.

Il rit et m'installe à califourchon sur ses genoux. Nous nous blottissons l'un contre l'autre, parsemant nos visages de minuscules baisers. Durant un instant, j'oublie toute la souffrance vécue, et que je serais pourtant prête à revivre si c'est pour connaître ce dénouement.

Lorsque Kit prend mon visage dans ses grandes mains et commence à m'embrasser avec passion, je me fonds contre lui et l'embrasse avec une ferveur égale.

Il gémit et se recule pour me regarder.

— Oui, dis-je en réponse à sa question muette.

Il veut savoir si je suis prête à me donner à lui, et si je suis vraiment décidée. Je vois le soulagement se lire dans son regard.

— Viens par ici alors.

Il me soulève à nouveau dans ses bras.

— Je suis capable de marcher.

— Je sais que vous être capable de marcher, mademoiselle Croft. Je sais aussi que vous savez parler. Mais pour le moment, vous ne ferez aucun des deux.

Il m'emporte dans son lit et m'y allonge.

Il m'aime et je l'aime. Nous brûlons de désir l'un pour l'autre, et pour une fois dans ma vie, je ne ressens plus la peur.

Kit me rejoint et m'attire contre lui. Ses lèvres capturent les miennes et je m'abandonne complètement. Ses doigts remontent jusqu'au profond décolleté de mon T-shirt, où mes seins attendent fébrilement d'être libérés. Puis il s'éloigne et me regarde d'un air malicieux.

— Où veux-tu que je te touche ?

— Partout, dis-je, avec frustration.

Il s'esclaffe à mon ton.

— Si impatiente.

Comme s'il lisait dans mes pensées, Kit se baisse alors pour faire courir ses lèvres le long de ma mâchoire. Sa main se pose sur mon mollet et remonte le long de ma cuisse.

J'oublie tout, perdue dans les sensations dévorantes qu'il fait naître en moi.

— Alex ?

Je gémis, savourant le son de mon nom sur ses lèvres. Je repense au jour de notre rencontre et au désir qu'il avait éveillé en moi pour la première fois depuis longtemps.

Il me rapproche de lui, si délicieusement dur contre mes cuisses que je ne peux m'empêcher de me tortiller un peu pour le rendre fou.

— J'ai tellement envie de toi.

Nous nous déshabillons à la hâte, nous caressant et nous embrassant sans réserve. Je suis parcourue d'une onde de chaleur quand sa main s'insinue entre mes jambes. Mais il refuse d'abréger ma souffrance, préférant me taquiner et me torturer. Je le supplie et l'implore mais il secoue la tête.

— Je vais faire durer ce moment, Alex. Ça fait trop longtemps que j'attends de te retrouver.

Son regard affamé se fait plus intense. La force de son désir et de son amour y brille avec un tel éclat que je suis presque au bord du gouffre.

Mes yeux se ferment tandis que Kit m'embrasse de nouveau, commençant par mes lèvres et traçant un chemin vers le bas.

— Je veux te goûter.

Je sens son haleine brûlante contre mon ventre, puis mes cuisses quand il sépare mes jambes.

Le premier coup de langue me fait tressauter. Un gémissement étranglé s'échappe de ma gorge. Je laisse rouler ma tête contre l'oreiller et pousse mes hanches vers l'avant, éperdue de désir.

Il me lèche doucement, puis avec plus de force. Ses pouces s'enfoncent dans mes cuisses alors qu'il me tient grande ouverte contre ses lèvres, sa langue et ses yeux.

— Tu es si belle, Alex, dit-il d'un ton rauque.

Il me caresse à présent de son doigt et appuie soudain sur mon clitoris. Je me sens comme un arbre frappé par la foudre et une passion ardente enflamme tout mon corps.

Kit me regarde et passe la langue sur ses lèvres.

— Tu as un goût incroyable.

Je suis incapable d'articuler le moindre mot. Un doigt, puis un autre glissent en moi et il entame un mouvement de va-et-vient, sans me quitter des yeux.

— Que veux-tu que je fasse ensuite ? dit-il.

— Je...

— Oui ?

— Je te veux en moi.

— Pas encore.

Il baisse la tête et ses lèvres recouvrent mon clitoris pour me sucer et me lécher, sans jamais cesser la douce torture de ses doigts.

— Est-ce que tu me veux en toi, Alex ?

— Dépêche-toi. S'il te plaît.

— J'adore te voir supplier.

Rapidement, il prend son pantalon par terre et en sort un préservatif. Il l'enfile sur son sexe, puis m'embrasse encore, et soudain je le sens pousser en moi d'un seul coup puissant. Mon Dieu, c'est si bon.

— Tu es si étroite et si prête pour moi. Je n'ai jamais rien ressenti de tel dans ma vie.

J'entends à peine ses mots étranglés, et crie en m'envolant vers les cimes, enfonçant mes ongles dans son dos.

Il enroule mes cheveux dans sa main tout en accentuant la cadence de ses coups de reins.

— Kit...

Ma tête retombe sur l'oreiller et je suis incapable de prononcer autre chose que son nom.

— Jouis pour moi, Alex. Maintenant.

Son rythme s'accélère, nos corps sont parfaitement accordés. Mes mains agrippent ses avant-bras puissants, et quand il change d'angle afin que mon bouton gonflé tape contre la puissance de son érection, je crie son nom en le serrant si fort que les muscles de mes bras me brûlent.

Après cela, nous restons allongés dans les bras l'un de l'autre. Je suis si vivante, je bourdonne de partout.

— Je t'aime, Alexandra Croft, me murmure-t-il à l'oreille.

Je lève les yeux vers le regard ambré de l'homme que j'aime et répète ces mots du plus profond de mon cœur ; des paroles que je n'avais encore jamais dites à aucun homme :

— Je t'aime, Kit Walker.

Épilogue

Après douze mois à dormir chaque nuit dans ses bras, je ne suis toujours pas habituée à la sensation de me réveiller aux côtés de Kit Walker.

Je soupire joyeusement et roule sur le côté. Kit est toujours endormi, et ses cheveux noirs retombent paresseusement sur son front.

On est dimanche matin, mais le soleil n'est pas encore levé. Il est tôt, mais je suis matinale, et le dimanche matin m'a toujours apporté une sensation de paix et de détente que j'aime. Sauf qu'à présent c'est encore mieux parce que j'ai quelqu'un avec qui le partager.

Je me retourne pour me blottir contre lui. Il m'embrasse endormi.

— Bonjour, mademoiselle Croft.

Je lève les yeux au ciel devant sa plaisanterie éculée. Cela me ramène à nos premiers jours à Cupidon… et au présent, quand il continue à me taquiner au travail.

— Bonjour.

— Tu sens bon, murmure-t-il en m'embrassant doucement le cou. Est-ce que tu veux que je te prépare un petit déjeuner ?

— Je ne dirais pas non à des crêpes.

Kit me picore les lèvres.

— Des crêpes, c'est noté.

J'admire ses fesses moulées dans son pantalon de pyjama en soie noire.

J'ai tellement changé durant ces derniers mois. Nous avons tous les deux changé. Nous sommes plus proches et amoureux que jamais, en harmonie l'un avec l'autre. J'ai vu mon patron coureur de jupons se transformer en un homme amoureux ; le genre d'homme qui se lève un dimanche matin pour préparer le petit déjeuner à sa femme.

Je me tourne pour prendre mon téléphone sur la table de chevet à côté de moi, et vérifier si j'ai des messages avant de rejoindre Kit, quand j'entends un tintement. Cela vient de l'application Cupidon.

Descendez prendre le petit déjeuner, mademoiselle Croft.

Je souris et enfile mon peignoir avant de me diriger vers la cuisine, quand devant la porte de la chambre je vois une belle rose noire. Surprise, je remarque un mot qui y est attaché :

Suis les pétales pour trouver la prochaine rose.

Qu'est-ce que cela signifie ? Nerveuse, je suis le chemin des pétales jusqu'au salon. Je vois une autre rose noire posée sur une magnifique robe. Elle est d'un rose pâle presque couleur chair, légèrement chatoyante. Je remarque que le chemin des pétales s'étend au-delà du salon. Je regarde rapidement ce qu'il y a d'écrit sur la tige.

Mets ça. Et n'oublie pas les chaussures.

Je me retourne et bien sûr, il y a une paire de ballerines assortie posée à côté. Je me sens comme une jeune fille essayant sa robe de bal. Je l'emporte avec moi dans la salle de bains et me change rapidement. Elle est magnifique ; elle descend jusqu'aux mollets, avec des couches de tissus semi-transparents superposés, cintrée sur le haut du corps et plus évasée vers le bas. Je glisse mes pieds dans les chaussures et prends le temps de me brosser les cheveux et de me préparer avant de continuer à suivre le chemin de pétales qui mène à la cuisine. Là-bas, je vois une autre rose noire sur le comptoir, à côté d'un tout nouvel appareil-photo Nikon à la pointe de la technologie.

Apporte ça avec toi. Nous voudrons peut-être prendre quelques photos.

Je suis complètement perdue à présent. Pourquoi aurais-je besoin d'un appareil-photo ? Je remarque alors que les pétales se poursuivent à l'extérieur, vers le patio et la piscine.

Je sors et vois que la piscine est entièrement recouverte de pétales noirs et blancs. C'est à couper le souffle. Sur une chaise longue, une seule rose noire est posée sur le coussin, avec à côté une petite flèche dorée. La note dit simplement :

J'ai été touché.

J'éclate de rire tant je trouve cet homme touchant.

Je continue à suivre les pétales qui m'emmènent vers les jardins, et je le vois enfin.

Kit se tient sous le kiosque complètement recouvert de fleurs de toutes sortes : des centaines de roses noires mêlées à des lis blancs, des tulipes et tant d'autres magnifiques variétés. J'en reste bouche bée. Une table est recouverte de pâtisseries, de piles de crêpes et d'assiettes de fruits, des bougies de toutes formes et tailles recouvrent le sol du belvédère.

Ma gorge se serre. Kit est superbe dans un pantalon noir et une chemise blanche dont les manches ont été retroussées. Il tient un bouquet de roses noires dans les mains et semble crispé et nerveux. Je comprends soudain que je ne rêve pas, que tout ceci est réel.

Mon cœur bat si fort que je crains de le voir éclater. Je m'avance vers lui, intimidée et les yeux emplis de larmes.

Il me sourit, et je vois tant de tendresse et d'adoration dans son regard que ma vue se brouille encore plus.

— Bonjour, dis-je dans un petit murmure.

— Tu m'as retrouvé.

Je ris et hoche la tête.

— Oui, grâce à tes indices.

Je lui montre la flèche dorée et lève un sourcil interrogateur.

Il sourit et touche son torse, juste en dessous du cœur.

— Je l'ai prise d'ici, dit-il d'une voix grave.

Ma vision se brouille davantage.

— Alexandra… Chut, bébé, écoute.

J'essuie la larme qui coule sur ma joue et le vois s'agenouiller.

Il prend ma main dans la sienne et pose de petits baisers sur mes doigts, puis il croise mon regard sidéré, et sa mâchoire se crispe d'émotion.

Mon cœur se contracte et les larmes se mettent à couler librement.

— J'ai su dès l'instant où je t'ai vue que tu allais faire voler mon monde en éclats, et qu'aucun homme sur terre ne pourrait t'avoir, parce que tu étais à moi. Tu n'as rien eu d'autre à faire que de contredire tous mes mots et mes actions pour me faire tomber éperdument amoureux de toi.

Son ton fort et convaincant me donne la force de rester debout.

— Ce que j'ai ressenti pour toi au moment où je t'ai rencontrée n'est qu'une ombre de ce que je ressens en ce moment, Alex. Tu as brisé toutes mes idées de l'amour et de la vie. Je ne me souviens pas de ma vie avant toi, et je ne veux jamais avoir à le faire. Mon âme est éternellement liée à la tienne et elle veut le rester.

L'amour que je vois dans son regard fait voler mon cœur comme s'il avait été emporté par le vent.

— Me feras-tu l'honneur de me laisser rester à tes côtés ? Alexandra, veux-tu m'épouser ?

Il me tend le bouquet de roses noires, attaché à une magnifique bague par un ruban doré. Les couleurs de Cupidon.

— Oui. Oui, je le veux.

Kit prend ma main gauche et glisse l'anneau sur mon doigt. Elle me va à la perfection.

Je continue de hocher la tête et de rire bêtement de bonheur, avant de me jeter sur lui pour le prendre dans mes bras et le jeter au sol. Je ne veux plus jamais le lâcher. Il me serre fort, parsemant mon cou et mon visage de baisers.

— Je t'aime, Kit.

Il me serre plus fort, me disant qu'il m'aime aussi. Nous nous embrassons parmi les bougies, enveloppés par l'immense auvent de fleurs au-dessus de nous, alors que le soleil se lève et recouvre le tout d'une lumière dorée.

Je ferme les yeux, le cœur empli de gratitude. Je remercie l'univers, le monde, et l'amour pour ce miracle auquel je ne m'attendais pas. Je les remercie de m'avoir apporté cet homme et cet amour. Les plus beaux cadeaux que j'aie jamais reçus.